KB177884

나의 문화유산답사기

2

나의 문화유산답사기

2

산은 강을 넘지 못하고

유홍준 지음

창비

답사기를 다시 매만지며

그리고 세월이 많이 흘렀다. 『나의 문화유산답사기』 첫 책이 간행된 것은 1993년 5월이었다. 두번째 책은 94년에, 세번째 책은 97년에 연이어 펴냈다. 집필을 시작한 1991년 3월부터 셈하면 20년 전, 15년 전에 쓴 글인데 지금도 독자들이 찾고 있다는 것이 한편으로는 고맙고 신기하게 생각되지만 저자로서는 좀 미안한 감이 없지 않다.

지금 읽어보면 답사처의 환경과 가는 길이 크게 바뀌어 글 내용과 맞지 않는 것도 있고, 새로 발견되어 유물 설명이 누락된 부분도 많으며, 유적지 관리가 부실하다고 비판한 데가 면모일신하여 말끔히 고쳐진 곳도 있다. 글 쓸 당시의 세태를 빗대어 은유적으로 말한 것은 왜 그 시점에 그 얘기가 나오는지 새 독자들은 잘 이해하기 힘들 것 같다. 어떤 독자는 태어나기 전에 씌어진 글을 읽는 셈이니, 심하게 말하면 내가 육당 최남선의 『심춘순례』를 읽는 것 같은 거리감이 있을 성싶다.

이 점은 『나의 북한 문화유산답사기』에서 더 심하다. 내가 처음 방북한 것은 1997년 9월이었다. 당시 나의 방북은 하나의 사건이었다. 분단 50여년 만에 남북 양측이 처음으로 공식적인 허가를 내준 것이다. 그 때문에 많은 제약도 있었다. 당시 독자들은 북한의 문화유산보다도 그들이 사는 방식에 더 많은 관심을 갖고 있었다. 그래서 남한의 답사기와는 전혀 다른 맥락에서 썼다. 기회가 있을 때마다 답사기 행간에 그네들의 일상생활, 그네들의 유머감각, 그네들이 생각하는 태도를 본 대로 느낀 대로 중계방송하듯 기술했다. 그래서 남한의 독자들이 반세기 동안 닫혀 있던 북한사회를 편견 없이 볼 수 있는 계기가 되기를 희망했다.

그러나 나의 방북 이후 북한의 문이 점점 열려 정상회담도 두차례나 있었고 지금은 북한에 다녀온 사람도 적지 않아, 내가 신기한 듯 전한 사실들이 이제는 모두가 알고 있는 평범한 이야기가 되었고 지금이라면 더 생생히 말할 수 있겠다는 생각도 갖게 되었다.

북한답사기 두번째 책인 '다시 금강을 예찬하다'의 경우는 나의 방북 이듬해에 금강산 관광길이 열리게 됨으로써 방북 직후 집필한 것을 폐기하고 2년간 현대금강호를 타고 철따라 다섯차례를 답사한 뒤에 다시 쓴 것이어서 그나마 생명을 지닐 수 있었다. 그러나 나중엔 육로 관광길이 열려 뱃길로 다니던 현대금강호는 다시 떠나지 않게 되었고 지금은 다시 금강산 답삿길이 끊겼다.

나는 이 다섯 권의 답사기를 그냥 세월의 흐름 속에 맡길 생각이었다. 언젠가 수명을 다하면 그것으로 끝낼 생각이었다. 그래서 이미 북한답사기 두 권은 어느 시점에선가 절판시켰다. 그러나 『나의 문화유산답사기』 국내편에는 미결로 남겨둔 것이 있었다. 남한의 답사기를 세 권이나 펴내도록 충청북도, 경기도, 서울, 그리고 제주도와 다도해의 문화유산은 언급조차 못했다. 어쩌다 이 지역 독자들로부터 항의성 부탁을 들을 때면 언젠가는 이를 보완하겠다고 그들과 약속했고 나 스스로도 사명감 같은 것을 갖고 있었다. 북한편도 개성, 백두산, 함흥을 남겨두었다.

그러나 답사기에만 매달릴 수 없었다. 사실 답사기는 원래 내 인생 스케줄에 없던 일이었다. 나는 오랫동안 업으로 삼아온 미술평론집도 펴냈고, 한국미술사 연구논문집도 출간했다. 또 답사기보다 먼저 연재를 시작했던 '조선시대 화인열전'도 마무리해야 했다. 그리고 바야흐로 다시 답사기를 시작하려는 시점엔 공직에 불려나가 4년간 근무하고 돌아오는 바람에 10년의 공백이 생기고 말았다.

이렇게 미루어만 오다가 재작년 가을부터 '씨즌 2'를 시작한다는 자세로 답사기 집필에 들어가 마침내 여섯번째 책을 출간하게 되었다. 그러고 보니 앞서 나온 다섯 권의 책에 대해 저자로서 책임질 부분이 생긴 것이다.

어떻게 할 것인가? 나는 많은 사람들에게 자문을 구했다. 굳이 고쳐 쓸 이유가 없다는 견해, 가는 길이 뒤바뀐 것을 다 손본다는 것은 거의 불가능할 것이라는 조언, 글 사이에 들어 있는 언중유골의 에피소드는 신세대 독자들을 위해 상황 설명을 덧붙이라는 권유 등 내가 미처 생각지 못한 것을 많이 지적해주었다.

이럴 경우 저자가 의지할 가장 좋은 조언자는 역시 편집자다. 편집자는 '제일의 독자'이자 '독자의 대변인'이기 때문에 그들이 이상하게 느끼면 독자도 이상하게 느끼고, 그들이 괜찮다면 독자들에게도 괜찮은 것이다. 편집자는 내게 이렇게 권유하였다.

1) 반드시 개정증보판을 낼 것. 2) 처음 씌어진 글도 그 나름의 역사성과 의미를 갖고 있으므로 되도록 원문을 살리고 각 글 끝에 최초의 집필일자를 명기할 것. 3) 수정 보완이 필요한 부분은 첨삭을 한 다음 최

초 집필일자와 수정 집필일자를 병기할 것. 4) 행정구역 개편으로 달라진 지명은 글 쓴 시점과 관계없이 현재의 지명에 따를 것. 5) 답사처로 가는 길은 변화된 도로 상황만 알려두고 옛길로 갔던 여정을 그대로 살릴 것. 6) 사진은 흑백에서 컬러로 바꿀 것.

나는 편집자의 이런 요구에 응하기로 했다. 이 원칙에 입각해 다섯 권의 책을 오늘의 독자 입장에서 다시 읽어보며 마치 메스를 손에 쥔 성형외과 의사처럼 원문을 수술하는 개정작업에 들어갔다. 그 결과, 그동안 부기로 밝혀놓았던 오류들은 모두 본문에서 정정하였고, 강진 만덕사의 혜장스님 일대기, 감은사탑에서 새로 발견된 사리장엄구, 에밀레종의 음통과 울림통에 대한 과학적 분석결과, 무령왕릉 전시관과 공주박물관 부분은 새로 보완하였다. 또 북한답사기에서는 누락되었던 조선중앙력사박물관과 조선미술박물관 순례기도 써넣었다. 그리고 화재로 인해 새로 복원한 낙산사는 거의 새로 집필하였다.

개정판 작업에서도 답사회 총무인 김효형(도서출판 눌와 대표)님의 큰 도움을 받았다. 특히 답사일정표와 새 지도를 직접 제작해준 것에 대해 깊이 감사드린다. 흑백사진을 컬러로 바꾸거나 낡은 사진을 더 좋은 사진으로 교체하면서 많은 분들의 도움이 있었다. 사진자료 수집을 맡아준 김혜정 조교, 사진작가 김복영, 김성철, 김형수, 안장헌, 이정수, 故 김대벽 선생님, 그리고 낙산사와 운문사에 감사의 인사를 전한다.

이리하여 다섯 권의 개정판을 세상에 내놓게 되니 밀렸던 숙제를 다 하고 난 개운함이 없는 것은 아니지만, 마음에 걸리는 일이 따로 생겼다. 하나는 북한답사기를 진작에 절판시켜놓고 이제 와 창비에서 개정판으로 다시 펴내게 되었으니 중앙M&B에 미안한 마음이 일어난다. 고맙게도 『나의 문화유산답사기』를 전집 형태로 마무리하고 싶다는 저자의 마음을 넓은 마음으로 이해해주셨다.

그러나 어디에 대고 양해조차 구할 수 없는 미안함이 따로 남아 있다. 그것은 기왕에 다섯 권을 구독한 독자들이다. 이는 모든 개정판 저자들이 갖는 고민인데 나로서도 출판사로서도 어쩔 도리가 없다. 책이 수명을 연장해가는 하나의 생리라고 이해해주십사 독자 여러분의 너그러움에 호소할 따름이다.

내가 지난날의 독자분들에게 따로 보답할 수 있는 길은 이제 막 시작한 답사기 '씨즌 2'를 열심히 잘 써서 다시 즐거운 글읽기와 행복한 답삿길이 되게 하는 것밖에 없는 것 같다. 그리고 언젠가 『나의 문화유산답사기』가 전집으로 완간되면 그때 독자 여러분께서는 저자가 이 씨리즈를 완성하는 데 세월을 같이했다고 보람을 나눌 수 있기를 바라는 마음이다. 넓은 마음으로 이해해주시고 기왕의 따뜻한 격려를 다시 한번 부탁드린다.

2011. 4. 10.

유홍준

글쓰기와 책읽기의 행복한 만남

첫번째 책을 펴낸 지 꼭 1년 만에 두번째 책의 서문을 쓰고 있다. 글쓴이로서 작업량과 공력이 첫째 권보다 덜하지 않다는 생각이 드는데도 그때의 기쁨과 기대 같은 것은 없고 오히려 불안감만 찾아온다.

지난 일년간 나는 대수롭지 않은 책 하나로 과분한 사랑과 감당하기 힘든 찬사까지 받아왔다. 처음에는 그것이 그저 고맙고 행복하게 느껴졌지만 나중에는 무거운 짐이 되어 나를 짓누르게 되었다.

나는 어떤 문화적 사명감에서 답사기를 쓴 것이 아니었다. 미술사를 전공하면서 나는 모든 유물의 역사는 그 자체의 역사뿐만 아니라 그것에 대한 해석의 역사까지 포함한다는 사실을 알게 되었다. 고유섭 선생은 이를 일러 "종소리는 때리는 자의 힘에 응분(應分)하여 울려지나니……"라고 하였다. 그런 생각에서 부당한 천대 속에 외면당하고 있는 우리 문화유산에 대한 나의 느낌들을 정직하게 기록하면서 은근히 '국토박물관에 대한 사랑의 지지자'가 생겨나길 기대했을 뿐이다.

그러나 독자들은 나의 글 속에서 내가 의도한 것 이상의 것들을 읽어
내고 있었다. 그들은 벌써 나보다 더 큰 가슴으로 국토와 문화유산을 끌
어안고 사는 지지자 이상의 존재가 되었다. 글쓰기와 책읽기는 언제나
동일선상에서 이루어지는 것이 아니다. 씌어진 글이 내 몫이라면 거기서
읽어낸 내용은 당연히 독자의 몫이고 역량이다. 그런 의미에서 책의 가
치란 유물과 마찬가지로 그 자체의 내용뿐만 아니라 독자의 반응까지 포
함한다고 할 수 있다.

나는 독자들로부터 사랑만 받아온 것이 아니었다. 항의전화도 있었고
다시는 답사 가지 못할 곳도 생겼고, 내용증명으로 우송된 고소장까지
받았다. 그것은 내 글의 단정적인 논조라는 결함 때문에 스스로 자초한
업으로 생각하고 있다.

그러나 내 글의 오류에 대한 애정어린 가르침에는 고마운 마음 이를
데 없다. 잘못이 발견되면 판을 바꿀 때마다 수정·보완하였다. 이제 두번
째 책을 펴내면서 독자들에게 사과의 뜻과 함께 그 수정·보완 사항을 밝
혀두는 별도의 글을 후기로 실어놓게 되었다. 그 과정에서 나는 독자들
의 검증을 통하여 완결한다는 글쓰기와 책읽기의 아름다운 만남을 경험
하는 행복한 필자라는 생각도 해보았다.

두번째 책을 준비하면서 나는 고민도 많았고 여러번 출간을 미룰 생각
도 했다. 내 글이 늘어진다는 인상을 받으면서, 차라리 칭찬받을 때 그만
두고 싶은 생각까지 들었다. 처음엔 글이 점점 길어져가는 이유를 잘 몰
랐다. 그러다 나중에 가서야 첫째 권은 미지의 독자를 향해 쓴 것임에 반
하여 둘째 권은 나의 독자를 위해 쓰기 때문에 서술방식부터 다를 수밖
에 없었음을 알아채게 되었다. 그러니까 첫째 권에는 내 글을 읽어달라
고 갖은 애교와 하소연과 독설까지 퍼부어야 했지만 둘째 권에서는 그럴

이유도, 필요도 없었던 것이다. 그러니까 첫째 권처럼 아기자기한 맛은 없어지고 뭔가 진지하게 더 깊은 이야기를 전해주려는 마음이 앞섰던 것이다. 그래서 본편을 압도하는 속편이 없고, 1편을 능가하는 2편, 3편이 드물다는 사실을 실감했다.

그러다 책을 펴내기로 마음먹게 된 것은, 내가 문필가로 명예를 걸고 이 글을 쓰는 것이 아니라 국토박물관의 길눈이를 자원했다는 사실이 하나, 내 글이 처진다는 것은 혹시 유장하게 변해가는 탈바꿈일지도 모른다는 애틋한 기대가 하나, 그리고 영화 「부시맨」은 1편보다 2편이 훨씬 재미있고 좋은 작품이었다는 사실에서 큰 용기를 얻은 것이다.

나의 답사기는 과연 몇권으로 완결될지 아직은 나도 가늠치 못한다. 쓰다보면 나도 독자도 원하고 있는 북한 문화유산답사기를 쓸 행운이 올지도 모를 일이다. 나는 답사기의 각 권에 부제를 달기로 했다. 첫째 권은 '남도답사 일번지', 둘째 권은 '산은 강을 넘지 못하고'.

그러나 셋째 권이 언제 나올 것이라는 약속은 지금 드릴 수 없다. 이제 나는 숨도 돌리고, 쉬면서 지내고, 밀린 논문도 쓰고, 본업인 평론도 하면서 더 좋은 글쓰기를 위한 재충전의 기회를 갖고 싶다. 희망 같아서는 2년 안에 마무리되었으면 하는데 그것은 알 수 없는 일이고, 책이름만은 충남 부여편의 제목으로 삼은 '산에 언덕에 피어날지어이'로 정해놓았다.

독자 여러분의 성원에 온 가슴으로 감사드린다.

1994. 7. 25.
유 홍 준

옛길과 옛 마을에 서린 끝모를 얘기들

농월정 / 박지원 사적비 / 정여창 고택 / 학사루 / 함양상림 /
단성향교 / 단속사터

복날 청하는 편지

『언간독(諺簡牘)』이라는 조선시대 목판본은 한글로 편지 쓰는 법이 사안에 따라 예문으로 제시된 책이다. 오죽했으면 한문도 아닌 한글로 편지 쓰는 데도 책을 참고해야 했으며, 오죽 격식을 차렸기에 기별을 보내면서도 예를 갖추어야 했던가. 그래야 했던 것이 봉건시대이며, 지배층의 규범까지 좇느라고 피지배층이 겪어야 했던 어려움의 일단이 여기에도 나타나 있다.

그러나 나는 이 책에서 오히려 서민문화 내지 민중문화가 지니는 커다란 미덕을 내용과 형식 모든 측면에서 찾아보게 된다.

글씨체를 보면 나라에서 국민교화용으로 발행한 『훈민정음』『오륜행실도』 등의 한글서체에서 느껴지는 규율과 권위 같은 것이 없다. 그렇다고 흔히 민중문화의 한 특징으로 상정되는 투박하고, 거칠고, 정돈이 잘 안된 조악한 것도 아니다. 가지런하고 소박한 가운데 편안함과 사랑스러 움이 넘쳐흐르는 얌전한 글씨체다. 마치도 동백기름으로 머리를 매만지 고 검정 치마에 하얀 무명저고리를 입고 나들이 가는 조선의 아낙을 보 는 듯한 맵시다. 이것이야말로 지배층 사대부문화에서는 찾아볼 수 없는 서민문화의 향기인 것이다. 나는 이 목판본을 일찍이 인사동 고서점에서 구한 뒤 요담에 내가 책을 쓰면 이 글씨를 집자하여 표지를 디자인할 생 각을 하였다.『나의 문화유산답사기』제목 서체가 바로 이것이다.

또 그 내용을 볼 것 같으면 옛사람들이 편지 보내야 했던 경우가 오늘 날과 비슷하면서도 그 분위기는 사뭇 달라서 사람 사는 정을 물씬 풍기 고 있다. 묵은 세찬편지, 아비가 집 나간 아들에게 하는 편지, 시삼촌댁에 게 하는 편지, 생남(生男) 축하편지, 남남끼리 하는 편지…… 그런가 하면 화류(花柳) 때 청하는 편지, 가을에 노자고(놀자고) 청하는 편지도 들어 있 다. 그중에서 내가 아주 재미있게 읽은 편지는 '복날 청하는 편지'다.

배상(拜上)
복날 더위가 더욱 심하온데
형체(兄體) 어떠하오시니잇가. 제(弟)는 서증(暑症)으로 앓고 지내 옵다가 요사이야 저으기 낫사오나 더위도 너무 괴롭사오이다.
마침 주효(酒肴)가 있삽기 통(通)하오니 산수 좋은 곳에 가 탁족(濯 足)이나 하오면 어떠하리잇가. 옛글에 일렀으되 관(冠)을 벗어 돌벽에 걸고 이마를 드러내어 솔바람을 쐬인다 하얏사오니 이 아니 상쾌하 니잇가. 자세히 기별하옵소서.
즉일(卽日) 제(弟) 아모 배(拜)

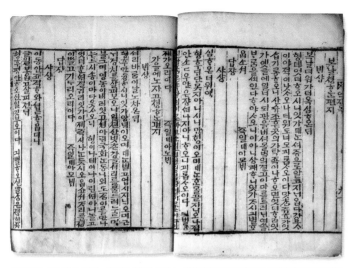

| 『언간독』 중 '복날 청하는 편지와 답장' 부분 | 글의 내용도 재미있지만 글씨체의 단정한 맛에서 서민문화의 또다른 미덕을 엿보게 된다.

탁족(濯足)이라! 옛사람들의 취미와 낭만에 익숙지 않은 분이라면 이 탁족이라는 말뜻, '발을 세탁한다'는 표현에 웃음이 절로 날 것이다. 그러나 옛사람들은 이 편지쓰기 예문에도 한 전형으로 나올 만큼 탁족을 아주 즐겼으니 계(契)모임의 한 형식으로, 또는 오늘날에 야유회 가듯 등산 가듯 옛날에는 탁족회가 많이 열렸다.

「고사탁족도」와 「삼복탁족도」

본래 탁족이라는 말은 자못 준엄한 말로 시작되었다. 그것은 『맹자』에서 지식인(군자)이 시세(時勢)에 응하여 벼슬에 나아가기도 하고 물러설 줄도 아는 행장진퇴(行藏進退) 처신의 신중함을 경고하는 말이었다.

흐르는 물이 맑으면 나의 갓끈을 닦고
흐르는 물이 흐리면 나의 발을 씻는다.
滄浪之水淸兮 可以濯我纓
滄浪之水濁兮 可以濯我足

이 탁영탁족(濯纓濯足)이라는 말은 굴원(屈原)이 「어부사(漁父辭)」에
한 구절로 끌어들이면서 하나의 고사성어로 되어 더욱 널리 쓰이게 되
었다.

그러한 탁족을, 진(晉)나라 때 글을 잘 써서 "낙양의 종잇값을 올려놓
았다"는 고사의 주인공인 좌사(左思)는 「영사시(詠史詩)」를 지으면서 세
상사로부터 유연히 물러나 있는 탈속(脫俗)의 자세로 표현하였다.

천길 벼랑에서 옷을 털고
만리로 흐르는 물에 발을 씻는다.
振衣千仭崗 濯足萬里流

이리하여 냇가에서 발 씻고 있는 처사의 모습을 그린 「고사탁족도(高
士濯足圖)」는 문인화의 한 소재가 되어 훗날 『개자원화보(芥子園畵譜)』
같은 화본에 정형으로 제시되어 있다. 16세기, 조선왕조 선조 때 화가인
학림정(鶴林正) 이경윤(李慶胤)의 「고사탁족도」는 그 대표적인 예로 고
고한 선비의 세계가 아취있게 표현되어 있다.

그러나 그 탁족의 풍류가 어디 배운 사람, 있는 사람들의 전유물일 수
있겠는가. 못 배우고 없는 이라고 "산수 좋은 곳에 가 탁족이나 하자"고
청하지 않을 수 있겠는가. 그리하여 '복날 청하는 편지'의 탁족은 시세를
가늠하는 것도, 탈속을 기리는 것도 아닌 야유회이고 바캉스일 따름이

| 이경윤 「**고사탁족도**」 | 냇물에 발을 담그고 있는 선비를 그린 이 「고사탁족도」는 탈속한 처사의 삶을 형상화한 조선중기 회화사의 명작이다.

다. 그렇게 하는 것이 서민들의 정서에 맞는 일이다.

조선후기에 들어와 속화(俗畵)가 유행하게 되었을 때, 비록 그림 속에 낙관(落款)이 들어 있지 않아 화가를 알 수 없는 작품이지만 「삼복탁족도 (三伏濯足圖)」라는 것이 한 폭 전해지고 있어 그러한 탁족의 분위기를 여실히 살필 수 있다. 여기서는 고고한 기품 대신 질펀한 물놀이의 흥겨움이 강조되어 있다. 세쌍둥이솥에 끓이고 있는 것은 분명 보신탕일 것이며, 탁족의 경지는 발을 닦는 것을 넘어서 'ㄱ받침을 ㅈ받침으로 바꾸는

| **작자미상 「삼복탁족도」(부분)** | 사대부의 고귀함이 아니라 세속적인 물놀이를 그린 조선후기의 속화로 그림 오른쪽으로는 세 여인이 목욕하는 누드화가 그려져 있다.

차원'으로 들어갔다. 이쯤 되면 탁족은 체모와 격식과 규범으로부터 홀연히 벗어나는 감성적 해방의 즐거움으로 나아가는 것이 아닐까. 그러니까 탁족, 거기에는 이성의 긴장도 있을 수 있고 감성의 해방도 따를 수 있는 유효한 레포츠의 하나였던 것이다.

답사를 다니면서 나는 정말로 탁족을 즐겼다. 옛사람의 풍류를 흉내내기 위함이 아니라 냇가에 앉아 양말을 벗고 냇물에 발을 담근다는 것 자체가 그렇게 즐거울 수가 없다. 그 한가로움과 마음편함 때문에 나의 답사행은 곧 탁족행이기도 했다.

나의 경험에 의하건대, 그 탁족의 행복을 누린 가장 환상적인 아름다움의 계곡은 함양 화림동의 농월정(弄月亭)과 산청 지리산의 대원사계곡이다. 구천동계곡은 무주리조트가 생겨 망가졌고, 동해(묵호) 두타산 무릉계곡은 시멘트공장지대를 관통해야 하는 역겨움이 있고, 울진 불영계곡은 벼랑 위쪽으로 달리는 자동차가 어지러워 감히 농월정이나 지리산 대원사계곡에 견줄 수 없을 것이다. 이제 나는 남한땅 최고의 탁족처라고 말해도 지나침이 없을 지리산 동남쪽, 함양·산청으로 먼 여행길을 독자 여러분과 함께 떠나고자 한다.

차창 밖으로 스치는 간판들

오늘날에는 대전-통영간 고속도로가 개통되어 교통이 여간 편리한 것이 아니지만 얼마 전까지만 해도 서울에서 지리산 동남쪽으로 들어가는 길은 정말로 머나먼 여로였다. 서울에서 가자면 경부고속도로 김천에서 거창으로 빠져 안의로 들어가는 길과 호남고속도로 전주에서 남원으로 내려가 함양으로 들어가는 길이 가장 빠른 길이었다. 그러나 나는 전주에서 진안으로 들어가 육십령고개를 넘어 안의계곡에 이르는 옛길을 택했다. 그래야 지루한 여로를 낭만의 여로로 바꿀 수 있고 화림동의 농월정으로 곧장 들어갈 수 있었기 때문이다.

호남고속도로로 내려와 전주시내를 관통할 때까지는 아직 답사의 흥이 일어나지 않는다. 그러다 전주에서 진안 쪽으로 차머리를 돌리면 이내 시골맛이 나오며 차창 밖 풍광이 여심(旅心)을 돋운다. 논밭에 자라는 작물로 계절을 읽어보고, 낮게 내려앉은 집들이 옹기종기 모여 있는 마을을 보면서 아직도 남아 있을 농가의 온정을 살 속까지 밀어넣어보게 된다.

그러나 날이면 날마다 늘어나는 것이 먹고 마시고 놀고 자는 가게와 여관들인지라 전원의 풍광보다 먼저 들어오는 것이 상점 간판들이다. 그것을 무시해버리고 창밖의 표정을 바라볼 재간이 없는데 이 길을 가다보면 참으로 기발한 이름의 시골닭집이 나온다. 허름한 집에 허름한 글씨로 입간판을 세워놓고는 상호 왈, '켄터키 촌닭집'이다. 아— 어찌하여 시골닭, 토종닭의 상징성을 켄터키가 가져갔는가! 이 이름에 서린 오묘한 문화사적 의의를 후대 사람들이 어찌 알고 이해할 것인가.

전주에서 진안을 거쳐 장계에 이르도록 우리는 차창 밖으로 온갖 '가든'을 지나치게 된다. 화심가든 소양가든 장수가든…… 이제 사전을 만들 때는 가든(garden)의 낱말풀이를 ① 정원 ② 숯불갈비집으로 적어넣지 않으면 안되게끔 되었다.

역마살이 고산자(古山子) 김정호(金正浩) 버금가게 팔자 속에 배었는지 팔도를 내 집 마당처럼 돌아다니다보니 나는 참으로 기발한 간판을 많이 보았다. 성남에서 이천 쪽으로 뻗은 산업도로를 가다가 갈현터널을 지나면 '베드로횟집'이 나온다. 그렇지! 베드로는 어부 출신이었고 이 길은 천주교 성지순례 코스이지라는 생각을 하고 혼자 웃은 적도 있다.

그런가 하면 울산대학교 앞에는 '풍월장(風月莊)'이라는 보신탕집이 있다. 그 연원은 당구삼년폐풍월(堂狗三年吠風月), '서당개 3년에 풍월로 짖는다'에서 나왔다고 하니 대학가의 보신탕집으로는 제격이 아닐 수 없다.

지금 우리는 간판을 사용가치의 측면에서만 보고 말지만 이것은 아주 중요한 문화인류학적 유물들인 것이다. 그것은 우리 시대의 문화상을 아주 정직하게 반영하는 이 시대의 얼굴이기도 한 것이다. 따라서 그것을 면밀하게 읽어내는 것은 답사의 또다른 배움이고 즐거움이다.

무진장을 지나며

전주에서 진안으로 넘어가는 모래재는 사뭇 험하다. 들리는 말로는 사

| **마이산 원경** | 강정골재를 넘어서면 마이산의 쌍봉이 홀연히 솟아올라 답사객의 마음을 놀랍고도 기쁘게 해준다.

고도 잦다고 한다. 고개가 험한지라 산마루에 오를 때 아래로 내려다보는 기분은 비록 한순간이지만 등반할 때의 호쾌함도 갖게 한다. 눈앞에 다가오는 것이 바느질하듯 이어가는 산자락뿐이니 이제 우리는 탁족처를 찾아 머나먼 여행길에 들어선 기분을 온전히 가질 수 있다.

모래재를 내려가는 길이 어느만치 뻗어가다가 강정골재를 넘어서면 홀연히 마이산의 기이한 봉우리가 나타난다. 그 신비로운 형상을 한번 본다는 것, 그리고 20세기 설치미술의 최고 명작이라고 할 탑사(塔寺)의 공력을 구경하는 것은 그것 자체로 여행의 별격(別格)이 될 수 있다. 나는 지금도 어느 가을날의 환상적인 마이산답사를 생생히 기억하고 있는데, 다녀온 사람들의 얘기로는 겨울날의 눈 덮인 마이산이 더욱 신비롭다고 한다.

그러나 나는 겨울날의 마이산답사를 두번이나 실패했다. 기껏 일정을 잡아놓고는 눈이 무진장 오는 바람에 모래재의 찻길이 끊겨 코스를 변경하고 말았던 것이다. 덕유산 서남쪽 산골마을인 무주·진안·장수 3개 군을 줄여서 무진장이라고 부르는데, 이처럼 무진장에는 눈이 무진장 온다.

내가 잊지 못할 무진장의 또다른 추억은 1972년 11월 유신헌법 찬반 국민투표 때의 일이다. 사상 유례없는 투표율과 유례없는 지지율을 얻어내기 위해 대리투표, 유령투표 등 유례없는 관권부정선거가 자행됐던 이 선거에서 군부대는 반쪽 가리고 ○표만 찍는 공개투표를 시행하여 거의 100퍼센트 투표율에 99퍼센트 지지율을 보여주었으니 알 만한 일이 아닌가. 이때 그래도 용기있게 반대에 찍은 내 친구 윤수는 명령불복종이라고 영창 15일을 살았다. 그리하여 전국 91.9퍼센트투표에 찬성 91.5퍼센트를 기록했다. 바로 그 선거에서 무진장은 전국에서 가장 높은 투표율을 보여주었는데 투표율이 자그마치 103퍼센트였다. 그야말로 무진장 쏟아져나온 것이다. 그 캄캄했던 시절의 캄캄한 시골동네 얘기가 이제는 캄캄한 옛이야기로 전설이 되어 들려온다.

서울에서 아침에 떠나면 전주나 진안쯤에서 점심을 먹게 된다. 전주백반, 전주비빔밥, 전주콩나물국밥 등 향토의 진미가 진을 치고 있으니 걱정은커녕 거기에 모주 한잔을 곁들이는 즐거움이 기다린다. 그런데 전주 사람들은 소양과 화심의 순두부를 별미로 치고 있어서 마이산 가는 길에는 대형 순두부공장과 식당이 즐비하다. 답사회원들과 단체로 갈 때면 어쩔 수 없이 여기서 잔치상 받듯이 한 그릇 먹고 가지만 단출한 여행일 때면 마이산을 지나 오천(梧川)초등학교 입구에 있는 재래식 순두부집에 들러 간다. 그래야 드럼통에 두부를 끓이는 할머니의 능숙한 손놀림도 구경하면서 무진장사람들의 순박한 살내음에 다가설 수 있기 때문이다.

오천 순두부집에서 다시 길을 잡아 가다가 장수로 빠지는 길을 버리고 장계(長溪)마을을 곧장 지르면 임진왜란 때의 의기 주논개(朱論介, ?~1593) 출생지로 들어가는 푯말이 보인다. 초행길 답사객은 진주의 논개가 이곳 출신이라는 사실에 다소 당황하곤 한다. 장수사람 논개가 진주에 가서 의로운 희생을 한 것은, 3·15부정선거 때 남원의 김주열(金朱烈, 1943~60)이 마산에 가서 뜻깊은 희생을 당한 것과 사정이 비슷하여 그 또한 묘한 인연이라는 생각이 든다.

대가야의 영역이 한때는 남원까지 뻗은 적이 있어 이 지역에서는 가야도기와 같은 형식의 질그릇이 많이 출토되고 있는 것을 보면 문화권으로 볼 때 영남과 호남의 교차점이라는 역사성도 있지만 교통이 나쁘고 왕래가 드문 시절에도 영호남은 지금처럼 지방색을 드러내지 않았던 증좌가 여기에도 있는 것이다.

화림동계곡의 정자들

장계에서 함양으로 들어가자면 육십령고개를 넘어야 한다. 육십령고개는 남덕유산 아랫자락을 타고 넘는 길로 고갯마루에서 전라북도와 경상남도의 경계를 이룬다.

육십령고개는 예순굽이라는 거창한 이름을 지녔지만 경사가 가파르지도 않고 험하지도 않다. 장계마을에서 고갯길이 빤히 올려다보이는데 그 고갯길의 생김새는 산비탈을 느슨하게 타고 오르는 뱀의 형상을 그리고 있다. 어느만큼 고개를 올라 아래쪽 장계마을을 내려다보면 안온한 촌락풍경이 그림처럼 펼쳐진다. 우리가 관념 속에서 그리는 살기 좋고 인심 좋은 옛 마을의 전형이다. 아직도 우리의 향촌이 겉으로나마 저렇게 살아있다는 사실에 나는 항시 감사와 행복을 느끼며 한편으로는 저 풍광이 언제 '가든'과 '파크'로 무너지지나 않을까 걱정되는 불안의 감정이 같이 일어나곤 한다.

육십령고개를 넘으면 우리는 이내 금천계곡, 속칭 안의계곡을 곁에 두

| 육십령고개에서 내려다본 장계마을 | 비스듬한 경사의 육십령고개를 타고 오르다보면 아름다운 산간마을 장계가
그림처럼 펼쳐진다.

고 줄곧 비탈길을 내려가게 된다. 계곡의 천연스런 아름다움은 이 찻길
이 생기면서 반은 죽어버렸고, 대전~진주간 고속도로가 곧바로 이 계곡
을 타고 내리면서 지금의 이 풍광은 먼 옛날의 얘기로 되고 말았지만, 그
래도 안의계곡의 수려한 자태가 저력을 발하고 있다.

덕유산에서 발원한 계류가 흙모래를 다 쓸어내고 골격 큰 화강암바위
를 넘으면서 곳곳에 못을 이루고, 어쩌다 너럭바위를 만나면 미끄러지듯
흘러내려 아름다운 풍광을 곳곳에 빚어놓았다. 그 계곡이 절정을 이루는
곳을 화림동(花林洞)이라 하며, 예부터 팔담팔정(八潭八亭)의 승경을 자
랑해왔다.

지금 화림동의 여덟 정자를 다는 헤아리지 못하지만 거연정(居然亭),
군자정(君子亭), 동호정(東湖亭), 농월정(弄月亭)처럼 아무런 예비지식

26

없이 무심히 가던 사람도 잠시나마 쉬어가고 싶은 충동을 일으킬 준수한 정자가 계곡 양쪽으로 곳곳에 자리잡고 있다. 어느 경우든 정자의 모습은 감추어진 그윽한 곳이 아니라 훤히 들여다보이는 반듯한 자리에 어찌 보면 나를 보라는 듯 우리를 정면으로 대하고 있다. 여기에서 나는 호남이 아닌 영남의 정자문화가 지닌 독특한 성격을 읽어보게 된다.

『영남누대지(嶺南樓臺誌)』에 실린 영남의 누각과 정자는 책으로 한 권이 될 정도로 헤아릴 수 없이 많다. 『함양군지』에 소개된 정자와 누대는 근 150개소가 된다. 그 누대에는 저마다 사대부의 풍류와 은일(隱逸)의 뜻이 서려 있다. 거연정은 중추부사를 지낸 전시숙(全時叔)이 소요하던 곳을 후손 전재학이 추모의 염으로 세웠고, 동호정은 동호 장만리(章萬里)의 후손이 역시 추모하여 세웠고, 군자정은 정여창(鄭汝昌)이 일찍이 찾은 곳이라고 해서 사인(士人) 전세걸(全世杰)이 세웠고, 농월정은 관찰사와 예조참판을 지내고 임란 때 의병을 일으켰던 지족당(知足堂) 박명부(朴明榑)가 노닐던 곳에 후손들이 세운 것이란다.

영남의 정자들이 이처럼 계곡과 강변의 경승지를 찾아 세운 것이 많다는 사실은, 호남의 정자들이 삶의 근거지에서 멀지 않은 곳, 일종의 전원생활현장에 세운 것이 많다는 것과 큰 차이를 보여준다. 말하자면 놀이문화로서 정자와 생활문화로서 정자의 차이가 된다. 때문에 호남의 정자는 자연과 혼연히 일치하는 조화로움과 아늑함을 보여주는데, 영남의 정자는 자연을 지배하고 경영하는 모습을 띠고 있다.

올봄, 건축가 민현식·승효상이 종합건축사무소 '이로재(履露齋)' 창립을 기념하는 정여창 고택 답사에 초청하여 함께 이 길을 가면서 나는 민현식씨로부터 아주 유익한 깨침을 받을 수 있었다.

"영남의 정자들은 위치설정에서 다소 드라마틱한 배치를 보여주고

| **거연정** | 전시숙이라는 문인이 소요하던 곳에 후손이 세운 정자로, 계곡 가운데 우뚝 솟은 바위 위에 정자를 세운 드라마틱한 배치로 행인의 시선과 발목을 잡는다.

있어요."

바로 그것이다. 극적인 효과. 거연정이 구름다리 너머 바위 위에 올라앉은 것도 그렇고, 농월정을 계곡 건너편 저쪽으로 바짝 밀어붙여 세운 것도 그렇다.

지금 화림동의 4대 정자는 모두 입장료를 받고 있다. 나는 돈도 돈이지만 시간을 절약하기 위해 항시 그중에서 가장 스케일이 크고 준수하게 생긴 농월정에서만 탁족을 즐기고 나머지 정자들은 차창 밖으로 보는 것으로 만족하였다.

농월정은 월연암(月淵岩)이라고 부르는 방대한 너럭바위 전체를 조망하는 자리에 세워져 있다. 월연암에 농월정이라면 못에 비친 달을 정자에서 희롱한다는 뜻이 되니 그 이름만으로도 풍광을 짐작할 수 있지 않은가. 실제로 주변의 승경은 자못 호쾌하고 바위를 타고 흘러내리는 물살은 제법 빠르며 그 소리 또한 시원스럽다. 여름철 물이 깊어지면 바지를 걷어붙여도 정자 쪽으로 건너가지 못한다. 가을 단풍이 계곡물에 잠기며 오색이 어른거릴 때도 멋있지만 한겨울 얼음장 위로 흰 눈이 수북이 쌓여 있을 때는 여지없는 한 폭의 수묵산수화로 된다.

월연암 곳곳에는 바위가 움푹한 웅덩이를 이룬 곳이 많다. 영남대 한문교육과의 김혈조 교수는 학생들을 데리고 이곳에 답사할 때면 안의마을 양조장에서 막걸리 한 말을 받아다 여기에 쏟아붓고는 봄이면 진달래 꽃잎을, 가을이면 들국화 꽃잎이나 솔잎을 띄워놓고 한 바가지씩 퍼서 마시게 하며 놀이판을 벌인단다.

농월정 정자는 이층누각에 바람막이 작은방을 가운데 두고 삼면으로 난간을 돌린 제법한 규모다. 입장료를 받건만 관리가 부실하여, 신 벗고 오르지 못하게끔 되었으나 탐승객마다 신을 신고 오르는 바람에 점점 남루하고 볼품없는 몰골로 되고 말았다. 그나마도 얼마 전엔 누군가의 방화로 완전히 소실되어 다시 새 건물로 복원한 아픈 내력을 갖고 있다. 그러나 누마루에서 오른쪽 바위를 내려다보면 웅혼하고 유려한 글씨체로 '지족당장구지소(知足堂杖屨之所)'라는 글씨를 깊게 새겨놓아 이 농월정의 뜻을 새삼 새겨보게 된다. '장구'란 지팡이와 신을 뜻하는 것으로 산책을 의미한다. 풀이하자면 지족당이 산책하던 곳으로 된다. 농월정 난간에 기대어 화림동 계류소리를 들으며 한가한 시간을 가질 때면, 언젠가 나도 보름달 뜰 때 여기에 올라 달을 희롱하며 놀아보리라는 마음을 갖게 되는데 내겐 그런 한가한 시간이 오지도 않았고, 올 것 같지도 않다.

| **농월정** | '달빛이 비치는 바위못'이라는 뜻의 월연암 위에 정자를 세우고 그 이름은 '달을 희롱한다'는 뜻의 '농월정'이라고 했으니 그 낭만적 분위기를 알 만도 하다. 현재 농월정은 안타깝게도 화재로 소실되었다.

농월정의 행락객

농월정으로 답삿길을 떠날 때면 나는 차 안에서 농월정의 아름다움을 실컷 설명해놓고는 반드시 "그러나 여러분은 오늘 농월정의 탁족을 즐길 수 없을지도 모릅니다"라는 경고성 단서를 붙인다. 그 경고는 이 답사기에도 그대로 적용된다.

농월정은 대단한 행락관광지다. 겨울을 제외하고 봄·여름·가을로 사람들이 북적거린다. 특히 봄·가을로는 관광버스 한 대 빌려 차 안에서부터 흔들며 춤추는 놀이패들로 난장판이 된다. 이들은 농월정이 아니라 농월정 주차장이 목적지여서 스피커를 버스에서 밖으로 빼내어놓고는 최대 음량으로 온갖 뽕짝을 다 동원하여 틀며 혼신의 힘으로 춤을 추는 천박하고 저질스러운 놀이패들이다. 이 봄놀이·단풍놀이 춤꾼들은 항시 나의 답삿길에 따라붙는다. 그것을 피해가는 슬기가 사실은 답사의 중요

한 노하우가 된다. 신문보도에 따르면 94
년 6월부터는 이런 행락질서 위반자에게
무거운 벌금을 때린다고 했으니 조금은
안심이 되기는 한다.

　그러나 나는 이 놀이패들을 경멸하거
나 미워하지 않는다. 나는 이들이 왜 이
렇게 흔들지 않으면 안되는지를 이해할
수 있었기 때문이다. 그 문리를 터득한
곳은 바로 이 농월정 주차장 화장실 앞에
서였다.

　농월정 화장실은 남녀 구분의 표시가
암호 같은 도안이 아니라 자못 도전적인
신사 숙녀 얼굴로 그려져 있다. 그 화장
실을 쳐다보고 있자니 용무를 마치고 나

| **지족당장구지소** | 지족당이 산책하던 곳
이라는 뜻으로 새긴 각자(刻字)는 매우 힘차
면서도 정연하고 깊이 새겨져 있어 그것이
하나의 문화유산으로 되었다.

오는 여자들의 폼이 제각각이다. 도회적 세련미에 넘치는 젊은 여인들은
손도 씻고 머리매무시도 다 고치고 나오는 것이 화장실 나오는 것인지
회사 정문 나오는 것인지 구별이 안 갈 정도다. 그러나 놀이패 아주머니,
할머니 들은 옷을 다 입고 나오는 분이 없다. 나오면서 연신 허리춤의 지
퍼를 올리고, 윗옷을 쑤셔넣고, 허리띠를 졸라매며 종종걸음으로 걷는다.
이것은 제주도 관광지, 불국사, 고속도로 휴게소에서도 똑같이 볼 수 있
다. 그것 자체가 공중도덕에 어긋난다고 할 수 있다. 그러나 그것은 그분
들이 농사를 지으면서 생긴 습관일 따름이다. 뒷간에서 허리춤 매만질
시간도 없이 살아가고 있는 그분들인 것이다.

　내가 지금 그분들을 이해한다는 뜻은 대부분 농촌에서 농사짓는 아주
머니, 아저씨, 할머니, 할아버지인지라 배운 것이 모자라 저렇게 공중도

덕을 무시한다고 측은하게 생각하는 것이 아니다. 다만 나는 지금 그들이 저런 놀이문화를 가질 수밖에 없음을 이해하고 있는 것이다.

그분들은 젊은것들이란 다 떠난 빈 마을을 지키고 있는 마지막 농군들이다. 그분들은 일년에 한번 또는 두번, 본격적인 농사철이 아닌 때를 골라 어느 시인의 표현대로 '우라질 것' 신나게 한번 놀아보자며 스트레스를 풀고 있는 것이다. 그분들은 이날 이때를 위해 매달 곗돈으로 5천원, 1만원씩을 부어왔다. 그들로서는 오직 흔들고 춤추며 소리지르고 노래하는 만큼 본전을 뽑는 것이다. 이 금싸라기 같은 시간에 어찌 휴식이 있을 수 있겠는가.

공중도덕을 찾는 사람들은 모두 이렇게 하지 않고도 점잖게, 신나게, 질탕하게 놀 수 있는 돈과 시간과 장소적 편의가 있는 사람들이다. 사실 점잖은 사람들이 남의 눈 안 띄는 곳에서 벌이는 저질스러움에 비하면 이분들이 도덕적으로 훨씬 선하다. 이 순박한 촌로들에게 저질의 카바레 문화를 가르쳐준 것은 도대체 누구였던가. 다 그 점잖은 사람들이다.

나의 이런 항변에 대하여 어떤 분은 아무리 좋게 이해하려 해도 볼꼴 사나운 것은 틀림없는 사실 아니냐고 반문할지도 모르겠다. 물론 그렇다. 그러나 이 행태를 고치려면 상류사회의 문화부터 고치지 않으면 안 된다고 생각한다. 그러니까 이 농월정 놀이패에게 보낼 경멸의 뜻은 우리 시대 문화 행태와 구조 전체에 대한 반성으로 되돌려야 마땅하다는 것이 나의 주장이다.

지금 전세계에서 문명국으로 자처하는 나라를 보면 모두 중세봉건국가에서 근대시민국가로 전환하는 과정에서 봉건시대의 세련된 고급문화를 근대의 시민문화로 계승하는 과정을 겪었다. 서양 중세음악이 르네쌍스의 모떼또, 바로끄의 바흐를 거쳐 베토벤, 드뷔씨로 자연스럽게 이어지는 모습을 역력히 볼 수 있다. 미술도 마찬가지고 문학도 그렇다. 그러나 우리는 근대화과정에서 그 중요한 작업을 하지 못했다. 조선시대의 세련된 사대부문화가 근대적·시민적·대중적 지평에서 확대·개편·수정되는 계기를 갖지 못했고, 봉건사회 해체기에 일어났던 서민문화의 새로운 생명력을 발전시키는 노력도 해보지 못했다. 『언간독』의 글씨 같은 서체를 아직도 만들어내지 못하고 있다. 그때에 남긴 숙제가 한 세기 반이 지난 지금에도 숙제로 남아 있는 것이다. 놀이문화도 마찬가지였다.

모든 것이 근대화·서구화의 위세에 밀린 것이다. 또 그렇게 열심히 서구의 뒤를 쫓아갔기에 이만큼 사는 나라가 되었다. 그러나 서구문화가 들어올 때는 세련된 고급문화만 들어온 것이 아니라 저질문화도 따라 들어왔다. 그것이 한국적으로, 향촌사회적으로 변질된 것이 저 놀이패의 춤문화다.

농월정 난간에 기대어 주차장 쪽 나무그늘에서 무리지어 거의 죽을힘을 다하여 연신 흔들어대는 아주머니와 아저씨를 보면서 우리 시대의 세련된 놀이문화 행태란 어떤 것인가를 생각해보았지만, 내 재간으로는 그 실마리도 잡아낼 수 없음이 안타까울 따름이었다. 고작 생각해낸 것은 '탁족'과 '답사'뿐이었다.

안의마을을 돌아보며

안의(安義)는 아주 아담한 시골마을이다. 그러나 조선시대에는 현감이 다스리던 현(縣)이었다. 본래 이름은 안음(安陰)이었는데, 영조 43년(1767) 인근 산음현(山陰縣)에서 일곱살 난 여자아이가 아기를 낳는 괴이한 일이 벌어지자 영조가 그쪽에 음기(陰氣)가 너무 세어 그렇다며 산음을 산청(山淸)으로 개명하면서 안음도 안의가 되었다.

화림동에서 흘러내린 계류가 안의에 이르러서는 금천(錦川)이라는 호

| 안의 광풍루 | 안의 계곡가에 있는 이 이층 누각은 현청이 있던 옛 고을의 연륜을 증언해준다.

청에 어울리게 마을을 곱게 감싸고 돌아간다. 옛 마을인지라 향교도 있고 마을 한복판에는 광풍루(光風樓)라는 제법 큰 누대가 건재하여 거기에 오르면 천변의 풍광을 한눈에 내려다볼 수 있다.

금천 저쪽은 고목이 된 갯버들이 병풍처럼 줄지어 있다. 마을 밖에서 볼 때는 고목으로 감싸인 모습이 예쁘다고 생각했는데 마을 안에서 바라보니 포근하다는 인상을 말하게 된다.

안의는 70년대 말, 소읍가꾸기사업에서 전국 3위를 할 정도로 규격화되어버리긴 했지만 그래도 묵은 동네 안마을을 두루 둘러보는 것은 답사의 큰 재미고 멋이다. 답사회원과 떼거리를 지어 도는 것은 미안한 생각이 들어 답사 때면 안의초등학교 입구에 차를 세워놓고는 각자 알아서 마을을 돌아보고 한시간 뒤에 학교로 모이는 방법을 취한다.

뿔뿔이 풀어놓은 답사회원들은 얼마 뒤 약속이나 한 듯이 천변으로 모여든다. 뚝방 위에 서서 개울 건너 갯버들을 바라보는 것이 제일 즐거웠던 모양이다. 그리고 이들은 이내 뚝방 아래로 빨래터가 있음을 발견하고는 모두들 거기로 내려간다. 뚝방을 만들면서 널찍한 빨래판돌 대여섯을 시멘트로 반듯하게 줄지어 고정시켰는데, 재미있는 것은 빨래판이 아래위 2단으로 설치된 것이다. 물이 빠지면 아랫단, 물이 차오르면 윗단에서 빨래하게끔 되어 있다. 이제 냇물은 오염되어 다시는 빨래 나오는 아낙도 보이지 않으니 박수근(朴壽根, 1914~65)의 「빨래터」가 김홍도의 풍속화처럼 옛 그림으로 다가온다. 이것도 점점 지나간 시절의 유적으로 되어가고 있는 것이다.

부잣집, 삼돌이네

지리산의 동남쪽, 함양·산청을 지나다보면 차창 밖으로 비치는 마을마다 고래등 같은 기와집들이 무척 많이 눈에 띈다. 이 점은 거창이나 함안 쪽을 가도 마찬가지여서 조선시대부터 영남에 부자가 많았고 영남사림파의 맥이 셌다는 것을 실감케 된다. 그런데 안의에는 그런 대갓집이 보이질 않는다. 오직 하나, 안의초등학교 가까이 중요민속자료 제207호로 지정된 '허삼둘(許三乧) 가옥'이 있다.

이 '삼둘이네 집'은 오늘날 사람도 살지 않고 폐가나 매한가지로 퇴락해버려 담장은 무너지고 사랑채 마당은 동네사람 채마밭이 되고 말았지만 가옥구조가 아주 특이하다. 솟을대문은 유난히 높고, 사랑채는 행랑채, 곳간과 연결되어 선비가 공부한다는 문기(文氣)가 보이질 않는다. 오히려 ㄱ자 팔작집으로 된 안채가 더 큰 비중을 차지하여 우리가 알고 있는 전통한옥과 구조도 다르고 분위기도 다르다.

나는 이 '삼둘이네 집'과 산청의 남사마을 고가(古家)를 보고 나서 아주 흥미있는 사실 하나를 발견하게 되었다. 우리는 전통한옥의 고가를 보면 당연히 양반집으로 생각하고 그 가옥구조를 양반 사대부문화와 연결시켜 말하고 있다. 그러나 '삼둘이네 집'은 양반집이 아니라 그저 부잣집이었다. 말하자면 신흥부르주아의 집인 것이다. 1862년의 농민전쟁, 속칭 임술민란 때 그 처신이 주목되는 요호부민(饒戶富民)의 저택이었던 것이다. 그래서 이 요호부민의 집들을 보면 당시 지배층인 사대부의 문화를 본받아 양반가옥의 형태를 띠면서도 한편으로는 부자티를 내며 곳곳을 변형시켰던 것이다. 그 한 예가 솟을대문이 쓸데없이 높고 큰 것인데, 이 점은 오늘날에도 집장수집들은 한결같이 대문을 거하게 만드는 것과 똑같은 발상인 것이다.

그런 중에도 '삼둘이네 집' 안채는 공간배치가 야릇하다. 부엌을 ㄱ자의 정모서리에 붙여놓았다. 내 눈에는 그것이 기발하다는 생각만 들 뿐 잘된 것인지 못된 것인지 얼른 판단이 서지도 않고 그 이유도 잘 잡히지 않았다. 그러나 건축가의 눈에는 그것이 단박에 들어오나보다. 함께 간 승효상씨 설명에 따르면 기품이고 체통이고 다 무시해버린 여성생활 위주의 공간포치란다.

그렇다면 이 집이 '허삼둘 가옥'으로 불리는 이유도 알겠다. 문화재 안내문에 따르면 이 집은 약 70년 전에 윤대흥(尹大興)이라는 사람이 진양(晉陽)갑부 허씨 문중에 장가들어 부인 허삼둘과 함께 지은 집이란다. 이 집을 통례에 따라 남자의 이름으로 지칭하지 않고 여자주인 삼둘이를 내세운 것은 삼둘이가 실세였고, 그의 건축적 주장이 그렇게 반영됐다는 해석이 가능해진다. 여권을 주장하는 사람들에게는 신나는 얘기가 아닐수 없다.

그러나 나는 폐가가 되어 을씨년스런 황량감이 감도는 이 '삼둘이네 집'에서는 차라리 한때의 부귀가 얼마나 허망한가를 실감있게 읽게 되

| 허삼둘 가옥 안채 | ㄱ자 한옥으로 전통가옥의 근대적 변형이 곳곳에 가해졌다. 몇해 전 알 수 없는 방화로 소실되었다.

며, 한편으로는 중요민속자료라는 지정문화재 정책의 허점을 뼈저리게 실감할 뿐이다. 옛집에 대한 보존과 보호는 가장 중요한 것이 거기에 사람이 살게끔 하는 것이다. 사람이 살지 않는 집은 곧 죽은 집이 되고 마는 법이다. 안동의 하회마을, 경주 양동 민속마을의 그 좋은 집들을 흉가로 만들어놓은 이유도 사람이 편히 살지 못하게 됨에 있는 것이었다. 답사를 다니면서 지정문화재 가옥을 볼 때면 사람의 체온과 체취를 그리워하는 그 애처로운 모습이 양로원에 버려진 노인네를 보는 것보다도 안쓰러웠다. 때로는 허가받을 수만 있다면 나라도 걸레질 치고 군불을 때주고 싶었다. 그리하여 이제 나는 옛집을 볼 때마다 입버릇처럼 하는 말이 하나 생겼다.

| **허삼둘 가옥의 부엌문** | 전형적인 ㄱ자 팔작집인데 정모서리에 배치한
출입구가 자못 이채롭다.

"집이란 사람이 살고 있을 때만 살아있다. 사람이 떠나면 집은 곧
죽는다."

안의초등학교 교정에서

나의 지리산 동남쪽 답삿길에 굳이 안의마을을 들러야 했던 이유는
안의초등학교 때문이었다. 여기는 옛날 안의현의 동헌(東軒)이 있던 자
리다. 우리나라의 초등학교는 그 출발부터 기구한 팔자를 지니고 있다.
일제가 지금의 면단위마다 소학교를 세우면서 그 위치를 옛날 현청(縣

廳)이 있던 자리를 택하였다. 신시가지에 일본인 관리가 통치하는 면사무소를 세우면서 조선왕조의 정통성을 죽이고 한편으로는 자신들의 신식문명을 내세우는 양면효과를 노렸던 것이다. 그리하여 답사와 연관해서 본다면 1894년 농민전쟁 때 조병갑이 혼난 고부현청은 고부초등학교, 수안보에서 이화령고개를 넘어가면서 내려다보이는 연풍, 단원 김홍도가 3년간 근무했던 연풍현청엔 연풍초등학교, 그리고 연암 박지원이 5년간 근무했던 안의현청에는 안의초등학교가 들어서 있게 된 것이다.

안의현감을 지낸 역대 선생들의 면면을 내가 제대로 알 턱이 없다. 그런 중 이곳 함양 출신으로 무오사화 때 유배를 당한 거유(巨儒) 정여창이 이곳에 부임하여 그때 선화루(宣化樓)를 크게 고쳐짓고 광풍루라고 했던 일, 한국회화사에서 속화(俗畵) 장르를 확립한 선비화가 조영석(趙榮祏)이 여기에 근무하던 중 영조가 어서 올라와서 세조의 초상화를 새로 그리는 데 붓을 잡으라고 명했건만 그것은 환쟁이가 할 일이지 나의 일이 아니라며 거절했던 일만은 확실하게 기억하고 있다.

그러나 그것은 답사의 큰 이유가 아니었고 연암(燕巖) 박지원(朴趾源, 1737~1805)이 55세 되는 1792년부터 5년간 그의 첫 외직(外職)으로 이곳 안의현감을 지냈다는 사실 때문이다. 연암의 글 중에는 안의시절에 씌어진 기문(記文)이 상당수 있을 뿐만 아니라, 현재로서 연암을 기릴 수 있는 사적지는 여기밖에 없다.

연암의 사적지가 하고많은 연고 중에서 안의초등학교 자리로 될 수밖에 없는 것은 연암의 개인사적 사정과 분단의 비극 때문이다. 당신의 생가는 서울 반송방(盤松坊) 야동(冶洞), 지금 서대문 부근이었다. 그 집이 남아 있을 리 없으니 서울사람의 고향상실이라는 억울함과 아픔이 있다. 진짜 그분을 기릴 곳은 홍국영의 세도가 한창일 때 황해도 금천(金川)의 연암협(燕巖峽)으로 은거하여 그 아호가 여기에서 연유했으니 연암이 제격이다. 그러나 분단으로 갈 수 없는 땅이 되었기에 안의는 차선에 차선 책으로 그분의 사적지가 되었고, 지금 안의초등학교 교정 화단 한쪽에는 이우성 선생이 찬한 연암사적비가 세워져 있다. 그러나 당신이 기거했던 옛집은 헐려 학교가 되고 오직 해묵은 배롱나무와 향나무 두어 그루만이 연암 당년의 모습을 알려준다.

연암의 시 「시골집」

연암의 「양반전」「호질」「허생전」 같은 소설은 우리들이 대충 알고 있다. 그러나 연암의 시에 대하여는 좀처럼 들어볼 기회가 없다. 나 또한 북한에서 출간한 『박지원작품집』 한글번역본을 손에 쥐기 전에는 그 시의 분위기를 체감할 수 없었다. 한글번역과 원문을 대조하며 연암의 시를 읽어가는데 「시골집〔田家〕」이라는 시에 이르러서는 그 정경묘사가 얼마나 눅진하고 소담스러우면서 아름답고 그립던지, 학생들과 야외스케치 나갈 때면 이 시를 복사해 나눠주곤 하였다.

할아범 새를 보러 밭둑에 앉았건만
개꼬리 같은 조이삭엔 참새가 달려 있네.
맏아들 둘째아들 들일로 다 나가고
온종일 시골집은 삽짝문 닫혀 있네.
소리개 병아리를 채려다 못 채가니
박꽃 핀 울밑에서 뭇닭이 울어대네.
새댁이 함지 이고 꼿꼿이 내 건널 제
누렁개 발가숭이 아이 앞뒤로 쫓아가네.
老翁守雀坐南陂 粟拖狗尾黃雀垂

長男中男皆出田 田家盡日晝掩扉

鳶蹴鷄兒攫不得 群鷄亂啼匏花籬

小婦戴棬疑渡溪 赤子黃犬相追隨

나는 이 시를 읽을 때면 단원 김홍도의 풍속화와 산수화가 절로 생각나고 그분이라면 이 시에 붙이는 그림 한 폭을 능히 그려냈으려니 생각하곤 했다.

연암의 산문정신

연암 박지원이 한국문학사상 불후의 명저를 남긴 대문인으로 칭송되는 바는 내남이 모두 알고 있다. 또 진정한 실학자로서 현실의 모순을 직시했고, 북학파의 선봉이 되어 세계를 바라보는 인식을 새롭게 했음도 두루 알려져 있다. 한마디로 그는 당대의 대안목이었고 실천적 지식인상의 모범이었다. 조선왕조의 문예중흥기였던 정조시대의 문화적 성취와 성숙도는 사상에서 다산 정약용, 문학에서 연암 박지원, 회화에서 단원 김홍도, 경륜에서 번암 채제공 등으로 상징되는바, 한국인이라면 무조건 연암을 존경하고 사랑하고 배워야 한다고 나는 믿고 있고, 그렇게 우기고 있다.

나는 연암의 소설보다도 산문을 좋아한다. 원래 한 시대의 빛나는 지성은 어느 장르보다도 산문정신에 나타난다. 그 점에서 산문은 그 시대 문화의 척도이기도 하다. 연암의 산문은 높은 상징과 밑모를 깊이의 은유로 가득하다. 그 상징과 은유의 오묘함 때문에 『연암집』은 아직껏 한글 완역본이 출간되지 못하고 있다. 연암의 글이야말로 독자에 따라 "아는 만큼 느낄 뿐이다." 나는 당신의 수많은 명문 중에서 「환희기(幻戱記)」를 아주 감명깊게 읽었고, 아주 좋아하여 기회만 있으면 인용한다.

　우리나라에 서화담(徐花潭) 선생이란 분이 있었습니다. 어느날 외출했다가 길에서 우는 사람을 만났더랍니다.

"너는 어째서 울고 있느냐?"

"나는 세살 때 눈이 멀어 지금 40년이 되었습니다. 전일에는 어디를 갈 때는 발을 의지삼아 보고, 잡을 때는 손을 의지해 보고, 음성을 듣고는 누군지 분별하니 귀를 의지해 보았고, 냄새를 맡고는 무슨 음식인지 살폈으니 코를 의지해 보았습니다. 사람들은 두 눈만 가지고 보지만 내 손과 발, 코와 귀가 눈 아닌 것이 없었답니다. 어찌 수족과 코·귀뿐이겠습니까? 시간이 이르고 늦음을 낮에는 피로한 정도로 보았고 사물들의 모습과 색깔을 밤에는 꿈으로 봅니다. 그래도 아무런 장애가 없이 의심되고 헷갈리는 것이 없었는데, 오늘 길을 오는 도중에 두 눈이 갑자기 밝아지고 백태가 낀 것이 절로 열려 천지가 확 트이고 산천이 어지럽게 널렸는데 만물이 눈을 막고 온갖 의심이 가슴에 차여 손·발·코·귀의 감각이 뒤집히고 섞여 모든 것이 정상을 잃게 되어 아득하니 집도 잊어버려 혼자 찾아갈 수 없습니다. 그래서 울고 있습니다."

"너는 네가 의지하던 손·발·코·귀에 물으면 그것이 응당 알 것 아닌가?"

"내 눈이 이미 밝아졌으니 그것을 어디에 사용하겠습니까?"

"네가 다시 눈을 감아라. 즉시 너의 집을 찾아갈 것이다."

　이로 본다면 밝다는 것을 믿을 바가 못됨이 이와 같습니다. 오늘 요술구경을 본 것도 요술쟁이가 우리를 속인 것이 아니라 우리 스스로가 제 자신을 속인 것이외다. (김혈조 「연암 박지원의 사유양식과 산문문학」에

서 번역문 인용)

나는 연암의「환희기」같은 산문을 읽을 때면 왜 우리는 감수성 예민한 학창시절에 교과서에서 이런 명문을 배우지 못했던가 원망스럽기까지 하다. 그런 참된 국어교육이 없었던 것과 이 시대에 '켄터키 촌닭집' 같은 황당한 상호가 등장하는 것이 무관치 않으리라.

연암의 정신은 스스로 부르짖은 단 한마디의 말, 법고창신(法古創新)으로 요약된다. 옛것을 법으로 삼으면서 새것을 창출하라.

지금 우리는 세계질서의 정치적·경제적 변화에 당혹스러워하고 있다. 소련과 동구 사회주의 국가의 변화, 우루과이라운드의 타결, 세계화의 요구…… 이 정신없는 상황에서 우리가 갈 길을 연암 선생은 이「환희기」에서 제시하고 있는 듯하다. 내 귓가에는 당신의 준엄한 말씀이 쟁쟁히 들려온다.

"그렇다면, 다시 눈을 감고 가시오!"

함양·산청의 유적들

답사를 자주 다니고 답사기 같은 글도 쓰니까 사람들은 나에게 "안 가본 데가 없겠네요"라는 말을 곧잘 한다. 그러나 천만의 말씀이다. 남한의 시군(市郡)은 대충 다 거쳐갔다. 그러나 전국 1,500개 읍면(邑面)으로 따지면 반도 밟아보지 못한 것 같다.

지리산변의 오지인 함양의 1읍 10면, 산청의 1읍 10면 중에서는 3분의 2가 미답처다. 그만큼 우리 땅은 깊다. 넓지는 않아도 깊다. 지리산의 자랑이 높이에 있지 않고 깊이에 있는 것처럼. 그러니 함양과 산청의 답사를 고작해서 3박4일로 잡아놓고는 그곳의 모든 유적을 섭렵할 생각을 갖는다는 것은 우리 땅의 넓이만 생각하고 깊이를 생각지 않은 발상이며 국토에 대한 능멸에 해당한다.

지금 우리가 가고 있는 지리산 동남쪽 답삿길이란 육십령고개, 안의, 함양, 산청, 단성, 덕산, 대원사에 이르는 큰 줄기를 따라가는 길이다. 그 줄기에는 늙은 감나무 가지보다도 더 무성한 답사의 지류가 뻗어 있다. 한차례의 답사란 그저 한두 가지의 감을 따는 것 이상이 될 수 없다.

함양과 산청에는 가야시대 이래로 무수한 유적이 널려 있다. 산청 어서리의 가야고분군과 구형왕릉으로 전해지는 네모난 돌무지무덤은 예사롭지 않았던 이 땅의 연륜을 말해준다.

깊은 산속에 자리잡은 삼국시대 이래의 불교유적은 그 태반이 폐허가 되었지만 폐사지의 무너진 석탑과 이름 잃은 사리탑이 그 옛날을 오늘도 지켜주며, 천년 이상의 역사를 갖고 있는 절집들이 아직도 몇몇은 건재하다. 지리산 칠선계곡을 타고 내려오는 마천·휴천 일대에는 영원사터, 무주암터, 안국암터, 두류암터, 엄천사터 등이 즐비하여 목장승으로 유명한 마천 벽송사(碧松寺)와 덕전리 실덕마을의 거대한 마애불(보물 제375호)은 그것만으로도 훌륭한 하루 답사가 된다.

산청의 지리산 대원사, 법계사, 내원사야 익히 보고 들어 알겠지만 율곡사의 대웅전(보물 제374호), 도전리의 마애불(지방유형문화재 제209호) 쪽으로는 발길이 잘 닿지 않는다.

함양 승안사(昇安寺)터에는 삼층석탑(보물 제294호)과 석조여래좌상이 남아 있고, 정여창의 묘소도 있어 꼭 가볼 마음을 먹은 지 오래건만 나는 올 봄답사 때도 지나치고 말았다.

고려시대 이래로 함양과 산청은 많은 인재를 배출했다. 그 인재의 후손과 제자들은 영남사림파의 한 맥을 형성했다. 고려시대 문익점(文益

漸)은 산청 출신으로 그분의 묘소와 목화 시배지가 유적지로 정비되어 있다. 현대불교의 고승인 성철스님의 생가도 있다.

함양은 조선시대에 좌안동(左安東) 우함양(右咸陽)이라 하여 학문과 문벌의 자부심이 대단했다. 조선 성종 때 명신인 유호인(俞好仁), 문묘 배향자(配享者)의 한분인 정여창이 함양분이었다. 그리고 퇴계와 더불어 한 시대 사상적 지주였던 남명(南冥) 조식(曺植)은 산청 덕산에 자리잡았다.

대대로 이어온 양반과 지방의 토호들이 마을마다 뿌리를 내려 유서깊은 마을이 한둘이 아닌데 정여창 고택이 있는 함양의 개평마을과 산청 단성의 남사마을은 그 취락구조와 고가 자체가 한국건축사의 중요한 유적인 것이다.

큰 선비가 많이 나오고 양반이 많았으므로, 서원이 거짓말처럼 즐비하다. 함양의 남계서원(藍溪書院), 청계(淸溪)서원, 송호(松湖)서원…… 산청의 서계(西溪)서원, 도천(道川)서원, 배산(培山)서원, 덕천(德川)서원…… 이미 빈터로 변한 서원은 이루 다 열거하지 못한다.

이 많은 유적을 우리가 무슨 수로 3박4일 일정에 일별이라도 하겠는가. 어차피 우리가 답사여행객일진대 그것을 다 볼 이유야 있겠는가. 잘 익은 감만 따먹어도 물릴 판인걸.

지금 나의 답삿길은 그중 대표적인 고가로 정여창 고택, 대표적인 폐사지로 단속사터, 대표적인 서원으로 덕천서원, 대표적인 절집으로 대원사를 향하여 공격하듯 달리고 있는 것이다.

정여창 고택에서 하룻밤

안의에서 함양으로 내려가는 길은 포장공사가 말끔히 끝났다. 몇해 전만 해도 키 큰 미루나무가 외줄로 달리는 신작로 흙길이어서 일부러 지나갔던 그때의 추억을 되살리려 창밖을 두리번거리니 새 길을 반듯하게 내면서 간간이 저쪽으로 밀려난 신작로 잔편이 미루나무 그늘 아래 길게 누워 있다.

차는 산허리를 넘고 들판을 가로지르며 달린다. 달리는 차창 밖으로는 마을과 마을들이 영화 속 장면처럼 오버랩된다.

내가 본 바에 의하면 영남의 들판은 호남의 그것과 사뭇 다르다. 호남의 산등성은 여리고 안온한데 영남의 능선들은 힘차고 각이 있다. 그래서 호남의 들판은 넓어도 아늑하게 감싸주는 포근한 맛이 있지만, 영남의 들판은 좁아도 호쾌한 분위기가 서려 있다. 그래서일까, 호남의 마을에서는 거기에 주저앉게 하는 눅진한 맛이 있는데, 영남의 마을에선 어디론가 산굽이 너머 달려가고 싶은 기상이 일어난다.

정여창 고택은 안의와 함양 사이, 지곡(池谷)면 개평(介坪)리에 있다. 지곡면사무소가 있는 마을 어디쯤에 차를 세워놓고 개울을 따라 동쪽으로 사뭇 올라가면 거기가 개평마을이다.

개평마을은 그 생김새가 댓잎 네개가 붙어 있는 개(介)자 형상이라고 해서 생긴 이름이라고 한다. 댓잎 한 줄기는 마을이 되고 한 줄기는 방풍언덕으로 되어 언덕마루마다 노송이 줄을 이은 것이 퍽이나 운치있고 격조가 높아 보였다.

개평마을은 상당히 크다. 현재도 100호가 넘는다고 한다. 집집이 돌담으로 어깨를 맞대고 어쩌다 끊어지면 탱자나무 울타리가 이어간다. 작은 집 몇채를 지나면 번듯하게 생긴 큰 집이 나오고, 마을 안쪽 골목길들은 아직도 예스러움을 그대로 유지하고 있다.

물어 물어 정여창 고택에 이르기까지 나는 그에 필적할 만한 저택 두 집을 들어갔다. 이렇게 많은 양반가옥이 밀집하여 있을 줄은 미처 모르고 큰 기와집이면 바로 그 집이려니 했던 것이다. 아직도 이런 마을이 건

| **정여창 고택** | 높직이 올라앉은 사랑채에는 양반가옥의 품위와 권위가 한껏 살아있다.

재하다는 것이 신기하고 고마웠다.

정여창 고택은 여느 양반가옥과 마찬가지로 솟을대문, 사랑채, 안채, 아래채, 별당, 가묘, 곳간 등으로 구성되었다.

대문에서 바로 들여다보이는 사랑채는 ㄱ자 팔작집으로 돌축대가 높직하고 추녀는 활주를 받쳤을 만큼 날개를 펴서 더없이 시원스러운데 툇마루 한쪽 편을 약간 올려앉혀 누대의 난간처럼 감싸안았다. 거기에 올라앉아 난간에 기대어 마당을 내다보았다. 누마루는 석가산(石假山)과 마주 붙어 마치 원림(園林)에라도 들어선 기분이다. 그것이 아마도 이 집 치원(治園)의 뜻이리라.

사랑채 옆으로 난 일각문(一角門)을 통해 안채로 들어서니 앞마당이 직사각형으로 길게 뻗어 아래채와 사랑채로 연결된다. 보통은 네모 반듯한데 이 집은 그렇지 않았다. 사랑채 뒤쪽으로 툇마루를 붙여 안팎으로 분리된 공간을 다시 하나로 묶어놓았다. 그러한 공간배치가 이 집의 온화한 가풍을 느끼게 해준다. 영남의 양반가옥들은 안동이나 경주에서 흔히 보이듯 폐쇄공간을 즐겨 구사했는데 이 집은 철저한 개방공간으로 분할되고 경영되어 집이 밝고 명랑하다. 공간개방에 따라 약간은 약화됐던 이 집의 권위와 체통은 높은 솟을대문에 5개의 효자·충신 정려패(牌)를 걸어놓은 것으로 충분히 보강되었다.

나는 이 유서깊은 명가(名家)에서 하룻밤을 묵어가는 영광과 은혜를 입으면서 전통한옥의 품격을 몸으로 느껴볼 수 있었다. 따지고 보면 특이한 구조나 공간배치가 없는 셈인데도 정여창 고택은 정연한 기품으로 가득했다. 나는 처음에는 그 고상한 분위기와 인간적 체취가 어디에서 나오는 줄 몰랐다. 그저 화단을 가꾸고, 마당을 쓸고, 마루에 물걸레 치고 살아가는 종가댁 며느님의 살림때가 배어 있어 그런 줄로만 알았다. 안의에서 황량감 도는 삼둘이네 집을 보았기에 더 그렇게 느꼈던 것인지도 모른다.

이로재 팀과 답사를 마치고 돌아오는 길에 버스 안에서 각자 답사소견을 발표하는 시간을 가졌다. 그때 승효상씨는 직원들에게 이런 충고를 했다.

"고건축을 답사하고 나서는 그 집의 평면을 그려보십시오. 입면은 사진 찍은 것으로 알 수 있고 기억도 될 것입니다마는 평면은 자신이 본 만큼만 그릴 수 있을 겁니다."

역시 프로의 세계는 뭔가 달랐다. 나는 그의 충고대로 정여창 고택의 평면을 그려보았다. 평면으로 파악하고 보니 이 집은 거짓말처럼 가옥배치가 간단명료했다. 집의 바닥평면이 언덕을 올라탄 지형인지라 레벨의 차이가 심한 입지조건이었는데도 반듯하게 자리잡고 있는 것이었다. 그제야 나는 사랑채의 축대를 높이 쌓아 안채, 아래채와 수평을 맞추었다는 사실도 알게 되었다. 요사스러운 변화나 번잡스러운 치장이 없는 명료한 구성, 그것은 채색장식화가 아닌 담백한 수묵담채의 문인화 같은 멋이다.

남사마을의 요호부민 집들이 고대광실 같은 부티는 있어도 정여창 고택 같은 품격이 없었던 까닭도 알게 되었다. 그런 의미에서 정여창 고택은 양반가옥의 한 고전이었고 고전은 항시 고전으로서 무게와 품위가 있음도 확인할 수 있었다.

정여창 고택은 지금 경상남도 지정문화재로 되었고 그 유물명칭은 '정병호 가옥'으로 되어 있다. 그의 후손인 지정 당시의 건물주 이름으로 붙인 것이다. 이것은 약간 문제가 있다.

경주 안강의 유명한 민속마을인 양동에는 중요민속자료 제23호로 지정된 '손동만 가옥'이 있다. 건축가 이일훈씨는 이 집의 유래를 알아보고자 인명사전에서 손동만을 찾았으나 나오질 않아, 그 댁에 갔을 때 툇마루에 앉아 계신 주인어른께 정중히 여쭈었단다.

"저, 이 댁의 동자 만자 어른은 벼슬을 어디까지 했나요?"
"와 그라요?"
"댁이 하도 유명해 어떤 분의 집인지 내력을 알고 싶어 그럽니다."
"그래요? 나요, 내가 손동만이외다."

건물을 문화재로 지정할 때 등기상 소유주 이름으로 명칭을 붙인 것이다. 그러나저러나 정여창 고택의 건물주 정병호씨는 이미 타계하셨다. 이제 그 이름을 당국에선 무어라 붙일지는 두고 볼 일이다(현재는 정여창 고택으로 명칭이 변경되었다. 손동만 가옥도 양동 서백당으로 명칭이 변경되었다).

함양의 상림과 학사루

나는 함양·산청사람들은 복받은 인생인 줄로 안다. 듣기에 따라선 한가한 소리라고 비웃을 수도 있고, 빨치산 난리 때 애꿎은 인생들이 얼마나 희생됐는지 아느냐고 따진다면 내 말을 취소할 수도 있다. 그러나 장대한 산, 지리산을 곁에 두고 위천수(渭川水), 경호강(鏡湖江)의 맑은 물을 품에 안고 사는 천혜의 복이 외지사람 입장에서 얼마나 부러운지 그곳 사람들은 다는 모를 것이다. 나 같은 불쌍한 서울사람은 그런 부러움을 얼마든지 말할 자격이 있다.

답사는 여행인지라 모든 일정이 풍광수려한 곳으로 목적지를 삼는다. 그러나 함양·산청사람들은 그곳이 모두 옆마을인 것이다. 차 안에서 함양읍내를 내다보면서 나는 마이크를 잡았다.

"우리의 일정상 읍내로 들어가지 못합니다마는 요다음에 함양에 올 기회가 있으면 상림(上林)공원에 한번 가보십시오. 6만 5천평의 대지에 100여 종의 활엽수가 장관을 이루는 인공림입니다. 신라 진성여왕 때 최치원이 함양태수로 와서 조림한 곳입니다. 당시는 함양을 천령(天嶺)이라고 했고 상림을 대관림(大官林)이라 했습니다. 최치원은 지리산 북쪽 계류가 흘러든 위천이 마을을 관류하기 때문에 홍수의 위험이 있음을 알고 둑을 쌓아 물길을 돌리며 대대적으로 인공조림케 하였습니다. 그것이 천년 전 얘기이니 이 상림은 당연히 천연기념물(제154호)로 지정되었죠."

십리장제(十里長堤)에 녹음벽수(綠陰碧水)로 장관을 이루던 대관림은 세월이 지나면서 숲속까지 집들이 들어서며 상림과 하림으로 나누어졌는데 여기에 3천평 규모의 공설운동장이 들어서는 바람에 원상은 회복할 길이 없게 되었다. 그래도 상림의 저력은 한여름에 유감없이 보여준다.

"그리고 읍내에서 식사할 일 있으시면 장터에서 시골밥상 한번 받아보고 산책삼아 군청 앞에 있는 학사루(學士樓)에 들러보십시오. 학사루는 본래 최치원이 처음 세운 것으로 대대로 중수되어 함양관아(함양초등학교) 자리에 있었던 것인데 1978년엔가 옮겨놓은 것이랍니다. 건물이야 그저 규모 큰 누대이지만 이것이 저 유명한 무오사화 때 유자광이 김종직을 부관참시하는 꼬투리가 되었던 누대입니다.

무오사화는 훈구파의 유자광이 신진사림의 김일손·김굉필·정여창 등을 대대적으로 제거한 사건인데, 그 발단은 김일손이 쓴『성종실록』의 사초(史草)에 김종직이 세조의 찬탈을 은유적으로 비방한「조의제문(弔義帝文)」이 실린 것을 유자광이 훈구대신과 연산군에게 일러바치며 시작됐지요.

그런데 유자광의 김종직에 대한 원한은 일찍부터 있었답니다. 서얼 출신으로 이시애난 때 종군하여 출세길을 달린 유자광은 남이 장군을 무고하여 죽게 하는 대단한 모사꾼이었답니다. 김종직이 함양군수로 부임해 학사루에 오르니 유자광의 시가 현판으로 붙어 있는지라 "유자광이 어떤 놈인데"라며 당장 떼어 불질러버렸답니다. 이 사실을 안 유자광은 부르르 떨며 사무치는 원한을 품게 되었답니다. 더욱 무서운 얘기는 그러면서도 유자광은 아직 김종직에게 대들 처지가 못 됨을 알고 오히려 가까운 척하고 김종직이 서거하자 그를 당나라의

| **함양상림** | 천년 전에 방수림으로 심은 1백여 종의 나무들이 그대로 천연기념물로 되었고 지금은 함양사람들의 공원으로 사랑받고 있다.

대문장가이자 거유인 한유(韓愈)에 비기는 제문까지 지었답니다. 그래놓고는 무오사화 때 김일손을 고문하여 사건이 모두 김종직에게서 나온 것으로 몰아붙여 부관참시까지 한 것입니다.

그보다 더 무서운 얘기는, 훗날 김종직은 여러 서원의 배향자로 추앙받는 인물이 되었지만 유자광은 만년에 유배 가서 장님이 되어 죽었는데 유배객이지만 조정에서 자손이 가서 장례지내는 것을 특별히 허락하였으나 큰아들은 여색에 빠져 가보지도 않았고 작은아들은 아프다고 핑계대고는 술만 마시고 장지인 적거지(謫居地)로 끝내 내려가지 않았답니다."

달리는 버스는 이미 함양을 벗어나 아름다운 경호강을 따라 산청 쪽으로 내려간다. 경호강 맑은 물은 지리산 산자락을 휘감고 돌면서 외지의 탑승객을 에스코트하듯 따라붙는다. 안의계곡에서 흘러내린 물이 함양으로 돌아나온 위천과 만나 이렇게 불어났다니 그것이 신기로운데, 이 강이 흘러 진주 남강으로 흘러든다니 그것이 또 그립다.

단성에 온 박규수

경호강 물줄기를 가로지르는 큰 다리가 나오면 거기는 하정(下丁) 원지마을, 여기서 곧장 가면 차로 20분 안에 진주에 닿는다. 그러나 우리는 오른쪽으로 꺾어 서쪽으로 향해야 단성을 거쳐 덕산에 닿는다.

하정에서 지리산으로 꺾어드는 길로 접어들면 이내 큰 마을이 나온다. 여기는 옛날 현청이 있던 단성(丹城)이다.

1862년 농민전쟁, 임술민란이라고도 하고 진주민란이라고도 불렸던 봉건사회 해체기의 엄청난 역사적 사건인 이 농민전쟁은 그해 2월 4일 이곳 단성에서 시작되었다. 세상엔 전적기념비가 수도 없이 세워졌다. 동학농민전쟁의 기념비도 전적지마다 세워졌다. 그러나 단성의 역사적 봉기를 기릴 자취는 아무데도 없다. 오직 향교만 남아 있어 여기가 그 유명한 옛 마을인 것을 말해준다.

남아프리카공화국 만델라 대통령은 취임사에서 이렇게 말했다. "우리의 역사는 새로 시작되고 있습니다. 우리의 역사는 다시 씌어질 것입니다." 나는 그 말이 너무도 부러웠다. 그러한 역사적 안목을 갖춘 지도자가 우리 현대사에 등장할 그날을 기다려보며.

1862년의 농민봉기의 경과와 그것의 역사적 의의는 책마다 자세하고 내가 그것을 설명할 처지는 못된다. 그러나 나는 단성을 지날 때면 그때 안핵사(按覈使, 사건 실태를 파악하고 해결하기 위한 정부 고위관리)로 내려온 박규수(朴珪壽, 1807~76)의 모습이 그려지곤 한다. 그는 사태의 추이를 면밀히 파악하여 조정에 보고하였다. 이 사건은 단순히 수령된 자의 통치미숙에 있는 것이 아니라 '삼정(三政)의 문란'이라는 구조적 모순에 있음을 보고했다. 이 사태는 단순히 땔나무나 하는 사람들이 모여 일어난 것이 아니라 요호부민까지 참여하고 있음도 보고하였다. 조정에서는 박규수의 보고내용이 민(民)의 입장만 대변한다고 처벌하라는 소리를 내는 관리도 있었다.

나라가 그런 위기를 맞았을 때 박규수 같은 지식인이 있었다는 사실, 또 그런 안목의 소유자를 안핵사로 임명했다는 사실에서 무너져가는 왕조의 마지막 저력 같은 것을 엿볼 수도 있었다. 1894년 농민전쟁 때 전라감사 김학진(金鶴鎭, 1838~?)이 보여준 모습도 민의 동향과 아픔을 이해한 성실한 관리의 표상이었다.

1980년 5월 18일, 광주에서 민중봉기가 일어났을 때 안핵사로 내려보낸 인물은 국무총리 박충훈이었다. 정부는 과연 민중이 그의 말을 믿어주리라고 생각하고 한 조치였던가. 그는 광주에 들어가지도 못했다. 임술민란이 일어났을 때 조정에서는 누구를 안핵사로 보낼 것인가의 논의가 있었다. 이때 다른 사람은 가야 백성들이 들어주지도 않을 것이라며 오직 박규수 대감이라야 백성들이 믿어줄 것이라고 해서 현장으로 내려갔던 것이다.

박규수는 연암 박지원의 손자다. 그는 임술민란의 안핵사를 맡은 이후 경복궁 중수의 책임자였고, 1866년 셔먼호사건 때 평안감사를 지냈다. 그는 중국에 두 차례 다녀오면서 청나라의 양무운동(洋務運動)을 몸소 목격하고 개국과 개화에 확신을 지니고 있었다. 그러나 대원군 설득에 실패하자 사직하고는 가회동 사랑채에서 김옥균·유길준·박영효·김윤식 등 훗날 개화파의 선봉이 된 양반집 자제들에게 연암사상과 개화사상을 가르쳤다. 결국 그는 운양호사건 이후 다시 나아가 병자수호조약

| **단성향교** | 지금은 말끔하게 단장되어 예스러움은 없어졌다. 1862년 농민전쟁의 현장을 되새길 그때의 유적은 이 향교뿐이다.

(1876, 강화도조약)을 체결하는 당사자가 되었다. 그는 당대의 안목으로서 격변하는 시류를 정확하게 읽고 있었다. 더욱이 그는 항시 백성의 입장이라는 것을 염두에 두고 있었다. 셔먼호사건 이후 천주교도 박해 때 그는 백성이 천주교를 좇는 것은 위정자가 이들을 교화하지 못한 탓이니 처벌하지 말고 선도해야 한다며 평안도 관내에서는 단 한명의 희생자도 내지 않았다. 이 사실만으로도 박규수의 경륜과 인품을 알아볼 수 있다.

박규수는 서화에 대한 안목 또한 일가를 이룬 분이었다. 그는 무덤덤한 능호관 이인상 그림에 서린 문인화적 가치를 명확히 논증하였고, 추사체의 변천과정을 일목요연하게 밝히면서 추사는 많은 고전을 터득한 연후에 개성을 갖게 된 것이니 후생 소년들은 함부로 추사체를 흉내내지 말라고 경고하기도 했다. 하나의 안목은 다른 안목에도 그렇게 통한다. 나는 「박규수의 서화관과 서화비평」이라는 글을 청명 임창순 선생 팔순을 기념하는 『태동고전연구』 제10집(1993)에 기고하였다. 그 글을 쓰면서 나는 내 친구이자 역사학자로 1862년 농민전쟁에 관하여 일찍이 주목할 만한 논문을 발표한 안병욱 교수에게 박규수의 인간상을 물어 확인해보았다.

"병욱이! 박규수는 안목이 대단히 높은 분이었나봐?"
"이 사람! 그분 안목은 높은 것이 아니라 깊었어."
"자네는 안목은 높다고 말하지 깊다고 하지 않는 걸 모르나?"
"아닐세. 안목이 높은 것하고 깊은 것하고는 달라."

우리는 그날 그 문제로 일없이 오래 말싸움하다가 서로의 고집대로 주장하기로 하며 휴전하였다. 그리고 얼마 뒤 이이화 선생을 만났을 때 이 문제를 심판받아보게 되었다. 내가 먼저 물었다.

"이선생님, 박규수는 안목이 높았죠?"
"그럼 높고말고."

그러자 뒤이어 병욱이가 물었다.

"이선생님, 박규수는 안목이 깊었죠?"
"그럼 깊고말고. 근데, 그걸 왜 자꾸 물어?"

그래서 내가 다시 물었다.

"나는 높았다고 했는데, 병욱이는 자꾸 깊었다고 해요. 어느 것이 맞아요?"

이이화 선생은 이 기묘한 질문을 잠시 생각하더니 의외의 심판을 내렸다.

"박규수는 안목이 넓었어."

박규수처럼 높고 깊고 넓은 안목을 가지려면 어떻게 해야 하나. 옛 선비들은 어떤 자세로 공부했는가. 청명 선생은 태동고전연구소 개설 30주년(1993)을 맞은 회고와 전망에서 후학들에게 다음과 같이 충고했다.

"『중용(中庸)』의 저자는 학문하는 자세에 대해 다음과 같이 말했다. 널리 배우고, 세밀하게 의문점을 제기하고, 깊이 사색하고, 정확하게 판단하고, 힘있게 실천하라(博學之 審問之 愼思之 明辨之 篤行之)."

1994. 7.

* 대전-통영간 고속도로가 개통된 이후에는 호남고속도로를 타지 않아도 되어 함양·산청가는 여로가 전혀 달라졌다. 전에 비해 훨씬 편해지긴 했지만 전주에서 진안으로 들어가 육십령고개를 넘어 안의계곡으로 향했던 지난날의 여정이 그리워지기도 한다.
* 허삼둘 가옥은 2004년 방화로 추정되는 화재로 인해 사랑채와 안채 등이 불에 타는 안타까운 일이 있었다. 지금도 건물 곳곳에 불에 탄 흔적이 남아 있어 보는 이의 마음을 무겁게 한다.
* 『연암집』의 완역본은 신호열·김명호 교수의 번역으로 2005년 민족문화추진회에서 출간되었다.

산은 지리산
산천재 / 덕천서원 / 대원사 / 가랑잎초등학교 / 지리산

단속사의 어제와 오늘

단성을 지나 멀리 천왕봉을 내다보며 달리는 차창으로 고색이 완연한 묵은 동네가 보인다. 지리산 깊은 골에 이런 고래등 기와집들이 즐비하다는 것이 신비롭게 생각된다. 여기가 그 유명한 남사(南沙)마을이다.

40여 호의 기와집들이 부(富)의 과시를 경쟁적으로 집에 나타내어, 전통적인 양반가옥이 19세기 들어와 요호부민의 저택에 이르러 어떻게 발전하고 과장되고 변형되었는가를 흥미롭게 살필 수 있는 건축학도의 필수 답사처이다.

남사마을을 차창 밖으로 비껴보며 산허리 한 굽이만 돌아서면 천왕봉을 앞에 두고 오른쪽에서 흘러내리는 계류와 만나게 된다. 그 계류를 따라 시오리만 들어가면 단속사(斷俗寺)터에 닿게 된다.

꺾어드는 길목에는 호암교라는 허름한 다리가 있고, 다리 앞에는 입석리로 들어간다는 표지와 무엇하는 곳인지는 모르지만 다물민족학교라는 푯말이 있어 길을 놓치지 않을 것이다.

계류를 따라 난 길을 서두를 것 없이 주위를 살피며 들어서면 계곡을 받쳐주는 산자락들이 듬직하기만 하다. 천왕봉에서 한 호흡 멈추었던 산세의 여맥들이 주체하지 못하는 듯 뻗어내리다가 여기에 이르러 급하게 끊어지는 형상이어서 산자락 스케일이 자못 크다. 그러면서도 계류가 이루어놓은 들판이 넓으니 지리산이 아니고서는 볼 수 없는 계곡이고, 단속사터가 아니고서는 볼 수 없는 시원스런 계곡 속의 분지다.

계류를 따라 들어가다보면 고령토(高嶺土) 광산으로 드나드는 화물트럭들이 분주하고, 얼마를 지나면 마을이 나오며, 그 마을을 지나 어느만치 들어가면 언덕 위에 솔밭과 그 너머 여남은 채 농가가 보인다. 그 솔밭과 농가 사이로는 부서진 당간지주와 쌍탑의 삼층석탑이 보이는데 여기가 단속사터다.

단속사가 언제 폐사되었는지는 모른다. 다만 김일손(金馹孫, 1464~98)이 정여창과 함께 천왕봉을 등반하고 쓴『두류기행(頭流紀行)』을 보면 그들은 단속사도 들러 가면서 "절이 황폐하여 지금 중이 거처하지 않는 곳이 수백칸이나 되고 동쪽 행랑에 석불 500구가 있는데 하나하나가 각기 형상이 달라서 기이하기만 했다"고 술회하였다.

단속사의 창건에 관하여는『삼국유사』의「신충괘관(信忠掛冠)」항에 두가지 설을 모두 기록해둔 것이 있다. 하나는 763년 어진 선비 신충(信忠)이 두 친구와 지리산에 들어가 단속사를 세우고 중이 되었다는 것이며, 또 하나의 설은 748년에 직장(直長) 이순(李純 또는 李俊)이 작은 절을 중창하여 단속사라 하고 스스로 삭발하였다는 것인데, 일연스님도 어느것인지 몰라 둘 다 적어놓는다고 했다.

| 단속사터 | 넓고 그윽한 맛을 동시에 갖춘 계곡 속의 분지에 자리잡은 단속사터에는 준수하게 생긴 쌍탑이 의연한 모습으로 그 옛날을 지키고 있다.

단속사에는 신충이 그린 경덕왕 초상이 있었다고도 하고, 솔거가 그린 유마상(維摩像)이 있었다고도 한다. 그러나 그 자취는 알 길이 없다.

단속사에는 또 두개의 중요한 탑비가 있었다. 하나는 법랑(法朗)에 이어 선종을 익힌 신행(神行 또는 信行, 702?~779)선사의 비이고, 하나는 고려시대 최고의 명필이었던 대감국사(大鑑國師) 탄연(坦然, 1070~1159)의 비인데, 부서져 박살이 난 것을 수습하여 신행의 비편은 동국대학교 박물관, 탄연의 비편은 숙명여대 박물관에 소장되어 있다. 그 모두 한국 금석문의 한 페이지를 장식하는 명필들이다. 신행선사는 통일신라시대에 북종선(北宗禪)을 전래한 신사상의 소유자였으니 단속사터는 한국불교사 내지 한국사상사의 기념적인 유허인 것이다.

그러나 그 내력깊은 절이 폐허가 되어 지금 남아 있는 것은 부러진 당간지주와 한쌍의 삼층석탑(보물 제72, 73호)뿐이다. 단속사의 쌍탑은 아담한 크기에 정연한 비례감각으로 더없이 상큼하고 아담하다. 지붕돌이 부드러운 곡선을 그리며 흘러내리다가 귀끝을 가볍게 올린 자태가 여간 맵시있는 것이 아니다. 작아도 야무지게 만들어낸 이 솜씨는 결코 석가탑의 매너리즘이 아니라 그것의 계승이라고 해야 옳다. 지리산 이 깊은 산골짝에 와서 이렇게 어여쁜 탑을 본다는 것은 커다란 안복(眼福)이다.

쌍탑 뒤쪽 금당자리는 슬래브집들이 차지하고 그 뒤쪽 강당자리까지 농가가 들어찼으나, 만약에 나라에서 저 농가를 딴 곳으로 이전시키고 빈 주춧돌을 그대로 노출시킨 뒤 폐사의 자취를 그대로 남겨만 준다면 이곳은 지리산 동남쪽의 최고 가는 유적지가 되리라고 내 장담한다. 그러나 요사이 어느 중이 이 자리를 탐하여 농가와 흥정하고 있다는데, 그렇게 하여 화려방창한 새 절이 들어서는 날에는 단속사의 그윽한 맛도 끝장이 나고 말 것이다.

단속사 대밭에 누워

단속사의 명물로는 절 아래쪽 어딘가에 최치원이 썼다는 '광제암문(廣濟嵒門)' 각자(刻字)와 정당매(政堂梅)라고 불리는 매화나무들이 있다고 김일손이 증언하였는데, 나는 아직껏 그 각자를 성심으로 찾아보지 못했다. 정당매는 고려말 강회백(姜淮伯)이 소년시절에 단속사에서 공부하며 매화를 심었는데 그가 과거에 급제하여 벼슬이 정당문학(政堂文學)에 이르렀다고 해서 붙여진 이름이다. 쌍탑 뒤에 있는 이 매화나무 안내판을 보니 수령 605년으로 되어 있다. 그런데 600년 정도가 아니라 끝자리가 홀수로 딱 떨어진 605년이므로 그 연대측정의 정확성 내지 성실성을 엿보게도 되지만, 어느 해 와서 보아도 항시 605년인지라 세상엔 나이 안

| **정당매** | 수령 600년을 자랑하던 이 정당매는 몇해 전부터 수세가 극히 약해졌다.

먹는 법도 다 있다 싶어 우습고 재미있었다.

단속사터에 몇차례 왔으면서도 최치원의 글씨를 찾아보지 못했던 이유는 대밭에 누워 하늘을 보는 낭만 때문이었다. 쌍탑에서 농가를 옆으로 돌아 강당자리 빈터에 서면 뒤편으로 울창한 왕죽이 빼곡히 들어앉은 대밭이 보인다. 밖에서 보면 그 안이 어두컴컴하지만 대밭으로 들어서면 하늘이 뚫려 있어 어둡지 않다. 대밭은 해묵은 댓잎이 낙엽으로 쌓여 촉감이 아련할 정도로 부드럽다.

거기에 만사를 제치고 큰 대자로 누워 하늘을 쳐다보면 그것이 곧 단속(斷俗)이다. 청신한 수죽이 하늘을 찌를 듯 올라가서는 여린 바람에도 줄기 끝이 살랑거리며 흔들린다. 댓잎에 떨어진 햇살은 일점 광채를 발하고는 바람에 날려 바스러지듯 사라지는데 또다른 햇살이 댓잎에 다가온다. 이미 내 마음은 세상사에 지친 내가 아니다. 죽은 듯 눈을 감았다가

| 단속사터 대밭 |　도회지사람들로서는 이처럼 울창한 대밭 속에 들어가본다는 것이 어떤 유물을 보는 것보다도 큰 기쁨이 된다.

는 푸른 하늘로 손짓하는 대나무가 그리워서 다시 눈을 떠본다. 대끝이 여전히 햇살 속에 흔들리는 것을 보고는 다시 눈을 감는다. 지리산 동남쪽 답삿길에 탁족하는 것보다도 나의 가슴을 씻어주는 것은 단속사터 대밭 속의 오수(午睡)였다.

　이로재 팀들과도 대밭에 누워 짧은 오수의 시간을 가졌다. 이때 올챙이에서 갓 벗어난 엄지손톱만 한 청개구리 한 마리가 내 곁에 누워 있는 답사꾼 배 위로 올라앉아 두리번거리며 잃어버린 방향을 찾는다. 답사꾼은 슬며시 일어나 예쁜 개구리새끼와 장난치고 있다. 그때야 나는 모든 답사객에게 주의 줄 일을 잊어버렸던 것이 생각났다. 이제 와서는 어쩔 수 없이 당할 땐 당할지언정 이 대밭의 낭만을 만끽하기 위하여 가만있을 수밖에 없었다. 그 경고란 "뱀이다, 뱀!"

유월의 지리산

나의 지리산 동남쪽 답삿길은 매번 유월의 어느날이었다.

6월의 산천은 참으로 심심하고 밋밋하다. 4월의 화사함, 5월의 싱그러움, 가을날의 화려함, 겨울산의 장엄함…… 그런 식으로 이어갈 마땅한 형용사가 유월의 산천에는 없다. 그저 푸르름뿐이다.

그러나 과연 그럴까? 최소한 6월의 지리산은 그렇지 않다. 어느 쪽으로 들어오든 지리산에 이르는 길은 산기슭마다 밤나무와 대나무로 가득하다.

6월이 되면 밤나무는 밤꽃이 피며, 대나무는 새순이 껍질을 벗고 묵은 줄기 위쪽으로 고개를 내민다. 밤꽃의 불투명한 연둣빛과 대나무 새순의 투명한 연둣빛은 초록의 산허리를 유연한 번지기로 우려놓는다. 산기슭 한쪽, 계곡 가까이 넓은 터를 일구어 가꾼 밭에는 보리가 익어가며 진초록을 발하고, 논에는 갓 모내기한 어린 벼들이 논물에 몸매를 비추며 연한 연둣빛으로 어른거린다. 어쩌다 한점 긴 바람이 스치며 영롱한 햇살이 다가와 연둣빛 물결에 가볍게 입맞추고 지나갈 때 그 빛의 조화로움은 극치를 달린다. 그것이야말로 수묵화에서 단색조를 이용한 훈염법(暈染法)의 묘미를 시범적으로 보여주는 자연의 조화다.

그림을 그려본 사람은 알 것이다. 화폭에서 초록과 연둣빛 사용이 얼마나 어려운가를. 산천으로 나아가 들녘에 서서 바라보는 저 싱그러운 빛깔이 왜 화폭에서는 그리도 촌스럽고 어정뜬지 알 수 없다. 어디 그림뿐이던가. 초록색 양복 입은 사람 본 적 있는가.

초록은 오직 땅과 어울리고 하늘과 맞닿을 때만 생명을 갖는 빛깔이다. 그것은 자연의 빛깔이며 조물주만 구사할 수 있는 미묘한 변화의 원색인 것이다. 6월의 지리산은 그것을 남김없이 가르쳐준다.

덕산의 어제와 오늘

지리산 천왕봉에 오르려면 거림골, 중산리골, 대원사골 셋 중 하나를 택해야 하는데 어느 코스를 잡든 반드시 덕산(德山)을 거쳐야 한다.

덕산은 지리산으로 들어가는 마지막 큰 마을이다. 70년대 말만 해도 지리산행 버스는 여기가 종점이었으며, 시천(矢川)면의 중산리·내대리 사람과 인근 삼장(三壯)면 사람들은 약초와 곶감, 복조리 같은 것을 모두 덕산장에 집결시켜 도회지로 중개하였다. 말하자면 지리산 동남쪽 교통의 요충이었던 곳이다. 그것은 옛날로 올라갈수록 더욱 그러하였다.

1862년 2월 4일 단성에서 첫 봉화가 붙은 농민항쟁, 이른바 임술민란은 3일 만인 2월 6일 진주로 번져갔다. 그러나 진주의 봉기가 단번에 일어나지 못하고 이론이 분분하자 주모자들은 초군을 중심으로 하여 이곳 덕산장시를 장악하고 그 힘을 몰아 진주로 향했던 것이니 덕산이 이 지역에서 어떤 지리적 역할을 했는지 쉽게 짐작할 수 있을 것이다.

또 이태의 『남부군』에서 가장 전투다운 전투를 보여주는 것이 시천면, 삼장면의 경찰대를 공격하는 것인바, 그 공격목표가 바로 이 덕산이었던 것이다.

그러나 지금 지리산 등반객, 행락객들은 좀처럼 덕산에 머물지 않는다. 지리산이 국립공원으로 지정된 이후 여덟 곳의 집단시설지구를 설정하고 산촌 깊숙한 곳에 넓은 주차장과 숙박시설을 유도하였으니, 중산리 집단시설지구나 평촌리 집단시설지구까지 곧장 달려가게 되었다. 그렇지만 나의 지리산 동남쪽 답삿길은 반드시 덕산에 있는 유일한 여관인 덕산장에서 하룻밤 묵는 것부터 시작한다. 그 이유는 바로 여기에 남명(南冥) 조식(曺植, 1501~72)의 서재였던 산천재(山天齋), 남명 선생의 묘소, 남명 선생을 모신 덕천서원(德川書院)이 있기 때문이다.

위대한 처사, 남명 조식

남명 선생은 퇴계 이황과 동갑으로 당대 도학(道學)의 쌍벽이었다. 누구의 학문이 더 깊고 누구의 인품이 더 고고했는가를 따지는 것은 이제 와서는 부질없는 일이며, 지금 우리가 여기서 남명 선생을 기리는 것은 그분이야말로 말의 진실된 의미에서 처사(處士)였다는 사실에 있다.

옛말에 이르기를 왕비를 배출한 집안보다도 대제학을 배출한 집안이 낫고, 대제학을 배출한 집안보다도 문묘 배향자를 낳은 집안이 낫고, 문묘 배향자를 배출한 집안보다도 처사를 배출한 집안이 낫다고 했다. 그런 처사였다.

퇴계는 평생에 처사가 되기를 원하여 죽을 때 영정에 벼슬이름을 적지 말고 '처사'라고 써주기를 희망했다지만 그는 높은 벼슬을 두루 거쳤으니 처사 지망생이었을 뿐 처사는 아니었다. 오직 남명만이 진짜 처사였다.

남명은 1501년 경상우도 합천 삼가(三嘉)에서 태어났다. 아버지가 문과에 급제하자 서울로 올라가 살았다. 그는 과거공부보다도 정통유학과 제자백가, 노장사상을 두루 섭렵하면서 학문의 폭을 넓혔다.

그런 중 기묘사화가 일어나면서 작은아버지인 조언경이 조광조 일파로 몰려 죽고, 아버지도 파직되고 이내 세상을 떠나자 고향으로 내려와버렸다. 그러고는 처가인 김해 탄동(炭洞)으로 옮겨 산해정(山海亭)을 짓고 학문에 열중하며 많은 제자를 길러내었다. 이리하여 30대 후반에는 "경상좌도에 퇴계가 있고 우도에 남명이 있다"는 찬사를 받았다.

남명의 학식과 명망이 높아지자 회재 이언적은 그를 왕에게 추천하여 헌릉참봉을 내려주었으나 남명은 나아가지 않았다. 또 퇴계의 추천으로 단성현감이 내려졌으나 역시 나아가지 않았다. 이이화의 『인물한국사』(한길사 1993)의 표현을 그대로 빌리면, "성운(成運) 같은 도학자와 교유하

| **산천재** | 덕천강변의 산천재는 아주 소박한 서재로 남명 선생의 인품을 보는 듯하다.

고 탁족하면서 지냈다.”

회갑을 맞은 남명은 번잡한 김해를 떠나 지리산 천왕봉 아래 덕산에
자리잡고 산천재를 짓고서 오직 학문과 제자양성에 전념하였다. 이때 그
는 「덕산에 묻혀산다(德山卜居)」는 시를 다음과 같이 읊었다.

봄날 어디엔들 방초가 없으리요마는
옥황상제가 사는 곳(帝居) 가까이 있는 천왕봉만을 사랑했네.
빈손으로 돌아왔으니 무엇을 먹고 살 것인가.
흰 물줄기 십리로 뻗었으니 마시고도 남음이 있네.
春山底處無芳草 只愛天王近帝居
白手歸來何物食 銀河十里喫猶餘

이 칠언절구는 지금 산천재 네 기둥의 주련(柱聯)에 새겨져 있다. 그러나 남명의 이러한 복거와 불출사(不出仕)는 결코 죽림칠현 같은 은일자의 모습도 아니고 공자

| **산천재 현판** | 산천재에는 두개의 현판이 걸려 있는데 전서체로 쓴 것이 엄정하면서도 멋스럽다.

의 제자 안회(顔回) 같은 고고함의 경지도 아니었다. 그는 결코 세상을 외면해버린 은둔자가 아니었다. 그가 세상에 나아가지 않음은 시세(時勢)가 탁족이나 하고 있음이 낫다고 판단되었기 때문이었다.

덕산에 복거한 지 5년 되었을 때 남명에게 다시 판관이라는 벼슬이 내려졌다. 5월에도 불렀고 8월에 또 불렀다. 때는 문정왕후가 명종을 대리 청정하고 있을 때였다. 이에 남명은 한양으로 올라가 사정전(思政殿)에서 임금을 만나 치란(治亂)에 관한 의견과 학문의 도리를 표하고 "임금이 성년이 되었으니 친정을 해야지 아녀자에게 맡겨서는 안됩니다"라는 말을 남기고는 덕산으로 돌아왔다. 그가 이때 문정왕후를 아녀자라고 한 것이 훗날 큰 문젯거리로 되었다. 그는 이처럼 강직하고 도전적인 면까지 있었다. 남명은 산천재에서 곽재우, 김우옹, 최영경, 정구, 정인홍 같은 뛰어난 제자를 배출하고 나이 72세에 세상을 떠났다. 그의 영정에는 처사라고 적혔다.

이러한 남명의 인간상은 벽초 홍명희의 『임꺽정』 곳곳에 삽화로 아주 잘 그려져 있으며, 훗날 율곡 선생은 "근래의 선비 중 끝까지 지조를 지키고 천길 낭떠러지 같은 기상으로 세상을 내려다본 이로는 남명만한 분이 없다"고 하였다.

| 덕천강 | 1985년 겨울 어느날 덕천강이 얼었을 때 찍은 것으로, 지금은 강둑을 공사해 이러한 풍광을 볼 수 없다.

산천재 토벽의 벽화

지금 덕산에는, 정확히 시천면 사리(絲里) 덕천강가에는 남명의 서재였던 서너 칸짜리 산천재가 그대로 남아 있다. 세월의 빛바램 속에 산천재는 낡고 헐어 또다시 중수되어 오늘에 이르도록 그것이 남명 당년의 모습에서 과장되지 않았음을 나는 고맙게 생각하고 있다.

사람들은 이 산천재를 그저 허름한 옛집으로 생각하고 눈여겨보아주질 않는다. 답사객도, 여행객도, 미술사가도, 건축가도, 사진작가도. 그러나 산천재 툇마루에 앉아 위를 바라보면 거기에는 우리나라 어느 서원이나 서재에서 예를 볼 수 없는 벽화가 토벽에 그려져 있다. 오직 현풍의 도동서원에 그려진 산수화 벽화가 하나 더 있을 뿐이다. 그것이 어느 때 그려진 것인지 확인할 길 없지만, 필치를 보아하니 근래의 것은 물론 아니다.

남명의 삶과 사상에 걸맞은 그림이란 어떤 소재였을까? 느티나무 아

| **산천재 벽화** | 산천재 툇마루 윗벽에는 세 폭의 벽화가 그려져 있는데, 그중 경작도는 토벽공사를 하는 미장이 아저씨가 이와 같이 절묘하게 그림 부분을 살려놓았다.

래 공자님이었을까? 꽃그림이었을까? 아니다. 그는 처사이지 않았는가. 정면에는 상산(商山)의 네 노인이 바둑을 두고 있고, 오른쪽으로는 소부(巢夫)와 허유(許由)가 기산에서 복거할 때 관직에 나오라는 전갈을 듣고는 귀 버렸다고 냇물에 귀 씻는 모습과 귀 씻은 더러운 물을 소에게 먹일 수 없다고 끌고 올라가는 모습이 그려져 있다. 왼쪽에는 농부가 소를 몰아 밭을 갈고 있는 그림이다. 그래야 남명의 산천재답다.

사람들이 거들떠보지 않은 탓이었을까. 벽화는 낡고 헐어 볼품이 사라진다. 바둑 두는 그림은 다 낡아 형체를 알아보기 힘들고, 소부와 허유 그림은 바닥이 검게 되어 제맛을 잃어가는데, 농부와 소 그림은 어느날 토벽이 떨어진 것을 미장이 아저씨가 양회로 덧바르면서 용케도 소 모양만 살려내고 보수하였다.

지리산 동남쪽을 답사할 때면 나는 언제나 제일 먼저 산천재의 이 벽화를 안부 묻듯 문안드리듯 찾아간다. 15년 전 처음 보았을 때나 올 6월에 볼 때나 변함없기에 안도를 하고는 있지만 체온을 잃은 이 집에 곧 종말이 다가올 것 같은 불안은 좀처럼 사라지지 않는다.

남명 선생의 묘소는 산천재 맞은편 동산에 모셔져 있다. 느린 걸음이라도 10여 분이면 오를 수 있는 거리인지라, 나는 덕산에 묵은 아침이면 산책삼아, 또 선생을 뵙고 싶어 산에 오른다. 묘소에 올라 목례를 올리고 뒤를 돌아보면 이수삼산(二水三山)의 명당임을 바로 알겠는데 계류가 너무 넓고 물살이 급한 것이 흠이다. 그래서였을까? 타계 후 영의정에 추증된 남명이었지만, 그를 어떻게 기릴 것이냐를 두고 참으로 말도 많고 일도 많았다. 삶의 겉치레와 허명을 싫어했던 남명에게 호화로운 장식을 하려고 했던 데서 벌어진 것이었으니 어쩌면 땅속의 남명이 노하셨던 모양이다. 남명 묘소 앞쪽에 깨어지고 엎어진 세개의 비석이 그를 말해주고 있다. 내 여기서 이 쓰러진 비석들의 내력을 소상히 말할 여유가 없지만, 비문을 네개씩이나 받아두는 제자와 후손의 잘못이 누대에 걸치면서 일어난 소설 같은 얘기라는 사실만 적어두고 지나가련다.

산천재에서 걸어서 20분, 덕산장터를 지나 중산리 쪽으로 더 올라가면 물길이 세 갈래로 갈라지는데 대원사 쪽에서 흘러내린 계류를 가로지른 긴 다리를 건너면 바로 덕천서원이 된다. 그래서 이 동네 이름이 원리(院里)가 되었다.

남명 선생이 타계하고 5년째 되는 1576년에 선생의 학업을 기리는 덕천서원이 세워지고, 1609년에는 사액서원으로 되었다. 지금 서원 뒤 사랑에는 남명과 그 제자 되는 최영경(崔永慶)을 모셨는데, 다른 서원에 비해 규모가 큰 것은 아니지만, 정연한 기품만은 여느 서원 못지않다. 그것은 아마도 건물배치가 축선상에서 이루어진 엄격한 대칭성을 띠고 있기 때문이리라.

덕천서원 대문과 마주한 덕천강변에는 남명 선생 생전부터 있어온 남루한 정자가 하나 서 있다. 이름하여 세심정(洗心亭)이다. 강가로 올라앉아 있기에 마음을 닦는 세심정이라 했을 것이니, 저 아래 강가의 너럭바위는 마땅히 탁족대(濯足臺)가 될 일이다.

연암이 증언한 남명

덕천서원 산천재를 답사하고 그분의 묘소까지 다녀왔으면서도 나는 남명의 사상이나 학문에 대하여는 단 한마디도 하지 않은 셈이다. 그것을 내 답사기의 한계라고 나 스스로 생각하고 있고 나의 능력상 그럴 수밖에 없는 일로 치부하고 있다. 그러나 내가 관심있는 것은 남명의 학문과 사상이 아니라 그 인간이었다. 그래서 나는 그분의 일생만은 소략하게나마 그 족적을 그렸다. 그러면서 행간 속에 처사로서 재야에 머무르는 사람의 고고함과 존경스러움을 은근히 비치기도 하였다. 그러나 처사 남명 또한 인간으로서 긴장의 이완도 있었을 것이다. 그리고 낭만과 서정도 있었을 것이다. 처사는 또 처사다운 멋이 있었을 것이다. 나는 그 모습을 연암 박지원의 「해인사창수시서문」에서 볼 수 있었다.

옛날 남명이 고향으로 돌아가는 길에 보은서 사는 대곡(大谷) 성운(成運)을 찾았더니 마침 동주(東洲) 성제원(成悌元)이 그 고을 원님으로서 성운의 집에 와 있었더랍니다. 남명이 성제원과 초면이었으나 농담으로 "노형은 참으로 한 벼슬자리에 오래도 계시오그려"라고 한즉, 성제원은 성운을 가리키고 웃으면서 "이 늙은이에게 붙잡혀 그랬소만 금년 8월 보름날 내가 해인사에 가서 달이 떠오르는 것을 기다릴 것이니 노형이 그리로 오실 수 있겠소?"라고 말했습니다. 남명은 그러마고 대답했지요. 그 날짜가 되어 남명이 소를 타고 약속한 곳으로 가는 도중 큰비를 만나서 겨우 앞내를 건너 절문에 들어갔는데 성제원은 벌써 누다락에 올라가서 막 도롱이를 벗고 있더랍니다. 아! 그

| **남명 묘소의 쓰러진 비석들** | 남명을 기리는 마음이 넘쳐 비문을 여럿 받은 것이 결국은 고인을 욕되게 하고 말았다.

때 남명이 처사의 몸이요, 성제원도 이미 벼슬자리를 떠났건만 밤새
도록 두분의 담화는 백성의 생활문제였답니다. 이 절의 중들이 지금
까지 옛이야기로 전해오고 있습니다.

초면이면서도 서로 사람을 알아보는 모습, 몇달 뒤 약속을 하는 모습,
만나서 이야기하는 모습, 백성들의 생활을 걱정하는 마음. 거기에는 우
리가 범접하지 못할 처사들만의 높은 도덕과 낭만이 서려 있다.

그 처사들이 세상에 보여주는 미덕과 가치는 무엇인가? 현실을 외면
하는 것이 아니라 현실로부터 한걸음 물러나 시세의 흐름을 읽어내는 학
자의 자세를 동주(東洲) 이용희(李用熙) 선생은 『미래의 세계정치』(민음사
1994)라는 저서를 펴내면서 이렇게 말씀하셨다.

| 덕천서원 | 남명 조식 선생을 모신 서원으로, 끝내 벼슬에 나아가지 않고 재야를 지킨 선생의 뜻을 기리고 있다.

정치가는 다 망해갈 때도 최상이라고 말하지만 학자는 가장 좋은 시절에도 의문을 제기하는 사람이다.

남명의 일생을 보면서 나는 우리 시대엔 남명 같은 처사가 있는가 없는가, 있다면 누구인가, 혹은 남명 같은 위치를 차지하던 분이 출세길로 빠지는 바람에 처사로서 영원히 존경받을 축복을 스스로 박차버린 분은 없었는가…… 그런 것을 생각했다. 그리고 재야의 그런 어른을 어른으로 모실 수 있는 문화풍토가 뿌리내릴 때 우리에겐 제2, 제3의 남명이 가까이 있게 된다는 생각도 해보았다. 그래서 나는 남명의 학문과 사상은 잘 모르지만 인간 남명은 무한히 존경하고 덕천서원 산천재를 지리산 동남쪽 답사의 숙박지로 삼았던 것이다.

대원사로 가는 길

덕천삼거리에서 중산리 쪽으로 곧게 뻗은 길을 버리고 오른쪽으로 꺾어돌면 국립공원 지리산 동부관리소 건물이 보이고 찻길은 대원사계곡을 따라 거슬러올라간다. 계곡 주위에는 농사를 지을 만한 논밭이 어우러져 있고 마을도 끊임없이 이어져 아직 산골로 들어선 기분이 나지 않는다. 벌써 우리는 삼장면으로 들어선 것이다.

삼장면 면사무소 소재지인 대포리(大浦里)를 지나면 덕교리, 덕교리 지나면 평촌리(坪村里)가 나오고 여기서 왼쪽으로 꺾어들면 곧장 대원사로 이어진다. 평촌리를 지날 때 차창 왼쪽을 바라보면 계단식 논 한가운데에 삼층석탑이 보인다. 거기는 옛날 삼장사로 알려져 있는 폐사지다.

지리산 평촌리 집단시설지구 주차장에 하차하여 이제부터 걸어서 한 시간 채 못 걸리는 등산 아닌 산책으로 우리는 대원사에 다다를 수 있다. 대원사로 오르는 길은 이미 잘 포장되어 승용차가 연신 오르내리느라 자동차님 가는 길을 비켜주기 바쁘다. 길의 생김새나 찻길의 분주함을 생각한다면 도무지 지리산에 온 것 같지 않다. 그러나 산허리를 가로지른 이 등산길 왼쪽으로는 장대한 대원사계곡이 맑은 물소리를 내며 빠르게 흘러내린다. 흐르는 계류가 큰 바위에 부딪혀 하얀 물거품을 내며 작은 물보라를 일으키기에 계곡은 한층 맑고 깊어만 보인다. 이미 답사객의 마음은 저 아래쪽 계곡으로 내려가 있다.

대원사의 다층석탑

대원사는 아주 조용하고 깔끔한 절이다. 지금도 50여 명의 비구니들이 참선하고 있는 청정도량이다. 절의 내력이야 통일신라시대 연기법사의

| **대원사 전경** | 6·25동란으로 전소되어 근래에 중창한 절이지만 비구니 청정도량으로 깔끔하기 이를 데 없다.

창건설화에서 시작되지만, 지리산 빨치산의 항쟁과 토벌의 와중에서 잿더미가 된 것을 다시 세웠으니 우리가 여기에서 무슨 문화재를 음미하고 따지겠는가. 오직 하나, 불에 견딜 수 있는 것은 돌뿐이었다. 참배객 출입금지로 되어 있는 선방 한쪽에 있는 다층석탑은 근년에 들어와 나라에서 보물로 지정한 것으로, 그 구조의 특이성이 후한 평점을 내리게 한 모양이다.

전체적인 생김새는 삐죽하게 솟아오른 구층탑으로 석재에 철분이 많이 들어 있어 검붉게 보인다는 특징밖에 없다. 다만 각층의 지붕돌을 새긴 솜씨가 단정하고 치밀한 공력이 들어 있다는 것이 자랑이다. 그래도 이것이 보물감이 될 수 있었던 것은 맨 아래쪽에 팔부중상을 돋을새김해놓고 네 모서리는 석인상 네 분이 머리로 탑을 이고 있는 조각의 특수성

| **대원사 구층석탑** | 철분이 많은 화강암으로 세워 붉은기가 감도는데, 훤칠하게 뻗어오른 맵시와 정성을 다한 석공의 조형적 성실성이 느껴진다.

때문이다. 특히 이 네 분의 석인상은 도상으로는 사천왕이어야 맞는데, 하고 있는 형상이 마치 무덤 앞에서나 볼 수 있는 석인상 같아서 그것이 미술사의 큰 수수께끼로 되어 있다. 더욱이 이 석인상의 조각은 단순화시킨 형태미가 매우 현대적인 감각까지 엿보여 주목케 한다.

대원사에 들러 무슨 신기한 보물이라도 있는가 찾는 분이 있다면 곧 실망하겠지만, 나는 이런 깊은 산속에 호젓한 산사가 깃들여 있다는 사실, 절집의 밝은 분위기, 그리고 비구니들이 용맹정진하고 있다는 숙연성 때문에 몇번을 찾아왔어도 실망하지 않았다. 절 입구에 영산홍, 철쭉꽃, 원추리, 장미꽃을 심은 것이나 대웅전 앞마당에 파초와 석류를 가꾸는 솜씨, 절 뒤쪽 차밭에서 잎을 따는 비구니의 손길 모두가 청결 두 글자 속에 모아지니 그 모든 자태가 세속의 탁족세심과 같은 뜻으로 비친다.

나의 유별난 취미인지 모르지만 이 절집에서 가장 아름다운 곳은 원통

| **대원사 구층석탑의 석인상** | 이 탑 일층몸돌에는 팔부중상이 돋을새김으로 새겨 있으면서, 네 모서리는 석인상이 머리로 받치고 있는 특이한 조각이 첨가되었다.

보전 뒤쪽에서 산왕각(山王閣)으로 오르는 돌계단 양옆에 늘어선 장독대라고 생각하고 있다. 몸체가 동글면서 어깨가 풍만하게 과장된 전형적인 경상도 장독들이 3열횡대로 정연히 늘어서 있다. 경상도 장독은 아주 복스럽게 생겼다. 전라도 장독은 아랫도리를 홀치면서 내려가는 곡선이 아름답고, 경기도·서울 장독은 늘씬하니 뻗은 현대적 세련미의 형태감을 자랑함에 반하여 경상도 장독의 탱탱한 포만감은 삶의 윤택이 야물차게 반영되어 풍요의 감정이 일어나 더욱 좋다.

가랑잎초등학교를 다녀오면서

나의 대원사답사는 그 종점이 언제나 가랑잎초등학교로 되어 있다. 대원사에서 30여분 더 올라간 유평리마을에 있는 유평초등학교의 별명이

가랑잎초등학교다. 취재왔던 어느 기자가 붙여준 이름인데, 이제는 학교 정문에 본명과 함께 적혀 있으니 별명이 아니라 아호로 된 셈이다. 우리나라 초등학교는 그 이름이 당연히 소학교, 초등학교, 또는 어린이학교로 되어야 함에도 일제말기에 황국신민화 작업의 하나로 국민학교라는 이름을 붙인 이후, 해방 50년이 되도록 원이름을 찾지 못하는 서글픈 역사의 상처를 안고 있었다.

게다가 지역의 이름을 거의 예외없이 붙이는 바람에, 유방리·왕창리는 피해갔지만, 단양 대강면엔 대강초등학교, 고창엔 난산초등학교, 합천엔 적중초등학교, 서울 방학동엔 방학초등학교, 정선 고한의 갈래동에는 갈래초등학교, 남해군 상동면 물건리엔 물건초등학교(99년 삼동초등학교로 통폐합), 광주직할시에는 농성초등학교까지 있다. 그런 중 산간의 분교에는 거기에 어울리는 고즈넉한 이름을 가진 곳도 있으니, 밀양 사자평 억새밭 가는 길에는 고사리초등학교가 있고 이곳 지리산 대원사계곡에는 가랑잎초등학교가 있다. 그러나 가랑잎초등학교도 그 마지막을 고할 운명이 마치도 초겨울의 가랑잎 같다. 금년(1993) 봄 학생 일곱명에 교사 두명이었는데, 여름엔 학생이 세명으로 줄었으니 내년엔 교사도 한명만 남게 된다. 그 다음엔…… (가랑잎초등학교는 기어이 폐교되고 말았다.)

유평리에는 등산객을 위한 식당과 민박처가 여남은 채 있는데 여기는 산골인지라 도토리묵무침과 더덕구이, 더덕찜이 일미이며, 계곡에서 잡은 피라미로 회를 치는 것도 별미란다. 그러나 값은 결코 만만치 않다.

| **대원사계곡의 세신소** | 대원사에서 유평리로 오르는 길에는 이처럼 아름다운 계곡이 이어진다.

내가 유평리 가랑잎초등학교까지 꼭 가야만 했던 이유는 대원사부터 여기까지 오르는 길이 자연 그대로의 산길이었기 때문이다. 그러나 작년까지도 안 그랬는데 올 6월에 가보니 시멘트로 완벽하게 포장해놓았다. 그것이 못내 서운했지만 이곳 주민의 삶의 편의 때문이라니 내 낭만만 챙길 일도 아니었다. 그렇다면 내가 새삼 유평리에서 삼거리까지 답삿길을 연장할 일도 아니다.

아무리 변하고 변했어도 대원사에서 유평리에 이르는 계곡은 내가 앞에서 내건 남한땅 제일의 탁족처이기에 결코 버릴 수도 뺄 수도 없는 황금의 답사코스다. 길가엔 아리따운 노송이 늠름한 자태로 줄지어 있고, 붉은 기를 토하는 암반 위로는 맑은 계류가 끝없이 흘러간다. 옛사람들은 이럴 때 옥류(玉流)라는 표현을 썼던 모양이다.

길가에서 바로 내려다보이는 널찍한 계곡 한쪽에는 제법 큰 소(沼)를 이룬 곳이 아래위 두 곳에 있는데 아래쪽을 세신탕(洗身湯), 위쪽을 세심탕(洗心湯)이라고 부른다. 그중 나는 아래쪽 소를 즐겨 탁족처로 삼으며 이곳은 당연히 탁족소(濯足沼)라고 고쳐불러야 한다고 생각하고 있다. 최소한 나는 끝까지 탁족소라고 부를 것이다.

탁족소 너럭바위에 앉아 발을 담그고 먼데 하늘을 바라보며 나의 긴 여로를 마무리한다.

산은 지리산

탁족소를 내려와 이제 서울로 올라설 채비를 하고 나니 내대리의 양수발전소가 끝내 세워지고 말 것인가 걱정스럽고 "한국인의 기상, 여기에서 발원하다"라는 비석이 서 있는 천왕봉 상봉이 그리워진다.

나는 불행히도 산사나이가 못되었다. 내가 산보다도 문화유산을 더 사랑했기에 나의 답사는 항시 산기슭 어드메쯤에 머물 수밖에 없었다. 그러나 지리산 천왕봉에는 가까이에 법계사 삼층석탑(보물 제473호)이 있어 거기에 오를 기회가 있었다. 암반 위에 세워진 법계사탑은 생긴 것이 오종종하고 쩨쩨해서 볼품이 너무 없다. 단속사탑에 비하면 아무것도 아닌 것이다. 그러나 이 높은 산상의 탑이라는 점은 결코 무시할 수 없는 지리적 의미를 갖는 것이니 그것이 보물로 지정된 것을 잘못이라고 말할 수 없다. 또 그 덕에 천왕봉을 오른 것은 차라리 감사해야 할 일이다.

천왕봉 일출의 황홀경은 3대를 두고 공덕을 쌓아야 볼 수 있다고 했으니 그날의 궂은 날씨를 불운이라고 생각지 않으나 그 장중한 운해를 제대로 못 본 것은 분명 불운이었다. 어차피 나는 나의 답사기에 산이야기는 쓸 생각이 없었다.

그러나 지리산 답사기를 쓰면서 산에 대해 아무런 소감을 말하지 않고 끝낸다는 것은 글의 부실함밖에 안 된다. 천왕봉의 일출은 조정래의 『태백산맥』(전10권, 한길사 1989)에 환상적으로 그려 있으니 그것으로 대신하며 여기에 굳이 옮기지 않겠다. 다만 산을 말함에 있어서도 그 옛날의 대안목들이 말하는 산은 달랐다. 산에서 느끼는 크기 자체가 달랐다. 김일손은 천왕봉의 인상을 이렇게 말했다.

한밤중 천지가 청명하고 큰 들은 광막하며 흰구름은 산골짜기에서 잠을 자는 듯한데, 마치 바다의 밀물에 올라앉은 것 같고, 머리 내민 산봉우리들은 흰 파도에 드러나는 섬처럼 점점이 찍혀 있다. 내려다보고 쳐다보니 마음이 오싹하고 몸은 태초의 원시에 와 있고, 가슴속은 천지와 함께 흐르는 것 같았다.

이튿날 여명에 해가 돋아오르는 것을 보니 밝은 허공이 거울과 같았다. 서성이며 사방을 바라보니 만리가 끝이 없고 대지의 뭇산은 개미집이나 버러지 자국만 같다.

평소에는 다만 구름이 하늘에 붙은 줄로만 알았고 그것이 반공(半空)에 떠 있는 물건이라는 것을 몰랐는데 여기 와서 보니 눈 아래 편편히 깔린 그 아래는 반드시 대낮이 그늘져 있을 것이다.

지리산의 장엄은 천왕봉의 높이에서만 나오는 것이 아니다. 오히려 그 넓이와 깊이에서 나온다. 그 면적이 자그마치 485제곱킬로미터로 전북의 남원, 전남의 구례, 경남의 함양·산청·하동 등 3도 5군이 머리를 맞댄 곳이다. 지리산 연봉이 이루어낸 계곡의 깊이를 우리는 가늠치도 못한다. 그 크기를 말하는 것도 대안목은 달랐다. 남명 선생은 「덕산계정 기둥에 새긴 글(題德山溪亭柱)」에서 이렇게 읊었다.

천석이나 되는 저 큰 종을 좀 보소.

크게 두드리지 않으면 울리지 않는다오.

허나 그것이 지리산만 하겠소.

(지리산은) 하늘이 울어도 울리지 않는다오.

請看千石鐘 非大扣無聲

爭似頭流山 天鳴猶不鳴

산은 지리산이다. 지리산을 좋아하는 분은 채색장식화보다도 수묵담채화를 좋아할 것이다. 그런 분이라면 예쁜 분원사기보다도 금사리가마의 둥근 달항아리를 더 좋아할 것이다. 그런 분이라면 바그너나 모짜르트보다도 바흐를 좋아할 것이다. 그런 분이라면 똘스또이의 소설을 책상에 앉아 줄을 치며 읽을 것이다. 하나의 안목은 다른 안목에도 통한다.

산은 지리산이다.

1994. 7.

* 단속사터에 광제암문(廣濟嵒門)이라는 최치원의 글씨가 새겨져 있다는 『신증동국여지승람』의 기록은 알고 있었으나 찾아보지 못했다고 했는데, 고맙게도 경상대 의과대학 정형외과의 정순택 교수가 찾아내서 사진과 함께 보내주셨다. 덕분에 한국문화유산답사회가 펴내는 『답사여행의 길잡이―지리산 자락』(돌베개 1996)에서 자세히 소개할 수 있었다. 이 글씨는 절 아래쪽 청계리 용두마을 개울 석벽에 새겨져 있다. 글씨가 크고 형태가 단정하며 꽉 짜여 있어 보기에도 시원스러운데, 이것이 꼭 최치원 글씨인지는 알 수 없다.

사무치는 마음으로 가고 또 가고
사과밭 진입로 / 무량수전 / 대석단 / 조사당 / 선묘각 / 부석

이미지와 오브제

미술품은 하나의 물체다. 그러나 우리는 그것을 물(物) 자체로 보는 것이 아니라 그 물체를 통해 나타나는 상(像)을 갖고 이야기한다. 유식하게 말해서 오브제(objet)가 아니라 이미지(image)로 대하는 것이다.

따라서 미술품에 대한 해설은 필연적으로 시각적 이미지를 언어로 전환시켜야 한다는 조건에서 시작된다. 이 때문에 예로부터 미술을 말하는 사람들은 어떻게 하면 그 이미지를 극명하게 부각시킬 수 있는가를 고민해왔다.

그런 중에 옛사람들이 곧잘 채택했던 방법의 하나는 시각적 이미지를 시적(詩的) 영상으로 대치해보는 것이었다. 오늘날에는 제아무리 뛰어난 문장가라도 엄두를 못 내는 이 방법을 조선시대에는 웬만한 선비라면 제

화시(題畵詩) 정도는 우리가 유행가 한가락 부르는 흥취로 해치웠다.

그렇게 함으로써 이미지는 선명하게 부각되고, 확대되고, 심화되어 침묵의 물체를 생동하는 영상으로 다가오게 하였다. 그것은 곧 보이는 것과 보이지 않는 것의 만남이며, 말하지 않는 것과의 대화인 것이다.

조선왕조 철종 때 영의정을 지낸 경산(經山) 정원용(鄭元容)은 비록 그 자신이 문장가이기는 했지만 글씨에 대하여 특별한 전문성을 갖고 있었던 것 같지도 않은데 네 사람의 명필을 논한 「논제필가(論諸筆家, 여러 서예가를 논함)」에서는 미술과 문학의 행복한 만남을 보여주고 있다.

한석봉(韓石峯)의 글씨는 여름비가 바야흐로 흠뻑 내리는데 늙은 농부가 소를 꾸짖으며 가는 듯하다.

서무수(徐懋修)의 글씨는 반쯤 갠 봄날 은일자가 채소밭을 가꾸는 듯하다.

윤백하(尹白下)의 글씨는 가을달이 창에 비치는데 근심에 서린 사람이 비단을 짜는 듯하다.

이원교(李圓嶠)의 글씨는 겨울눈이 쏟아져내리는데 사냥꾼이 말을 타고 치달리는 듯하다.

남한땅의 5대 명찰

이런 옛글을 읽을 때면 나는 이미지의 고양과 풍성한 확대라는 것이 인간의 정서를 얼마나 풍요롭게 해주는가를 절감하게 된다. 이것은 꼭 문자속 깊은 지식인층의 지적 유희만은 아닐 것이다. 정도의 차이는 있을지언정 일자무식의 민초에게도 마찬가지다. 나는 그 좋은 예를 하나 갖고 있다.

우리 어머니는 경기도 포천군 청산면 금동리 왕방산 서쪽 기슭 깊은 산골에서 태어나 소학교도 제대로 다니지 못했다. 열일곱살 때 갑자기 정신대라는 '여자공출'이 시작되자 부랴사랴 우리 아버지에게 시집오게 되었다. 내가 중학교 일학년 때 어머니는 나를 외가댁 가서 실컷 놀다 오라고 데리고 가면서 끔찍이도 험하고 높은 칠오리고개를 넘으면서 절절매는 나를 달래기 위해 얘기를 하나 해주셨다.

외가댁 건너편 왕방마을에 양지바른 툇마루에 앉아 아이들을 모아놓고 재미있는 얘기를 하도 잘해서 '양달대포'라는 별명을 갖고 있는 아저씨가 있었는데, 우리 어머니가 갑자기 시집간다니까 시집가서 잘살게 되나 점봐준다면서 다섯가지 그림 같은 정경을 말하고서는 순서대로 늘어놔보라고 했다는 것이다. 나는 지금 어느 것이 부자가 되고 어느 것이 가난하게 되는 것인지 그 서열을 다는 기억하지 못하지만 우리 어머닌 꼴찌서 둘째였는데 나는 첫째로 부자가 되는 것을 골라서 우리 모자는 함께 좋아하며 지루한 고개를 단숨에 넘어갔다. 이후 나는 한동안 이 문제를 동무들에게도 써먹었고 작문시간에 슬쩍 도용도 하면서 그 이미지를 잊어버리지 않게 되었는데, 지금 그것을 다시 도용하여 남한땅의 5대 명찰을 논하는 「논제명찰(論諸名刹)」을 읊어보련다.

춘삼월 양지바른 댓돌 위에서 서당개가 턱을 앞발에 묻고 한가로이 낮잠자는 듯한 절은 서산 개심사(開心寺)이다.

한여름 온 식구가 김매러 간 사이 대청에서 낮잠자던 어린애가 잠이 깨어 엄마를 찾으려고 두리번거리는 듯한 절은 강진 무위사(無爲寺)이다.

늦가을 해질녘 할머니가 툇마루에 앉아 반가운 손님이 올 리도 없건만 산마루 넘어오는 장꾼들을 물끄러미 바라보고 있는 듯한 절은

| 산사의 여러 모습 | 우리나라 사찰은 주어진 자연환경에 따라 자연과 어울리는 방식이 다양하게 나타났다.
1.내소사 2.무위사 3.개심사 4.운문사

부안 내소사(來蘇寺)이다.

한겨울 폭설이 내린 산골 한 아낙네가 솔밭에서 바람이 부는 대로 굴러가는 솔방울을 줍고 있는 듯한 절은 청도 운문사(雲門寺)이다.

몇날 며칠을 두고 비만 내리는 지루한 장마 끝에 홀연히 먹구름이 가시면서 밝은 햇살이 쨍쨍 내리쬐는 듯한 절은 영주 부석사(浮石寺)이다.

우리 어머니가 택한 것은 운문사 전경이었고 나는 부석사를 꼽았었다.

질서의 미덕과 정서적 해방의 기쁨

영주 부석사는 우리나라에서 가장 아름다운 절집이다. 그러나 아름답다는 형용사로는 부석사의 장쾌함을 담아내지 못하며, 장쾌하다는 표현으로는 정연한 자태를 나타내지 못한다. 부석사는 오직 한마디, 위대한 건축이라고 부를 때만 그 온당한 가치를 받아낼 수 있다.

건축잡지 『플러스』에서 1994년 2월에 건축가 2백여명을 상대로 한 설문조사를 발표한 적이 있는데, "가장 잘 지은 고건축"이라는 항목에서 압도적인 표를 얻어 당당 1위를 한 것이 부석사였다. 그 "가장 잘 지었다"는 말에는 건축적 사고가 풍부하고 건축적 짜임새가 충실하다는 뜻이 들어 있으리라. 그런 전문적 안목이 아니라 한낱 여행객, 답사객의 눈이라도 풍요로운 자연의 서정과 빈틈없는 인공의 질서를 실수없이 읽어내고, 무량수전 안양루에 올라 멀어져가는 태백산맥을 바라보면 소스라치는 기쁨과 놀라운 감동을 온몸으로 느끼게 될 것이니, 부석사는 정녕 위대한 건축이요, 지루한 장마 끝에 활짝 갠 밝은 햇살 같을 뿐이다.

부석사의 가장 큰 자랑거리는 무량수전에 있다. 그것이 우리나라에서 가장 오래된 목조건축이라서가 아니며, 그것이 국보 제18호라서도 아니다.

부석사의 아름다움은 모든 길과 집과 자연이 이 무량수전을 위해 제자리에서 제 몫을 하고 있는 절묘한 구조와 장대한 스케일에 있는 것이다. 부석사를 창건한 의상대사가 「법성게(法性偈)」에서 말한바 "모든 것이 원만하게 조화하여 두 모습으로 나뉨이 없고, 하나가 곧 모두요 모두가 곧 하나됨"이라는 원융(圓融)의 경지를 보여주는 가람배치가 부석사인 것이다. 그러니까 부석사는 곧 저 오묘하고 장엄한 화엄세계의 이미지를 건축이라는 시각매체로 구현한 것이다. 이 또한 이미지와 이미지의 만남이며, 말하는 것과 말하지 않는 것의 대화일 것이다.

| **무량수전** | 현존하는 최고의 목조건축으로 우리나라 팔작지붕집의 시원양식이다. 늠름한 기품과 조용한 멋이 함께 살아있다.

부석사는 백두대간(태백산맥)이 두 줄기로 나뉘어 각각 제 갈 길로 떠나가는 양백지간(兩白之間)에 자리잡고 있다. 태백산과 소백산 사이 봉황산(鳳凰山) 중턱이 된다. 이 자리가 지닌 지리적·풍수적 의미는 그것으로 암시되며, 옛날이나 지금이나 사람의 발길이 닿기 쉽지 않은 국토의 오지라는 사실에서 사상사적·역사적 의미도 간취된다.

부석사 아랫마을 북지리에서 이제 절집의 일주문을 들어가 천왕문, 요사채, 범종루, 안양루를 거쳐 무량수전에 이르고 여기서 다시 조사당과 응진전(應眞殿)까지 순례하는 길을 걷게 되면 순례자는 필연적으로 서로 성격을 달리하는 세 종류의 길을 걷게끔 되어 있다.

절 입구에서 일주문을 거쳐 천왕문에 이르는 돌 반, 흙 반의 비탈길은 자연과 인공의 행복한 조화로움을 보여준다.

| **무량수전 내부** | 고려시대 불상을 중심으로 시원스럽게 뻗어올라간 기둥들이 무량수전의 외관 못지않은 내부의 아름다움을 보여준다.

    천왕문에서 요사채를 거쳐 무량수전에 이르는 부석사의 본채는 정연한 돌축대와 돌계단이라는 인공의 길이다. 그것은 엄격한 체계와 가지런한 질서를 담고 있으며 그 정상에 무량수전이 모셔져 있다.

    무량수전에 이르면 자연의 장대한 경관이 펼쳐진다. 남쪽으로 치달리는 소백산맥의 줄기가 한눈에 들어오며 그것은 곧 극락세계로 들어가는 서막을 보여주는 듯하다. 이제 우리는 상처받지 않은 위대한 자연으로 돌아온 것이다.

    무량수전에서 한 호흡 가다듬고 조사당, 응진전으로 오르는 길은 떡갈나무와 산죽이 싱그러운 흙길이다. 그것은 자연으로 돌아온 우리를 포근히 감싸주는 여운인 것이다.

    인공과 자연의 만남에서 인공의 세계로, 거기에서 다시 자연과 그 여운에로 이르는 부석사 순렛길은 장장 시오리이건만 이 조화로움 덕분에 어느 순례자도 힘겨움없이, 지루함없이 오를 수 있게 된다.

지금 나는 저 극락세계에 오르는 행복한 순렛길을 여러분과 함께 가고 있는 것이다.

비탈길의 미학과 사과나무의 조형성

부석사 매표소에서 표를 끊고 절집을 향하면 느릿한 경사면의 비탈길이 곧바로 일주문까지 닿아 있다. 길 양옆엔 은행나무 가로수, 가로수 건너편은 사과밭이다. 여기서 천왕문까지는 1킬로미터가 넘으니 결코 짧은 거리가 아니지만 급한 경사가 아닌지라 힘겨울 바가 없으며 일주문이 눈앞에 들어오니 거리를 가늠할 수 있기에 느긋한 걸음으로 사위를 살피며 마음의 가닥을 잡을 수 있다.

별스러운 수식이 있을 리 없는 이 부석사 진입로야말로 현대인에게 침묵의 충언과 준엄한 꾸짖음 그리고 포근한 애무의 손길을 던져주는 조선 땅 최고의 명상로라고 나는 생각하고 있다.

비탈길은 사람의 발길을 느긋하게 잡아놓는다. 제아무리 잰걸음의 성급한 현대인이라도 이 비탈길에 와서는 발목이 잡힌다. 사람은 걸어다닐 때 머릿속이 가장 맑다고 한다. 여러분 생각해보십시오. 직장에서 집까지, 학교에서 집까지 가는 한시간 남짓한 시간에 머릿속에서 무엇을 했습니까? 돌아오는 길은 어떠했고요? 현대인은 최소 하루 두시간 자기만의 명상시간을 갖고 있는 셈인데 대부분은 그 시간을 지겨운 일상의 공백으로 소비해버리고 있다. 내용없는 수다와 어지럽고 경박한 스포츠신문에, 아니면 멍한 상태에서 자기만의 시간을 낭비해버리는 것이다.

그러나 비탈길은 그런 경박과 멍청함을 용서하지 않는다. 아무리 완만해도 비탈인지라 하체는 긴장하고 있다. 꾹꾹 누르는 발걸음의 무게가 순

| **부석사로 오르는 은행나무 가로수길** | 적당한 경사면의 쾌적한 순롓길로 멀리 일주문이 있어 거리를 가늠케 한다.

례자의 마음속에 기여하는 바는 결코 적은 것이 아니다. 그래서 사람의 생각은 걷는 발 뒤꿈치에서 시작한다는 말도 있는 것이다.

만약 저 일주문이 없어 길의 끝이 어딘지 가늠치 못할 경우와 비교해 보자. 루돌프 아른하임의 『미술과 시지각』(미진사 2000)이라는 책에는 공간에 반응하는 인간의 감성적 습성에 대한 아주 섬세한 분석이 들어 있는데, 그의 명제 중에는 '모든 물체는 공간을 창출한다'는 것이 있다. 한 폭 풍경화 속에 그려져 있는 길에 사람이 하나 들어 있냐 않냐의 차이가 그 명제에 정당성을 부여해주고 있다.

더욱이 일주문을 향한 우리의 발걸음은 움직이고 있다. 앞으로 나아갈수록 일주문은 선명하게 보이고 크게 보인다. 그것을 통해 움직이고 있는 자신의 위치를 명확히 감지할 수 있는 것이다.

부석사 진입로의 이 비탈길은 사철 중 늦가을이 가장 아름답다. 가로

| **부석사 입구의 사과나무밭** | 사과나무의 굵은 가지에서는 역도선수의 용틀임 같은 힘의 조형미가 느껴진다.

수 은행나무잎이 떨어져 샛노란 낙엽이 일주문 너머 저쪽까지 펼쳐질 때 그 길은 순례자를 맞이하는 부처님의 자비로운 배려라는 생각이 들기도 한다.

내가 늦가을 부석사를 좋아하는 이유는 은행잎 카펫길보다도 사과나무밭 때문이었다. 나는 언제나 내 인생을 사과나무처럼 가꾸고 싶어한다. 어차피 나는 세한삼우(歲寒三友)의 송죽매(松竹梅)는 될 수가 없다. 그런 고고함, 그런 기품, 그런 청순함이 태어나면서부터 없었고 살아가면서 더 잃어버렸다. 그러나 사과나무는 될 수가 있을 것도 같다. 사람에 따라서는 사과나무를 사오월 꽃이 필 때가 좋다고 하고, 시월에 과실이 주렁주렁 열릴 때가 좋다고도 할 것이다. 그러나 나는 잎도 열매도 없는 마른 가지의 사과나무를 무한대로 사랑하고 그런 이미지의 인간이 되기를 동경한다.

사과나무의 줄기는 직선으로 뻗고 직선으로 올라간다. 그렇게 되도록 가지치기를 해야 사과가 잘 열린다. 한 줄기에 수십개씩 달리는 열매의 하중을 견디려면 줄기는 굵고 곧지 않으면 안된다. 그리하여 모든 사과나무는 운동선수의 팔뚝처럼 굳세고 힘있어 보인다. 곧게 뻗어오른 사과나무의 줄기와 가지를 보면 대지에 굳게 뿌리를 내린 채 하늘을 향해 역기를 드는 역도선수의 용틀임을 느끼게 된다. 그러한 사과나무의 힘은 꽃이 필 때도 열매를 맺을 때도 아닌 마른 줄기의 늦가을이 제격이다.

내 사랑하는 사과나무의 생김새는 그것 자체가 위대한 조형성을 보여준다. 묵은 줄기는 은회색이고 새 가지는 자색을 띠는 색감은 유연한 느낌을 주지만 형체는 어느 모로 보아도 불균형을 이루면서 전체는 완벽한 힘의 미학을 견지하고 있다. 그 힘은 어디에서 나오는가? 뿌리에서 나온다. 나는 그 사실을 나중에 알고 나서 더욱더 사과나무를 동경하게 되었다.

"세상엔 느티나무 뽑을 장사는 있어도 사과나무 뽑을 장사는 없다."

9품 만다라의 가람배치

일주문을 지나 천왕문으로 오르는 길 중턱 왼편에는 이 절집의 당(幢), 즉 깃발을 게양하던 당간의 버팀돌이 우뚝 서 있다. 높이 4.3미터의 이 훤칠한 당간지주는 우리나라에 있는 수많은 당간지주 중 가장 늘씬한 몸매의 세련미를 보여주는 명작 중의 명작이다. 강릉 굴산사터의 그것이 자연석의 느낌을 살린 헤비급 챔피언이라면, 익산 미륵사터의 그것이 옹골차면서도 유연한 미들급의 챔피언이 될 것이고, 부석사의 당간지주는 라이트급이라도 헤비급을 능가할 수 있는 멋과 힘의 고양이 있음을 보여준다. 아래쪽에서 위로 올라갈수록 약간씩 좁혀간 체감률, 끝마무리를 꽃잎처럼 공글린 섬세성, 몸체에 돋을새김의 띠를 설정하여 수직의 상승감을 유도한 조형적 계산. 그 모두가 석공의 공력이 극진하게 나타난 장인정신의 소산인 것이다. 바로 그 투철한 장인정신이 이 한쌍의 돌 속에 서려 있기에 우리는 주저없이 이와 같은 아름다움을 창출해낸 이름모를 그분에게 감사와 경의를 표하게 된다.

비탈길이 끝나고 낮은 돌계단을 올라 천왕문에 이르면 여기부터가 부석사 경내로 된다. 사천왕이 지키고 있으니 이 안쪽은 도솔천이 되는 것이다. 여기에서 요사채를 거쳐 범종루, 안양루를 지나 무량수전에 다다르기까지 우리는 아홉 단의 석축 돌계단을 넘어야 한다. 그것은 곧 극락세계 9품(品) 만다라의 이미지를 건축적 구조로 구현한 것이다.

정토삼부경(淨土三部經)의 하나인 『관무량수경(觀無量壽經)』을 보면 극락세계에 이를 수 있는 16가지 방법이 설명되어 있는데 그중 마지막 세 방법은 3품3배관(三品三輩觀)으로 상품상생(上品上生)에서 중품중생(中品中生)을 거쳐 하품하생(下品下生)에 이르기까지 저마다의 행실과 공력으로 극락세계에 환생할 수 있다는 것이다. 그것이 곧 9품 만다라다.

부석사 경내의 돌축대가 세번째 단을 넓게 하여 차별을 둔 것은 9품을 또다시 상·중·하 3품으로 나눈 것이니 비탈을 깎아 평지로 고르면서 돌계단, 돌축대에도 이런 상징성을 부여할 수 있는 정성과 아이디어는 결코 가벼이 생각할 수는 없는 일이다.

더욱이 부석사의 돌축대들은 불국사처럼 지주가 있는 것도 아니고 해인사 경판고처럼 장대석을 사용한 것도 아니다. 제멋대로 생긴 크고 작은 자연석의 갖가지 형태들을 다치지 않고 자연스럽게 이를 맞추어 쌓은 것이다. 다시 말하여 낱낱의 개성을 죽이지 않으면서 무질서를 질서로 환원시킨 이 석축들은 자연스런 아름다움이라기보다도 의상대사가 말한바 "하나가 곧 모두요 모두가 곧 하나됨"을 입증하는 상징적 이미지까

| 부석사 당간지주 | 곧게 뻗어오르면서 위쪽이 약간 좁아져
선의 긴장과 멋이 함께 살아난다.

지 서려 있다. 불국사의 돌축대가 인공과 자연의 조화를 극명하게 보여
준 최고의 명작이라면, 부석사 돌축대는 자연과 인공을 하나로 융화시킨
더 높은 원융의 경지라고 말할 수 있을 것이다.

천왕문에서 세 계단을 오른 넓은 마당은 3품3배의 하품단(下品壇) 끝
이 되며 여기에는 요사채가 조용한 자태로 자리잡고 있다. 여기서 다시
세 계단을 오르는 중품단(中品壇)은 범종이 걸린 범종루(梵鐘樓)가 끝이
되며 양옆으로 강원(講院)인 응향각(凝香閣)과 취현암(醉玄菴)이 자리잡
고 있다. 이 두 건물은 일제시대와 1980년도의 보수공사 때 이쪽으로 옮
겨진 것이지만 부석사 가람배치의 구조를 거스르는 바는 없다.

범종루에서 다시 세 계단을 오르면 그것이 상품단(上品壇)이 되며 마

| 무량수전 앞 석등 | 받침대에 상큼하게 올라앉은 이 석등엔 조각이 아주 정교하게 새겨 있다.

지막 계단은 안양루(安養樓) 누각 밑을 거쳐 무량수전 앞마당에 당도하게 되어 있다. 마지막 돌계단을 오르면 우리는 아름다운 자태에 정교한 조각솜씨를 보여주는 아담한 석등과 마주하게 된다. 이 석등의 구조와 조각은 국보 제17호로 지정된 명작 중의 명작이다. 아마도 우리나라에 현존하는 석등 중에서 가장 화려한 조각솜씨를 자랑할 것이다. 섬세하고 화려하다는 감정은 단아한 기품과는 거리가 멀 수 있다. 그러나 이 석등의 조각은 완벽한 기법이라는 형식의 힘이 받쳐주고 있기 때문에 화려하면서도 단아하다. 마치 불국사 다보탑의 화려함이 석가탑의 단아함과 상충하지 않음과 같으니 아마도 저 아래 있는 당간지주를 깎은 석공의 솜씨이리라. 그리고 우리는 이제 부석사의 절정 무량수전과 마주하게 된다.

극락세계를 주재하는 아미타여래의 상주처인 무량수전 건물은 1016년, 고려 현종 7년, 원융국사가 부석사를 중창할 때 지은 집으로 창건연대가 확인된 목조건축 중 가장 오랜 것이다. 정면 5칸에 측면 3칸 팔작지붕으로 주심포집인데 공포장치는 아주 간결하고 견실하게 짜여 있다. 그것은 수덕사 대웅전에서 보았던 필요미(必要美)의 극치다. 기둥에는 현저한 배흘림이 있어 규모에 비해 훤칠한 느낌을 주고 있는데 기둥머리 지름은 34센티미터, 기둥밑은 44센티미터, 가운데 배흘림 부분은 49센티미터이니 그 곡선의 탄력을 수치만으로도 짐작할 수 있을 것이다.

무량수전 건축의 아름다움은 외관보다도 내관에 더 잘 드러나 있다. 건물 안의 천장을 막지 않고 모든 부재들을 노출시킴으로써 기둥, 들보, 서까래 등의 얼키설키 엮임이 리듬을 연출하며 공간을 확대시켜주는 효과는 우리 목조건축의 큰 특징이다. 그래서 외관상으로는 별로 크지 않은 듯한 집도 내부로 들어서면 탁 트인 공간 속에 압도되는 스케일의 위용을 느끼게 되는 것이다. 무량수전은 특히나 예의 배흘림기둥들이 휜칠하게 뻗어 있어 눈맛이 사뭇 시원한데 결구방식은 아주 간결하여 강약의 리듬이 한눈에 들어온다. 그래서 건축사가 신영훈 선생은 이런 표현을 쓴 적이 있다.

"길고 굵은 나무와 짧고 아기자기한 부재들이 중첩하면서 이루는 변화있는 조화로운 구성에서 눈밝은 사람들은 선율을 읽는다. 장(長)과 단(短)의 율동이 거기에 있다."

무량수전에 모셔져 있는 불상 또한 명품이다. 이 아미타불상은 흙으로 빚은 소조불(塑造佛)에 도금을 하였는데 전형적인 고려시대 불상으로 개성이 강하고 육체가 건장하게 표현되어 있다.

안양루에 올라

부석사의 절정인 무량수전은 그 건축의 아름다움보다도 무량수전이 내려다보고 있는 경관이 장관이다. 바로 이 장쾌한 경관이 한눈에 들어오기에 무량수전을 여기에 건립한 것이며, 앞마당 끝에 안양루를 세운 것도 이 경관을 바라보기 위함이다. 안양루에 오르면 발아래로는 부석사

| **무량수전에서 내려다본 경치** | 무량수전 배흘림기둥에 기대 서서 바라보면 멀리 소백산맥의 줄기가 부석사의 장대한 정원인 양 아스라이 펼쳐진다.

당우들이 낮게 내려앉아 마치도 저마다 독경을 하고 있는 듯한 자세인데, 저 멀리 산은 멀어지면서 소백산맥 연봉들이 남쪽으로 치달리는 산세가 일망무제로 펼쳐진다. 이 웅대한 스케일, 소백산맥 전체를 무량수전의 앞마당인 것처럼 끌어안은 것이다. 이것은 현세에서 감지할 수 있는 극락의 장엄인지도 모른다. 9품 계단의 정연한 질서를 관통하여 오른 때문일까. 안양루의 전망은 홀연히 심신 모두가 해방의 기쁨을 느끼게 한다. 지루한 장마 끝의 햇살인들 이처럼 밝고 맑을 수 있겠는가.

   그러나 부석사를 안내하는 책자 어디를 보아도 이 장쾌한 경관의 사진을 실은 것은 없다. 고건축 도록을 보면 무량수전은 빠짐없이 들어 있으면서도 무량수전에서 내려다본 경관 사진 하나 들어 있는 것이 없다. 그렇게 하고도 부석사를 안내한 책이라고 하며, 고건축 도록이라고 이름붙일 수 있겠는가. 이 답답한 작태를 효과적으로 치유할 수 있는 기발한 방법을 나는 강구해보고 있는 중이다. 지금까지 생각한 중에 가장 그럴듯한 것은 무량수전에서 내려다보는 경치를 '국보 제0호'로 지정해버리는 것이다. 그리고 문화재 안내판을 세우면 그제야 모든 도록에 게재될 것이 아닐까?

누차 말하건대 옛날사람들은 그렇지 않았다. 안양루에 걸려 있는 중수기(重修記)를 읽어보니 이렇게 적혀 있다.

몸을 바람난간에 의지하니 무한강산(無限江山)이 발아래 다투어 달리고, 눈을 들어 하늘을 우러르니 넓고 넓은 건곤(乾坤)이 가슴속으로 거두어들어오니 가람의 승경(勝景)이 이와 같음은 없더라.

천하의 방랑시인 김삿갓도 부석사 안양루에 올라서는 저 예리한 풍자와 호방한 기개가 한풀 꺾여 낮은 목소리의 자탄(自歎)만 하고 말았다.

평생에 여가 없어 이름난 곳 못 왔더니
백발이 다 된 오늘에야 안양루에 올랐구나.
그림 같은 강산은 동남으로 벌어 있고
천지는 부평같이 밤낮으로 떠 있구나.
지나간 모든 일이 말 타고 달려오듯
우주간에 내 한 몸이 오리마냥 헤엄치네.
인간 백세에 몇번이나 이런 경관 보겠는가
세월이 무정하네 나는 벌써 늙어 있네.
平生未暇踏名區 白首今登安養樓
江山似畵東南列 天地如萍日夜浮

風塵萬事忽忽馬 宇宙一身泛泛鳧
百年幾得看勝景 歲月無情老丈夫

　무량수전 앞 안양루에서 내려다보는 그 경관에 취해 시인은 저마다 시를 읊고 문사는 저마다 글을 지어 그 자취가 누대에 가득한데, 권력의 상좌에 있던 이들은 또다른 기념방식이 있었다. 그것은 현판글씨를 써서 다는 일이다. 무량수전의 현판은 고려 공민왕이 홍건적 침입 때 안동으로 피난 온 적이 있는데 몇달 뒤 귀경길에 들러 무량수전이라 휘호한 것을 새긴 것이라 하며, 안양루 앞에 걸린 부석사라는 현판은 1956년 이승만 대통령이 이곳을 방문했을 때 쓴 것이다. 우리 같은 민초들은 일없이 빈 바람을 가슴에 품으며 눈길은 산자락이 닿는 데까지 달리게 하여 벅찬 감동의 심호흡을 들이켤 뿐이건만 한 터럭 아쉬움도 남지 않는다.

부석과 선묘각

　무량수전 좌우로는 이 위대한 절집의 창건설화를 간직한 부석(浮石)과 선묘 아가씨의 사당인 선묘각(善妙閣)이 있다. 부석과 선묘에 대하여는 민영규 선생이 일찍이 연구발표한 것이 있고 그 내용은 『한국의 인간상』(신구문화사 1965) '의상'편에 자세하다.

　부석사를 고려시대에는 선달사(善達寺)라고도 하였는데 선달이란 '선돌'의 음역으로, 부석의 향음(鄕音)이란다. 거대한 자연반석인 이 부석을 이중환(李重煥, 1690~1752)은 『택리지(擇里志)』에서 1723년 가을 어느날 답사했던 기록으로 이렇게 남겼다.

　불전 뒤에 한 큰 바위가 가로질러 서 있고 그 위에 또 하나의 큰 돌

| **선묘각** | 무량수전 뒤편에 산신각처럼 아주 소박하게 세워졌다.

이 내려덮여 있다. 언뜻 보아 위아래가 서로 이어붙은 것 같으나 자세히 살펴보면 두 돌 사이가 서로 붙어 있지 않고 약간의 틈이 있다. 노끈을 넣어보면 거침없이 드나들어 비로소 그것이 뜬 돌인 줄 알 수 있다. 절은 이것으로써 이름을 얻었는데 그 이치는 전혀 이해할 수가 없다.

절만이 부석이 아니었다. 세상사람들은 의상을 부석존자라고 부른다. 부석의 전설은 후대에 신비화시킨 것이 분명하지만 우리는 반드시 알고 지나가야 한다. 부석에 얽힌 선묘의 이야기는 송나라 찬녕이 지은 『송고승전』에 나온다. 그것을 여기에 요약하여 옮겨본다.

의상과 원효가 유학길에 올랐다가 원효는 깨친 바 있어 되돌아오고 의상은 당주(唐州, 지금의 남양·아산)에서 배를 타고 바다를 건너 등

| 일본의 국보 「화엄종조사회전」 중 **의상과 선묘 부분** | 12세기 일본에서 의상과
원효의 일대기를 그린 장권(長卷)의 명화가 제작됐다는 사실 자체에서 각별한 뜻을
새기게 된다.

주(登州)에 닿았다. 의상은 한 신도집에 머물렀는데 그 집의 선묘라는
딸이 의상에게 반했으나 의상의 마음을 일으킬 수 없자 "세세생생(世
世生生)에 스님께 귀명(歸命)하여 스님이 필요로 하는 모든 것을 바치
겠다"는 소원을 말했다.

　의상이 종남산의 지엄에게 화엄학을 배우고 돌아오는 길에 그 신
도집에 들러 사의를 표했다. 이때 선묘는 밖에 있다가 의상을 선창가
에서 보았다는 말을 듣고는 의상에게 주려고 준비했던 옷과 집기들
을 들고 나왔으나 의상의 배는 이미 떠났다. 선묘는 옷상자를 바다에
던지고 내 몸이 용이 되어 저 배를 무사히 귀국케 해달라며 바다에 몸

을 던졌다.

귀국 후 의상은 산천을 섭렵하며 "고구려의 먼지나 백제의 바람이 미치지 못하고, 말이나 소도 접근할 수 없는 곳"을 찾아 여기야말로 법륜의 수레바퀴를 굴릴 만한 곳이라고 생각했다. 그러나 사교(邪敎ㆍ權宗異部, 잘못된 주장을 하는 종파)의 무리 500명이 자리잡고 있었다. 항상 의상을 따라다니던 선묘는 의상의 뜻을 알아채고 허공중에 사방 1리나 되는 큰 바위가 되어 사교 무리들의 가람 위로 떨어질까말까 하는 모양으로 떠 있었다. 사교 무리들은 이에 놀라 사방으로 흩어지고 의상은 이 절에 들어가 화엄경을 강의했다.

지금 부석사 왼쪽에는 조그마한 맞배지붕의 납도리집 한 채가 있어서 선묘의 초상화가 봉안되어 있고, 조사당 벽화 원본을 모셔놓은 보호각 뒤로는 철문이 닫혀 있는 옛 우물자리가 있는데 이를 선묘정이라고 부른다.

선묘 아씨를 찾아서

1993년 2월, 나는 일본에 있는 한국문화재 조사를 위하여 한달간 토오쬬오, 오오사까, 나라의 박물관들을 둘러볼 기회가 있었다. 그때 나에게 이틀간의 자유시간이 있었다. 나는 일행과 헤어져 쿄오또로 떠났다. 꼭 한번 만나고 싶었던 한 여인, 선묘 아가씨의 조각을 보기 위하여.

쿄오또의 명찰 코오잔지(高山寺)에는 많은 유물이 전해지고 있다. 그중 대표작은 일본국보로 지정되어 있고, 일본 특유의 두루마리그림인 에마끼(繪卷)의 3대걸작 중 하나인 「화엄종조사회전(華嚴宗祖師繪傳)」이 있다. 12세기 카마꾸라(鎌倉)시대 묘오에(明惠, 1173~1233) 쇼오닌(上人, 큰스님)이 제작케 한 것인데, 정식으로 이름을 붙이자면 의상전(傳) 원효

| **선묘 조각상** | 12세기 일본에서 선묘 아씨를 기려 만든 아름다운 조각상이 지금도 전해지고 있다.

전(傳)의 도해(圖解)이다.

묘오에 쇼오닌은 코오잔지 아래에 젠묘오니지(善妙尼寺)를 세우고 거기에 선묘상을 봉안했는데 그것이 있다는 소식만 들었을 뿐 우리에게 제대로 알려진 바가 없었다. 나는 그것을 보러 간 것이다.

쿄오또박물관 관계자를 만나 나는 선묘니사(善妙尼寺 젠묘오니지)는 오래전에 폐사되었고 그 조각과 그림은 모두 쿄오또박물관에 위탁되어 있다는 사실을 알게 되었다. 그래서 쉽게 모두 볼 수 있었지만 선묘니사터는 가지 못했다.

아담한 상자 안에 보관된 빼어난 솜씨의 선묘 목조상을 보는 순간 나는 그 예술적 아름다움보다도 그녀의 마음씨에 감사하고 대한민국 국민 모두를 대신해서 사과드리는 합장의 예를 올렸다.

묘오에 쇼오닌이 선묘니사를 세우고 조각을 만든 것은 당시 내전으로 생긴 전쟁미망인들을 위해서 그들이 불교에 공헌할 수 있는 한 범본으로 선묘를 기리게 했다는 것이다. 12세기 일본인은 의상과 원효의 일대기를 그림과 행장으로 쓰고 그려 장장 80미터의 장축 6권으로 만들며, 선묘의 조각을 만들고 선묘니사를 세웠다. 그러나 우리나라에는 역대로 그런 일이 없었다. 부석사에 뒷간보다도 작게 지은 선묘각도 그 나이는 100년도 안된다.

선묘는 중국아가씨였다. 선창가 홍등의 여인이었는지도 모른다. 그 아가씨가 의상을 위해 자기희생을 한 것만은 기록으로 분명하다. 그렇다면 우리는 당연히 그런 희생을 높이 기려야 한다.

우리나라 사람은 애국심, 애향심이 남달리 강하다. 그것은 아름다운 면이지만 그로 인하여 외국과 이민족에 대하여는 대단히 배타적이라는 큰 결함도 갖고 있다. 심하게 말하여 지독스런 폐쇄성을 갖고 있다고 비난받을 만도 하다. 우리는 우리나라에 소수민족 문제가 없다고 생각한다. 그러나 천만의 말씀이다. 중국화교들을 보라. 그들의 정당한 상권(商權)을 제한하고, 그들이 마련한 서울 명동의 터전을 빼앗고, 그들은 영원히 자장면 장사만 하게 만들었다. 만약 일본과 미국에서 우리 교포가 그렇게 당하며 살고 있다고 했을 때 우리는 어떤 반응을 보였을까를 생각해본다.

선묘는 한국인인 의상을 위해 희생한 중국인이었다. 그럼에도 그분의 상을 만들어 그 희생의 뜻이 역사 속에 살아남게 한 것은 800년 전 일본인이었다. 나는 그 점을 사과드리고 싶었던 것이다.

조사당과 답사의 여운

이제 우리는 이 위대한 절집의 창건주 의상대사를 모신 조사당(祖師堂)으로 오를 차례다. 무량수전에서 조사당을 향하면 언덕 위의 삼층석탑을 지나게 된다.

삼층석탑이 이 위쪽에 있다는 위치설정에는 알 만한 순례객들은 모두 아리송해한다. 아마도 무량수전의 아미타여래상은 남향이 아닌 동향을 하고 있으니 지금 부처님이 바라보고 있는 방향과 같다는 사실로써 그 실마리를 찾을 수 있을 법도 한데, 그것은 내 전공이 아닌지라 그 이상은 나도 모른다고 할 수밖에 없다.

삼층석탑 옆쪽으로 나 있는 오솔길은 부드러운 흙길이다. 돌비탈길, 돌계단길로 무량수전에 오른 순례자들이 오랜만에 밟게 되는 자연 그대로의 길이다. 그래서 나는 이것에 자연으로 돌아온 여운이라는 표현을 썼던 것이다.

오솔길 양옆으로는 언제나 산죽이 푸르름을 자랑하고 고목이 된 떡갈나무, 단풍나무들이 오색으로 물들 때면 자연은 그저 아름다운 것이 아니라 정겹게 다가온다. 오솔길의 끝은 조사당이다. 이 건물 또한 고려시대의 건축물로 단칸 맞배지붕 주심포집의 단아한 아름다움을 모범적으로 보여준다. 처마의 서까래가 길게 내려뻗어 지붕의 무게가 조금은 부담스럽다. 그러나 그로 인하여 이 집은 작은 집이지만 조금도 왜소해 보이질 않는다. 특히 취현암터의 비석이 있는 쪽에서 측면을 바라보는 눈맛은 여간 즐거운 비례감이 아니다. 밑에서 처마를 올려다보면 공포구성의 간결한 필요미에 쏠려 얼른 시선을 떼지 못한다.

| **조사당 측면** | 조사당 건물은 고려시대 맞배지붕의 단아한 아름다움의 표본이다.

그러나 조사당 안을 들여다보면 그 순간 밖으로 나오고 싶어진다. 내벽에 20세기 특유의 번쩍거리는 채색으로 생경한 모습의 제석천, 범천, 사천왕이 그려져 있다. 딴에는 잘 그린다고 한 것인데 이 시대의 역량은 그것밖에 안된다. 부석사의 스님들은 대대로 친절했다. 보호각을 열고 일제시대에 떼어놓은 옛 벽화를 보여달라면 언제고 응해주었다. 여러분도 나중에 요사채에 들러 부탁해보고 그 벽화와 이 벽화를 비교해보시라. 조사당이 나를 슬프게 하는 것은 어느 구석에고 있어야만 할 선묘 아가씨가 없음이다. 요새만 없는 것이 아니라 그 옛날부터 없었다.

　조사당을 순례하면 여러분과 나를 슬프게 하는 또 하나의 20세기 구조물을 만난다. 그것은 조사당 정면 반쪽을 닭장 치듯 철조망으로 둘러친 것이다. 내력인즉, 의상대사가 꽂은 지팡이에서 잎이 나오며 자랐다는 골담초를 보호하기 위함이란다. 이 골담초는 선비화(禪扉花)라는 것으로

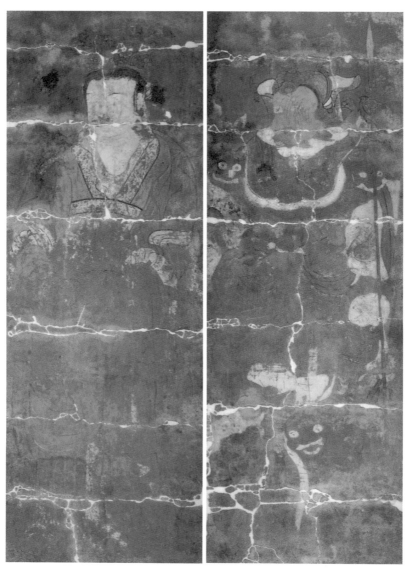

| **부석사 조사당 벽화** | 부석사 조사당에는 제석천, 범천, 사천왕을 그린 고려시대 벽화가 남아 있었다. 지금은 벽면 전체를 그대로 떼어 유리상자에 담아 무량수전에 보관하고 있다.

그늘에서 저절로 자란 것이겠지만 그것을 의상대사의 전설로 끌어붙인 것이다. 그 잎을 달여먹으면 애기를 갖는다고 한 것이나, 그 수난을 막겠다고 닭장을 친 것이나 모두 같은 과(科)에 속하는 무리들의 작태일 뿐이다. 이 조사당 건물의 난데없는 수난 때문에 우리는 건물의 정면을 제대로 음미할 수 없는 피해만 보게 되었다.

조사당 건너편, 무량수전 위쪽에는 나한상을 모신 단하각(丹霞閣)과 응진전이 있고 자인당(慈忍堂)에는 부석사 동쪽 5리 밖에 있던 동방사(東方寺)라는 폐사지에서 옮겨온 석불 2기가 모셔져 있는데, 그 모두가 당당한 일세의 석불들이다. 부석사 본편의 여운으로 삼기에 미안할 정도의 미술사적 근수를 갖고 있다. 그래서 나는 이곳을 부석사 순롓길에서 뺀 적이 없다.

부석사답사에서는 보호각 쪽 언덕 너머로 외롭게 서 있는 고려시대 원융(圓融)국사의 비를 보는 것도 답사 끝의 작은 후식(後食)은 된다. 지금 우리가 끝없는 예찬을 보내는 부석사의 아름다움은 1980년의 보수공사 때 문화재위원들이 내린 아주 현명하고 위대한 판단 덕분이었다. 그 당시 보수공사 보고서를 보면 한결같이 부석사의 구조를 조금도 건드리지 않는 범위에서만 해야 한다는 의견이었고 그렇게 시행되었다. 문자 그대로 고색창연한 절을 유지하게끔 한 것이다.

이제 우리는 오솔길의 산죽을 헤치며 흙길을 돌고 돌아 다시 무량수전 앞마당으로 내려간다. 답사를 마치고 돌아가려니 무한강산의 부석사 정원이 다시 보고 싶어진다. 부석사의 경관은 아침보다도 저녁이 아름답다. 석양이 동남쪽의 소백산맥의 준령들을 비출 때 그 겹겹의 능선이 살아 움직이니 아침햇살의 역광과는 비교할 수 없는 차이를 보여준다. 그래서 나는 모든 절집의 답사는 새벽을 취하면서 부석사만은 석양을 택한다. 이것으로 여러분과 순롓길에 오른 나의 부석사 안내는 끝난다.

그렇다고 내가 부석사를 낱낱이 다 소개한 것은 아니다. 요사채 안쪽에는 『신증동국여지승람』에서 가뭄에 기도드리면 감응이 있다는 식사용정(食沙龍井)이 있고, 승당자리에 있는 석조(石槽)와 맷돌 또한 아무데서나 볼 수 있는 것이 아니다. 그리고 나의 부석사 이야기가 여기서 끝나는 것도 아니다.

부석사의 수수께끼

부석사에는 나로서는 풀 수 없는 수수께끼가 둘 있다. 하나는 석룡(石龍)이다. 절 스님들이 대대로 전하기로 무량수전 아미타여래상 대좌 아래는 용의 머리가 받치고 그 몸체는 ㄹ자로 꿈틀거리며 법당 앞 석등까지 뻗친 석룡이 있다는 것이다. 이것은 사찰 자산대장에도 나와 있고 일제시대에 보수할 때 법당 앞마당을 파면서 용의 비늘 같은 조각까지 확인했다는 것이다. 그때 용의 허리부분이 절단된 것을 확인하여 일본인 기술자에게 보수를 요구했으나 그는 완강히 거부했다는 것이다. 나는 이 이야기의 진실성을 의심치 않는다. 다만 그것이 선묘화룡의 전설과 연결되는 것인지 지맥에 의한 건물배치의 뜻이 과장된 것인지, 그것은 모르겠다.

두번째 의문은 이 큰 절집에 상주하는 스님이 3년 전에는 겨우 두 분이었다는 사실이다. 그때는 주지와 총무뿐이었고 간혹 객승들이 기도드리러 올 뿐이었다. 지금도 많아 보았자 서너 분 아닐까 싶다―이 위대한 절, 이 아름다운 절, 소백산맥 전체를 정원으로 안고 있는 이 방대한 절에.

나는 이 사실이 혹시 의상 이후 부석사에서 큰스님이 나오지 않았다는 점과 연관있지 않을까 생각해본다. 하대신라의 대표적인 큰스님인 봉암사의 지증대사, 태안사의 혜철스님, 성주사의 무염화상 등은 모두가 부석사 출신으로 나중에 구산선문의 개창주가 된 스님들이다. 그러나 그들은 부석사에서 공부하고 떠났지 머물지는 않았다. 결국 부석사는 일시의 수도처는 될망정 상주처로는 적당치 않다는 셈이다.

하기야 이렇게 호방한 기상의 주거공간 속에서는 깊고 그윽한 진리의 탐색이 거추장스럽고 쩨쩨하게 느껴질지도 모를 일이다. 집이란 언제나 거기에 알맞은 사용자가 있는 법이니 의상 같은 스케일이 아니고서는 감당키 어려웠을 것이다. 그 대신 큰스님들은 간간이 이곳을 거쳐가며 호방한 기상을 담아갔던 것은 아닐까. 이 점은 금강산의 사찰도 마찬가지다. 절집도 사람집과 마찬가지로 살기 편한 집과 놀러 간 사람이 편한 집은 다른가보다.

최순우의 무량수전

부석사에 대한 나의 이야기는 여기서 끝맺을 수도 있다. 그러나 내게는 개인사적으로 잊을 수 없는 또 하나의 이야기가 남아 있다.

1992년 7월 15일 오후 6시, 국립중앙박물관 중앙홀에서는 『최순우(崔淳雨) 전집』(전5권) 출간기념회가 열렸다. 도서출판 학고재가 제작비 전액을 부담해준 미담이 남아 있는 이 전집의 출간은 당시 학예연구실장인 소불 정양모 선생이 맡으셨고 편집 전체는 내게 떨어진 일이었다. 행사가 시작되기 바로 직전에 소불 선생이 급히 나에게 달려와 하시는 말씀이 "식순에 선생의 글 하나를 낭독하여 고인의 정을 새기는 것이 좋겠으니 자네는 편집책임자로서 아무거나 하나 골라 읽게" 하시는 것이었다. 나는 거침없이 "그러죠"라고 대답했다. 그러자 소불 선생은 너무도 쉽게 대답하는 나에게 "무얼 읽을 건가?"라며 되물었다. 나는 또 거침없이 "그야 무량수전이죠"라고 대답했다.

나는 항시 부석사의 아름다움은 고 최순우 관장의 「무량수전」 한 편으로 족하다고 생각해왔다. 혹자는 이 글을 일러 너무 감상적이라고, 혹자는 아카데믹하지 못하다고 한다. 그럴 때면 나는 감상적이면 뭐가 나쁘고 아카데믹하지 못하면 뭐가 부족하다는 것이냐고 되받아쳤다. 나는 그날 낭랑한 나의 목소리를 버리고 스산하게 해지는 목소리에 여운을 넣어가며 부석사 비탈길을 오르듯 느긋하게 읽어갔다. 박물관 인생이라는 외길을 걸으며 우리에게 한국미의 파수꾼 역할을 했던 고인의 공력을 추모하면서.

소백산 기슭 부석사의 한낮, 스님도 마을사람도 인기척도 끊어진 마당에는 오색 낙엽이 그림처럼 깔려 초겨울 안개비에 촉촉이 젖고 있다. 무량수전, 안양루, 조사당, 응향각들이 마치도 그리움에 지친 듯 해쓱한 얼굴로 나를 반기고, 호젓하고도 스산스러운 희한한 아름다움은 말로 표현하기가 어렵다. 나는 무량수전 배흘림기둥에 기대서서 사무치는 고마움으로 이 아름다움의 뜻을 몇번이고 자문자답했다.

(…) 눈길이 가는 데까지 그림보다 더 곱게 겹쳐진 능선들이 모두 이 무량수전을 향해 마련된 듯싶어진다. 이 대자연 속에 이렇게 아늑하고도 눈맛이 시원한 시야를 터줄 줄 아는 한국인, 높지도 얕지도 않은 이 자리를 점지해서 자연의 아름다움을 한층 그윽하게 빛내주고 부처님의 믿음을 더욱 숭엄한 아름다움으로 이끌어줄 수 있었던 뛰어난 안목의 소유자, 그 한국인, 지금 우리의 머릿속에 빙빙 도는 그 큰 이름은 부석사의 창건주 의상대사이다.

나는 이 글을 통해 '사무치는'이라는 단어의 참맛을 배웠다. 그렇다! 내가 해마다 거르는 일 없이 부석사를 가고 또 간 것은 사무치는 마음이 있었기 때문이다.

1994. 7.

* 부석사 무량수전의 석룡(石龍)에 대해 보완하여 말해둔다. 이 석룡은 민영규 선생이 『한국의 인간상』(신구문화사 1965)에서 '의상'편을 집필하면서 처음 얘기한 것이다. 그 전문을 옮기면 다음과 같다. "석룡에 관한 노주지의 설명인즉 법당 밑 땅속에 묻힌 석물을 가리킨다고 한다. 무량수전의 미타불 대좌 밑에서 그 머리가 시작되어 S자형으로 몸체를 꿈틀거리며 법당 앞뜰의 석등 밑에서 꼬리가 끝나기까지 10수간(間) 길이의 용형(龍形)을 조각한 석물이 땅속 깊이 묻혀 있다는 이야기는 사찰자산대장(寺刹資産臺帳)에도 석룡이란 이름이 적혀 있음으로 보아 전승의 유래가 오랜 것임을 알 만하다. 이때부터 30수년 전 경내의 몇몇 건물과 축대가 크게 개수되고 법당 앞뜰도 상당한 깊이로 개굴(開掘)되었을 때 거대한 석물의 일부가 땅속 깊이 드러나 보였는데, 용의 비늘인 듯한 조각의 세부로 역력히 알아볼 수 있었다는 노주지의 주석이었다."

그런데 이 용의 몸체가 여러 동강으로 잘려 있다는 것이다. 이것을 민영규 선생은 글 끝에 다음과 같이 적어놓았다. "나는 노주지로부터 석룡에 관한 이야기를 좀더 알아보려고 노력하였다. 그러나 결과는 기대와 달랐다. 임란 때 원군 온 명장 이여송(李如松)이 팔도강산을 두루 돌아다니면서 명산이 있으면 단맥(斷脈)하는 것이 일이었었는데, 이 태백산에 와서는 석룡의 허리를 잘라놓고 갔다는 것이다. 노주지의 설명은 또 이렇게 덧붙여졌다. 30수년 전 일본인 기술자가 와서 이 절에 크게 개수공사를 할 때, 무량수전 앞뜰의 개굴에서 석룡의 절단된 허리부분이 노출되었었다. 주위 인사들이 이 기회에 절단된 부분의 보수를 희망했으나, 일본인 기술자는 이를 완강히 거부하였다. 마치 옛날 명장이 그러했던 것처럼, 단맥된 산세의 복구가 이 땅에 영웅의 재생을 가져올까 못내 두려워했기 때문이라는 것이었다."

이 사실에 대하여는 나도 부석사 스님으로부터 들은 바 있는데, 건축사가인 김동현 선생은 직접 절단된 부분을 확인하였다고 1996년 문화재관리국이 주최한 '일제의 문화재정책 평가 쎄미나'에서 증언한 바 있다. 김동현 선생은 이 단맥을 일인들의 소행으로 보았다.

* 부석사 조사당 벽화는 그대로 떼어 유리상자에 담아 지금은 무량수전에 보관하고 있다.

산은 강을 넘지 못하고

이효석 생가 / 봉산서재 / 팔석정 / 아우라지강

흐느끼는 국토, 신음하는 산하

우루과이라운드 농산물협상에서 결국 쌀시장이 개방되어 전국토가 흐느끼는 마당에 한가롭게 답사기나 쓰고 있다는 것이 몹시도 죄스럽기만 하다. 문화유산의 의미나 따지는 일을 전공으로 삼고 있는 내가 우리나라 쌀농사의 사회과학적 의미나 쌀시장 개방 이후에 나타날 향촌사회의 심각한 타격을 영민하게 예견할 소견이 있을 리 만무하다.

그러나 우루과이라운드로 야기된 일련의 사태를 지켜보면서 나는 농촌, 농업, 농민 문제에 대한 안타까움을 금할 수 없다. 해마다 추곡수매량, 쌀값 인상폭, 배춧값 폭락 같은 농업문제가 만성적으로 반복되는 것은 지난 30여년간 급속히 몰락해간 농촌 현실의 피폐상이 더이상 어쩔 수 없는 환부로 드러나고 있는 것이다.

오늘날 우리 농촌이 이처럼 피폐해버린 원인은 60년대 근대화사업 이후 제3공화국이 농민을 수출제일주의의 희생양으로 삼은 데서 시작된다. 정부는 노동자의 값싼 인건비를 유지하기 위해 쌀값을 터무니없는 싼 값으로 동결시킴으로써 생산단가를 낮추어 수출상품의 국제경쟁력을 획득하고자 했다. 정부는 농업경제학자가 쌀값의 원가를 산출해보는 것 자체를 금지했다. 그러면서 정부는 농민을 구슬리기를 나라경제가 펴지면 올려줄 터이니 조금만 참으라고 했다. 그러기를 자그마치 30년을 해왔다. 중진국으로 도약했다느니, 국민 일인당 소득이 얼마로 됐느니, 구소련에 20억달러를 원조해주느니 하며 세계 만방에 자랑할 만큼 나라경제의 형편이 펴졌지만 그 사이 농촌, 농업, 농민은 피폐할 대로 피폐해져버렸다. 그리하여 희망이 없는 농촌은 결국 젊은이들로 하여금 고향을 떠나게 하여 지금은 늙은 농군들만 남게 되었다. 농민은 인구의 7퍼센트밖에 안되고, 농업생산량은 GDP의 3퍼센트도 안되는 상황으로 되었다.

농민이 생산하는 농산물로는 더이상 국민의 식량을 감당하지 못하게 되었다. 생산성만을 생각한다면 기계화·산업화된 기업형 영농에 의존하지 않으면 생산원가를 맞출 수 없게 되었다. 그러기 위해서는 농지소유 상한선을 허물어버려야 한다. 그러면 농민은 어떻게 되는가.

지금 우리는 비록 제한적이지만 자작소농(自作小農)의 경자유전(耕者有田) 원칙, 즉 농사짓는 사람이 농토를 갖는다는 향촌사회의 기본 골격을 갖고 있다. 농부가 자기 땅을 갖고 농사짓기 위해 참으로 많은 희생을 치렀다. 봉건사회 해체기에 혹심한 소작료에 시달리다 일으킨 이른바 '민란'과 일제시대 농장주들에게 당한 농부들의 서러움과 아픔은 역사의 큰 상처였다. 송기숙의 『암태도』(창작과비평사 1987)에 나오는 소작쟁의는 분노와 눈물 없이는 읽을 수 없는 우리 농부들의 슬픈 과거사다. 해방이 되고 유상매수 유상분배로 자작소농 중심으로 가는 토지정책이 결정되면서 간신히 뿌리내렸다. 그 한맺힌 경자유전의 원칙이 이제 이루어지는가 했더니 이제는 농사지을 사람이 없어 또다시 기업형 영농이라는 대토지소유제로 넘어가게 되면 그나마 농촌을 지키고 있는 농민들은 대형마트 앞의 구멍가게 격으로 될 수밖에 없다. 아니면 자작농을 포기하고 기업형 영농의 노동자로 들어가야 하니 이는 현대판 소작인으로 전락함을 의미한다. 이미 많은 대농장이 그렇게 되었다.

그러나 우리네 농부의 저력은 아직도 살아있다. 이농현상으로 즐비한 폐가들을 보면서 흐느끼는 국토와 신음하는 산하를 뼈저리게 느끼면서도 저기 지금도 저렇게 떠나지 않은 농부들이 있기에 국토는 죽지 않는다고 생각했다. 내가 만약 시인이 되었다면 문화유산의 아름다움보다도 그분들과 함께하며 '떠나지 않은 분에게 보내는 경의'를 읊었을 것이다. 그런데 세상은 이제 이 떠나지 않은 분들의 위대한 참을성마저 허락하지 않을 기세로 덤벼들고 있는 것이다. 그래서 우루과이라운드가 우리의 농부들을 두번 죽일 것만 같은 불안을 지울 수 없다.

농업생산량이라는 식량안보와 국민의 먹을거리 공급문제는 기존의 농민을 어떻게 보호할 것인가라는 대책과 함께 나와야 하고, 농촌마을의 폐가와 공동화현상 그리고 영농후계자의 단절 문제는 어떻게 해결할 것인가가 함께 강구되어야 한다. 그런데 우리는 쌀시장 개방의 경제적 논리만 따지고 있으니 그것이 답답하고 미안한 것이다.

함부로 가지 못한 답사처

답사라는 명목으로 산천을 떠돌아다니면서 스스로 죄스럽게 생각되는 때는 비포장도로 흙길에서 버스 바퀴가 일으키는 흙먼지를 길가로 비켜선 농부가 뒤집어쓰는 모습을 볼 때였다. 저분들의 음울한 심사를 따뜻한 말 한마디, 정을 얹은 술 한잔으로 나누어갖지 못할망정 그네들의 희생 속에서 얻은 부로 관광버스나 대절해서 싸돌아다니면서 흙먼지 날리는 나를 회의하고 미워할 때도 많았다. 바로 그런 이유 때문에 함부로 답사 가지 않은 곳도 있었다.

정선아리랑의 고향인 여량땅 아우라지강은 나에게 있어 감추어둔 답사코스였다. 근래에 들어와 문화유산답사회원을 데리고 여기를 두 차례 다녀왔지만 나는 얼마 전까지만 해도 답사객이 가서는 안되는 금지된 답사처로 치부해두었다. 아우라지강의 답사는 평창 봉평의 이효석 생가에서 시작하여 여량의 아우라지강가에서 하룻밤을 묵고 정선읍내를 거쳐 사북을 지나 고한 정암사를 답사한 다음 영월로 나와 단종의 능과 단종의 유배처였던 육지 속의 섬인 청령포에서 잠시 머리를 식히고 시간이 허락된다면 김삿갓 묘소와 구산선문의 하나인 법흥사를 거쳐 원주로 나오는 일정으로 연결된다. 그것은 대관령 서쪽, 즉 영서지방의 산과 강을 누비는 답사의 별격(別格)인 것이다.

이 아름답고 의미깊은 별격의 답사처를 내가 함부로 가지 못했던 이유는 두가지였다. 하나는 몇년 전까지만 해도 전코스가 비포장 흙길인지라 감히 엄두도 못 낼 난코스였기 때문이다. 특히 평창에서 정선으로 들어가자면 속칭 '비행기재'를 넘어야 하는데, 그 고장사람들 말로는 시외버스를 탈 때 생명보험 들어놓아야 한다는 농담이 생길 정도로 험한 고개다. 벼랑을 타고 오르는 버스 안에서 저 아래쪽을 내려다보면 그 아찔함에 현기증을 느끼지 않을 장사가 없다. 특히 운전석 쪽 창가에 앉아 있는 사람은 마치 허공에 떠서 가고 있다는 착각이 들기 때문에 비행기재라는 별명이 공연히 생긴 것이 아님을 절감하게 된다. 높기는 오지게도 높아 옛 고갯길 이름은 별을 만지작거릴 수 있다는 뜻으로 성마령(星摩嶺)이라 했다.

아질아질 성마령아
야속하다 관음베루
지옥 같은 정선읍내
십년 간들 어이 가리.

아질아질 꽃베루
지루하다 성마령
지옥 같은 이 정선을
누굴 따라 나 여기 왔나.

정선아리랑에 나오는 이 가사는 특히나 자조적(自嘲的)인데, 그 내력은 정선사람들이 지은 것이 아니라 조선시대 한 군수(오홍묵이라고 함)의 부인이 남편 따라 오면서 부른 노래라고 한다. 그 군수 부인은 남편이 벽지로 부임했다고 울고, 고개 넘으면서 힘들어 울고, 나중에 해임되어 떠날 때는 산수 좋고 인심 좋은 곳을 떠난다고 또 울었다고 한다.

1982년 내가 직장에서 남의 출장을 대신 자원하여 이 비행기재를 넘어 정선군수를 만난 일이 있었다. 그때 그 군수 하는 말이 대한민국에서 군청소재지 들어오면서 비포장길을 거쳐야 하는 곳은 정선뿐이라며 하소연했다. 그런 험악한 길인지라 나는 홀로 다닐망정 답사회원을 인솔하여 책임 못 질 일을 당하고 싶지 않았기 때문이다.

두번째는 정선에서 정암사로 가자면 반드시 사북과 고한이라는 탄광촌을 지나야 한다. 행정상으로야 엄연한 읍이지만 그렇게 암울하고 시커먼 마을은 여기보다 더한 곳이 없다. 바로 그 읍내 한복판을 가로질러 가난에 찌든 탄광촌사람들 사이를 헤집고 관광버스로 지나간다는 것은 죄악에 가깝다는 생각 때문에 자제했던 것이다.

그런 자제와 금기를 풀고 4년 전 처음으로 아우라지강의 겨울날을 공식적인 답사로 행하게 된 것은 또 두가지 이유에서였다. 첫째는 그 비포장 흙길이 이제는 몽땅 포장되었기 때문이다. 비행기재는 터널로 통과하게 되었고, 여량땅을 들어가는 데는 평창을 거칠 것도 없이 영동고속도로 하진부에서 곧장 질러갈 수 있게 된 편리가 생겼기 때문이다.

둘째 이유는 조금 심각한 얘기다. 사북과 고한을 거쳐야 함은 변함없는 일이고 탄광촌의 비참함은 날로 더해가는 것이지만, 나는 우리 답사회원 같은 고급 도회인들이 그런 기회 아니면 탄광촌의 내음을 맛볼 수 없다는 생각, 그래서 현실을 머릿속에 그릴 때 농촌, 탄광촌은 안중에도 없고 도회적 풍광만 염두에 둘지 모른다는 생각에 결단내린 것이다. 탄광촌 사람들에 대한 미안함과 회원들의 체험 사이를 여러번 저울질하였다.

감자바우, 금바우

휴전선으로 인해 윗동강이 잘려나갔건만 그래도 남한땅의 6분의 1을 차지하면서도 인구라고는 고작해서 170만명에 머무르는 강원도, 그 강원도에 대한 타도 사람들의 인상이란 대개 여름날 동해바다의 해수욕장과 관동팔경의 수려한 경관, 소양강과 소양호로 어우러지는 호반의 정취, 가을날 오색단풍으로 물든 설악산의 화려함과 녹갈색 단일톤의 장중한 오대산, 겨울날이라면 양구·인제·원통에서 군생활을 보내야 했던 사람은 그 끔찍스런 추위를 생각하고, 팔자가 거기까지 닿은 사람이라면 대관령 용평스키장 따위를 먼저 머리에 떠올릴 것이다.

내남없이 강원도를 말할 때는 자기가 경험한, 정확히는 감성적 소비의 대상으로 되었던 추억으로서 강원도를 말한다. 여타의 지방을 말할 때면 거기에 둥지를 틀고 사는 사람이 이룬 향토문화를 먼저 말하는 것과는 사뭇 대조적인 것이다. 그것조차도 봄날의 강원도는 좀처럼 잡아내지 못한다.

그러나 잠시만 생각해보아도 강원도는 국토의 천연자원이 대부분 여기에서 채굴되어 나라의 부를 일으키는 원동력이 되었고, 당신네들이 하루에도 몇모금씩 들이켜는 그 물의 수원(水源)이 거개가 여기서 발원하고 있음을 바로 알아차릴 수 있다. 그중에서 횡성, 홍천과 평창, 정선, 영월은 국토의 오장육부에 해당되어 때로는 어머니의 자궁 속으로 회귀하는 아득한 깊이를 느끼게 하는 곳이건만 세상사람들은 그저 궁벽한 산골로 치부하거나 냇물조차 시커먼 별유인생들의 징용처쯤으로만 생각하고 만다.

그것은 마치도 우리가 이목구비와 팔다리로 일상을 살아가면서 지금 내 뱃속에서 끊임없는 삭임질과 대동맥의 맥박이 뛰고 있음을 잊고 사는 것과 비슷한 형상이다. 속병이 나서 병원에 갈 때쯤에야 내 몸 깊은 곳을 생각해보듯이 어쩌다 사북탄광에서 큰 사고가 났다는 신문기사를 접할 때에나 거기를 생각해주는 것과도 같으니 세인들의 강원도에 대한 인상은 국토의 오장육부에 위치한 강원도의 팔자소관인지도 모르겠다. 더욱 기묘한 것은 용평스키장을 다녀오고도 거기가 평창땅인 것을 모르는 사람도 많고 사북탄광과 사북사태는 알아도 사북이 정선땅인 줄 모르는 사람이 많으니 나의 논설에 큰 억지가 있어 보이진 않는다.

나 역시 강원도에 대한 인상은 그렇게 시작되었다. 그러나 두 차례의 큰 체험 후 나의 인상은 바뀔 수밖에 없었다.

1971년 3월, 논산훈련소에 한밤중에 들어가 수용연대에서 하룻밤을 자고 난 이튿날 아침 첫 조회 때였다. 기간병이 어제 들어온 병력들을 모아놓고 지역별로 점호하는데, 그 기간병이 장난기가 많아서 각 도에 별명을 붙여 부르면서 "경상도 문둥이!" 하면 경상도 병력들은 "예!" 하며 앉게 하는 것이었다. 이어 "전라도 개똥쇠" "서울 깍쟁이" "멍청도 더듬수"까지는 일없이 지나갔는데 "강원도 감자바우!"라는 호령에 이들은 "예!" 소리가 아니라 약속이나 했듯이 "금바우입니다"라며 맞받아쳤던 것이다. 그리하여 연병장은 금세 웃음바다가 되었다. 자신에게 부여된 별명을 거부하는 마음이란 곧 상처를 건드린 아픔으로 느끼고 있다는 뜻이다. 화전으로 일구어낸 돌밭에서 부쳐먹을 것이라고는 옥수수와 감자밖에 없는 그 한심함은 듣기조차 싫다는 심정 같았다. 이후 나는 내 입으로 강원도 감자바우라는 농담을 내뱉은 적이 없다.

1972년 12월 9일, 나는 군대생활 중 두번째 휴가를 나왔다가 국립중앙박물관에서 열린 최초의 회화특별전인 '이조회화 근오백년전'을 구경 가서 전시장 안의 유일한 민간인 관객인 한 여학생을 만났다. 수작을 부려 함께 구경한 다음 박물관 앞뜰 모과나무 밑 벤치에 앉아 통성명을 하고 나서 우리의 첫 대화는 이렇게 이어졌다.

"고향은 어디세요?"
"맞혀봐요. 이효석과 같아요."
"평창이군요."
"맞아요. 평창 어딘지도 아세요?"
"대화든가……"
"아니에요. 봉평예요."
"어쨌든 금바우군요."
"금바우? 왜 감자바우라고 그러지 않아요? 거기도 강원도인 게죠?"
"아뇨, 서울요. 박물관 저쪽 백송나무 동네예요. 시간 있으시면 내고향 구경 가실래요? 묵은 동네 뒷골목을 나는 눈감고도 다녀요."

결국 그녀는 나의 처가 되었으니 나는 이효석의 고향이 평창이라는 사실을 안 것과 금바우라는 애칭 덕분에 분에 넘치는 들꽃 같은 평창색시를 얻게 되었다. 그런 강원도이니 나의 상념이 남다를 수밖에.

「메밀꽃 필 무렵」의 고향, 봉평

끔찍이도 사고 많은 길이지만 영동고속도로는 여느 고속도로와 달리 싱그러운 여심(旅心)을 일으킨다. 여주, 원주를 거쳐 새말을 지나면 이제부터는 태백산맥의 허리를 지르는 첫 관문으로 둔내재를 넘어가게 된다. 횡성군 둔내면을 관통하는 이 큰 고개는 영동1호터널에 이르러 해발 890미터로 사실상 대관령보다도 더 높다. 둔내재를 넘어갈 때마다 나는 귀가 멍하다가 뻥 뚫리는 고막의 가벼운 고통을 느끼는데 남들도 다 그런지 물어본다는 것이 꼭 그때마다 잊어버린다. 그도 그럴 것이 차창 밖 고원지대에 무리지어 있는 낙엽송의 아름다움에 그런 시답지 않은 말붙임이 생기지 않는 것이다. 낙엽송은 이른봄 여린 새순이 바람에 하늘거릴 때면 그 보드라운 촉감이 닿을 듯한 환상을 일으키고, 한여름에는 어느 나무보다도 싱그러운 푸르름이 줄지어 우산을 쓴 듯 이어지고, 가을날이면 다른 나무보다 늦게 낙엽이 지기 때문에 엷은 윤기를 머금은 황갈색 단풍이 그렇게 오롯하게 보일 수가 없다. 겨울날 눈밭에서는 그 꼿꼿한 자세로 열병식을 벌이는 정연한 자태를 발한다.

언제부터인지 나는 꽃과 나무를 보면서 한 송이 한 그루의 빼어난 아름다움보다는 낙엽송처럼 그 개체야 별스런 개성도 내세울 미감도 없지만 바로 그 평범성이 집합을 이루어 새롭게 드러내는 총합미를 좋아하고 있다. 개나리, 진달래, 들국화, 솔숲과 대밭…… 이 모두가 집체미의 아름다움이다. 지난 늦가을 아우라지강을 찾아가는 길에 차창 밖으로 비껴선 낙엽송 군락을 하염없이 바라보면서 나도 모르게 일어나는 한 의문이 있었다. 저 아름다움의 참가치에 이제야 눈을 돌리게 된 것은 나이를 들어가는 연륜 덕분인가, 아니면 80년대라는 간고한 세월을 살아왔던 경험 탓일까.

달리는 차 안에 비스듬히 누워 차창 밖으로 스쳐가는 풍광을 바라보며 이 생각 저 생각에 잠길 때 나는 답사와 여행이 우리 시대 인간의 정서함양에 기여하는 공헌이 결코 예사롭지 않음을 새삼 느낀다. 그러나 이런 여유로운 사색은 중년의 나이에 들어서야 맛볼 수 있는 낭만일 뿐 20대의 청년들에게는 그저 늙다리들의 궁상으로 비치기 십상이다.

10년도 더 된 것 같다. 80년대 초 성심여대에 출강하고 있을 때 나는 국사학과의 유승원·안병욱·이순근 교수가 인솔하는 오대산 월정사답사에 동참한 적이 있었다. 버스 안에서 학생들이 흥겨운 노래를 부르며 여행의 해방감을 만끽하는 바람에 나의 싫지 않은 고독의 낭만을 즐길 수 없었고 간혹은 학생들이 철없어 보이기도 하였다. 그러나 학생시절의 나는 저애들보다 한술 더 떴다는 생각이 들면서 오히려 그런 젊음이 부럽게도 생각되었다.

우리의 버스가 둔내재를 넘어 지금은 영동1호터널이라고 불리는 둔내터널을 빠져나왔을 때 학생들은 출발부터 세시간의 흥타령에 밑천이 달렸던 것인지 식어가는 분위기를 일으킬 요량으로 나에게 마이크를 주면서 함께 어울릴 것을 요청했다. 나는 사양 않고 마이크를 잡고서 내 특유의 자세로 맨 앞좌석 등받이에 기대서서 뒤쪽을 바라보며 이렇게 말했다.

"내 흥에 맞추어 노래를 불러야 제맛이지 남의 흥에 끌려가는 것은 형벌에 가까워요. 지금 내게 일어나는 흥은 노래가 아니라 창밖의 풍광입니다. 이제 막 우리의 버스는 봉평터널(영동2호터널)을 지나고 있습

| **메밀꽃밭** | 평범한 산간마을 봉평은 이효석의 「메밀꽃 필 무렵」으로 짙은 향토색을 지니게 됐다.

니다. 조금 더 가면 장평교차로가 나옵니다. 여기서 남쪽으로 내려가면 대화면을 거쳐 평창읍으로 빠지게 되고 북쪽으로 올라가면 봉평면이 되는데 바로 이 봉평은 이효석의 고향입니다. 고등학교 국어교과서에서 읽고 배웠던 「메밀꽃 필 무렵」의 무대가 바로 여깁니다. 그소설의 상황설정은 봉평장에서 별 재미를 못 본 장꾼들이 이튿날 열리는 대화장을 기대하며 달빛 아래 밤길을 걸어가면서 주고받는 이야기로 되어 있지요. 그러니까 허생원, 조선달, 동이 세 사람이 지나갔던 그 길을 우리가 가로지르고 있는 것입니다."

나의 말이 이어지는 동안 학생들은 조금 전의 들뜬 분위기를 말끔히 잊어버리고 모두들 창밖으로 눈을 돌리면서 혹시 메밀밭이라도 볼 수 있지 않을까 두리번거리면서 나의 이야기를 귀담아듣고 있었다. 나는 그때

땅의 의의와 역사성을 뼛속까지 실감할 수 있었다. "모르고 볼 때는 내 인생과 별 인연 없는 남의 땅이지만 알고 보면 우리의 땅으로 가슴깊이 다가온다"는 표현을 자주 하는 것은 바로 이때의 경험에서 나온 것이었다. 그럴 때는 학생이 오히려 선생처럼 느껴진다. 그래서 나는 곧잘 "인생의 스승은 책이 아니라 사람이다"라는 말도 하고 있다. 그때 내가 좀더 준비성 있는 친절한 교사였다면 당연히 「메밀꽃 필 무렵」의 그 아름다운 정경을 읽어주었어야 했다.

이지러는졌으나 보름을 갓 지난 달은 부드러운 빛을 흐뭇이 흘리고 있다. 대화까지는 칠십리의 밤길, 고개를 둘이나 넘고 개울을 하나 건너고, 벌판과 산길을 걸어야 된다. 길은 지금 긴 산허리에 걸려 있다. 밤중을 지난 무렵인지 죽은 듯이 고요한 속에서 짐승 같은 달의 숨소리가 손에 잡힐 듯이 들리며, 콩포기와 옥수수 잎새가 한층 달에 푸르게 젖었다. 산허리는 온통 메밀밭이어서 피기 시작한 꽃이 소금을 뿌린 듯이 흐뭇한 달빛에 숨이 막혀 하얐다. 붉은 대궁이 향기같이 애잔하고 나귀들의 걸음도 시원하다.

이효석의 생가와 문학비

이효석(李孝石)은 1907년 평창군 봉평면 창동리 남안동에서 태어났다. 호는 가산(可山). 평창공립보통학교를 졸업하고 경성제일고보에 입학하여 1년 선배인 유진오와 함께 수재(秀才) 소리를 듣는다. 1925년에 경성제대에 입학하여 영문학을 전공하고 22세(1928) 때 「도시와 유령」으로 등단하여 1930년 졸업 때까지 많은 단편을 발표하며 경향문학의 동반작가로 지칭되었다. 1931년 25세 때 결혼하고 총독부 경무국에 취직하였으나

| **이효석 생가** | 지금의 생가는 위치를 옮겨 초가집으로 복원했고, 주변은 메밀밭으로 공원처럼 꾸며 전혀 옛 모습을 찾아볼 수 없다.

주위로부터 지탄을 받자 처가가 있는 함경도 경성으로 낙향하여 교편을 잡으면서 창작활동을 계속한다. 27세(1933)에는 구인회(九人會)에 가입하고 「돈(豚)」을 발표하면서 경향성에서 인간의 자연성으로 전환을 보이며, 28세(1934)에 평양 숭실전문학교로 옮겨 창작을 계속하던 중 34세(1940) 때 아내가 1남 2녀를 남기고 세상을 떠나자 실의에 잠겨 만주를 여행하고, 36세(1942)에 뇌막염으로 세상을 떠났다. 그는 70여 편의 단편과 많은 수필을 남겼다.

이효석이 짧은 일생에서 1936년 『조광(朝光)』지에 고향을 무대로 한 「메밀꽃 필 무렵」을 발표한 것이 결국 평창 봉평땅을 아름다운 문학기행의 명소로 만들어놓았다. 이효석의 남안동 생가에는 방명록이 비치되어 있는데 많은 사람들이 방문을 기념하는 한마디 말과 함께 이름을 적어놓고 있다. 얼핏 훑어본 기억으로 나의 인상에 남는 구절은 "효석 선생님은

참으로 좋은 고향을 가졌네요"와 "향토의 아름다움을 그려준 선생님께 감사드리러 찾아왔습니다"이다. 평창 봉평은 이효석의 「메밀꽃 필 무렵」으로 영원히 살아있는 마을이 되었고 스스로 문화마을임을 자부하게 되었다. 그리하여 우리는 이효석의 생가에 이르기까지 수많은 문학비를 만나게 된다.

둔내터널을 빠져 조금 내려오면 태기산 소풍휴게소라고 불리는 작은 쉼터가 있다. 점포 하나 없이 고장난 차나 쉬어가기 알맞은 이곳 한쪽에는 1980년, 유진오가 비석 이름을 쓴 '가산 이효석 문학비'가 세워져 있다.

장평로터리를 돌아 이효석 생가 쪽으로 향하면 봉평마을이 훤히 내다보이는 언덕마루 찻길 한쪽에는 커다란 자연석에 '메밀꽃 필 무렵'이라고 새긴 기념석이 두 그루 잣나무의 호위를 받으며 이 조용한 시골마을 봉평의 입간판이 되고 있다. 여기까지는 참으로 아름다운 정경이다.

그러나 봉평장터의 좁은 길을 헤집고 들어가 봉평중학교 앞에 당도하면 문학공원이라는 이름의 빈터에 세워진 이효석 동상은 절로 웃음을 자

아내게 한다. 그 동상의 오종종함이란 도저히 이효석의 이미지에 다가서지 않으며 괜히 이효석에게 미안한 생각만 들게 한다. 귀공자상의 그의 얼굴이 꺼벙이로 바뀌었다. 문학공원에서 바로 보이는 남안교 긴 다리 앞에는 '시범 문화마을'이라고 새긴 기념석이 '공무원 양식'으로 무게를 딱 잡고 있는데, 다리 건너 산자락 바로 밑에는 「메밀꽃 필 무렵」기념조각과 물레방앗간이 세워져 있다. 물레방앗간을 만들어놓은 것은 여지없이 '이발소 그림'풍의 발상이고, 이유없이 유방을 뾰족하게 드러낸 조각은 관광지 기념타월의 디자인 감각과 같은 과에 속한다. 무얼 어쩌자고 이렇게 유치한 기념비를 곳곳에 세워야 했을까? 그것은 대단한 '시각공해'였다.

기념조각공원에서 왼쪽으로 난 시멘트 농로를 따라 이효석 생가로 가는 길로 접어들었을 때 우리는 비로소 그의 문학공간에 들어선 분위기를 가질 수 있다. 개울을 따라 난 길을 가다보면 비탈을 일구어낸 밭에는 감자와 옥수수만 눈에 띄고, 산자락마다 낮은 슬레이트집들이 차지하고 있어서 여지없는 강원도 산골을 느끼게 된다.

강원도 산골에는 외딴집이 많다. 다른 지역은 들판을 내다보는 동산을 등에 지고 양지바른 쪽에 옹기종기 모여 있는 것이 보통이다. 그러나 강원도 산골에는 그런 들판이 없다. 방풍을 위한 등받이 동산을 따로 찾을 이유도 없다. 그래서 저마다 자기 밭 한쪽 켠에 집을 짓고 산다. 이효석의 생가도 외딴집이다. 벌써 오래전부터 성씨도 다른 분이 살고 있는데, 마당 한쪽에 세워놓은 동그란 흰 대리석만이 이 집이 이효석의 생가임을 알려줄 뿐이다. 그가 뛰놀았을 뒷동산엔 사슴목장이 들어서 있다. 모든 것이 이효석의 분위기와 달라 낯설기만 하다. 생가의 뒤란을 돌아보니 무뚝뚝한 강원도 산자락만이 그 옛날과 같아 보였다.

이효석의 고향상실증

이효석은 이처럼 오붓한 고향마을을 갖고 있건만 정작 그 자신은 이상하게도 고향을 고향답게 간직하고 살지 못했다. 그의 수필 「영서(嶺西)의 기억」을 보면 이효석은 「메밀꽃 필 무렵」의 작가답지 않게 고독한 고향상실을 말하고 있다.

눅진하고 친밀한 회포가 뼛속까지 푹 젖어들 여가가 없었던 것이다. 고향의 정경이 일상 때 마음에 떠오르는 법 없고 고향의 생각이 자별스럽게 마음을 눅여준 적도 드물었다. 그러므로 고향 없는 이방인 같은 느낌이 때때로 서글프게 뼈를 에이는 적이 있었다.

이 점은 이효석에 대한 나의 큰 의문점이었는데, 나는 이상옥 교수가 쓴 『이효석―문학과 생애』(민음사 1992)를 읽고 나서 그 까닭을 알 수 있었고, 그의 작가상과 인간상도 내 나름으로 잡아낼 수 있었다.

이효석은 다섯살 때 어머니를 여의고 계모 밑에서 자라게 되는데 계모는 효석을 별로 사랑하지 않아 심지어는 그의 결혼식에도 오지 않을 정도였다. 그래서 소학교는 집에서 백리 떨어진 평창읍내 평창초등학교를 다니고 그 어린 나이에 하숙생활을 했던 것이다. 나의 아내가 평창초등학교 출신임을 자랑하는 계기가 거기에 있지만 그것이 효석으로서는 고향을 가슴속으로 아름답게 간직하지 못한 이유였던 것이다.

그리고 성장해서는 줄곧 외지에서 살며 고향에 정붙일 일이 없었던 것이다.

이효석 소설에 대한 의문점

별다른 문학적 경험 없이 교과서에서 「메밀꽃 필 무렵」을 읽고 배운 사람에게 이효석이라는 작가상은 우리 현대문학사상 빼어난 시정과 맑은 문체, 짙은 한국적 서정과 세련된 지성의 문인으로서 깊이 인상지어져 있을 것이다. 특히나 젊은 시절 문학 취미에 빠져 있던 문학소녀, 문학청년 들에게 가장 사랑스러운 작가의 한 사람으로 서슴없이 꼽힐 것이다. 나 역시 그런 시절이 있었다.

그러나 우리 근대미술의 전개양상을 근대문학과 맞물려 이해해보기 위하여 이효석의 초기 이른바 동반작가시절 좌파경향성 작품의 대표작으로 지목되는 「도시와 유령」 「노령근해」를 읽고는 적이 실망스럽지 않을 수 없었다. 세상에 그런 관념적 이상의 모순과 횡포가 어떻게 가능했고 그게 무슨 소설인가 싶다. 그는 좌파의 이데올로기에 현실을 꿰어맞추기 급급하였다. 그래서 조동일 교수는 『한국문학통사』에서 「도시와 유령」의 상황설정이 어긋나는 것이 차라리 유령스럽다고까지 악평을 내렸다.

70여 편에 달하는 그의 단편을 내가 성심으로 읽을 열정은 없었지만 그의 소설로 높이 평가받을 만한 작품은 오직 「메밀꽃 필 무렵」 하나뿐이었고 그것은 이효석의 작품세계에서 예외 중의 예외였다는 인상을 버릴 수 없었다.

나는 그것을 또 이상하게 생각해왔다. 이 궁금증을 풀기 위하여 문학사와 문학비평 전문가들의 견해를 점검해보니 김현·김윤식 공저의 『한국문학사』(민음사 1973)에서는 이효석이 아예 한 시대의 소설가로서 언급조차 되지 않고 있다는 사실을 알았다. 그 이유와 관련해서 김윤식 교수는 『한국근대문학사상비판』(일지사 1978)에서 「병적 미의식의 양상—이효석의 경우」를 논하면서 이효석 문학의 특징과 취약점을 자세하게 분석하고 그가 소설가로서 뚜렷한 장르의식이 결여되었다는 날카로운 비

판을 가하면서 이효석이 문학가로 평가받을 부분은 소설이 아니라 산문, 수필이라는 매우 설득력있는 해석을 내리고 있었다.

그러나 어느 문학사가, 어느 문학평론가도 나의 의문에 답해주지 않는 문제가 하나 있었다. 그것은 고향에 대한 깊은 상실감에 젖어 있었던 이효석, 관념적 좌파문학에서 탐미주의로 빠진 흔적이 농후한 이효석이 어떻게 「메밀꽃 필 무렵」 같은 짙은 향토적 서정의 세계를 그토록 아름답게 그려낼 수 있었는가이다. 칠피단화에 나비형상의 장식을 붙인 멋쟁이 차림에, 경기고에 서울대에 영문과를 나온 엘리뜨의식에, 커피는 모카와 퍼콜레이터를 찾아 마시고, 피아노는 쇼팽을 치고, 여자 좋아하기를 군것질하듯 했으며, 이국취향의 동경에서 모더니즘적 세련을 추구하던 이효석이었다. 그가 단지 안똔 체홉이나 캐서린 맨스필드의 소설을 좋아했다는 이유만으로 이런 명작을 쓸 수 있었단 말인가.

나는 그저 물을 뿐이다. 그 물음이 반복되는 가운데 어렴풋이 떠오르는 추측은 하나 있다. 이효석이 「메밀꽃 필 무렵」을 쓴 것은 1936년, 30세 때의 일이다. 서울을 떠나 부인의 고향인 함경도 경성에서 교사를 하면서 잃어버린 고향을 찾은 듯한 평온 속에 살다가 평양 창전리에 '푸른 집'을 짓고, 숭실전문학교 교수를 지내고 있던 시절이다. 문학적으로는 관념적 좌파를 벗어나려고 안간힘을 쓰면서 자신의 『노령근해』 단편집을 "생각만 하여도 그 치편(稚篇)에 찬땀이 난다"는 준엄한 자기비판을 가하던 시절이었다.

대개 현실에 뿌리를 두지 못하고 관념으로 무장한 이데올로기는 경직되고 과격하기 마련이다. 그 경직성과 관념적 과격성이 치기였다는 것을 자각한 이효석이 갈 곳은 어디였을까? 하나의 목표를 향해 치닫던 사람이 그 목표와 이상을 회의하여 잃게 되면 돌아갈 곳이 어디였을까? 이런 상황에서 갈 수 있는 곳은 오직 하나, 꾸밈없는 자기 본연의 자리로 원위치하는 수밖에 없는 것이다. 그리하여 이효석은 일단 자연과 고향과 현실로 되돌아온 것이었다. 바로 그때 그는 「메밀꽃 필 무렵」을 쓴 것이다. 그리고 나서 그가 어디로 갔는가는 그 다음 문제다. 「메밀꽃 필 무렵」의 끝마무리를 기묘한 인연으로 돌린 데에서 어느정도 감지되듯이 그는 탐미주의로 빠지고 말았던 것이다.

이효석의 아름다운 산문

이효석의 소설은 그런 문제점이 있었다 치더라도 그의 산문과 수필은 동시대 누구도 따를 수 없는 아름다운 문체로 우리를 충분히 매료시킨다. 「낙엽을 태우며」 「청포도 사상」 같은 수필을 보면 내가 그 내용과 사상까지 동의하는 바는 아니지만 우리말을 그토록 아름답고 정겹게 구사하면서 이지적 사색과 따뜻한 감상을 절묘하게 조화시킨 언어구사력에 취하지 않을 수 없다. 그의 문장에 흐르는 보드라운 율동과 시적 정제성은 마치 동양화에서 뛰어난 필력과 능숙한 번지기 수법을 갖고 있던 한 필묵(筆墨)의 달인을 연상케 하는데 1930년대 우리 화단에는 그런 화가가 없었다.

그것은 이효석이 내게 가르쳐준 형식의 힘과 프로의 미덕이었다. 그래서 나는 이효석의 문학적 동지이자 곁에서 보기에도 시샘이 날 정도로 절친했던 벗인 유진오가 이효석이 불과 36세의 나이에 결핵성뇌막염으로 죽어간다는 기별을 받고 평양으로 달려가 그 임종을 보면서 회상한, 그의 소설 「신경(新京)」 첫머리 이야기에 나오는 애정어린 이효석론을 액면 그대로 접수한다.

그의 투명한 머리, 섬세한 감정, 높은 교양, 그리고 그 모든 것이 빚어내는 이슬같이 맑고 아름다운 글. 지금 욱(효석)을 잃는 것은 조선의 문학을 위해 다시 얻을 수 없는 고귀한 고완품(古翫品)을 잃는 것이나 다름없었다.

팔석정과 봉산서재

평창 봉평땅의 인문적 가치를 드높여준 이효석의 문학적 업적을 기릴 요량이었다면, 그 잡스러운 동상과 기념비를 세울 예산으로 이효석의 생가를 복원하고 거기에 늑진히 앉아 그를 기릴 작은 정자와 메밀이나 심어두었다면 우리의 답삿길이 얼마나 포근했을까 생각해본다. 그런 편의와 그런 알찬 문화를 갖지 못한 우리는 봉평에 온 기분을 딴 데서라도 풀어야 한다.

봉평마을을 들어가는 길에는 그럴 만한 유적이 있다. 그것은 봉산서재(蓬山書齋)와 판관대(判官垈) 그리고 팔석정(八石亭)이다. 장평에서 봉평쪽으로 들어가다보면 바로 길가에 판관대라는 기념비가 서 있는 것이 보인다. 돌받침에 까만 오석의 비를 세우고 지붕돌을 자연석으로 모자 씌우듯 했는데, 이것은 소풍휴게소의 '가산 이효석비', 남안교의 '시범 문화마을' 기념비와 똑같은 형식이어서 훗날 '평창양식'이라고 부를 일인지도 모르겠다.

판관대는 신사임당의 율곡 이이 잉태지다. 당시 수운판관(水運判官)을 지내고 있던 율곡의 아버지 이원수(李元秀)가 말미를 얻어 이곳 백옥포리(白玉浦里)에 거주하고 있던 아내 신사임당을 보러 왔다가 그날 밤 율곡을 잉태하게 되는 용꿈을 꾸었던 자리다. 사임당은 그해(1536) 강릉 오죽헌으로 가서 12월 26일에 율곡을 낳았다. 그 집터가 곧 판관대이다. 그 뒤 이 얘기는 궁중에까지 알려져 현종 3년(1662)에 사방 십리의 사패지(賜牌地)와 영정(影幀)을 내려주고 봄 가을로 제향케 했는데, 1906년에는 고을 유생들이 평촌리 덕봉산턱에 서재를 건립한 것이 봉산서재이다.

봉산서재의 건물이야 볼품이 있을 리 만무하지만 울창한 솔밭에 높직이 올라앉아 거기에서 들판을 질러가는 청강(淸江)의 유유한 흐름과 봉평사람들의 오가는 모습을 내려다보는 것은 피로한 여로의 '군것질' 정도는 된다.

사실 길게 쉴 요량이면 팔석정 쪽이 낫다. 팔석정은 조선시대 명필 봉래(蓬萊) 양사언(楊士彦)이 강릉부사로 부임하는 길에 들러 이곳 천변의 풍경이 좋아 8일간 머물렀던 곳으로 훗날 이를 기념하여 팔일정(八日亭)을 지었던 곳이라고 한다. 바위에는 양봉래가 썼다는 석실한수(石室閑睡), 석대투간(石臺投竿), 봉래(蓬萊), 영주(瀛洲) 등 여덟 글자가 새겨 있는데 글씨는 제법 단정히 새겨져 있으나 양봉래의 웅혼한 초서체와는 거리가 멀다.

팔석정은 길가에서 보아서는 짐작도 되지 않을 만큼 푹 꺼진 천변에 준수한 바위와 소나무가 함께 어울린 작은 명승지다. 나는 한겨울 얼음이 얼고 찾아오는 이 없을 때 아내와 함께 이 수려한 경관을 단둘이 흠씬 즐긴 적이 있어 그때의 추억으로 다시 찾았더니 여름에는 입장료까지 받는 이 일대의 대단한 휴양지인지라 발도 못 붙이고 지나갔다. 팔석정의 정자자리는 지금 매운탕집 앞마당이 되고 만 것을 보고 명소를 명소답게 유지하지 못하는 그 얕은 안목들이 안타깝기만 했다. 그로 인해 우리는 이율곡과 양봉래를 오래 만날 수 있는 계기를 잃어버린 것이다.

| **봉산서재** | 이율곡의 잉태설화로 생긴 이 서재는 전설의 아름다움이 아니었다면 아무런 볼품을 갖지 못했을 것이다.

산은 강을 넘지 못하고

정선아리랑의 고향, 아우라지강을 찾아가는 길에 이효석의 문학공간을 지난다는 것은 적지 않은 생각거리를 안겨주는 풍요로운 만남이다. 향토적 서정이 모더니즘의 세례를 받았을 때 이효석의 문체가 됐다면, 그런 근대적 세련을 스스로 이룩했을 때는 어떤 모습일 것이며, 프로의 도움 없이, 프로의 손을 거치지 않고 만들어진 문학과 예술의 원형질이란 어떤 것인가를 생각하며 그 서막으로 이효석을 생각게 한다는 것이 기묘한 인연이다.

이효석 문학공간을 답사하고 아우라지로 들어가는 길은 이제 굳이 평창을 거쳐 정선으로 들어가기를 고집해본들 비행기재로 넘는 길이 끊어진 마당에는 큰 의미가 없는 것이다. 장평에서 다시 영동고속도로로 들어가 계속 타고 내려가다가 하진부에서 꺾어들어서면 정선군 나전리까

| **팔석정** | 길가에서는 잘 보이지 않으나 계곡으로 바짝 다가오면 이러한 기암괴석이 작은 규모이지만 앙증맞게 펼쳐진다.

지 장장 100리의 천변로를 타게 된다. 오대산 월정사에서 만났던 그 오대천 여울이 진부에 이르면서 제법 큰 내를 이루어 좌우로 1,200~1,300미터의 위용을 자랑하는 박지산, 잠두산, 갈미봉, 가리왕산, 오두치를 헤집고 나아가며 긴 협곡을 이룬다. 본래 길이란 강을 따라 생겼고, 또 강을 끼고 달릴 때가 가장 아름답다. 구례에서 하동까지 섬진강을 끼고 도는 길, 상주 낙동에서 선산에 이르는 낙동강변의 정감어린 강마을길, 경부선 기차를 타면 만나는 삼랑진에서 물금까지 이어지는 장대한 낙동강변의 철길, 원주 법천사터에서 충주 탄금대에 이르는 남한강변의 고즈넉한 시골길, 누구든 한번쯤 가보았을 경춘가도와 팔당에서 양평에 이르는 환상의 드라이브 코스.

그러나 하진부에서 나전에 이르는 협곡은 그런 강변길이 펼쳐주는 장쾌한 넓이가 없다. 마치 고개 숙이고 굴속으로 들어가듯이 산허리를 헤

| 정선에서 아우라지로 가는 길 | 강물은 ㄹ자와 ㄷ자를 번갈아 그리며 산굽이를 유유히 돌아가니 강은 산으로 인하여 생겼건만 산은 강을 넘지 못한다는 역설의 의미를 생각나게 한다.

집고 나아가기 바쁘다. 찻길은 ㄹ자로 돌다가 다시 ㄷ자로 꺾어지면서 눈앞엔 언제나 거대한 산을 마주하고 달려야 한다. 기암절벽과 반석이 곳곳에 자리하며 비경을 이루고 솔밭과 외딴집들이 점점이 이어지며 인적의 체취를 느끼게도 하지만 오대천 깊은 여울을 끝없이 따라가는 형상은 마치 자연의 모태 속으로 회귀하는 것 같은 강한 흡입력을 연상케 된다. 어느새 나는 자연의 원형질로 원위치하고 있는 것이다.

왼쪽에 두고 온 오대천 여울이 점점 넓어지면서 나전교 다리를 건너면 냇물은 저쪽 아우라지에서 흘러온 조양강과 만나 정선읍내로 향해 힘차게 뻗어가고 우리는 그 강을 거슬러 여량땅 아우라지로 향하게 된다. 시퍼런 조양강 물줄기 위쪽으로는 구절리에서 증산을 잇는 정선선 외길 철도가 우리의 찻길과 앞서거니 뒤서거니 다투어 달린다. 어쩌다 객차

두개를 붙인 기차와 만나기라도 한다면, 바로 그때 갈라진 대금소리 같은 기적이라도 들려준다면, 우리는 이 아름다운 강마을에 서린 긴 역사와 한의 내력을 여운으로 잡을 수 있을 것이다.

여량땅 아우라지강가의 옥산장 여관에 짐을 풀고 사위를 살피니 강원도 땅치고는 제법 너른 들판이건만 그저 보이는 것이 산뿐이다. 산을 넘고 비집고, 산속으로 들어왔으니 하늘과 맞닿은 산 이외에 무엇이 있겠는가. 어떤 수식도 치장도 없는 순수한 원형질의 산, 천고의 순수를 간직한 산이다.

이것은 나만이 갖고 있는 별스러운 감정이 아니었다. 지난 늦가을 내가 답사회원들과 여량에 간다는 사실을 알고 거기로 마중나와 합류한 태백시 황지의 화가 황재형이 우리 회원들에게 보낸 첫 인사말이 꼭 그러했다. 그는 서툰 말솜씨로, 그러나 단호하고 자랑스런 어조로 이렇게 말했다.

"여러분, 먼 길을 오시느라 고생 많았습니다. 그런데 여기서는 보여드릴 것이라고는 산밖에 없습니다. 그러나 저 무표정한 산들을 잘 보고 가십시오. 설악산 같은 절묘한 구성도 없고, 남도의 능선처럼 포근히 안기는 느린 곡선도 없습니다. 오직 직선과 사선만 있습니다. 그러나 그게 산의 정직성이고 강원도 태백산 자락의 진국입니다. 맛있게 요리된 반찬이 아니고 밭에서 금방 뽑아낸 싱싱한 무 같은 것입니다."

그래서 영서지방 사람들이 갖고 있는 산의 개념은 아주 다르다. 우리는 보통 들판에 높이 솟아 있는 것이 산인 줄로 아는데 정선·평창사람들은 산을 오히려 들판 같은 개념으로 삼고 그 비탈을 갈아 감자와 옥수수를 심고 살아왔다. 마치 서해안 어촌사람들이 갯벌을 밭으로 삼고, 제주도 어부들이 바다를 밭이라 부르듯이.

아우라지에서 정선에 이르는 산과 강은 국토의 오장육부가 아니고서는 세상천지 어디에서도 볼 수 없는 유장한 아름다움과 처연한 감상의 집합체이다. 그래서 고은 선생은 평창에서 비행기재를 넘어 비봉산 고갯마루에서 별리 정선읍내를 바라볼 때 찾아온 감정은 "뭐라고 말할 수 없는 도달감과 단절감"이었다고 술회하였다. 나는 그때 고은 선생은 강을 넘어가지 못하는 산의 숙명을 본 것이라고 생각하고 있다.

산자분수령(山自分水嶺)이라고 했다. "산은 스스로 분수령이 된다"는 뜻이다. 실제로 산은 물을 가르고 물은 산을 넘지 못한다. 그러나 강의 입장에서 보면 비록 산에서 물이 흐르고 그 물이 모여 강을 이루지만 결과적으로 산은 절대로 그 강을 넘지 못한다. 강이 아니라면 산은 여지없이 연이어 달렸으리라. 오직 강이 있기에 그 산들은 여기서 저기로 떨어져 있을 뿐이다.

나는 여량땅 아우라지강가에서 저마다 다른 표정의 높고 낮은 산봉우리들이 수수만년을 저렇게 마주보면서 단 한번도 만날 수 없음은 바로 그 자신들로 인하여 이루어진 강을 넘지 못함 때문이라는 무서운 역설(逆說)의 논리를 보았다. 한 시대를 이끌어가는 각 분야의 어떠한 거봉(巨峰)들도 결국은 역사라는 흐름, 민의(民意)라는 도도한 흐름에서는 어느 가장자리에 문득 멈추어 있을 뿐이다. 그것이 지식인의 한계이자 숙명같이 보였다.

1994. 7.

---

* 정선에서 정암사 가는 길에 거쳐갔던 사북과 고한 탄광촌은 현재 카지노단지로 변해 예전의 탄광촌 모습은 거의 사라졌다. 답사회원들에게 체험의 기회를 주겠다는 생각으로 미안한 마음을 무릅쓰고 지나다녔던 곳이 이제는 카지노를 찾는 사람들로 북새통을 이루고, 한 켠에서는 도박중독으로 목숨을 끊는 사람까지 나온다 하니 마음이 편치 않기는 그때나 매한가지다.

세 겹 하늘 밑을 돌아가는 길

정선아리랑 / 사북과 고한 / 정암사 / 자장율사

아우라지강에 대한 회상

참으로 별스러운 일이었다. 답사회원들이 둘러앉아 저마다 추억의 답사처를 회상하는데, 골수회원들은 대다수가 아우라지강을 으뜸으로 꼽는데 신참 초보회원들은 전혀 거기에 동의하지 않았다. 거기에는 미술사적으로 당당한 위치를 확보한 어엿한 유물 하나 없으며, 기암절벽이 이루는 절경을 누비고 다니는 것도 아니어서 볼거리를 찾는 답사객으로서는 싱겁기 짝이 없는 곳이라는 투정까지 나왔다. 이런 반론에 고참들은 누구 하나 무엇이 그리도 감동적인지를 신출내기에게 설득력있게 설명하지 못하는 것을 스스로 안타까워하면서 저희들끼리만은 한결같이 감성적으로 동의하고 있는 것이었다. 듣자하니 철학자 데까르뜨가 아름다움을 판별하는 감성적 인식이란 이성적 사유와 달라서 분명(clear)하게는 인식하지만 판연(distinct)하게는 설명하지 못한다고 했던 얘기 같았다.

정선땅 아우라지강을 찾아가는 행로는 먹거리로 칠 때 주식이 아니라 별식에 해당된다. 그런데 그 별식이 피자나 난자완스 같은 것이 아니라 강원도 감자부침 같기도 하고 옛날 잔치상에 오른 속빈 강정의 순구한 맛 같은 것이다.

내가 미국 방문중 신세졌던 한 미술평론가가 우리나라를 찾아왔을 때 인사동 화랑가를 구경시켜주고 헤어지면서 낙원동 한과집에서 전통과자 한 봉지를 사주며 진짜 한국 맛은 여기 있으니 즐겨보라고 했다. 이튿날 그는 한과의 맛이 아주 독특했노라고 '원더풀'과 '판타스틱'을 연발하더니 강정을 하나 보여주면서 "이것은 암만 씹어도 무슨 맛인지 도저히 알 수 없다"며 의아스러워한 일이 생각난다. 나 역시 그 속빈 강정 맛을 설명해내지 못했다.

시각적 이미지를 다루는 그림의 경우, 화가가 관객에게 호소하는 방식은 아주 여러가지다. 조선시대 회화를 예로 들어보면 겸재(謙齋) 정선(鄭敾)의 진경산수는 박진감 넘치는 리얼리티의 표출로 보는 이에게 아름다움의 감정을 즉발적으로 '환기'시켜준다. 그래서 관객은 벅찬 감동으로 작품을 맞이한다. 이에 비하여 현재(玄齋) 심사정(沈師正)의 정형산수는 어떤 잠재된 감정의 상태를 '심화'시켜간다. 그래서 감동은 느리게 다가오며 자못 사색적인 묵상을 유발한다. 그런데 민화산수는 관객의 감정을 말끔하게 '표백'해버리는 순화작용을 일으킨다. 대상 자체에서 우러나오는 감동이 아니라 그 대상을 계기로 촉발되는 감정의 세탁작용인 것이다.

이것을 다시 산천의 경개에 비유하자면 설악산이 감성을 환기시켜주는 절경의 명산이라면 지리산은 감성을 심화시켜주는 깊이감을 갖고 있는 영산(靈山)이라 할 만하며, 아우라지강을 찾아가는 길에 맞닥뜨린 태백산맥의 연봉들과 거기에 어우러진 큰 여울들은 그 자체의 아름다움이 아니라 자연의 원형질을 대하면서 받는 자기 정서의 순화작용 같은 것이었다.

아우라지 뱃사공의 설움

여량은 조그만 산간마을이다. 아우라지강가 논에는 5기의 고인돌이 건재하고 양조장터(360번지)에서는 고인돌 밑에서 석기가 발견됐다는 보고가 있으니 그 연륜이 2천년을 넘었는데, 조선시대에는 역원(驛院)이 있어 그때나 지금이나 정선과 임계를 잇는 길목 역할을 하고 있다.

세월이 흘러 구절리에서 정선을 잇는 정선선이 개설되면서 마을은 여량역을 중심으로 개편되고 70년대 새마을운동의 여파로 이른바 소읍가꾸기 사업이 벌어지면서 마을길의 동선이 영화 촬영쎄트처럼 인간적 체취를 잃어버린 규격화된 건물과 상점으로 반듯하게 구획되어버렸다. 그런 지 벌써 20년 가까운 세월이 지났다. 이제 여량은 다시 시골읍내의 조순한 정취가 살아나는 정겨운 마을로 되어간다. 그리고 그 이름은 얼마나 예쁜가. 여량(餘糧).

여량은 강마을이다. 오대산 줄기인 발왕산에서 발원하여 노추산을 굽이굽이 맴돌아 구절리 갓거리로 흘러내리는 송천(松川, 일명 구절천)과 태백산 줄기인 삼척 둥근산(일명 중봉산)에서 발원하여 임계면을 두루 돌면서 구미정(九美亭)의 그윽한 승경을 이루고 반천을 거쳐 유유히 내려오는 골지천(骨只川, 일명 임계천)이 여량에 와서 합수된다. 두 물줄기가 아우러진다고 해서 얻은 이름이 아우라지강이다. 그 이름은 또 얼마나 예쁜가.

강은 별로 크지 않으나 모래밭은 사뭇 넓고 길어 마주 보이는 산들이 제법 멀어 보이고 강가에는 희고 검은 천석들이 지천으로 널려 있다. 여름에 대수(大水)져서 물이 불어나면 물길은 자갈밭까지 차오르며 겁나게 쿵쿵거리고, 초겨울부터 해동 때까지 강물은 꽁꽁 얼어붙어 저 건너 싸리골을 한마을로 연결한다.

아우라지에는 조그마한 나룻배가 한 척 있다. 벌써 오래전부터 삿대를 젓지 않고 강 위로 긴 쇠줄을 잡아매어 그것을 잡고 오가고 있다. 강 건너 솔밭언덕이 지척에 보이건만 작아도 강은 강인지라 나룻배 없이는 건너지 못한다.

강언덕 양지바른 쪽에는 처녀상 하나가 야무진 맵시로 세워져 있다. 누구의 솜씨인지 몰라도 아우라지의 순정을 19세기 서양 고전주의예술풍으로 다듬어놓은 것이다. 그 어색함이란 마치 뽕짝가요를 이딸리아 가곡풍으로 부르는 격이라고나 할까.

이 아우라지 처녀상은 비극의 동상이다. 40년 전쯤 어느 혼례식날 신랑신부와 마을 하객을 태운 나룻배가 ―필시 정원초과로― 뒤집어지는 바람에 신랑만 남고 모두 익사해버린 대형사고가 있었는데 그때 신부는 가마 속에서 미처 빠져나오지 못하여 가마째 쓸려갔단다. 그래서 이 동네는 지금도 3월이면 같은 날 제사가 많다고 한다. 그후 해마다 익사사고가 잇따르게 되어 8년 전에는 이 동상을 세워 신부의 원혼을 달래주었고 지금은 푯말까지 세워 답사객을 일없이 부르고 있다.

아우라지 뱃사공은 마을사람들이 집집마다 쌀이고 콩이고 일년에 한 말씩 내는 것으로 품삯을 대신 받는다. 그러니 그 생계란 미루어 알 만하다. 8·15해방 무렵 아우라지 뱃사공은 지씨였다. 장구를 하도 잘 쳐서 '지장구 아저씨'로 통했다. 정선아리랑에서 "아우라지 뱃사공아……"는 본래 "아우라지 지장구 아저씨……"였다. 그런데 그의 두 아들이 6·25동란 때 인민군에 부역했다고 해서 70년대 정선군청에서 가요집을 내면서 '뱃사공아'로 바꾸었다.

10년 전 신경림 선생이 '민요기행'으로 여기에 왔을 때는 강씨 아저씨

| **아우라지 처녀상** | 정선아리랑을 기리는 마음에서 세운 이 아우라지 처녀상이 좀더 정선색시 맛을 띠었으면 오죽이나 좋았겠는가.

가 사공을 하고 있었다. 그에게는 세 자녀가 있었고 정부에서 내주는 호구미로 연명하였는데 아내는 가난에 못 이겨 대처(大處)로 도망가버렸다. 딱한 처지를 시로 읊은 신경림의 「아우라지 뱃사공」은 코끝이 시린 애조를 띠고 있다.

몇해 전 내가 답사회원들과 아우라지강을 건널 때 강씨 아저씨의 주름살 파인 검은 얼굴을 볼 수 있었다. 내가 그분을 위해 할 수 있는 일은 뱃삯을 넉넉히 내는 것 이상은 없었다.

작년 늦가을 다시 아우라지를 찾아갔을 때 나는 작은 정성, 그야말로 촌지(寸志)를 흰 봉투에 따로 넣어갔다. 그러나 나는 강씨 아저씨를 만날 수 없었다. 지난번 홍수 때 나룻배가 떠내려가버린 것이었다. 아우라지로 흘러드는 송천은 양수(陽水)이고 골지천은 음수(陰水)로 음수가 불어나면 홍수가 크게 난다는 말이 예부터 전해왔는데 바로 그 짝이 났다는 것이다.

먼동이 어슴푸레 떠오르는 신새벽 아우라지강가에 나아가 서릿발을 하얗게 받은 천석들을 하릴없이 뒤집어보며 먼데 강 건너 솔밭에 서 있는 처녀상을 바라보니 눈앞에 삼삼한 것은 잃어버린 나룻배와 주름살골 파인 강씨의 얼굴이었다.

정선아리랑의 유래

정선땅 아우라지강을 찾아가는 길이 단순한 여행이 아니라 답사로 되는 것은 말할 것도 없이 정선아리랑의 고향이라는 사실 때문이다.

아우라지 지장구 아저씨(뱃사공아) 나 좀 건네주오.
싸리골 올동백이 다 떨어진다.
아리랑 아리랑 아라리요
아리랑 고개 고개로 나를 넘겨주게.

누구든 배운 바 없이 듣기만 하여도 금방 따라부를 수 있는 이 정겨운 민요 한 구절로 인하여 평범한 강물결에 짙은 역사성과 예술성, 그리고 인간적 정취가 무한대로 퍼져나간다.

아리랑은 전국에 고루 퍼져 있는 민족의 노래이고 민족의 문학이며 한 민족의 동질성을 확보해주는 언어다. 그러나 아이러니컬하게도 그것의 정확한 유래와 말뜻은 아직껏 밝혀지지 않고 있다.

흔히 우리나라에는 3대 아리랑이 있다고 한다. 강원도의 정선아리랑, 호남의 진도아리랑, 영남의 밀양아리랑이다. 밀양아리랑은 씩씩하고, 진도아리랑은 구성지고, 정선아리랑은 유장하다. 그것은 각 지방에서 자생한 민요조와 결합하면서 생긴 현상으로 진도아리랑은 육자배기조, 밀양아리랑은 정자소리조, 정선아리랑은 메나리조에 뿌리를 두고 있다. 그런 중 가장 충실한 민요적 음악언어를 갖고 있는 것은 정선아리랑이라는 점에는 모두가 동의하여 팔도아리랑 중 오직 정선아리랑만이 중요무형문화재로 지정되어 있다.

아리랑의 뜻과 어원에 대하여는 알영(박혁거세의 부인)설에서 의미없는 사설이라는 설까지 십여가지 설이 있는데 정선아리랑은 '(누가 내 처지를) 알아주리오'라는 뜻에서 '아라리'가 되었다는 전설을 갖고 있고 실제로 이곳 사람들은 '정선아라리'라고 부르고 있다.

아리랑 노래의 기원 또한 여러 설이 있는 가운데 정선아리랑은 고려가 망하자 불사이군(不事二君)의 충성으로 정선땅 거칠현동(居七賢洞)에 은거한 선비 전오륜(全五倫)이 산나물을 뜯어먹으면서 비통한 심정을 율시로 지어 부르던 것을 지방의 선비들이 한시를 이해하지 못하는 사람에게 풀이하여 감정을 살려 부른 것에서 시원을 삼고 있다. 그래서 정선아리랑 700수 중에서 제일 첫번째 노래는 송도(개성)의 만수산이 나오며, 다른 아리랑보다 애조를 띠게 됐다는 것이다.

눈이 올라나 비가 올라나 억수장마 질라나.
만수산 검은 구름이 막 모여든다.

이것이 시원이 되었는지는 모르나 아리랑이 형성된 것은 본디 논노래·들노래·베틀노래·뗏목노래 등 민초들의 삶 속에서 자연스럽게 형성되어 있던 노동요가 1865년 경복궁 중수 때 팔도에서 모여든 부역꾼들이 각지의 일노래를 주고받는 가운데 아리랑의 보편성과 지역성이 동시에 확보되고 일의 노래가 사회화·현실화되며 한편으로는 놀이노래로 확대해갔다는 것이 고정옥의 『조선민요연구』(수선사 1949) 이래로 정설이 되었다.

그리하여 아리랑은 민족의 노래로 성장하게 되었는데 급기야는 그중 흥겨운 가사와 가락은 궁중으로 들어가 고종과 민비(명성황후)까지 즐기는 바가 되었다. 그것은 황현의 『매천야록』 고종 31년(1894) 정월조에 이렇게 적혀 있다.

> 매일 밤 전등불을 밝혀두고 소리패와 놀이패를 불러 속칭 아리랑(阿里娘)타령이라는 신성염곡(新聲艷曲)을 불렀다. 민영주는 원임대신으로서 많은 소리패, 놀이패를 거느리고 아리랑을 관장하면서 잘하고 못함을 평하며 금상 은상을 수여했는데 민비 시해사건 이후 중단됐다.

그러한 아리랑은, 1926년 춘사 나운규가 만든 영화 「아리랑」이 3년간에 걸친 공전의 대성공을 거두면서 그 주제가가 아리랑의 대표성을 갖게 되었다. 이후 아리랑은 독립군아리랑에서 최근의 구로아리랑까지 우리의 곁을 떠나지 않고 사회화하면서 이어져오고 있는 것이다. 그러한 아리랑의 가장 모범적인 원조 정선아리랑의 고향 아우라지를 우리는 찾아간 것이다.

김남기씨와 임계댁의 작은 공연

아우라지 답삿길에 나는 두번 다 정선아리랑의 기능보유자인 김남기씨를 초대하여 아라리 작은 마당을 마련했다. 두번째 답사 때는 남창, 여창을 맞추어 임계댁 아주머니도 함께 모셨다.

청국(淸國)전쟁의 돈재물은 빚을 지고 살아도
하지 못하는 정선의 아라리 빚을 지고 살겠소.

이밥에 고기반찬 맛을 몰라 못 먹나
사절치기 강낭밥도 마음만 편하면 되잖소.

사극다리(삭은 나뭇가지)를 똑똑 꺾어서 군불을 때고서
중방 밑이 노릇노릇토록 놀다가 가세요.

김남기씨의 육중한 저음은 노긋노긋한데 임계댁의 째는 듯한 고음은 애간장을 찌른다. 김남기씨는 정선아리랑 중 수심편, 산수편, 처세편을 부르고, 임계댁은 주로 애정편에서 열정과 상사로 엮어가니 화합이 더없이 잘 맞는다.

떴다 깜은 눈은 정들자는 뜻이요.
깜았다 뜨는 것은야 날 오라는 뜻이라.
네 칠자(七字)나 내 팔자(八字)나 네모 반듯한 왕골방에 샛별 같은
놋요강 발치만큼 던져놓고 원앙금침 잣베개에 앵두 같은 젖을 빨며
잠자보기는 오초강산에 일 글렀으니 엉뚱멍툴 장석자리에 깊은 정만
두자.
아리랑 아리랑 아라리요
아리랑 고개 고개로 나를 넘겨주게.

영감은 할멈 치고 할멈은 아 치고 아는 개 치고 개는 꼬리 치고 꼬

리는 마당 치고 마당 가녁에 수양버들은 바람을 받아 치는데 우리집
의 그대는 낮잠만 자느냐.

　아리랑 아리랑 아라리요
　아리랑 고개 고개로 나를 넘겨주게.

답삿길에 들어서면서 버스 안에서 정선군청이 제작한 왕년의 인기성
우인 구민·고은정 해설의 정선아리랑을 내내 들어왔지만 아우라지에 와
서 아우라지사람의 살내음과 함께 듣는 그 맛은 전혀 다른 것이었다. 특
히 한 곡 한 곡을 부르면서 그 가사에 서린 삶의 내력을 풀이하는 것은 그
것 자체가 훌륭한 구비문학이었다. 지금 민속학자·국문학자 중에 아리
랑에 몰입하여 그 원형을 찾는 작업이 소리없이 추진되어 박민일의『한
국 아리랑문학 연구』(강원대출판부 1989) 같은 업적도 쌓이고 있음을 항시
고맙게 생각하고 있지만 그 작업 중에는 이런 구비문학성 이야기 채록도
곁들여지기를 간절히 소망하게 된다. 이윽고 김남기씨는 정선아리랑 중
뗏목 타며 부르는 소리로 들어간다. 그는 강원도 말씨의 아주 중요한 특
색 "~것이래요"라는 간접적인 지시를 말끝마다 붙여가니 그 향토색이
더욱 짙게 풍긴다.

　"나는 뗏목은 못 타봤지만 나무껍질 벗겨서 뗏줄을 해서 팔아는 봤
지요. 뗏는 아무나 타능가요. 당신들 뗏돈 번다가 뭔지 아시유. 옛날에
군수 월급이 20원일 때 뗏 한번 타고 영월 가서 팔면 30원 받는 것이
래요. 그게 뗏돈이래요. 뗏목은 앞대가리만 빠져나가면 일곱 동 한 바
닥이 가오리처럼 끌려가게 됐거든요. 그란데 정선 가수리에서 영월로
빠지는 황새여울 지나 핀꼬까리에 이르면 뗏목 앞머리가 되돌이물살
위에 떠서 길게는 반 시간을 꼼짝 않고 서 있는 것이래요. 그래서 아

라리에 '우리집 서방 떼 타고 갔는데 황새여울 핀꼬까리 무사히 다녀오세요'가 있는 것이래요. 뗏목이 쉬어가는 곳에는 주막이 있는 법인데 견금산(만지산) 전산옥(全山玉)이 술집을 제일로 쳤던 것이래요. 그래서 한잔하면서 부르는 소리가 있지요."

산옥이의 팔은야 객줏집의 베개요.
붉은 애입술은야 놀이터의 술잔일세.
아리랑 아리랑 아라리요
아리랑 고개 고개로 나를 넘겨주게.

옥산장 아주머니의 수석

여량에는 몇채의 여관이 있다. 그중에서 나는 두번 모두 옥산장 여관에 묵어갔다. 옥산장 주인아주머니는 여느 여관집 주인과 다르다. 깨끗하고 곱상한 얼굴에 밝은 웃음은 장모님 사랑 같은 따뜻한 정이 흠씬 배어 있는데, 손님을 맞는 말씨에는 고마움의 뜻을 얹어 무엇 하나 귀찮다는 티가 없다. 여관 손님도 내 집 손님이요, 내 고향 방문객이라며 지난 늦가을 답사 때는 시루떡 한 말에 식혜를 한 동이 해서 밤참으로 내놓았다.

사람 대하는 정이 이토록 극진하여 우리들 회식자리에 모셔놓고 노래부터 청하니 홍세민의 「흙에 살리라」를 노가바(노래가사바꾸기)로 하여 "아름다운 여량땅에 옥산장 지어놓고 (…) 왜 남들은 고향을 버릴까. 나는야 살리라 여량땅에 살리라"를 창가조로 애잔하며 씩씩하게 부른다.

아주머니 살아오신 얘기나 듣자 하니 이분의 사설은 가히 입신의 경지에 이르러 나도 입심 좋다는 말을 들어보았지만 그 앞에서는 명함도 못내밀 지경이었다. 시집와서 앞 못 보는 시어머니를 봉양하며, 교편 잡은

| **옥산장 주인아주머니** | 여량땅 아우라지 강마을의 유일한 여관인 옥산장은 시골 인심이 살아있어 우리 답사회 단골집으로 되었다. 옥산장 아주머니의 인생 이야기를 듣고 있으면 절로 넋을 잃고 만다.

남편 봉급으로는 애들 교육시키기 어려워 별의별 품을 다 팔고 나중엔 여관을 지으며 두 애를 대학까지 보내고 큰애는 장가보내 서울에 집도 마련해주는 삶의 고단함과 억척스러움을 유성기소리처럼 풀어가는데 그 토막토막에는 사랑, 아픔, 페이소스, 낭만, 파국, 고뇌, 결단, 실패, 좌절, 용기, 인내…… 그리고 지금의 행복으로, 대하 구비문학을 장장 세시간 풀어간다. 그렇게 하고 이것이 축약본이라는 것이다.

그분의 인생드라마는 그저 얘기로 끝나는 것이 아니다. 이야기 단편 단편에는 상징과 알레고리가 스며 있어서 넋을 잃고 듣고 있는 청중들은 그 모두를 자기 인생에 비추어보면서 가슴 찔리고 부끄러워하고 용기를 갖게 되며 뉘우치게도 되는 문학성과 도덕성을 고루 갖추고 있다. 답사 떠나며 엄마하고 싸우고 왔다는 한 노처녀 회원은 그날 밤 오밤중에 당장 전화를 걸어 잘못했다고 빌었다니 그 감동이 어떠했기에 그랬을까.

옥산장 아주머니의 드라마 중에는 틈새마다 아우라지강가의 수석 줍기가 끼여 있다. 속상하면 강가에 나아가 돌을 만지는 것이 습관이 되었는데 조합융자가 안 나와 강가에 갔다가 주운 것이 학이 알 낳는 형상, 빚을 못 갚아 막막하여 강가에 서성이다 주운 것이 명상하는 스님, 손님이 하나도 없어 속상해서 강에 나아가서는 호랑이와 삼신산…… 이런 식으로 이야기 중간중간에 매듭을 지어간다. 그러고 나서는 이야기가 끝난 다음 여관 입구 진열장에 가득한 수석을 관람시키니 그것은 (구비)문학과 (수석)예술의 만남이자, 자신의 사설의 물증을 제시하는 대단한 리얼리즘이었다.

앞 못 보는 시어머니가 바람을 맞아 3년 6개월을 한방에 살면서 대소변을 받아내며 병구완했던 그 인내와 사랑을 만년에 모두 복으로 받는 인간만세의 주인공, 옥산장 아주머니의 성함은 전옥매이시다.

전착도장 적재함과 낙석주의

아우라지강은 굽이굽이 맴돌아 정선읍내에 이르러 조양강이 된다. 여량에서 정선으로 가자면 큰 고개를 하나 넘게 되는데 그 고갯마루에서 내려다보는 풍광은 국토의 오장육부에서만 볼 수 있는 절경을 이룬다. 강은 산과 산을 헤집고 넘어가는데 산은 강을 넘지 못하여 옆으로 비껴간다.

조양강은 푸르고 푸른 옥빛이다. 잠시 후 우리가 맞을 사북과 고한의 시커먼 물빛이 믿기지 않을 정도로 맑기만 하다. 조양강의 풍광은 아침 햇살을 머금은 때가 가장 아름답단다. 그래서 이름조차 아침 조(朝)자에 볕 양(陽)자가 되었다. 답삿길이 그쪽으로 닿지 않아 나의 회원을 이끌고 가지 못하여 못내 미안한 마음을 갖고 있는 비봉산 봉양7리의 정선아리랑비(1977년 건립)에서 조양강과 정선읍을 내려다보는 정경은 그 자체로 한 폭의 그림이 된다.

| **정선읍내와 조양강** | 조양강이 반원을 그리면서 흘러나가는 강변에 정선읍이 고즈넉이 앉아 있다.

정선읍에서 동대천을 따라 사북 쪽으로 가다보면 가파르게 경사진 비탈에는 강원도 옥수수가 싱싱하게 자라는 것을 볼 수 있다. 한여름이면 대궁이 굵고 잎이 크며 '옥시기' 술이 축 늘어진 강원도 옥수수의 싱싱함, 그것이 곧 강원도 금바우들의 정직과 순박, 그리고 저력을 상징해준다. 가을이면 비탈 곳곳에 베어진 옥수숫대는 선사시대 움집처럼 늘어서고 파란 비닐부대에 담긴 옥수수가 점점이 포진한다. 그것은 풍요의 감정이 아니라 그저 그렇게 살아가고 있음을 말해주는 처연한 담담함으로 다가온다.

화암(畵岩)약수로 가는 길을 버리고 진령고개를 넘어 증산 사북으로 가는 길을 잡으니 험한 고개를 넘느라 차마다 숨이 차다. 줄곧 차 없는 한적한 길을 달려왔는데 고갯마루 다 와서는 줄줄이 화물차가 늘어서 낮은 포복으로 비탈길을 오르느라 진땀을 흘린다.

앞에 가는 화물차 궁둥이를 보니 왼쪽에 '전착도장 적재함'이라는 표딱지가 붙어 있다. 전착도장이라. 알아도 그만 몰라도 그만이지만 알 듯 모를 듯하여 사람을 궁금하게 만들고, 또 잊을 만하면 이렇게 튀어나오는 이 수수께끼를 풀려고 나는 한참 노력했었다.

언젠가 한 화물차 기사님께 물었더니 적재함 안팎을 모두 도장했다는 뜻이란다. 그럴듯한 설명이었지만 어쩐지 미덥지 않아 다른 분께 물었더니 적재함을 얹기 전에 칠했다는 뜻이란다. 또 한분은 페인트칠하기 전에 녹슬지 말라고 방청제를 칠했다고 알려준다. 물을수록 뜻이 증폭하여 내친김에 경부고속도로 화물차 전용휴게소인 옥산휴게소에 가서 전착도장 적재함 화물차 기사님마다 물어보았다. 기사님마다 대답이 구구한데 한분은 승용차처럼 전기로 칠했다는 뜻이라고 했고, 어떤 분은 엉뚱하게도 아무 화물이고 죄다 실을 수 있다는 뜻이란다. 듣자하니 앞 전자 전착(前着), 온전 전자 전착(全着), 전기 전자 전착(電着) 중 하나인 것만은 틀림없었다.

그러다 한 전라도 기사님께 물었더니 "웜매, 고런 쓰잘데없는 것이 붙어 있능가요, 잉" 하며 스스로 의아해했고, 한 충청도 기사님은 "냅둬유. 그런 걸 우리가 아나유, 회사에 물어야쥬"라며 멋쩍어했다. 나는 그쯤에서 이 수수께끼의 탐색을 포기했다. 그리고 『동아일보』에서 생활칼럼 '이 생각 저 생각'에 글 써달라는 청탁이 왔기에 이 수수께끼 얘기를 썼더니 이튿날 부산과 제천에 있는 전착도장회사 사장님이 전화를 해서 정답을 알려주었다. 정답은 전착(電着)이었다. 큰 페인트통에 적재함을 담근 다음 적재함과 페인트를 ⊕, ⊖로 이온분리시키고 여기에 300볼트의 전압을 흐르게 하면 분자이동에 의해 도장이 도금하듯 말끔하게 된다는 것이다. 붓이나 분무기로 칠하는 것하고는 비교가 안되는 고급 도장법이란다.

문제는 그래도 남는다. 그랬으면 그런 것이고 고급이면 고급인 것이지 궁둥이에다 그랬다. 고급이다라고 붙이는 이유는 무엇인가. 승용차 뒤에 2.4L, 슈퍼를 붙이는 것과 똑같은 이유였다. 한마디로 '잘났다'는 뜻이었다.

전착도장 적재함을 따라가다보니 벼랑 앞에는 '낙석주의'라는 삼각표지가 반(半)공갈조로 붙어 있다. 벼랑에서 돌 떨어지는 모습을 그렸는데 아래로 내려올수록 크게 그려 그 위압감이 더하다. 세상에, 낙석주의라니! 빨리 가라는 말인가 천천히 가라는 말인가. 이런 무책임한 말이 어디 있는가. 돌 떨어져도 책임지지 않겠다는 뜻 아닌가. 요는 각오하고 가라는 뜻이다. 낙석주의 표지판과 맞닥뜨린 운전자들은 항시 대책없이 그 밑을 통과하며 고개를 숙여 위를 비껴보며 커브를 꺾는다.

그러나 주의하라는 것은 돌 떨어지는 것이 아니라 바닥에 떨어진 돌일지도 모른다. 석락(石落, falling stone)주의가 아니라 낙석(落石, fallen stone)주의인 것이다. 낙엽(落葉)은 분명 떨어진 잎인데…… 알 수 없는 일이다. 괜스레 이런 것을 따지다보니 낙석주의 표지판을 보면 떨어진 돌, 돌 떨어지는 것 모두 주의한다고 위아래를 보느라고 바쁘다 바빠.

낙석주의! 언제 돌 떨어질지 모르나 그래도 그 옆을 통과해야 하는 우리의 이 한심한 여로. 그러나 우리는 답삿길, 여행길에나 마주치는 경고이니 행복한 쪽이다. 이제 우리가 다다르는 사북과 고한의 광부들은 하루하루를 낙석 정도가 아니라 도괴의 위험 속에서 살아가고 있는 것이다.

사북을 지나면서

나는 아우라지에서 정암사로 가는 길에 반드시 사북과 고한을 지나야 한다는 것이 항시 심적 부담이 되었다고 하였는데, 이 답사기를 쓰면서는 이곳 탄광마을을 어떻게 쓸 것인가로 고뇌하지 않을 수 없게 되었다.

나는 이곳 막장인생들을 말할 수 있는 자격이 없다. 탄광촌과 광부의 삶을 이 세상에 옳게 부각시킬 별도의 노력을 갖춘 바가 없다. 이 글을 위하여 『석탄광업의 현실과 노동의 상태』(유재무·원응호 저, 늘벗 1991)도 살펴보았고, 황인호가 쓴 「사북사태 진상보고서」도 읽어보았으며, 황재형에게 부탁하여 기독교사회개발복지회에서 계간으로 발행한 『막장의 빛』도 구해 보았다. 그러한 자료를 접할 때마다 모든 삶과 노동의 현실은 나의 상상을 초월하는 극한점에서 이루어지고 있었다. 나는 그 모두를 소화해 낼 자신이 없다.

조세희의 글과 사진으로 되어 있는 『침묵의 뿌리』(열화당 1985), 박태순의 『국토와 민중』(한길사 1983)에 실린 「탄광지대의 객지문화」, 황석영의 『벽지의 하늘』(청년사 1976) 등이 보여준 문인들의 광산촌 르뽀문학에 값할 답사기는 쓸 자신이 없다. 또 내가 지금 르뽀를 쓰고 있는 것도 아니다.

이런 난처한 국면에 처할 때면 나는 '정직이 최상'이라는 교훈을 생각하게 된다.

내가 처음 사북이라는 곳을 와본 것은 1975년 여름이었다. 그것은 답사를 위해서가 아니었다. 무슨 자료조사나 취재를 위해서도 아니었다. 그해 9월에 결혼할 나의 아내와 함께 장인어른께 첫인사를 드리러 간 것이었다. 나의 장인 될 분은 동원탄좌에 근무하다 정년퇴직하시고는 사북 읍내에서 동광철물점을 하고 계셨다. 이후 사북은 나의 처갓집이 있는 곳으로 되었고 자주는 아니어도 장인어른 뵙기 위해 줄곧 드나들고 항시 마음 한구석을 거기에 두고 살아온 곳이다.

3년 전 답사 때 나는 사북을 지나면서 차창 밖으로 장인어른이 철물점 셔터를 올리는 것을 보았다. 잠깐이라도 내려 인사드릴까 하다가 인솔자로서 그럴 수 없어 그냥 지나쳤고 답사에서 돌아온 다음 전화로 인사를 대신했다. 그런데 그것이 내가 마지막 뵌 당신의 모습이었고, 그 가게는

| 사북역 앞 버스정류장 | 이제는 다시 볼 수 없는 그 옛날의 풍광이 되었다.

이제 헐리어 읍사무소 주차장이 되었다.

　그러기에 나는 사북을 조금은 알고 있다. 사북을 드나들면서 나는 광부들이 두 겹 하늘 아래 살고 있다는 것을 알았다. 푸른 하늘과 막장의 검은 하늘이다. 그리고 광부의 아내는 시름의 하늘이 하나 더 붙은 세 겹이라고 들었다.

　얼마 전에도 사북의 동원탄좌 막장이 무너져 두 명이 숨지고 여덟 명이 갇혔다는 뉴스가 있었다. 그 사고지점이 지하 8킬로미터라고 하는데 깊은 곳은 17킬로미터 속이라고 들어왔다.

험한 세상을 살다가 인생 막장에 와 광부가 되려는 사람들이 맨 처음 부닥치는 절망은 정식 광부가 되는 것조차 허락되지 않아 하청업자의 하청업자인 덕대 밑에서 안전시설이란 없는 거의 무방비상태로 가혹한 저임금 아래 노동하며 당장의 생계를 위해 빚부터 지게 되는 현실이다. 그 빚이 평생을 가는데 그것도 사고로 세상을 떠나게 되면 유족이 떠안아 헌 보상금으로 갚고는 다시 무일푼으로 원위치하여 세 겹 하늘 아래 흐를 눈물도 없다는 사실만을 듣고 보았다.

사북의 아이들

사북의 현실을 가장 잘 반영한 글은 사북 아이들의 글짓기 이상의 것이 없다. 탄광촌의 르뽀작가들이 자신의 뛰어난 필력을 버리고 너도나도 이 아이들의 글짓기를 옮기기에 바빴던 이유가 거기에 있다. 나 역시『막장의 빛』에 실려 있는 사북의 아이들 노래를 전하지 않을 수 없다.

　　싸움

나는 우리 옆집 아이와
가끔 싸운다.
그때마다
가슴이 철렁한다.
우리 엄마한테 말해서
니네 식구 모두
쫓겨나게 할 거야
하고 돌아가는 것이다.

그 말만은 하지 말라고
나는 사과한다.

(사북초교 5학년 아무개)

아주머니

새로 이사 온 아줌마는
참 멋쟁이다.
그런데 하루는 아주머니가
광산촌은 옷이 잘 껌어
하며 옷을 털었다.
왠지 정이 뚝 떨어졌다.

(사북초교 4학년 전형준)

막장

나는 지옥이
어떤 곳인 줄
알아요.
좁은 길에다
모두가 컴컴해요.
오직
온갖 소리만
나는 곳이어요.

(사북초교 6학년 노영민)

그런데 인간의 꿈이란 묘한 것이어서 그런 끔찍한 현실, 절박한 삶을 버티고 살아가게 하는 것은 오직 희망이라는 사실이다. 그것이 곧 절망이 되고 허망인 것을 알면서도 당장은 그것이 있기에 버티는 것이다. 막장인생의 힘은 지금도 거기에서 나온다. 1974년 갱내 매몰로 인해 질식사한 광부 김씨의 아내 이야기이다.

처음 그이는 여기에 올 때 5년만 탄광부가 되겠다고 했어요. 그 다음엔 농장을 만들어 과실나무를 심고 강변에서 오리를 기른다고 했어요. 세상에 어디 그런 동화 같은 얘기가 있겠어요. 그렇지만 그때는 그런 희망 없인 살아갈 도리가 없었어요. (『벽지의 하늘』에서)

이제는 그것도 옛날얘기로 되어간다. 내가 인용한 글의 주인공들은 이제 20대 중반에 들어섰다.

석탄광업이 사양길로 들어서면서 하청업자와 덕대는 물론이고 중소기업은 모두 폐광한 상태이며 사북의 동원탄좌와 고한의 삼척탄광 같은 대기업만 명맥을 유지할 뿐이다. 막장의 인생들은 또다른 막장, 도시빈민으로 다시 흘러들고 사북의 잿빛 하늘에는 침묵의 정적만이 낮게 내려앉아 있다.

나의 아내가 아버님께 인사드리게 하려고 사북으로 나를 데려오면서 했던 그 말이 생각난다.

"사북이 처음이지요? 강원도의 산들이 얼마나 아프게 병들어 있는지 몰라요. 큰 수술 하지 않고는 치료할 수 없는 골수암 같은 거예요. 아버님 뵈면 괜히 쓸데없는 말 묻지 말아요."

황지의 화가 황재형

화가 황재형은 지금도 태백의 황지에 살고 있다. 내가 그를 처음 만난 것은 1981년 '중앙미술대전'에서 약관의 나이로 영예의 차석상(장려상)을 받았을 때였다. 그때 그는 광부복 하나를 극사실 수법으로 그려 많은 사람들에게 강렬한 예술적 충격을 주었다. 그는 그런 식으로 그림을 그리면 얼마든지 각광받을 수 있는 위치에 있었다. 그러나 황재형은 이내 스스로 광산촌의 화가가 되고자 젊은 아내와 어린 아들을 데리고 황지로 들어갔다. 그리고 지금껏 막장인생들의 벗이 되고 동지가 되어 거기에 살고 있다.

나는 황재형의 황지 화실에 두번 가보았다. 한번은 혼자서, 한번은 사북에 온 길에 나의 아내와 함께. 아내와 함께 갔을 때가 86년쯤 된다. 그때 황재형은 지독히 어려운 생활을 하고 있었다. 당장 내일모레까지 낼 일년치 집세를 마련하지 못하고 있었다. 그의 그림이 팔릴 리 만무하던 시절이었다. 나의 아내는 그의 소품 하나를 우리라도 사주자며 앰뷸런스를 그린 그림을 골랐다. 나는 별로 맘에 드는 작품이 아니었다.

우리는 황지역에서 기차를 기다리며 지물포에 가서 그 그림을 포장하였다. 지물포 아저씨는 나에게 그 그림을 잠깐 보여달라고 하였다. 보고 나서 하는 일성이 "거 참 잘 그렸다"는 것이었다. 미술평론가로서 직업의식이 발동했는지 나는 당장 물었다.

"아저씨, 어디를 잘 그렸나요?"
"당신이 그렸소?"
"아뇨, 제 친구가……"
"당신은 서울사람이지."

| 황재형 작「앰뷸런스」| 탄광촌 사람이 아니면 지금 이 작품에서 산천초목이 떨리는 마음을 다는 읽어내지 못한다.

"예."

"당신은 몰라. 저녁나절에 앰뷸런스가 울리면 세상이 이렇게 보인다 구. 산천초목이 흔들리구, 쥐죽은듯이 조용하구. 나는 광부생활 20년 하구 이 가겟방 하며 사는데 지금두 이런 때면 소름이 돋아요. 제일 싫 다구."

나는 그때 황재형의 그림이 왜 그렇게 강한 터치를 하는지 뼈저리게 느낄 수 있었다. 그는 밝은 조명의 전시장을 위해 그리는 것이 아니었다. 세련된 안목과 멋쟁이 관객들의 감각에 호소할 의사가 있는 것이 아니라 그저 진실을, 있는 사실을 그렇게 담고 있었던 것이다. 나는 지물포 아저씨 앞에서 부끄러웠다. 나의 미학적 척도로 그를 재어보려고 했던 황재형에게도 부끄러웠다. 그것은 미안한 것이 아니었다. 분명 부끄러움이었다.

정암사의 단풍

작년부터는 사북에도 외곽도로가 생겼다. 이제는 읍내를 지나지 않아도 고한으로 빠질 수가 있게 되었다. 그래서 답사객은 마을 위로 난 길을 지나면서 저탄장 탄가루를 검게 뒤집어쓴 사북의 지붕들을 보면서 빠져나간다. 잿빛으로 물든 마을을 비켜나면 차는 계곡을 따라 고한으로 달린다. 냇물은 시커멓고 냇가의 돌들은 철분을 머금어 검붉게 타 있다. 아우라지 조양강의 쪽빛 물결을 보았기에 고한의 개울은 더욱 검고 불결해 보인다.

고한에는 아직 외곽도로가 없다. 지형상으로 외곽도로를 낼 재간도 없지 싶다. 2차선 도로를 길가의 집에 바짝 붙어 달리니 다닥다닥 머리를 맞댄 루핑집 창틀이 바람에 덜컹거리는 것이 가까이 보인다.

고한초등학교를 지나면 갈래초등학교가 나오는데 여기가 하갈래이다. 상갈래는 막장의 석탄부들이 모여살고, 중갈래는 운수업을 비롯한 중간교역업자들의 마을이고, 하갈래가 다운타운으로 상가와 학교가 있는 것이다.

우리 답사회에는 이 갈래초등학교 출신이 한명 있는데, 어렸을 때는 "너 학교 갈래 말래"의 준말이라고 놀렸는데 이제 와 생각하니 인생의 갈래를 암시한 이름 같다며 그 옛날을 처연히 회상하고 있었다. 갈래의 의미는 잠시 뒤 정암사 창건설화를 들어보면 알게 된다.

하갈래에서 곧장 질러 고한을 벗어나면 이내 정암사(淨巖寺)로 오르게 된다. 그 순간 산천은 거짓말처럼 맑아진다. 아우라지강가의 밝은 빛과는 달리 고산지대의 짙은 색감이 산과 내를 덮고 있다. 그래서 정암사 언저리의 나무들은 더 싱싱하고 힘있고 연륜이 깊어 보인다.

믿기 어려운 독자를 위해 내가 물증을 제시한다면 여기는 공해에 까다롭기로 유명한 열목어의 서식지로 그것이 천연기념물로 지정되어 있으며, '살아 천년 죽어 천년 간다'는 주목의 군락지로 천년 이상의 노목이 즐비한 곳이다. 이제 믿어준다면 나는 마음놓고 말하련다. 나의 예사롭지 못한 역마살에서 가장 아름다운 단풍을 본 것은 정암사의 가을날이었다.

정암사의 절묘한 가람배치

정암사는 참으로 고마운 절이고 아름다운 절이다. 여기에 정암사가 있지 않다면 사북과 고한을 지나 답사할 일, 여행 올 일이 있었을 성싶지 않다. 나로서는 그 점이 고마운 것이다. 설령 사북과 고한을 일부러 답사한다 치더라도 이처럼 아늑한 휴식처, 쉼터, 마음의 갈무리터가 있고 없음에는 엄청 큰 차이가 있다. 나는 할아버지 할머니 제삿날이면 진짜 조상님께 감사드린다. 제삿날이 아니면 형제자매, 삼촌 사촌을 만나지 못하고 한두해를 후딱 보낼 것인데 조상님들이 '미리' 알아서 이런 풍습을 남겨준 것에 고마워하듯 자장율사가 그 옛날에 이 자리를 점지해두심에 대한 고마움이다.

정암사의 아름다움은 공간배치의 절묘함에 있다. 이 태백산 깊은 산골엔 사실 절집이 들어설 큰 공간이 없다. 모든 산사들이 암자가 아닌 한 계곡 속의 분지에 아늑하고 옴폭하게 때로는 호기있게 앉아 있다. 정암사는 가파른 산자락에 자리잡았으면서도 절묘한 공간배치로 아늑하고, 그윽하고, 호쾌한 분위기를 두루 갖추었다. 무시해서가 아니라 이 시대 건축가들로서는 엄두도 못 낼 공간운영이다.

정암사는 좁은 절마당을 최대한 활용하기 위하여 모든 전각과 탑까지 산자락을 타고 앉아 있다. 마치 제비새끼들이 둥지 주변으로 바짝 붙어 한쪽을 비워두는 것처럼.

절 앞의 일주문에 서면 정면으로 반듯한 진입로가 낮은 돌기와담과 직각으로 만나는데 돌기와담 안으로 적멸궁(寂滅宮)이 보이고 또 그 너머로 낮은 돌기와담이 보인다. 두어 그루 잘생긴 주목과 담장에 바짝 붙은 은행나무들이 이 인공축조물들의 직선을 군데군데 끊어준다. 그리하여 적멸궁까지의 공간은 얼마 되지 않건만 넓이는 넓어 보이면서도 아늑한 분위기를 동시에 느끼게끔 해준다.

일주문으로 들어서 절 안으로 들어가는 길은 왼편으로 육중한 축대 위에 길게 뻗은 선불도량(選佛道場)과 평행선을 긋는다. 그로 인하여 정암사는 들어서는 순간 만만치 않은 절집이라는 인상을 갖게 되는데, 이런 공간배치가 아니었다면 정암사의 장중한 분위기, 절집의 무게는 나오지 않았을 것이다.

선불도량을 끼고 돌면 관음전과 요사채가 어깨를 맞대고 길게 뻗어 있어 우리는 또다시 이 절집의 스케일이 제법 크다는 생각을 갖게 되는데, 관음전 위로는 삼성각과 지장각의 작은 전각이 머리를 내밀고 있어서 뒤가 깊어 보인다. 그러나 정암사의 전각은 이것이 전부다.

절마당을 가로질러 산자락으로 난 돌계단을 따라 오르면 정암사가 자랑하는 유일한 유물인 수마노탑(水瑪瑙塔, 보물 제410호)에 오르게 된다.

| 정암사 전경 | 수마노탑에 올라 정암사를 내려다보면 골짜기에 들어앉은 절집이 더욱 아늑하게 다가온다.

| 정암사 일주문 | 탄가루를 뒤집어쓴 탄광마을을 지나 만나는 절집이라 정암사는 더욱 맑게만 느껴진다.

수마노탑까지는 적당한 산보길이지만 탑에 올라 일주문 쪽을 내려다보면 무뚝뚝한 강원도 산자락들이 겹겹이 펼쳐진다. 자못 호쾌한 기분이든다.

정암사의 수마노탑

수마노탑은 전형적인 전탑양식인데 그 재료가 전돌이 아니고 마노석으로 된 것이 특색이다. 마노석은 예부터 고급 석재다. 고구려의 담징이일본에 갔을 때 일본사람들이 이 위대한 장공(匠工)에게 큰 맷돌을 하나깎아달라고 준비한 돌이 마노석이었다고 한다(그래서 일본 나라(奈良)의 토오다이지(東大寺) 서쪽 대문을 맷돌문이라고 한다). 그런데 이 탑에물 수(水)자가 하나 더 붙어 수마노로 된 것은 자장율사가 중국에서 귀국

| 정암사 선불도량 | 높직한 축대 위에 올라앉은 선불도량은 이 작은 절집에서 듬직한 권위를 느끼게끔 해주곤 한다.

할 때 서해 용왕을 만났는데 그때 용왕이 무수한 마노석을 배에 실어 울진포까지 운반한 뒤 다시 신통력으로 태백산(갈래산)에 갈무리해두었다가 장차 불탑을 세울 때 쓰는 보배가 되게 하였다는 전설과 함께 생긴 것이다. 즉 물길을 따라온 마노석이라는 뜻이다.

수마노탑은 자장율사가 중국에서 가져온 부처님 진신사리를 모신 곳이다. 그래서 저 아래 적멸궁에는 불상이 안치되지 않고 곧바로 이 탑을 예배토록 되어 있다. 지금 우리는 양산 통도사 금강계단, 오대산 월정사 적멸보궁, 영월 법흥사 적멸보궁, 설악산 봉정암과 이곳 정암사를 5대 진신사리처라고 말하고 있다. 그러나 『삼국유사』에 의하면 통도사, 월정사, 정암사, 황룡사, 울주 대화사로 되어 있다.

자장이 사리를 받을 때 태백산의 삼갈반처(三葛蟠處)에서 다시 보자는 계시를 받았는데, '세 줄기 칡이 서린 곳'이 어딘지 몰라 헤매던 중 눈 위

로 세 줄기 칡이 솟아 뻗으며 겨울인데도 세 송이 칡꽃이 피어난 것을 보았다고 한다. 그래서 비로소 수마노탑 자리를 잡게 되었고 갈래(葛來)라는 이름도 생겼다. 자장은 수마노탑을 세울 때 북쪽 금대봉에 금탑, 남쪽 은대봉에 은탑을 함께 세웠는데 후세 중생들의 탐심을 우려하여 불심이 없는 사람은 볼 수 없도록 비장해버렸다고 한다.

그러나 자장이 쌓았다는 원래의 수마노탑 모습은 알 수 없고 지금의 탑은 1653년에 중건된 것을 1972년에 완전 해체 복원한 것이다.

자장율사의 일생

『삼국유사』의 「자장정률(慈藏定律)」, 중국의 『속고승전』, 그리고 『정암사사적편』에 나오는 자장의 전기는 정암사의 내력을 자세히 말해주고 있다.

자장은 김씨로 진골귀족이었다. 일찍이 부모를 여의자 논밭을 희사하여 원령사를 세우고 홀로 깊고 험한 곳에 가서 고골관(枯骨觀)을 닦았다. 고골관은 몸에 집착하는 생각을 없애기 위해 백골만 남는 모습을 보며 수행하는 것이다. 나라에서 높은 벼슬자리가 비어 문벌로 그가 물망에 올랐으나 나아가지 않자 왕이 "만일 나오지 않으면 목을 베어 오라" 하니 자장은 "내 차라리 하루 동안 계(戒)를 지키다 죽을지언정 계를 어기고 백년 살기를 원치 않는다"고 했다. 이에 임금도 그의 출가를 허락하였다.

자장은 636년 당나라에 유학하여 청량산(淸凉山, 일명 오대산)에 들어갔다. 자장은 청량산 북대(北臺)에 올라 문수보살상 앞에서 삼칠일간 정진하니 하루는 꿈에 이역승(異僧 또는 梵僧)이 나타나 범어로 게송을 들려주었다.

| **수마노탑** | 전형적인 전탑(벽돌탑) 양식이지만 벽돌로 쌓은 것이 아니라 마노석으로 세워진 것이 특징이다.

하라파좌낭 달예다거야
낭가사가낭 달예노사나

　자장은 이 희한한 범어의 뜻을 당연히 알 수 없었는데 이튿날 아침 다시 이역승이 나타나 번역해주었다.

모든 법을 남김없이 알고자 하는가.
본디 바탕이란 있지 않은 것.
이러한 법의 성품을 이해한다면
곧바로 노사나불을 보리라.
了知一切法 自性無所有
如是解法性 卽見盧遮那

　그러고는 "비록 만가지 가르침을 배우더라도 이보다 나은 것이 없소"라고 덧붙이고는 가사와 사리 등을 전하고는 사라졌다. 자장은 이제 수기(授記)를 받았으므로 북대에서 내려와 당나라 장안으로 들어가니 당태종이 호의를 베풀며 맞아주었다.
　643년, 고국의 선덕여왕이 자장의 귀환을 청하니 당태종이 이를 허락하고 많은 예물을 주었다. 그가 귀국하자 온 나라가 환영하였고, 왕명으로 분황사에 머물렀다. 나라에서 승단을 통괄해 바로잡도록 자장을 대국통(大國統)으로 삼으니 자장은 승려들이 오부율(五部律)을 힘써 배우게 하고, 보름마다 계를 설하고, 겨울과 봄에는 시험을 보게 하고, 순사(巡使)를 파견하여 승려의 과실을 바로잡고, 불경과 불상에 일정한 법식을 내려 계율을 세웠다. 이리하여 나라 백성의 80, 90퍼센트가 불교를 받들었다.

자장은 북대에서 받은 사리 100립(粒)을 황룡사 구층탑, 통도사 계단, 울주 대화사의 탑에 나누어 봉안했다.

만년에 경주를 떠나 강릉의 수다사(水多寺, 지금 평창에 터만 있음)를 세우고 살았다. 그러던 어느날 꿈에 북대에서 본 이역승이 나타나 "내일 그대를 대송정(大松汀)에서 보리라" 하고 사라졌다. 놀라 일어나 대송정에 나가니 문수보살이 나타나는지라 법요(法要)를 묻자 "태백산 갈반지(葛蟠地)에서 다시 만나세"라며 자취를 감추었다.

자장이 태백산에 들어와 갈반지를 찾는데 큰 구렁이가 나무 아래 서리어 있는 것을 보고는 시자에게 "여기가 갈반지다"라고 말하고 석남원(石南院, 지금 정암사)을 짓고는 문수보살이 나타나기를 기다렸다.

그러던 어느날 다 떨어진 방포(方袍, 네모난 포대기)에 죽은 강아지를 칡삼태기에 담은 늙은이가 와서 "자장을 만나러 왔다"고 하였다. 이에 시자는 "우리 스승의 이름을 함부로 부르는 사람이 없거늘 당신은 도대체 누구냐"고 묻자 늙은이는 "너의 선생에게 그대로 고하기만 하라"고 하였다. 시자가 들어가 스승에게 사실대로 말하니 자장은 "미친 사람인가보다"라고 하였다. 시자가 나와 욕을 하며 늙은이를 쫓았다. 그러자 늙은이는 "돌아가리라, 돌아가리라, 아상(我相, 자신이 남보다 우월하다는 자격지심 같은 것)이 있는 자가 어떻게 나를 볼 것이냐!"라며 칡삼태기를 쏟자 죽은 강아지는 사자보좌(獅子寶座)로 바뀌고 그는 이를 타고 빛을 발하며 홀연히 떠났다. 시자는 이 놀라운 광경을 자장에게 전했다. 사자보좌를 탔다는 것은 곧 문수보살을 의미하는 것이었다. 이에 자장이 의관을 갖추고 황급히 따라나섰으나 벌써 아득히 사라져 도저히 따를 수 없었다. 문수보살을 따라가던 자장은 드디어 몸을 떨어뜨려 죽었다.

가르쳤으나 가르침이 없는 경지

글쟁이를 업으로 삼은 것은 아니지만 논문, 비평문, 해설문, 잡문에 답사기까지 식성껏 글을 써오다보니 나도 모르게 몇가지 글버릇이 생겼다.

고백하건대 반드시 만년필이어야 하고, 원고지는 나의 전용 1천자 원고지여야 하며, 구상은 밤에 엎드려 하고, 글은 낮에 책상에 앉아서 쓰며, 먼저 제목을 정해야 쓰기 시작하고, 첫장에서 끝장까지 단숨에 써야 되는데 글쓰는 동안에는 점심 저녁도 무드 깨질까봐 대충 때운다.

아무리 생각해도 고약한 버릇인데 그런 중 더욱 괴이한 버릇은 글쓰기에 앞서 반드시 이야기로 리허설을 하는 것이다. 이때는 스파링 파트너를 잘 만나야 도움이 되므로 글에 따라 적당한 상대를 찾는 것이 중요하다. 그것이 나로서는 큰 일거리다.

그러나 아우라지강을 찾아가는 이 답사기 리허설의 스파링 파트너는 아주 쉽게 찾았다. 집사람이다. 그녀의 고향땅이고, 장인어른 살아생전에는 함께 여러번 다녀온 곳이니 제격이 아닐 수 없다. 어느날 저녁 밥상머리에서 슬슬 아우라지 얘기를 꺼내니까 한번도 내 글의 스파링 파트너가 돼본 일이 없었는지라 대꾸하는 것이 빗나간다.

"아우라지는 나도 잘 아는데 왜 당신이 나한테까지 설명을 하는 거요? 우리 작은오빠는 거기 가서 물고기를 잘 잡아왔어요."
"무슨 고기?"
"잡고기지 뭐 특별한 거야 있을라구."

그래도 나는 답사기 리허설이라는 말은 못하고 사북과 고한에 대한 얘기를 두서없이 해댔다. 본래 말수가 적은 아내는 듣는 둥 마는 둥 하더니 내 말이 잠시 멈추자 또 한마디 하는 것이 고작,

"다 잡수었으면 저리 비켜요. 나 빨리 설거지해야 돼요."

이런 답답한 여편네가 있나 싶지만 그래도 내가 필요한 대상인지라 부엌과 마주 붙은 식탁에 앉아 차를 마시면서 덜거덕거리는 설거지소리에 대고 정암사 얘기를 해갔다. 듣건 말건 떠들면서 나는 속으로 이런 불성실한 스파링 파트너도 있다는 생각을 지울 수 없었다. 나의 이야기가 자장율사의 죽음에 이르자 아내는 빈 그릇을 마른행주질해서 찬장에 넣고는 슬며시 곁에 앉으며 전에 없이 관심어린 어조로 말한다.

"아까 자장율사가 어떻게 돌아가셨다고 했죠?"
"아까 다 했잖아. 나는 재방송을 안해요."
"아까는 설거지하느라고 제대로 못 들었어요."

사람의 심리와 행태란 다 이런 것이렷다. 이제 들어주겠다고 하니까 못하겠다는 것이다. 그러나 아내는 내실 다 들었건만 다시 듣고픈 감동이 있었던 모양이다. 잠시 멍하니 허공을 바라보더니 식탁에서 일어서며 반은 혼잣말로 중얼거린다.

"자장율사가 그렇게 비장하게 입적하셨군요. 그 죽음의 이야기 속에 금강경 내용이 다 들어 있네요."
"금강경이라구? 금강경 어디를 보면 그런 내용이 나오우?"
"금강경 전체의 분위기가 그렇다는 것이에요."
"사실 나, 답사기를 쓰는 리허설 해본 것인데 어느 구절 하나만 찾아주구려."

"안돼요. 당신이 다 읽고 써요."

"아, 나 바빠. 내일까지 원고 다 써야 돼."

"나도 바빠요. 자기 전에 방 치우고 빨래해야 돼요."

아내는 월운스님이 강술한 금강경을 주고 간다. 밤새 읽어가다보니 25번째 마디, 화무소화(化無所化), 번역하여 '교화(敎化)하여도 교화함이 없음,' 풀이하여 '가르쳤으나 가르침이 없는 경지'에 이러한 구절이 나온다. 부처님이 장로(長老) 수보리(須菩提)에게 하는 말이다.

수보리야! 너희들은 여래가 중생을 제도하리라고 여기지 마라. (…) 진실로 어떤 중생도 여래가 제도할 것이 없느니라. 만일 어떤 중생을 여래가 제도할 것이 있다면 이는 여래가 아상(我相), 인상(人相), 중생상(衆生相), 수자상(壽者相)이 있다는 것이니라. 수보리야! "아상이 있다"고 한 것은 곧 아상이 아니건만 범부들은 아상이 있다고 여기느니라. 수보리야! 범부(凡夫)라는 것도 범부가 아니고 그 이름이 범부일 뿐이니라.

1994. 7.

178

그 영광과 오욕의 이력서

창건설화 / 정시한의 석굴기행 / 소네 통감의 도둑질 /
일제의 해체수리

세계적인 유물이란

어느날 한 중년여인으로부터 아주 당돌한 전화를 받았다. 『나의 문화
유산답사기』 독자인데 꼭 만나서 물어볼 것이 있다는 것이다. 귀찮기도
하고 시간 버리는 일 같아 전화로 말하라며 딱딱하게 대했더니 여인은
낭랑한 목소리로 또박또박 따지듯 말했다.

"다름아니라 우리 문화가 고유한 특색을 갖고 있다는 것은 충분히
이해하겠지만 그것이 혹 국수적인 자기고집이 아닌가라는 의문이 일
어나서 여쭙고 싶습니다. 저는 남편 따라 외국여행할 기회가 많았는
데요. 우리나라엔 마야의 제단 같은 것도 없고 이집트의 피라미드, 로
마의 꼴로쎄움, 중국의 자금성, 인도의 타지마할 같은 세계적인 유물

과 비교하면 초라하다는 생각을 버릴 수 없어요. 이 점을 선생님은 어떻게 생각하는지 듣고 싶어요."

얼굴을 마주한 대화가 아닌지라 질문자의 자세를 읽을 수 없었지만, 어찌 생각하면 오만하고 어찌 생각하면 자못 사려깊은 고녀의 고백처럼 들리기도 했다. 그동안 서구문화를 동경하며 살아온 중년세대로서는 당연히 찾아옴직한 질문이라는 생각도 들었다. 나는 능글맞게 그러나 당차게 대답했다.

"예, 맞습니다. 우리에겐 피라미드도 타지마할도 없습니다. 그러나 그런 것 없는 나라가 왜 우리나라뿐인가요? 일본에 있습니까, 프랑스에 있습니까? 마야의 제단은 마야제국 이외의 나라엔 없는 것입니다. 그런데 왜 세계에서 제일가는 유물만 골라서 우리와 비교하며 스스로 비참에 빠집니까? 그런 불공평한 비교가 어디 있으며 그렇게 비교해서 견딜 수 있는 나라와 민족이 어디 있겠습니까?"

나의 다그치는 듯한 대답이 계속되는 동안 상대방은 아무 말도 없었다. 간혹 예, 예 소리가 작게 들리는 것으로 보아 어쩌면 고개 숙인 채 끄덕이고 있을 것이라는 생각도 들었다. 잠시 후 여인은 아주 낮은 목소리로 물어왔다.

"질문한 제가 부끄럽네요. 그러면 하나만 더 묻고 싶어요. 우리에게도 세계에 그런 식으로 내세울 문화유산이 있나요?"
"물론 있죠. 동의하실지 모르겠습니다마는 우선 한글이 그렇고, 제 책에 쓴 에밀레종이 그렇고, 팔만대장경이 있고, 무엇보다도 석굴암이 있습니다. 그럴 일이야 없겠지만 우리의 모든 문화유산이 다 사라진다 해도 석굴암만 남아준다면 한민족이 살아온 문화적 긍지는 손상받지 않을 겁니다."

"석굴암이 그렇게 위대한 것인가요? 지난 여름에 애들하고 갔었는데 유리장 밖에서 슬쩍 보아서 그랬는지 잘 모르겠던데요. 선생님 두번째 책에는 석굴암을 쓰실 거죠. 꼭 읽고 다시 가볼게요. 그리고……"

"그리고 뭐요?"

"그리고, 저처럼 멍청한 질문을 하는 사람도 있었다는 얘기도 쓰실 수 있다면 써주세요. 실은 제 주위엔 그런 의문을 갖고 있는 사람이 적지 않거든요."

전화를 끊고 나서 나는 후회했다. 나는 차라리 그분이 내게 보낸 신뢰에 감사했어야 옳았다. 이럴 줄 알았다면 진작에 차라도 마시면서 사람 사는 정을 실어가며 대화를 나눌 일이었는데……

종교와 과학과 예술의 만남

석불사(石佛寺)의 석굴(石窟), 언제부터인지 우리가 석굴암(石窟庵)이라고 잘못 부르고 있는 저 위대한 존상에 대하여 내가 이제부터 무엇인가를 말하려 함이 행여 하나의 오만이 아닐까 두렵다.

석불사의 석굴, 그것은 종교와 과학과 예술이 하나됨을 이루는 지고(至高)의 최미(最美)이다. 거기에는 전세계 고대인들이 추구했던 이상적인 인간상으로서 절대자의 세계가 완벽하게 구현되어 있다. 지금도 석불사의 석굴 앞에 서면 숨막히는 감동과 살 끝이 저려오는 전율로 인하여 감히 아름답다는 말 한마디조차 입 밖에 내는 것을 허용치 않으며 오직 침묵 속에서 보내는 최대의 찬미만이 가능하다. 우리는 석굴에 감도는 고요의 심연에서 끝도 없이 흐르고 있는 신비롭고 장중한 정밀(靜謐)의 종교음악을 감지할 뿐인 것이다.

석굴에는 불(佛), 보살(菩薩), 천(天), 나한(羅漢)이 모두 마흔 분 모셔져 있다. 거기에는 절대자를 중심으로 한 천상의 질서가 정연하게 펼쳐져 있다. 팔만대장경으로 설명한 장엄하고 오묘한 불법이 이 하나의 석굴 안에 요약되어 있다. 그 절묘한 만다라를 모두 해석해낼 학자는 아직 없다.

석굴은 인간이 만들어낼 수 있는 가장 완벽한 기술로 축조되었다. 석굴의 구조는 그 평면과 입면이 과학적이고도 철학적인 수리체계를 이루어 부분과 부분의 조화, 전체에 의한 부분의 통합이 빈틈없이 이루어져 있다. 남천우 교수는 석굴을 측정하고서 그 엄청난 무게의 돌을 자르고 깎아 세우면서도 10미터를 재었을 때 1밀리미터의 오차도 허용하지 않았다고 했다. 다시 말하여 1만분의 1의 실수도 보이지 않은 것이다. 그 무서우리만큼 정확한 기술에는 우리 시대엔 상상도 할 수 없는 과학이 뒷받침되어 있었던 것이다. 20세기 들어와 보수에 보수를 거듭하면서도 온전한 보존책을 아직껏 마련치 못하고 있는 것은 현대의 기술만 과신하고 고대인의 과학을 무시했던 소치였다.

석굴의 제존상(諸尊像)은 분명 종교예술품이다. 아무런 생명도 성격도 없는 돌을 깎아 거기에 영원한 생명과 절대자의 이미지를 부여한 것은 종교적 열정에 근거한 예술혼의 산물이다. 그러나 어느 누구도 그 예술

| 석굴 내부 전경 | 본존불을 중심으로 벽면과 감실에는 39분의 보살, 천, 나한 등이 정연한 도상체계를 이루고 있다.

성을 비판하거나 의심한 사람은 없다. 그 어떤 독설의 비평가도 이 앞에 선 입을 열지 못하였다. 뿐만 아니라 그 어떤 시인도 석굴의 신비와 아름다움을 온전하게 노래하지 못했다. 고은 선생은 석굴 앞에서 "모든 이 나라의 찬미(讚美) 형용사는 그곳에 모여들었다가 하나씩 하나씩 다른 것을 찬미하기 위하여 나갔으니 석굴은 하나의 형용사로서 도저히 찬미할 수 없다"고 고백하였다.

그리하여 나는 석불사 석굴에 대하여 완벽한 인간공력이 이루어낸 경이로움만 말할 수 있으며 거기에 오직 한마디만 덧붙일 수 있다.

"보지 않은 자는 보지 않았기에 말할 수 없고, 본 자는 보았기에 말할 수 없다."

그리하여 이제부터 시작하는 석불사에 대한 나의 이야기는 다만 그 신비와 신비를 밝히기 위한 노력들과 이 위대한 인류의 유산을 지키기 위해 자신의 일생을 거기에 걸었던 소중한 인생들에 대한 증언, 그리고 20세기 한국사의 슬픈 굴절 속에서 석굴이 겪어야만 했던 쓰라린 아픔을 말하는 석불사 석굴의 영광과 오욕의 이력서를 쓰는 일일 뿐이다.

김대성의 창건설화

석불사의 창건에 관한 기록은 『삼국유사』에 나오는 「대성이 두 세상 부모에게 효도하다(大城孝二世父母)」뿐이다. 위대한 명작에 대한 기록으로는 너무 빈약한 것인데, 그나마도 지방에 전하는 옛 기록인 「고향전(古鄕傳)」과 절집에 전하는 기록인 「사중기(寺中記)」가 다르다면서 어느 것이 옳은지 알 수 없어 모두 소개한다고 하였으니 우리로서는 더더욱 미궁 속에 빠진다.

더욱이 일연스님의 서술방식은 현대인으로서는 믿기 어려운 전설을 천연덕스럽게 풀어간다는 특징이 있다. 그러나 『삼국유사』에 기록된 사항은 어느 것 하나 거짓이 없다는 사료의 정확성과 신빙성도 지니고 있다.

그러므로 우리는 일연의 『삼국유사』를 읽을 때는 그 설화 속에 깃든 상징과 은유를 잡아내야 한다. 석불사의 석굴 또한 그런 노력 속에서 신비의 베일을 벗길 수 있다.

모량리(牟梁里, 또는 浮雲村이라고도 함)의 한 가난한 여인 경조에게 아이가 있었는데 머리가 크고 이마가 평평한 것이 성(城)과 같으므로 대성이라 하였다. 집이 가난하여 아이를 키우기 어려우매 부자 복안(福安)의 집에 품팔이를 하였는데 그 집에서 밭 몇이랑을 주어 먹고 입고 사는 밑천으로 삼게 되었다. 이때에 덕망있는 스님 점개(漸開)가 육륜회(六輪會)를 흥륜사에서 베풀고자 복안의 집에 와서 시주하기를 권하니 베 50필을 바쳤다. 이에 점개스님이 축원하기를 단월(檀越, 독실한 신도)이 보시하기를 좋아하시니 천신(天神)이 항상 보호하여 하나를 보시하면 만배의 이(利)를 얻게 하고 안락장수하게 하리로다 하였다.

대성이 이를 듣고 뛰어들어와 어머니께 "내가 문에서 스님이 축원하는 말을 들으니 하나를 보시하면 만배를 얻는다고 합니다. 생각건대 우리가 전생에 닦은 선도 없어 이와 같이 곤궁하니 지금 보시치 않으면 내세에는 더욱 간난할 것입니다. 우리가 고용해서 얻은 밭을 법회에 시주하여 뒷날의 과보(果報)를 도모함이 어떻겠습니까?"라고 하매 어머니가 좋다고 하여 밭을 점개에게 보시하였다.

그뒤 얼마 안되어 대성이 죽었는데, 그날 밤 재상 김문량(金文亮)의 집에서는 하늘로부터 외치는 소리가 있었다. "모량리 대성이라는 아이가 이제 너의 집에서 다시 태어날 것이다!" 집안사람들이 놀라 모량리를 검사하니 대성이 과연 죽었고 하늘에서 외치는 소리가 있던 한 날 한시에 김문량의 집에서는 아기를 배어 이윽고 출산하였다. 아이가 왼손을 쥐고 펴지 않다가 이레 만에 펴니 '대성'이라 새긴 금패쪽을 쥐고 있었으므로 이로써 이름을 삼고 모량리 어머니를 이 집으로 맞아 함께 봉양하였다.

대성은 장성하여 토함산에서 곰 한 마리를 잡았는데 그 곰이 귀신으로 변하여 시비해 가로되 "네가 어째서 나를 죽였느냐, 내가 환생하여 너를 잡아먹으리라"하였다. 대성이 두려워하여 용서를 빌자 "네가 나를 위하여 능히 절을 지어주겠는가" 하므로 대성이 맹세하여 그렇게 하겠다고 답하고 꿈을 깨니 땀이 흘러 자리를 적시었다. 이후 들판의 사냥을 금하고 그 곰을 잡은 자리에 장수사(長壽寺)를 세우고 이로 인하여 자비로운 결심(悲願)이 더하여갔다. 이에 현세의 부모님을 위해 불국사를 세우고 전생의 부모님을 위해 석불사를 세우고 신림(神琳)과 표훈(表訓) 두 스님을 청하여 각각 머물게 하였다.

이상은 「고향전」에 나오는 기록이라며 일연스님은 이어 말하기를 "이에 불상설치를 성대하게 하여 길러준 은공을 갚으니 한 몸으로 2세의 부모에게 효도하였음은 옛적에도 드문 일이며 불국사의 구름다리(雲梯)와 석탑은 그 목석에 조각한 공교로운 기술이 동부(東部)의 여러 사찰 중에 이보다 나은 것이 없다"고 하였다. 그리고 이와 별도로 절에 전하는 기록을 옮겨놓았다.

「사중기」에 의하면, 경덕왕 때 대상(大相)인 김대성이 천보 10년 신묘(751)에 불국사를 세우기 시작하여 혜공왕대를 거쳐 대력 9년 갑인(774) 12월 2일에 대성이 죽었으므로 나라에서 이를 완성하고 처음에 유가의 대덕인 항마(瑜伽大德降魔)를 청하여 이 절에 거주케 하고 오늘에 이르렀다 하였는데 어느 것이 옳은지 모르겠다.

이 설화 속의 주인공 김대성은 과연 누구인가? 그 실체를 밝힌 분은 이기백 교수였다(『신라정치사회사연구』, 일조각 1974). 이기백 교수는 『삼국사기』에 김문량(文良)이라는 사람이 중시(中侍)로 있다가 711년(성덕왕 10)에 죽었으며, 또 김대정(大正)이라는 사람은 6년 동안 중시로 있다가 750년(경덕왕 9) 1월에 그만둔 사실이 있는데 이는 『삼국유사』에 나오는 김문량(文亮)과 김대성(大城)과 동일인으로 볼 수 있다며, 그것은 당시 고유어의 이표기(異表記) 현상이라고 해석했다. 이것을 통해 우리는 김대성이 혹 가난한 집안 자손으로 재상을 지내는 명문집안에서 길러진 것이 그런 전설을 낳게 되었고, 김대성 자신 또한 재상을 지냈고 재상자리를 물러난 바로 그 다음해에 불국사와 석불사 창건을 추진하다가 24년이 지나도록 끝을 보지 못하고 세상을 떠나자 나라에서 완성했다는 사실로 인식하게 되었다.

석불사 석굴의 유래

석불사는 암자가 아니라 석굴사원이다. 석굴은 인도에서 기원전부터 시작되었다. 차이티야(chaitya, 塔院)라고 하여 암석을 파고 굴을 만들어 그 안에 도량을 세우는 방법이다. 이는 장방형의 전실(前室)과 원형의 주실(主室)로 구성되며 주실 중앙에는 스투파(stupa, 탑)가 있어 참배자들이 이 스투파를 돌며 예배하게끔 되어 있다. 석불사의 석굴도 기본구조

| **석굴암 전실에서 바라본 본존불** | 전실 정중앙에서 보면 본존불 뒤 광배가 제자리에 위치한다. 두 기둥 위에 걸친 아치형 머릿돌은 없어야 한다는 주장이 있다.

는 이 차이티야와 같다.

차이티야는 기원전 무불상시대에서 기원후 불상시대로 넘어오면서 주실에 불상도 모시게 되었는데 이것이 인도의 아잔타, 중국의 뚠황·윈깡·롱먼 석굴로 이어지는 것이다. 그러나 우리나라에서는 좀처럼 석굴사원을 조영할 수 없었다. 우리나라의 산은 노년기 지형으로 단단한 화강암이 주류를 이루기 때문에 인도나 중국처럼 쉽게 굴착될 수 있는 사암(砂岩)이 없다. 그래서 이를 변형하여 백제의 서산마애불처럼 바위에 새기거나 고신라의 감실부처님처럼 작은 규모로 바위를 깎거나, 통일신라 이후 군위의 삼존불처럼 자연석굴을 이용한 석굴사원이 있었을 뿐이다.

그것이 석불사의 석굴에 이르러서는 세계에 그 유례를 찾아볼 수 없는 인공석굴을 조영하게 된 것이다. 그것도 주실의 천장이 궁륭을 이루는

| 천장석 팔뚝돌 해부 모형 | 석굴 궁륭부는 팔뚝돌을 이용한 절묘한 역학관계로 구축되어 있다. 팔뚝돌은 긴 못처럼 박혀 있는 셈이다. (신라역사과학관의 모형)

돔(dome)으로 설계된 것이다. 모르타르가 없던 시대에 낱장의 돌을 쌓으면서 서로의 힘을 의지하며 반구형의 돔을 형성한다는 것은 여간 어려운 일이 아니다. 조금만 역학관계가 어긋나도 안쪽으로 쏟아져내리고 마는 것이다.

여기에서 우리는 통일신라 사람들이 돌을 다룸에 있어서 얼마나 탁월한 기술이 있었고 또 자신감을 갖고 있었는지를 엿볼 수 있다. 그들은 이미 첨성대, 석빙고, 불국사의 돌축대 등을 축조했던 경험이 있다. 또 수많은 석실무덤의 축조에서 천장을—비록 궁형은 아니지만—마무리했던 기술을 갖고 있었다. 석불사의 인공석굴 계획은 이런 기술과 문화능력을 바탕으로 가능했던 것이다.

그러나 천장을 돔으로 만든다는 것은 이제까지 없었던 대단한 구상인데, 김대성은 여기에서 '팔뚝돌'이라는 버팀돌의 힘을 창안하였다. 석굴의 천장은 반구형으로 올라가는 것이 모두 5단으로 되어 있다. 석굴 안으로 들어가 천장을 올려다보면 아래쪽 제1단과 제2단은 평판석 12개, 13개를 호형으로 다듬어 이어나갔는데 천장덮개돌을 향한 제3, 제4, 제5단은 모두 10개의 평판석과 그 사이마다 끼워 있는 돌출된 삐침돌을 볼 수 있다. 이 삐침돌을 보통은 '동틀돌' 또는 '리벳(rivet, 대갈못) 형상'이라고들 부르고 있으나 남천우 교수는 아주 적절하게도 '팔뚝돌'이라고 표현하였다.

팔뚝돌은 실제로 주먹을 구부린 팔뚝모양으로 되어 있다. 그 길이는 대략 2미터이다. 이것을 바깥쪽에서 빙 둘러가며 비녀를 꽂듯이 수평으로 끼워 아래쪽 평판석을 눌러줌으로써 낱장의 천장석들은 역학적 균형 속에 안정을 취할 수 있었던 것이다. 돔이 완성된 상태에서 보자면 천정에 대고 대못(팔뚝돌)을 박아 고정시킨 셈이 된다. 이 팔뚝돌의 구조는 지금 경주에 있는 신라역사과학관에서 만든 분해 모형을 통하여 확연히 이해할 수 있으며 통일신라 토목기술, 특히 석조기술의 놀라운 수준을 여실히 보여주고 있는 것이다.

천장덮개돌이 세 동강난 사연

모든 신비로운 유물은 저마다 조그마한 흠집과 함께 미완성의 전설을 갖고 있다. 석불사의 석굴은 마지막 마무리단계에서 천장덮개돌이 세 동강나고 마는 사건과 함께 그 미완성의 전설을 지니고 있다.『삼국유사』에서는 천장덮개돌이 세 동강난 것을 이렇게 증언하였다.

대성이 장차 석불을 조각코자 큰 돌 하나를 다듬어 덮개돌〔龕蓋〕을 만들다가 갑자기 세 토막으로 갈라졌다. 대성이 통분하여 잠도 채 들지 않고 어렴풋이 졸았는데 밤중에 천신(天神)이 내려와서 다 만들어 놓고 돌아갔다. 대성이 막 자리에서 일어나 급히 남쪽 고개(南嶺)에 올라 향나무를 태워 천신께 공양하였다. 이로써 그곳을 향령(香嶺)이라고 한다.

석불사 남쪽의 봉우리를 향령이라고도 하고 어떤 이는 지금 주차장자리가 거기라고 한다.

천장덮개돌의 안치는 곧 석굴의 마지막 마무리를 의미한다. 덮개돌을 눌러줌으로써 천장의 낱낱 돌이 힘의 평형을 이룬다. 천장덮개돌은 지름 2.5미터, 높이 1미터 되는 홈통을 끼우는 꼴로 되어 있다. 간단히 마무리하자면 둥근 원기둥을 아래쪽은 크기를 구멍에 맞추고 위쪽은 좀더 크게 만들어 끼우면 빠뜨릴 일도, 떨어뜨릴 일도 없을 것이다.

그러나 과욕이라고 할까 아니면 완벽주의의 소산이라고 할까? 김대성은 그것을 아름다운 연꽃이 두 겹으로 피어나는 모습으로 디자인하였다. 그래서 석굴에서 천장을 올려다보면 구멍을 막은 것이 아니라 피어나는 연꽃이 본존불의 머리 위에서 마치 스포트라이트를 비추는 환상적 분위기를 연출했던 것이다. 측량기사 요네다(米田)는 이것을 태양으로 생각했고 고유섭 선생은 광배의 이동으로 보았다.

김대성이 설계한 천장덮개돌은 아가리가 밖으로 벌어진 손잡이 없는 찻잔을 거꾸로 엎어놓은 형상으로 연화문 지름이 2.5미터, 높이 1미터, 바깥쪽 지름이 3미터 되는 크기로 무게가 자그마치 20톤짜리였다. 이것을 떨어뜨려 세 동강내고 만 것이다.

김대성은 얼마나 낙심했을까? 일연스님은 "분(憤)하고 억울(悲)했다"고 표현했다. 어찌하면 좋을까. 그 고민중에 김대성은 잠이 든 것이다. 그

리고 잠든 사이에 천신이 와서 설치하고 갔다는 것이 설화의 내용이다.

설화는 항시 사실에 기초한다. 심지어는 꿈도 사실에서 연유한다고 한다. 혹자는 이 꿈을 김대성이 꿈에서 천신의 계시를 받아 마무리했다고 해석한다. 그렇게 해석하려면 깨진 것이 아니라 새로 깎은 덮개돌이어야 한다. 김대성이 자기 손으로 마무리했다면 20여 년이 걸린 대역사를 깨진 덮개돌로 얹을 리가 있겠는가.

나는 김대성이 잠든 틈을 타 석공들이 완성시켜놓았다고 해석하고 싶다. 그들은 20개의 쐐기돌을 박아 천장덮개돌을 얹은 것이다. 그것은 이 지루한 공사를 빨리 마무리하고 싶었던 석공들의 욕망의 표현이었는지도 모른다. 이제 다시 무게 20톤이나 되는 2.5×3×1미터의 돌을 채석해서 복판연꽃을 새긴다는 일 자체가 한심스러웠을 것이다. 일이란 마무리단계에 오면 더욱 그런 법이다. 생각해보라, 25세에 이 공사를 시작한 석공은 이제 50을 바라보는 나이가 되었다. 그것이 겨울날이었다면 또 어떠했을까 미루어 알 만하다.

석공들은 그들의 고집대로 또는 밑져야 본전인 셈으로 후딱 해치웠는데 김대성의 꿈에는 그들이 천신으로 현몽했던 것이리라.

나는 1년간 미국에 연수차 가 있은 적이 있다. 이국의 밤은 언제나 쓸쓸했다. 그 고독을 달래려고 침대에 누워 텔레비전을 보며 시간을 죽이다가 곧잘 잠이 들었다. 그런 어느날 꿈에 그리운 나의 아내가 나타났다. 반가운 마음에 달려드니 아내는 손을 저으며 우선 당신이 좋아하는 노래를 한곡 부르겠노라며 애잔한 목소리로 존 바에즈의 「솔밭 사이로 강물은 흐르고」를 불렀다. 20년 전 대학생 때 애청하던 너무도 황홀한 노래여

| 분리된 광배와 갈라진 천장덮개돌 | 석굴 전체 구조에서 가장 절묘한 부분은 본존불과 광배의 분리이다. 이로 인해 광배의 장식성은 사라지고 이미지의 유동성이 살아났다. 세 동강이 난 천장덮개돌에는 석굴 완공의 어려움을 말해주는 미완의 전설이 서려 있다.

서 깜짝 놀라 깨어보니, 켜놓은 채 잠든 텔레비전에서 존 바에즈 리싸이틀을 방영하고 있던 것이었다. 나는 그때 김대성 꿈의 천신과 내 꿈속의 아내가 같은 종류의 현몽이라고 생각했다.

미완성의 전설은 언제나 아름답게 느껴진다. 그것으로 인하여 실패작이라는 혐의를 받는 것이 아니라 오히려 그 신비함을 더해주기도 한다. 레오나르도 다 빈치의「모나리자」는 5퍼센트의 미완성으로 그 신비로움을 더해가듯이 석불사 석굴의 세 동강난 천장덮개돌은 석굴의 난공사를 더욱 실감케 해주는 아름다운 상처인 것이다.

잊혀져가는 석불사

김대성이 세운 석불사의 석굴사원이 그 자체로서 어떤 역사를 갖고 있었는지에 대해 우리는 아무런 기록을 갖고 있지 않다. 다만 그로부터 5백여년이 지난 고려시대에 와서 일연의『삼국유사』에서 그 창건의 신화와 천장덮개돌이 깨진 전설만 들을 수 있었던 것이다.

그리고 또다시 석불사는 아무런 증언 없이 세월이 흐르다가 일연스님의 증언 이후 4백여년이 지난, 창건 뒤 근 천년이 되는 조선왕조 숙종 때한 답사객의 기행문 속에 나온다. 그 기행문은 민영규 선생이 발굴한 우담(愚潭) 정시한(丁時翰)의『산중일기(山中日記)』다.『산중일기』는 조선시대의 드문 고사순례(古寺巡禮) 기행일기로 나는 언젠가 기회가 있으면그분이 밟았던 그 길을 그대로 답사해보고픈 희망을 갖고 있다. 그중1688년 5월 15일자로 나오는 석불사 답사기는 석굴의 원형을 잘 설명해주므로 전문을 인용해본다.

(불국사에서) 불존을 담당하고 있는 국행(國行)이라는 스님과 이야

| 1907년경 발견 당시의 석굴 | 석굴은 전실의 목조건축이 없는 개방공간으로 궁륭 앞부분의 일부가 허물어져 있다. 바로 그 부분은 광창이 있었던 자리로 추정된다.

기하며 저녁을 먹고 나니 또 꿀물과 엿 그리고 곶감을 먹으라고 가져 오므로 얼마 동안 더 앉아 있다가 안내하는 스님을 따라 석굴암(승방을 말함)으로 향했다.

뒤쪽 봉우리로 오르니 자못 험하고 가팔랐다. 힘써 십여리를 가서 고개를 넘고 1리 정도 내려가니 석굴암에 다다랐다. 암자의 스님 명해(明海)가 맞이하므로 잠시 앉아 있다가 석굴에 올라가니 모두 사람이 공력을 들여 만든 것이었다. 석문(石門) 밖 양변엔 큰 돌에 각각 4, 5명의 불상을 조각하였는데 그 교묘함이 마치 하늘이 이룬 것 같았다. 석문은 돌을 다듬어 무지개 모양을 했다. 그 안에 큰 석불상이 있는데 엄연히 살아있는 듯하다. 좌대는 반듯하고 아주 정교하다. 굴 위의 덮개돌과 여러 돌들은 둥글고 반듯하게 서 있어 하나도 기울어지거나 어긋난 것이 없다. 줄지어 서 있는 불상들은 마치 살아있는 듯한

데 그 신기하고 괴이함을 말로 다할 수 없다. 이러한 기이한 모습은 보기 드문 일이다. 두루 완상하다 얼마 뒤 내려와 암자에서 잤다.

이 당시 모습을 그려보면 지금처럼 목조건축의 전실이 있는 것이 아니라 금강역사상 양옆으로 팔부중상이 늘어서 있는데 그중 하나는 깨져버렸고 사천왕이 늘어선 비도(扉道) 앞에 무지개 형상의 돌문이 있었음을 알 수 있다. 그리고 정시한은 그 다음날 봇짐을 진 한 거사를 만났는데 그는 아내를 데리고 전주에서 불국사·석굴을 다니러 오는 길이라고 했다 하니 당시에도 여전히 탐승객, 참배객이 그치지 않았음을 알 수 있다.

18세기로 들어서면 우리나라의 모든 산사들이 새로운 중창의 시기를 맞이하듯이 석불사도 중수(重修)를 맞게 된다. 1740년에 발간된 『불국사 고금창기(古今創記)』를 보면 "1703년에 종열(從悅)이 석굴암(승방)을 다시 짓고 또 석굴 앞에 돌계단을 쌓았다"고 하였다. 그러나 석굴에 어떤 이상이 있었다는 말은 없다. 그후 손영기(孫永耆)라는 사람이 쓴 「석굴암 중수상동문(重修上棟文)」에 의하면 1891년에 석굴은 조(趙)씨 성을 가진 순상(巡相, 병마사)에 의해 크게 중수되었다고 하였는데 그 중수의 내용과 규모는 확실치 않고 다만 "불국지석굴(佛國之石窟)"이라고 한 것을 보아 이미 불국사의 말사로 되었음만은 확인할 수 있다.

이 정도의 기록만이 전해진다는 것은 이 유물의 위대함에 비할 때 너무도 가난하다. 어쩌다 조선시대 문인의 탐승 시구에 서너번 오른 적이 있다 하나 그것으로 석굴에 예의를 다했다고 할 수는 없을 것이다. 그러나 이 빈약한 기록은 결코 오욕의 상처나 쓰라림은 아니었다. 이제 우리는 일제시대로 들어서면서 그 아픔의 상처를 더듬어가게 된다.

소네 통감의 도둑질

잊혀져가는 명작, 석불사의 석굴이 세상에 다시 알려지게 된 것은 1907년 무렵이었다.

때는 1905년 11월 일제의 군사적 협박으로 체결된 을사늑약 이후 이른바 보호정치의 명분으로 조선통감부가 서울 남산, 훗날 중앙정보부 자리에 설치되고 초대 통감(統監)으로 이또오 히로부미가 부임해왔을 때이다. 내 언젠가 다시 증언할 기회가 있겠지만 이또오 히로부미는 이 땅에 도굴을 조장한 장본인이었다. 그는 무수한 고려청자를 일본 천황과 귀족사회에 선물하였다. 그로 인해 고려시대 고분이란 고분은 모조리 파괴되는 불행을 맞게 되었다.

곳곳에서 의병운동이 일어나면서 산사의 스님들은 이른바 '산중치안 (山中治安)의 불안'으로 산에서 내려와 공사(空寺)로 남아 있는 절이 많았다. 이 틈을 타고 도굴꾼과 문화재 약탈범 들은 사찰문화재를 마구 탈취하고 파괴하는 만행을 자행하였다. 아직 문화재에 대한 인식이 없던 때인지라 궁핍한 절에서 몇푼의 돈으로 사갈 수도 있었다고 한다.

토함산 높은 산중에 있는 석불사 석굴이 세상에 늦게 알려진 것은 불행 중 다행이었다. 1902년 8월, 토오꾜오제대 조교수이던 세끼노 타다시 (關野貞)가 고건축 실태조사를 위해 한국에 온 일이 있다. 명색은 대한제국 초청이었으나 내막은 청일전쟁 이후 식민지지배를 위한 전국 토지조사사업을 준비하려고 보낸 각 분야 전문가 조사단의 일원이었다. 그때 세끼노는 황폐한 불국사는 보았지만 석불사의 석굴은 존재조차 몰랐다. 1906년 어용사가인 이마니시 류우(今西龍)가 고적답사차 불국사에 왔었는데 그도 역시 석불사의 석굴을 몰랐다.

그리고 1907년에 "토함산 동쪽에 큰 석불이 파묻혀 있다"는 소문이 일본인 사이에 퍼졌다고 한다. 이 소문은 한 우체부가 우연히 발견하고 이

| **깨진 보탑 상륜부** | 석굴 내부에는 두개의 대리석 소탑이 있었으나 완전한 탑은 일본의
소네 통감이 훔쳐갔고 깨진 탑의 잔편들은 국립경주박물관에 소장되어 있다.

를 우체국장(일본인 관리)에게 말한 것이 그렇게 과장되게 퍼지고 있었다
고 한다. 이렇게 석굴이 알려지자 드디어 도굴꾼이 이 높고 험한 산중에
까지 닥치게 되었다. 이때 도굴꾼들은 석굴 내 감실에 안치된 불상 중
두개—아마도 열개의 감실상 중 가장 아름다운 것 둘—를 훔쳐갔다. 운
반상의 문제 때문에 그들로서는 둘밖에 못 가져갔던 모양이다.

이때 이들은 혹시 본존불 밑바닥에 복장유물이 있을지도 모른다는 생
각에서 본존불 궁둥이 부분을 무참하게 정으로 찍어 깨뜨렸다. 그때 깨

진 파편은 땅에 묻혀 있다가 보수공사 때 다시 붙였지만 그 상처는 지금도 그대로 남아 있고, 모두 40개의 불·보살·수호신상으로 구성되었던 석굴의 조상은 두개를 잃어버려 38개만 남아 있게 되었다. 바로 이때 불국사에서는 다보탑에 있는 네 마리의 돌사자 중 상태가 좋은 세개를 잃어버리게 된다.

1909년 가을, 이또오에 이어 2대 통감으로 부임한 소네 아라스께(曾禰荒助)가 초도순시차 수행원을 거느리고 경주에 왔다. 소네 또한 엄청난 문화재 약탈자였다. 그의 관심사는 주로 불교미술품과 고문서였다. 그는 1년도 못되는 통감 재임시 고가·사찰·서원에 소장된 우리 고문헌을 무더기로 갈취하여 황실에 헌납했다. 그것이 한일협정 때 반환문화재로 돌아오기 전까지 일본 궁내청(宮內廳) 서릉료(書陵寮, 서고)에 '소네 아라스께 헌상본(獻上本)'이라는 이름으로 보관돼왔던 것이다.

경주에 온 소네 통감은 그 귀하신 몸으로 어려운 등산을 감내하고 토함산 석불사에 올랐다. 이 고관대작이 다녀간 이후 석굴 11면관음보살 앞에 놓여 있던 아름다운 대리석 오층소탑(小塔)이 온데간데없이 증발해버렸다. 소네 통감이 사람을 시켜 가져간 것이 분명했다.

본래 석굴은 인도의 차이티야에서 기원한 것이므로 추측건대 본존불 앞과 뒤에 소탑 한쌍이 안치되었을 것으로 생각된다. 그러나 본존불 뒤쪽, 즉 11면관세음보살 발아래 있던 대리석 소탑은 소네 통감이 훔쳐갔고 앞쪽에 있던 소탑은 부서진 잔편만 남아 경주박물관에 진열되어 있다. 지금 석굴 안에는 인왕상 양쪽에 네모난 사리공을 하늘로 드러낸 석탑 받침돌(臺石)만이 쓸쓸히 그 자취를 말해주고 있다.

소네 통감의 도둑질과 감실불상의 실종에 대하여는 야나기 무네요시(柳宗悅)가 전언(傳言)을 인용한 것도 있지만 두 사람의 일본인 관리가 증언한 것이 더욱 생생하다. 하나는 경주박물관 초기에 촉탁으로 관장을 대리했던 모로가 후미오(諸鹿史雄)가 유인물로 남긴 「경주의 신라유적에 대하여」에 나오는 다음과 같은 구절이다.

지금 석굴암의 9면관음(11면관음) 앞에 남아 있는 대석 위에 불사리가 봉납되었다고 구전되는 소형의 훌륭한 대리석제 탑이 있었는데 지난 메이지 41년 봄(42년 가을의 착오, 1909)에 존귀한 모 고관이 순시하고 간 뒤 어디론지 자취를 감추어버린 것은 지금 생각해도 애석하기 짝이 없는 일이다.

또 하나의 증언은 통감부 설치 때 조선에 건너와 경주군 주석서기(主席書記)로 있으면서 소네 통감의 석굴암 관람을 안내했던 키무라 시즈오(木村静雄)가 「조선에서 늙으며」(1924)에서 말한 다음과 같은 구절이다.

나의 (경주군) 부임을 전후해서 도둑놈들에 의해 환금(換金)되어 내지(內地, 일본 본토)로 반출돼 있는 석굴 불상 2구와 불국사의 다보탑 사자 1대(對, 한쌍)와 등롱(燈籠, 사리탑) 등 귀중물이 반환되어 보존상의 완전을 얻는 것이 나의 죽을 때까지의 소망이다.

이로써 소네 통감의 도둑질은 다름아닌 일본인의 증언이라는 결정적인 증거를 제시할 수 있게 되었다. 그리고 나는 이 두 일본인의 증언을 읽으면서 "애석하기 짝이 없다"와 "죽을 때까지의 소망"이라는 구절을 깊이 음미해보았다. 얼핏 생각하기에 증언자들은 우리 문화재를 노략질해간 일본인과 동족이 아닌가? 그렇다면 그들의 분개가 허사이고 위선이란 말인가? 나는 그렇게 생각지 않는다. 그렇다고 그들이 조선에 대한—야나기류의—동정적 시각에서 그렇게 말한 것도 아니라고 생각한다. 그것은 단지 일본 관료정신의 발현이었던 것이다. 식민지의 재산관리를 맡고 있던 실무자들이 자기 책임을 다하지 못한 것에 대한 회한인 것이다. 그것은 어쩌면 노략질보다도 더 무서운 식민지지배의 힘이었다.

석불사의 석굴을 탐방하고 소탑까지 훔쳐간 소네 통감은 서울로 돌아간 다음 미술사가 세끼노를 현지에 보냈다. 석굴의 문화재적 가치를 "동양무비(無比)의 작품"이라며 최고로 평가한 세끼노의 보고를 들은 소네 통감은 석굴의 보수와 보존을 검토하면서 그 결론으로 석굴의 불상을 모두 서울로 옮긴다는 구상을 하였다. 석굴을 해체하여 모든 석재를 동해안 감포로 끌고 와 거기서 인천항으로 운반한다는 계획이었다. 조선통감부는 즉각 경상도 관찰사에게 이 계획을 현지 군수에게 알리고 소요경비의 견적서를 올리도록 명령하였다. 그러나 당시 사정으로는 거의 무모한 계획이었고, 키무라의 「조선에서 늙으며」에 의하면 현지 여론도 심상치 않았는데 소네 통감이 해임됨에 따라 그 계획은 취소되고 말았다. 그리고 석굴의 운명은 곧 이은 한일병합과 함께 테라우찌 마사따께(寺內正毅) 총독의 손으로 넘어가게 된다.

테라우찌 총독의 보수공사

1910년 한일병합과 동시에 첫 총독으로 부임한 테라우찌는 식민지의 통치와 재산관리를 위해 무단정치를 실시하면서 토지조사를 비롯하여 문화재관리에도 치밀하고 철저한 조사작업에 들어간다. 세끼노 타다시를 단장으로 한 조선고적 조사사업도 해마다 발간하는 보고서와 연차사업으로 간행된 『조선고적도보』만 보아도 얼마나 열성적이었는가를 알 수 있다. 일제는 이제 우리 문화재의 노략에서 관리체제로 들어간 것이다. 식민지 재산이란 곧 일본정부의 재산을 의미하는 것이었기 때문이다.

총독부에서는 석굴을 포함한 경주 주요 고적에 대한 현상조사를 실시케 하였는데 1912년 6월 25일자 복명서(復命書)에는 다음과 같이 적혀 있다.

그 구조의 진기함과 조각의 정미(精美)함은 당대의 최우수 유물이라 하겠는데, 현상은 반구형(半球形) 천장의 3분의 1 정도가 추락하여 동혈(洞穴)이 되어 그 안으로 산 위의 흙과 모래가 유입되어 불상을 더럽히고 있으며, 현상태로 놔두면 천장의 3분의 2도 추락하여 주벽 불상을 상하게 되고 중앙에 있는 석가모니 대상을 파괴하여 동양 무비(無比)의 미술품을 멸망시킴에 이른다.

그리하여 테라우찌 총독은 그해 직접 토함산 석굴에 올라 현장을 답사하고 대대적인 보수공사를 지시하였다. 총독부 토목국 기사인 쿠니지(國枝博)를 현장에 출장 보내 보수계획을 수립하게 했다. 1913년 4월 8일자로 된 그의 복명서 내용은 다음과 같다.

(…) 돌을 일단 전부 해체하고, 주위의 석벽도 모두 다시 쌓아서 뒷면에 두께 3자 균일로 콘크리트를 박으며, 천장도 되도록 구석(舊石)을 사용하고 부족한 것만을 보충하여 그 위에 두께 3자의 콘크리트를 박아 다시 추락하지 않게 한다. 전면입구 상부는 원래 천장이 있었던 것이 중세에 파괴된 것이므로 이것도 철근콘크리트로 덮으면 석상의 보존상 크게 유효한 것이 될 것이다. 이에 예산을 계산한바 대략 별지와 같다.

이 복명서에 따라 설계도면과 예산조서가 작성되고, 9월 12일에 토목국에서 내무부 앞으로 '석굴암보존공사 설명서 및 동설계도면' 각 3통이 송부되고, 9월 13일 이 서류에 세끼노 타다시의 의견서를 첨부하여 공사 착수를 위한 테라우찌 총독의 결재가 이루어졌다.

해체되는 석굴

이로 인하여 석불사의 석굴은 창건 이래 처음으로 완전 해체되는 비극적인 대수술을 받게 된다. 1913년 10월, 석굴 해체공사를 위해 천장덮개돌의 위치를 고정시키는 목제 가구(假構)를 설치하는 작업부터 시작하였다. 12월에 이 작업을 완성하고는 철조망으로 출입금지케 한 다음 한 해 겨울을 나고 이듬해인 1914년 5월 21일부터 공사를 재개하여 6월 15일에는 지붕돌을 다 들어내고, 8월 17일에는 굴 내 조각을 다 들어냈으며, 9월 12일에는 완전 해체하였다고 현장감독을 맡았던 이이지마(飯島源之助) 기사의 보고서에 나와 있다.

9월 27일부터는 콘크리트벽을 세우기 위한 굴토작업을 시작하여 10월 9일부터 콘크리트를 부어넣기 시작하였다. 이 과정에서 이들은 석굴 뒤쪽 암반에서 두 개의 샘물이 올라오는 것을 발견하였다. 이들은 샘물이 석굴 뒤쪽의 암반을 관통하여 지금 석굴암 공터에 있는 감로수로 흘러내리는 오묘한 뜻을 이해하지 못하고 아연관으로 배수로를 만들어 밖으로 빼내었다. 그 오묘한 뜻이란 훗날 이태녕 박사가 밝혀내게 된다.

1914년도 석굴 해체작업 때의 인부를 보면 석공과 연직(鳶職) 목수는 모두 일본인이었고 한국인은 잡역부로만 일했는데, 석공의 임금은 2원 10전임에 반하여 한국인 인부는 45전이었고 같은 인부라도 일본인은 1원이었던 것으로 나와 있다.

콘크리트 배합은 암반기초에는 시멘트 1, 모래 1, 돌가루 4의 비율이었

| **해체되는 석굴** | 1914년 6월 15일, 석굴은 본존불과 천장석만 남겨둔 채 지붕돌을 다 들어냈다. 목책에 갇힌 본존불의 얼굴이 안쓰러워 보인다.

고, 돌의 결합은 시멘트 1, 모래 1의 모르타르로써 견고하게 하였다고 했다.

그리고 3차연도인 1915년 5월에 석굴 재조립공사가 시작되었다. 본래 석굴의 외벽은 "지름 5자의 옥석(玉石) 또는 절석(切石)으로써 이중으로 쌓아올려" 내벽을 두껍게 포장하여 석굴 내부의 공기가 숨을 쉴 수 있게 되어 있었다. 그러나 일본인 기술, 아니 이 시대의 기술로는 그렇게 재조립할 능력이 없었다. 그리하여 외벽에 3자 정도의 석재를 쌓아 버팀판을 만들고는 두께 2미터의 콘크리트 외벽으로 싸발라버렸던 것이다. 석조

| 해체된 석굴 | 1914년 9월 12일, 석굴이 완전히 해체되어 10대제자상들이 한쪽으로 널려 있다.

물의 보수공사에서 시멘트를 사용한 것은 석굴 보존에 치명상을 주게 된다. 왜냐하면 시멘트에서 나오는 탄산가스와 칼슘의 해독이 있기 때문이다. 그러나 일제는 시멘트의 모르타르 기능만 생각하고 석불사 석굴, 분황사석탑, 미륵사터석탑 등의 보수에 모두 시멘트를 무지막지하게 발라버렸던 것이다. 특히 석굴에서의 치명적인 손상은 석굴 내부가 콘크리트 벽으로 인하여 숨을 쉬지 못하게 되었다는 점에 있었다. 이런 결정적인 손상을 입으면서 석불사의 석굴은 1915년 9월 13일에 3년간의 공사를 마치고 성대한 준공식이 거행된다. 이때 총공사비는 2만 2726원이었다.

남천우 교수의 분석에 따르면 이때의 공사는 천장 앞부분만 수리하면 간단히 끝날 수 있는 것이었다고 한다. 그러나 총독부가 완전해체에 2미터짜리 콘크리트 외벽 쌓기, 그리고 286개에 달하는 석재를 교체하는 방대한 공사를 시행하게 된 것은 테라우찌 총독의 방침 때문이었던 것으로 풀이된다. 즉, "너희 조선사람들은 이 위대한 문화유산 하나 제대로 지키지 못하는 미개한 민족이다. 그러나 이제 황국의 보호를 받게 되어 이처럼 최신식 설비와 재료로 완벽하고 말끔하게 보수하게 되었다. 이것이 한일병합의 뜻이니라"라는 대국민 과시용이었던 것이다.

그러나 석굴의 개수공사는 1,200년을 유지해온 석굴에 돌이킬 수 없는 치명상만 주었다. 그리고 외형상에도 무수한 변조가 가해져 야나기 무네요시는 장문의 「석불사의 조각에 관하여」라는 글을 『예술(藝術)』지 1919년 6월호에 발표하면서 다음과 같은 통탄의 비판을 가하였다.

나는 이것(보수된 돌담)을 보았을 때 그 몰취미한 행위에 크게 놀랐다. 무슨 이해가 있다고 거의 터널의 입구로 잘못 보는 그러한 건설을 해놓았을까? 나는 이것이 석불사의 수리가 아니라 새로운 파손행위라고밖에 생각되지 않는다. 기사는 비록 과학적인 수리를 했다 하더라도 아무런 예술적 수리는 알지 못한 것 같다. (…) 될 수만 있다면 저 돌담을 파괴해서 그 수리는 조선인 자신에게 맡기고 싶다. (…) 석불사는 다행히도 왜구의 화를 면했다. 그러나 수리라는 이름 아래 새로운 모욕을 당했다. (…) 만약 그 수리가 단순히 천장을 덮고 각 돌담의 위치를 제자리에 갖추는 데 그쳤더라면 얼마나 아름답게 되었을까? 나는 파손된 채로 있는 그때의 사진과 수리 후의 사진을 비교해보면서 예술을 모르는 죄많은 과학의 행위를 미워하지 않을 수 없었다.

끊임없이 생기는 습기와 이끼

그러나 미관보다도 더 큰 문제는 이 신식 기술과 재료 사용으로 인하여 석굴이 극심한 누수현상을 일으킨 것이었다. 준공 2년 뒤인 1917년에

| **복원된 석굴 전경** | 1915년 9월 13일, 3년간에 걸친 해체공사를 마치고 복원된 모습이다. 외벽에 콘크리트를 발라 석굴보존에 치명상을 주었지만 전실을 개방한 것은 발견 당시의 원형을 따르고 있다.

는 하는 수 없이 빗물누수 방지공사를 위해 천장돔 외부에 하수관을 묻는 보수공사를 하게 된다.

2차 보수공사 뒤에도 석굴의 누수현상은 그치지 않았다. 그리하여 1920년 9월 3일부터 1923년까지 4년에 걸친 대대적인 제3차 보수공사를 시행하게 된다. 천장부분의 콘크리트벽에 방수용 아스팔트를 바르는 작업과 석실 지하수의 아연관 배수로가 샘물을 다 감당하지 못하므로 오른쪽으로 빼돌리는 공사를 하였다. 여기에 들어간 비용이 1차 공사의 70퍼센트가 넘는 1만 6,980원이었다니 그 규모를 짐작케 한다.

그러나 3차 보수공사에도 불구하고 석굴의 습기문제는 역시 해결되지 못했다. 석굴에는 푸른이끼〔靑苔〕가 끼며 육안으로도 그 손상을 역력히 볼 수 있었다. 이에 조선총독부는 1927년 증기사용에 의한 세척법을 강구하게 되었고 이를 위한 보일러를 제작 설치케 하였다. 이끼가 끼는 원인을 조사하여 그것을 보수하는 것이 아니라 기계작동에 의하여 처리하는 강제방법을 동원한 것이었다.

수증기 분무에 의한 세척작업은 석굴의 돌들이 풍화작용을 일으키는 데 치명적인 손상을 입히는 일이었다. 이것을 함부로 할 수 없음은 일본인들도 알고 있었던 모양이다. 그러나 일제의 기술을 과시하려고 대대적인 보수공사를 3차에 걸쳐 시행한 총독부로서는 또다른 새로운 기술설비, 사실상의 흉기로 석굴의 모든 조각상에 증기를 뿜어대었다. 증기세척이란 핀란드식 사우나탕에 들어가 앉는 목욕법이 아니다. 그 뜨거운 증기를 샤워꼭지로 뿜어대는 것이다. 그들은 경주역에 있는 기관사를 불러다 기름보일러에 불을 때서 스프레이식으로 석굴을 세척했다. 낙숫물도 돌을 깨뜨리는 힘을 갖고 있는데 하물며 물총을 쏘듯이 뿜어대는 증기로 인한 피해란 비과학도의 상식으로도 짐작할 수 있는 것이다.

1927년 증기세척으로 일단 푸른 이끼를 제거하였으나 시간의 경과 속에 이끼는 또 피어났다. 1933년 8월 16일 경북도지사가 총독부 학무국장 앞으로 보낸 「석굴암 석불 및 주위 불상의 보존에 관한 건」에는 다음과 같이 씌어 있다.

종래에는 약간의 푸른 이끼가 끼고 있었던바 이번 여름에 들어 장기 강우로 말미암아 이끼가 격증하여 (…) 습기가 굴 내에 가득하고 또 천장으로부터 물의 점적(點滴)이 끊이지 않고 떨어져 (…) 이대로 방임할 때에는 부식작용을 일으킬 염려가 있으므로 지금 전문기술원을 파견하여 (…) 지시를 바라는 바이다.

이리하여 1934년, 석굴 옆에 설치한 흉기, 보일러가 다시 가동되며 증기세척으로 분무세례를 받게 되었다.

그리고 1945년, 8·15해방을 맞으면서 석불사 석굴의 제문제는 우리에게 넘어오게 되었다. 일제 36년을 통하여 일제가 석굴에 남겨준 유산이란 두께 2미터의 콘크리트벽과 끊임없이 생기는 습기와 푸른 이끼, 그리고 가공할 흉기, 증기세척 보일러뿐이었다. 그것은 석불사 석굴이 겪은 오욕의 역사에 첨부된 증거물이었다.

1994. 7.

* 석불사에 관한 기록으로 우리가 현재 알고 있는 마지막 자료는 1963년 석불사 수광전 부근에서 우연히 발견된 현판인 '석굴암 중수 상동문(上棟文)'인데 이는 1891년에 손영기(係永耆)라는 사람이 쓴 것으로 판독되었다. 이 글에서 우리는 석불사가 조씨 성을 가진 순찰사에 의해 중수되었고 '불국지석굴'이라고 하여 불국사의 말사가 되었음을 알 수 있다. 이 원문은 1963년 8월 『고고미술』(제4권 9호)에 판독 가능한 대로 정명호씨가 소개한 바 있다.

그런데 손영기가 누구인지에 대해서는 조사된 바가 없었는데, 대구의 손진화씨로부터 월성 손씨 중에 손기영(係耆永)이라는 분이 있는데 출생이 1850년, 몰년이 1893년이고 홍문관 교리를 지냈으니 혹 그분을 잘못 쓴 것이 아니냐는 물음이 있었다. 아직 '상동문' 원판을 볼 기회를 얻지 못하여 이에 대해 확실한 조사를 하지 못했으나 관심있는 여러분이 참조할 만하여 알려둔다.

석굴의 신비에 도전한 사람들

박종홍 / 야나기 / 고유섭 / 요네다 / 이태녕 / 남천우 /
김익수 / 강우방

청년 박종홍의 좌절

석불사의 석굴이 총독부 기술자들에 의해 오욕의 상처를 받고 있을 때 그 한쪽에서는 석굴의 아름다움과 신비를 밝혀내려는 뜻있는 사람들의 뜻있는 연구가 이루어지고 있었다. 그 첫번째 도전자는 당년 19세의 한 젊은 한국인 박종홍(朴鍾鴻, 1903~76)이었다. 요즈음 젊은이들은 박종홍, 그분의 이름을 잘 모른다. 고작해서 국민교육헌장을 지은 분이라면 그제 야 그런가보다 한다. 그러나 그런 박종홍은 별로 말하고 싶지 않은 만년 의 한 모습일 뿐이다. 한국철학계의 태두, 20세기 한국지성사에서 가장 우뚝한 한 봉우리를 차지할 대학자이시다. 내가 대학입시를 준비할 때 국어시험에서 가장 많은 지문으로 제시되는 것이 그분의 문장이었다. 실 제로 나는 입시교육을 통해 그의 글을 읽기 시작했지만 대학시절 천하의 명강의로 이름높은 그분의 철학개론을 수강하는 행운이 있었고, 「우리 학문의 나아갈 길」과 「한국지성의 과제」에 대한 그분의 가르침은 지금도 유효하게 내 가슴속 한쪽에 생생히 서려 있다.

철학자 박종홍은 청년시절에는 미술사가 지망생이었다. 그분의 「독서 회상─내가 철학을 구하기까지」에는 그가 19세의 나이에 감히 한국미술사를 쓰겠다고 착수했던 과정이 생생하게 기록되어 있다.

청년 박종홍은 무엇보다도 식민지하에서 민족적 자존심을 찾아내기 위해 우리 민족의 특성을 밝히는 글을 쓰고 싶었단다. 우리 민족의 정신적 특색이나 장점을 드러내기 위해 사상사를 쓸 수만 있으면 좋겠으나 엄두가 나지 않았고 음악사가 더 좋겠는데 거기에는 지식이 없어서 미학과 미술사에 대한 저서를 열심히 읽고 연구하면서 어떤 사명감으로 미술사를 쓰기 시작했다고 한다. 그것이 『개벽』지 1921년 4월호부터 12회에 걸쳐 만 1년간 연재한 「조선미술사 미정고(未定稿)」이고 이 글은 『박종홍 전집』(형설출판사 1982) 제1권 제1장에 실려 있다. 이 글은 상고(上古)시대에서 삼국시대에 걸쳐 서술되었고, 거기에서 끝맺은 그야말로 미정고가 되었다. 그 이유는 석불사의 석굴에 있었다. 이제 통일신라 미술을 서술코자 당시 교편을 잡고 있던 박종홍은 여름방학에 토함산에 올랐다. 그 때의 일을 그는 다음과 같이 회상하였다.

나는 어느 해인가 리프스(Theodor Lipps, 1851~1914)의 미학책을 트렁크에 넣어가지고 경주 석굴암을 찾아 그 앞에 있는 조그만 암자에서 한여름을 지낸 일이 있었다. 리프스의 조각에 관한 이론을 기준으로 석굴암을 설명해보려 하였던 것이다. 석굴암 속에서 거의 살다시피 하면서 무한 애를 써보았으나 어떻게 하였으면 좋음직하다는 엄두도 나지 않았다. 오래 머물러 있었던 덕에 아침저녁으로 광선 관

| **석굴에서 본 동해바다** | 토함산의 일출은 늦가을에나 보이므로, 나는 오후 늦게 동해바다 수평선이 훤히 내다보일 시각에 토함산을 오르곤 한다.

계가 달라진다든가, 특히 새벽에 해 돋아오를 때도 좋지만 둥근 달이 석가상을 비출 때면 석굴암 전체가 그야말로 신비의 세계가 된다는 것을 알게 되었다. 석굴암을 설명할 수 없는 나 자신의 부족함을 느끼자 계속할 용기가 없어지고 말았다. 나는 기초적인 학문부터 다시 시작하여야 되겠다고 절실히 느꼈다.

그리하여 청년 박종홍의 한국미술사 탐구는 여기서 좌절되고 그 이듬해에 개교한 경성제대에 입학하여 철학개론부터 다시 배우는 대학생이 되었다. 그리고 박종홍은 훗날 야나기가 쓴 석불사에 관한 글을 읽고는 큰 감명을 받았고 그때 그만두기를 잘했다고 생각했다는 것이다.

야나기의 석굴예찬론

석불사 석굴의 아름다움에 대하여 최초로 본격적인 글을 발표한 것은 야나기 무네요시(柳宗悅, 1889~1961)였다. 1919년 6월 『예술』지에 게재된 그의 「석불사의 조각에 관하여」라는 장문의 논문 부기에는 다음과 같이 씌어 있다.

　　나는 오랫동안 조선의 예술에 대하여 두터운 흠모의 정을 품고 있다. (…) 특히 이 석불사의 조각은 내 여행중 나를 자극한 잊을 수 없는 작품들이었다. 나는 이 세계의 걸작이 아직도 일반에게 널리 알려져 있지 않은 것을 애석하게 생각하고 이것을 널리 소개하는 최초의 한 사람이 되었다. (…) 나는 이 소개를 객관적인 것으로 하기 위해 지극히 멋없는 글이 된 것을 마음 괴롭게 생각한다. (…) 그러나 다소는 나의 사랑을 전달할 수 있었던 것으로 생각하며, 내가 맛본 이해의 어느 부분은 반드시 정당하다는 것을 믿는다.

사실상 야나기의 이 글은 그의 미문(美文)이 보여주는 아련한 분위기는 상당히 죽어 있다. 『삼국유사』와 『불국사사적』의 장문을 인용하고 40개 존상의 배치를 도면으로 그려가며 일일이 설명하자니 그럴 수밖에 없었을 것이다. 그러나 유물 설명에 들어가면 그 해설이 자못 황홀해진다.

　　실로 석굴암은 분명히 하나의 마음에 의해 통일된 계획의 표현이다. 인도 아잔타나 중국 용문석굴처럼 (…) 누대의 제작이 모인 집합체가 아니다. 하나의 마음을 도처에서 찾아볼 수 있는 정연한 구성이다. 서로가 서로를 살리는, 분리할 수 없는 하나의 유기체적 제작이다. 외

| 전실이 개방되었을 때의 석굴 | 일제시대에 석굴 관광 기념품으로 만든 그림엽서의 사진으로 굴절된 전실의 모습을 잘 보여준다.

형적으로도 심리적으로도 놀랄 만큼 주도면밀히 계획된 완전한 통일체이다.

걸음을 굴 밖에서 굴 안으로 옮기면 마음도 또한 내면의 세계로 들어간다. 위대한 불타는 소리없이 조용히 그 부동의 모습을 연화좌대위에 갖춘다. 우러러보는 자는 그 모습의 장엄과 미에 감동되지 않을수 없다. 이곳은 완전히 내적인 영(靈)의 세계다. 그는 앞에 네명의 여보살을, 뒤에는 십일면관음을, 그리고 좌우에는 그가 사랑하는 열 사람의 제자를 거느리고 영원의 영광을 고한다. 감실에 있는 여러 불상들은 그 법열을 찬송하는 듯하다. 여기는 (석굴 밖) 외부의 힘의 세계가 아니다. 내적인 깊이의 세계다. 미와 평화의 시현이다. 또한 장엄과그윽함의 영기(靈氣)이다. 얼마나 선명한 대비가 굴 안팎에 나타나 있

| 10대제자상(부분) | 제각기 다른 표정을 보여주는 10대제자상은 그 시선의 방향이 참배객의 순렛길을 자연스럽게 유도하고 있다.

는가! 모든 것이 밖으로부터 안으로 돌아간다. 힘에서 깊이로 들어간다. 움직임﹙動﹚보다도 고요함﹙靜﹚ 속에 사는 것이다. 종교의 의미는 석굴암 속에서 다하는 느낌이다.

야나기의 해설은 그칠 줄 모르는 탄미의 연속이다. 그러나 그는 부질없는 형용사의 나열이 아니라 심리적, 철학적, 종교적 인식에로 도달하는 사색의 깊이를 지니고 있다.

야나기는 스스로 미술사를 전공하지 않았다고 한다. 그러나 그는 석굴의 여러 조상들을 보면서 굴 밖의 수호신상에서 굴 안의 불보살상으로 들어가면서 힘의 세계에서 내면적 성찰의 계기로 바뀐다는 탁견을 내놓았다. 뿐만 아니라 그 기법과 내용이 점차 진보된 발전의 발자취를 느낀다며 그것은 마치 미껠란젤로가 씨스띠나성당 벽화를 5년간 그리면서 최초 작품「노아의 방주」에서 최후 작품「천지창조」사이에 보여준 미묘한 차이와 같다는 점까지 읽어낸 것이다.

야나기의 뛰어난 안목이 밝혀낸 또 하나의 중요한 관찰은 모든 조상들이 갖는 시선의 방향 문제다. 그는 한 사람의 참배자, 즉 사용자 입장에서 석굴암을 한바퀴 돌 때 일어나는 모든 심리적 변화를 이 조상들의 시선처리에서 살피고 있는 것이다.

나아가서 그는 석굴의 부조들 중에서 왜 정면을 향하고 있는 11면관음과 인왕상만이 환조(丸彫)의 높은 돋을새김을 했는가를 논하고 있다. 어느 면에서나 야나기는 뛰어난 미술사가였고 탁월한 양식분석가였다. 석불사의 조각에 대한 그의 예찬은 본존불의 설명에서 절정을 이룬다.

누가 능히 이 조각에 나타난 그 뜻을 말할 수 있을 것인가. 말할 수 없다는 사실에 이 불상의 아름다움이 있다. 사람들은 여기에서 아무런 착잡한 수법도 보지 못한다. (…) 그는 아무런 과장도 복잡한 것도 보이지 않고 있다. 그런데 실로 아무것도 없는 지순(至純)의 그 속에서 작자는 불타로서 지고의 위엄을 확실하게 보여주고 있다. 모든 의미는 그 단정한 용모에 모여 있다. 그는 말없이 침묵을 지키고 입은 다물고 눈은 쉬고 있는 듯이 보인다. 그는 어둡고 고요하기 이를 데 없는 이 석굴 안에 앉아서 깊은 좌선에 몰두하고 있다. 그것은 모든 것을 말하는 침묵의 순간이다. (…) 모든 것을 포함한 무(無)의 경지이

| **범천 · 보현 보살** | 팔등신의 늘씬한 키에 정교한 돋을새김으로 석굴암 조각의 명장면으로 꼽힌다.

다. 어떠한 참된 것도 어떠한 아름다움도 이 순간보다 더한 것은 없을 것이다. (…) 여기에선 종교도 예술도 하나다.

석불사 석굴에 대한 야나기의 통찰은 미학적 고찰이 추구하는 학문적 모색이 아니라 그것을 통한 자기 내면의 성찰에로 이루어지고 있다. 그래서 많은 사람들은 그를 수필가나 미문가로만 보기도 한다. 그러나 나는 아니라고 주장한다. 침묵의 물체를 보면서 거기서 일어나는 감정이입의 상태를 말할 수 있는 것은 글솜씨만으로 가능한 것이 아니다. 그는 스스로 미학자(美學者)가 아니라고 하였지만—철학을 배우는 것보다 '철학하는 법'을 배우는 것이 더 중요하다고 했을 때—이미 그는 '미학하는 법'에 깊숙이 들어가 있었다.

『조선과 그 예술』에 깃들여 있는 야나기의 한국미에 대한 예찬과 탐구는 한국의 미를 비애(悲哀)의 미, 선(線)의 예술로 단정한 애상(哀傷)의 미학이라며 민족적 입장에서 극복의 대상으로 삼는다. 나 또한 그의 사고 속에 동정적 시각이 배어 있음을 거부한다. 그러나 야나기는 결코 극복의 대상만은 아닌 것이다. 혹자는 냉철하고 객관적인 학문적 태도라는 이름으로 그의 과도한 주관적 감정의 노출을 질타하면서 야나기는 존경해서는 안될 인물로 단죄하듯 말하기도 한다. 그러나 나는 야나기를 존경한다. 그 누가 야나기만큼 한국의 미술을 사랑해보았느냐는 반문과 함께 야나기가 지녔던 사랑과 존경의 자세만은 어제도 오늘도 배우고 있다.

우현 고유섭의 고전미술론

석불사의 석굴에 대한 야나기의 예찬은 그가 자부한바, 최초의 해설서이자 위대한 종교예술품이 이루어낸 아름다움에 대한 미적 성찰이었다. 이것을 한국미술문화사적 지평에서 총체적으로 규명한 것은 우현(又玄) 고유섭(高裕燮, 1905~44) 선생이었다.

한국미술사의 아버지라 불리는 우현 선생은 「신라의 미술공예」 「우리의 미술과 공예」 「김대성」 등의 논문에서 석불사의 석굴에 대하여 그분이 보낼 수 있는 최대의 찬사와 함께 치밀한 양식분석과 정신사적 해석까지 내렸다.

우현 선생의 석굴에 대한 연구는 이 위대한 조각에 대한 존경과 사랑과 자랑에서 시작된다. 그의 「우리의 미술과 공예」라는 글은 1930년대의 한자어투로 씌어 있지만 내 그분 글의 명예를 욕되게 하지 않을 범위에서 한글로 옮기며 당신이 여기에 보낸 경의의 뜻을 세상사람들에게 다시 전한다.

거대한 연화대좌도 아름다운 작품이지만 9척 고상(高像)이 촉지항마(觸地降魔)의 인상(印相)으로 온화하고 엄숙한 봉의 눈을 반개하고 동해 창파를 굽어살펴 듬직이 앉아계신 위용! 결가부좌하신 발모습〔足相〕도 평안하고 두루 원만(安平具圓)하시거니와 무릎도 섬세한 듯 둥글고 무릎까지 뻗어내린 긴 손도 살찐 듯 부드럽고 온화하시거니와 양어깨 양팔도 풍만하고 원융하시고—가슴도 장엄하시거니와 등줄기도 곧고 엄숙하시고 귓밥도 길게 늘어뜨리고 입술도 두툼하니 내리셨거니와 콧날도 우뚝하시고 눈동자도 빼어나거니와 머리도 원만하시다.

피도 없고 물도 없고 가슴도 없고 정(情)도 없는 화강 거석에서 맥박이 충일하고 신성(神性)이 횡일하고 호흡이 가지런하고 온화함과 엄숙함이 구비된 위대한 이 상이 드러날 때 환희는 조각공의 손끝에 있지 아니하고 신라 천지에 휩싸였을 것이요, 우주 속에 메아리쳐 퍼졌을 것이다.

우현 선생은 석굴의 구조에 나타난 유동성(流動性)은 가히 기운생동적(氣韻生動的) 경영이라 하며 야나기가 '누천의 찬사'를 보낸 시점(視點)의 이동에 덧붙여 본존불의 광배가 석굴 후벽에 설치된 것과 천장덮개돌의 연화문 원석이 어울리는 절묘한 발상을 이렇게 설명하였다.

대개 불상의 후면 광배는 원상에 직접 부착되어 있는 까닭에 매우 공예적 고정성과 비현실적 부자연성이 많은 것이지만 이 불상의 광배는 원상과 멀리 떨어져 따로이 벽면에 가 붙어 있는 까닭에 이러한 결점이 사라졌을뿐더러 보는 이의 행보위치를 따라 자유로이 유동되어 급기야 원상 직전에 다다라 온안(溫顔)을 우러러볼 때는 이 광배가 어느덧 정상의 연꽃으로 변하도록 설계되어 있으니 이것이 천장 정중앙에 남아 있는 일타연화(一朶蓮花)의 존재이유이다. 이와 같이 배광이 본체에서 떨어져 있음에도 불구하고 본체를 항상 떠나지 않고 비추고 있는 점에 다른 어느 조각품에서도 볼 수 없는 특색이 있다. 일반 불상조각이 그 객관적 소재성에서 받는 불가피한 고정감을 끝까지 버리고 이와 같이 자연적 사실성을 살려 유동성을 발휘한 것은 실로 경탄할 신기(神技)라 아니할 수 없다.

고전은 고전으로 통한다

우현 선생은 우리나라 불상조각의 흐름을 크게 세 갈래로 보았다. 삼국시대의 그것은 상징주의, 통일신라의 그것은 고전주의 내지 이상주의, 고려시대의 그것은 낭만주의적 성격을 지녔다는 것이다.

삼국시대의 불상은 측면관을 전혀 무시한 정면성의 강조와 살붙임의 변화를 갖지 않는 부분부분의 조립적·구축적 특질과 옷주름의 양식화된 도식적 평면전개로 전체적으로 기계적인 경직함과 추상적 신비함으로 충만된 상징주의적 경향이었다. 그러나 통일신라의 조각은 살붙임이 풍부하고 따라서 입체적인 깊이와 양적 크기가 증가하여 모든 굴절은 자연적인 유기적 연관을 보유하고 설명적·평면적 전개는 없고 가장 이상화된 정돈 속에 사실적 충실성을 표시하여 추상적 신비성은 구체적인 감각면의 강조로서 나타났다고 했다. 석불사의 조각은 바로 그 이상주의적 고전주의의 정상에 서 있는 것으로 본 것이다.

이 점은 훗날 삼불(三佛) 김원용(金元龍) 선생의 미술사관에 그대로 계승되었다.

석굴암의 조각들은 8세기 중엽 신라 조각의 절정을 보여주는 작품들이다. 이 조각들은 외형과 내면의 미를 함께 융합한 최상의 종교조각이라고 할 수 있으며, 6세기에서부터 시작하여 2세기 동안에 연마된 신라인들의 조각기술을 총집산하고 결산한 감이 있다. 침울한 표정, 조용한 미소, 이러한 과거의 동작들이 지양되고 이제 신라 불상들은 고요한 정밀의 심연 속에서 정좌(靜坐)하고 있으며, 여기에서 멈추어진 웃음을 신라 불상들은 되찾지 못하고 만다. 그리고 그 얼굴은 시대가 내려가면서 점점 굳어지고 무서워지고 무표정해지고 그리고 차디찬 형식적인 불안(佛顏)으로 타락하고 마는 것이다. 석굴암의 불상들은 이러한 하강이 시작되기 전의 고비에 서 있는 분수령 같은 존재이다. (김원용·안휘준 『한국미술사』, 서울대출판부 1993)

불상이란 곧 인간이 만들어낸 절대자의 상이다. 신, 절대자, 완전자, 그가 인간의 모습으로 나타난다는 것은 곧 이상적 인간상의 구현이다. 그것은 모든 고대인들이 추구한 조화적 이상미이기도 하다.

모든 양극의 모순이 극복되어 하나의 이상적 질서를 이룰 때 우리는 그것을 고전적 가치로 받아들인다. 그리고 고전은 고전으로서 통한다. 그것은 양의 동서, 때의 고금을 관통하는 이상인 것이다. 그리하여 고유섭 선생은 「우리는 고대미술에서 무엇을 배울 것인가」에서 석불사 석굴(신라미술)의 미학을 세계사적 시각으로 풀어 이렇게 말하고 있다.

희랍의 미술을 평하여 "고귀한 단순과 조용한 위대"라고 한 빙켈만의 말을 '여기에' 붙여 말할 수 있고, 명랑성과 생동성이 니체가 말한 아폴로적인 것에 해당한 것이라면 우리는 이 말을 또한 '여기에' 붙일 수 있고, 감성과 지성이 양식적인 것에서 조화되어 있는 것이 헤겔이 말한 고전적이란 것에 해당한 것이라면 우리는 이 말을 역시 '여기에' 붙일 수 있다.

요네다의 석굴 측량

석불사의 석굴은 종교와 과학과 예술이 하나로 통합된 지고의 최미라고 하였을 때 야나기와 고유섭의 고찰이 그것의 예술성에 대한 성찰이었다면 그것의 과학성을 밝혀낸 것은 한 일본인 토목기사였던 요네다 미요지(米田美代治)였다.

요네다는 1932년 일본대학 전문학부 건축과를 졸업하고 이듬해부터 조선총독부 박물관의 촉탁으로 적은 월급을 감내하면서 고건축 측량에 몰두하였다. 그는 후지따(藤田亮策) 교수의 조수로 성불사(成佛寺) 개수공사에 참여하여 측량을 맡은 이후 경주 사천왕사 천군동 석탑, 평양 청암리사터, 부여 정림사터, 그리고 불국사와 석굴암의 측량을 도맡았다. 그리고 백제 부소산성을 실측하던 중 장티푸스에 걸려 불과 35세의 젊은 나이에 결혼도 하지 못한 채 1942년 10월 24일 세상을 떠났다.

그러나 요네다는 죽기 3년 전, 자신이 7년간 측량하여 얻은 현장경험을 면밀히 분석하여 「다보탑의 비례관계」 「정림사터 오층석탑의 의장계획」 「불국사의 조영계획」 「조선상대건축에 나타난 천문사상」 등을 발표하면서 한국고건축의 수리적 관계를 밝혀냄으로써 어떤 건축사가, 어떤 미술사가도 이루지 못한 미술사적 진실을 밝혀내는 데 성공하였다. 요네다가 세상을 떠난 직후 그 유고를 모아 펴낸 그의 『조선상대건축의 연구』(1944: 신영훈 역, 한국문화사 1976)는 곧 한국건축사 연구의 불후의 고전으로 되었다.

요네다의 책에 실린 「경주 석굴암의 조영계획」은 석불사 석굴의 과학적 신비를 푸는 첫 실마리이자 가장 중요한 열쇠가 되었다.

요네다가 석굴 조영계획을 찾는 작업은 통일신라사람들이 측량에 사용했던 자(尺)의 길이를 밝히는 데서 시작하였다. 그는 불국사와 석불사 석굴을 측량하면서 이때의 석공들이 사용했던 자는 곡척(曲尺, 30.3센티미터)이 아님을 알았다. 그는 석탑의 각 부위를 측량하여 0.98곡척, 1.96곡척, 23.6곡척 등의 수치가 반복적으로 나오는 것을 보고 통일신라의 석공이 쓴 자는 0.98곡척(29.7센티미터)이라는 결론에 도달했고, 이 길이를 당척(唐尺)이라 이름붙였다. 그는 놀랍게도 불국사의 조영척(造營尺)은 0.980125곡척이었고, 석불사 석굴의 조영척은 0.98207곡척이었는데 이것의 평균치로 0.98이라는 치수를 얻어냈다. 0.125란 8분의 1을 의미한다. 그 숫자의 치밀함에 나는 눈앞이 캄캄해질 뿐이다. 그리고 그는 측량의 정확성을 위하여 통일신라 석공이 사용했을 자와 똑같은 자를 쇠자로 만들고 그것으로 측량했다.

그 결과 석굴의 평면계획을 보면 주실은 반지름 12자의 원이다. 원형 주실의 입구 또한 12자로 이는 원에 내접하는 육각형의 한 변에 해당한다. 주실의 대좌는 원의 중심에 놓인 것이 아니라 약간 뒤쪽으로 물러나 있는데 그 위치는 입구의 12자를 한 변으로 하는 정삼각형을 그렸을 때 그 꼭지점이 대좌의 앞끝에 닿도록 했다. 그리고 대좌의 높이는 한 변을 12자로 하는 정삼각형 높이의 2분의 1로 하였다.

전실(前室)은 1960년대 수리공사 때 굴절된 석상 하나를 전개시키는

기본으로 하는 8.8당척(8.62곡척)

$\frac{3}{4}$은 6.6 당척

$\frac{1}{2}$는 4.4

$\frac{2}{8}$는 2.2

1.1 1.1 1.1 1.1 1.1 1.1 1.1 1.1

3.91(3.83)

3.81

11.53(11.3)

7.62(7.47)

3.81

1.6

1.66

1.16

0.98

실측지는 16.7곡척=17.0당척≒16.99당척 (궁평변반경이 만드는 정방형의 대각선)

(궁반경 12.0×√2=대각고–단수=10=1.1)

1.1×5

5.5당척(5.4곡척)

12.54(12.29)
10.4(10.19)
5.2(5.1)

| 요네다가 그린 본존불의 측량도면 | 정사각형의 한 변과 그 대각선 √2 의 연속적인 전개를 보여준다.

바람에 변형되었지만, 요네다 측량 당시의 모습으로 보았을 때 주실 입구에서 대좌 앞을 잇는 12자 정삼각형을 3배로 연결한 상태의 밑변에서 전실의 입구가 설정되었음을 알 수 있었다. 요네다는 석굴의 평면을 3자짜리 방안지 위에 그려 그 수치의 상호관계가 치밀함을 증명했다.

석굴의 입면계획에서는 주벽의 조각과 받침돌을 합친 길이가 12자이고, 감실의 높이는 12×√2 자이다. √2 는 정사각형의 대각선 길이이다. 그리고 감실의 천장에서 석굴 천장에 이르는 길이는 12자를 반지름으로 하는 반원을 이룬다. 그리고 본존상과 대좌의 높이를 합치면 12×√2 자가 된다.

대좌는 정팔각형으로 간석(竿石)이 끼여 있는데 간석받침의 지름은 한 변을 12자로 한 정삼각형 높이의 2분의 1인 5.2자를 기본으로 하여 5.2자의 정사각형이 이루는 대각선 길이가 되며, 대좌의 아래쪽 받침은 5.2자가 만든 정팔각형의 내접원과 일치한다.

이와 같은 수리관계로 요네다는 석굴의 조영이 12자를 기본으로 하면서 정사각형과 그 대각선의 길이인 $\sqrt{2}$의 응용, 정삼각형 높이의 응용, 원에 내접하는 육각형과 팔각형 등의 비례구성으로 이루어졌음을 풀어내었다.

불상의 크기는 11.53자인데 이 수치를 11.0자로 요약하여 무릎과 무릎 사이는 8.8자, 어깨의 너비는 6.6자, 가슴너비 4.4자, 얼굴폭 2.2자라는 수치를 얻을 수 있다. 또 양무릎 8.8자를 한 변으로 하는 정삼각형을 그리면 꼭지점은 턱에 닿는다.

백면 측량기사 요네다의 해석은 이처럼 치밀하였고 이처럼 완벽하였으며, 0.98207곡척을 계산하는 그의 매서운 눈은 이 움직일 수 없는 수리관계를 기초로 하여 천체우주라는 거대한 크기까지 볼 수 있게 되었다. 요네다는 자신이 측량한 수치를 근거로 하여 「석굴암 석굴의 천체(天體) 표현 사고(私考)」라는 짧은 논문을 썼다. 그는 메소포타미아 천문역술의 기본인 천문수학을 상기시키면서 "억측"일지 모르지만 일단 제기해본다며 그 수리관계를 이렇게 풀었다.

석굴구성의 기본은 반지름을 12자(지름 24자는 1일 24시간에 일치)로 하는 원(360도는 1년 360일에 일치)이다. 석굴 출구의 12자는 1일(12刻)에 해당하고 궁륭천장(천체우주)은 같은 원둘레에 구축하여 유구한 세계를 표현하고 그 중심(천장덮개돌)에는 원형(태양)으로 큼직하게 연꽃덮개돌을 만들고 구면 각 판석의 사이에 팔뚝돌이 비어져나와 별자리를 만든 것으로 보인다.

나는 요네다의 짧은 일생에 담긴 많은 의미를 생각해본다. 35세의 젊은 나이로 죽는 그해까지도 땡볕에서 부소산성을 측량하던 한낱 기술자이고 무명의 건축학도였던 그가 7년간 말없이 성실하고 치밀하게 측량했던 그 경험을 토대로 불과 3년 만에 이처럼 위대한 결론에 도달할 수 있었다는 사실에서 인생을 사는 법과 학문하는 법을 동시에 배우게 된다.

그의 삶과 학문은 '작은 것의 힘, 작은 것의 위대함, 작은 것의 아름다움'을 극명하게 보여준다. 미국의 건축가 미스 반 데어 로에(Mies van der Rohe)는 그의 조수가 많은 건축시안을 제시하는 것을 보고 하나만 가져오라며 "적은 것이 많은 것이다"(Less is more)라고 했다고 한다. 명나라 문인화가 동기창(董其昌)은 역대의 명화를 작은 화첩에 옮겨 그려보고서는 그 화첩의 제목을 '작은 것 속에 큰 것이 들어 있다'는 뜻으로 '소중현대(小中現大)'라고 하였다. 요네다의 학문에는 곧 '소중현대'의 방법론적 실천이 있었으며, 그의 일생은 '소중현대적' 인생이었다.

신라인의 과학과 기술

요네다의 정확한 측량과 그것에 기초를 둔 수리관계의 규명은 신라인의 과학과 기술에 대하여 생각게 하는 바가 적지 않다. 이것은 곧 한국과학사의 한 성과이며 과제이기도 하였다.

김용운 교수는 신라에 재정·회계 등을 담당하는 기술관리의 양성을 목적으로 설치된 수학교육기관이 있었으나 거기에는 서양적인 뜻에서의 기하학은 전혀 보이지 않았으면서도 석굴의 구조처럼 기하학적인 수

법이 정교하게 이용된 것은 여러모로 생각게 한다며 그 응용의 내용을
열 가지로 분류하였다(『이야기 한국과학사』, 서울신문사 1985).

① 기본단위의 설정
② 기본단위의 분수점 등분
③ 정사각형과 그 대각선($\sqrt{2}$)으로 전개(또 이 단위를 이용해서 입체도형을
구성한다)
④ 등급차수를 이용한 본존불 형상의 결정
⑤ 정삼각형과 그 수직선의 분할(본존불과 받침 크기)
⑥ 정육각형의 한 변과 외접원(굴의 입구와 내부의 평면도 관계)
⑦ 정팔각형과 내접원(본존불과 받침의 구성)
⑧ 원과 원주율
⑨ 구면(球面)
⑩ 타원

1960년대의 석굴암 수리공사에 대하여 강력한 반론을 제기했던 남천
우 박사(전 서울대 교수, 물리학)는 "석굴의 구조란 깊이 조사하면 조사할수
록 실로 무서우리만큼 숫자상의 조화로 충만되어 있다"고 말하면서 그것
을 실현해낸 기술의 신비로움을 다음과 같이 말하였다(남천우 「석굴암 원형
보존의 위기」, 『신동아』 1969년 5월호).

석굴은 경이적인 정확도로써 기하학적으로 건립되었다. 이 정확도
는 1천분의 1, 아니 1만분의 1에 달한다. 1만분의 1이란 10미터에 대

| 요네다가 그린 석굴 측량도면 | 석굴구조의 치밀한 수리적 관계가 한눈에 증명되고 있다.

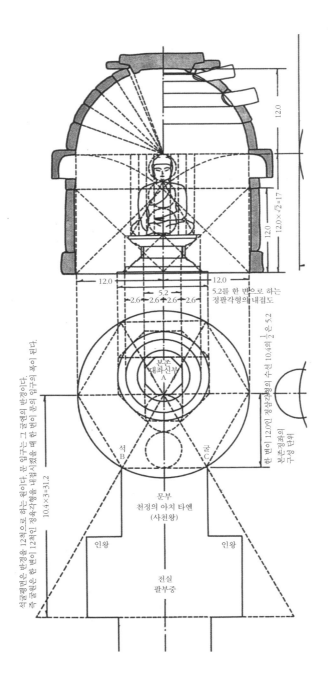

12.0

12.0×√2=17

12.0

5.2를 한 변으로 하는
정팔각형의 내접도

12.0   12.0

5.2

2.6 2.6 2.6 2.6

본존
대좌신부
A

석
B

굴
C

문부
천정의 아치 타엔
(사천왕)

인왕   인왕

전실
팔부중

한 변이 12.0인 정삼각형의 수선 10.4의 1/2은 5.2

본존정좌의
구성 단위

석굴평면은 반경을 12척으로 하는 원이다. 문 입구는 그 곱원의 반경이다.
측곱원은 한 변이 12척인 정육각형을 내접시켰을 때 한 변이 문이 입구의 폭이 된다.

10.4×3=31.2

석재가 얼마나 정확한 위치에 놓여 있었다는 뜻인지를 알 수 있을 것이다.

더욱이 석굴 본당은 정원(正圓)으로 이루어져 있고 이 원호(圓弧)를 구성하고 있는 조각의 숫자만도 15구에 달한다는 사실을 생각해보면 거대한 화강암의 암석을 갖고 마치 밀가루반죽이라도 다루듯 자유자재로 다듬어놓았던 신라인의 솜씨도 놀랍거니와 그러한 솜씨를 뒷받침하여준 신라인의 기하학에 대해서도 경탄할 뿐이다.

석굴 본당의 원호를 그 내접하는 육각형으로 분할하여 육각형의 한 변을 입구로 삼고 나머지 원호를 정확하게 분할해낸 계산능력, 그리고 천장의 궁륭부를 이루는 원호를 정확하게 10등분해낸 계산능력은 거의 신기에 가까운 것이다. 그리하여 남천우 박사는 다음과 같이 말하기에 이른다.

신라인들은 원주율(圓周率) 파이(π)의 값을 3.141592……보다도 훨씬 더 높은 정확도로 알고 있었을 것은 물론이고, 아마도 정12면체에 대한 정현(正弦)법칙, 다시 말하면 싸인(sin) 9°에 대한 정확한 값을 구할 수 있는 기하학을 최소한도의 것으로 갖고 있었다.

석굴 밑에서 샘이 솟는 이유

석불사의 석굴에 오르면 우리는 넓은 공터에서 석굴을 마주보게 된다. 바로 그 공터 앞 맞은편 바위에서는 천연샘이 솟아나고 이를 감로수라고 부른다.

이 감로수는 신비하게도 석굴 본당의 암반 밑에서 용출하는 두개의 샘이 흘러내리는 것이다. 1913년에 시작된 보수공사 때 일제는 콘크리트벽을 세우기 위해 암반을 파고들다가 이 샘을 발견하고는 그 습기가 석굴 내부로 스며오르는 것을 방지하기 위해 아연관(鉛管)을 묻었다.

1963년 석굴 수리공사를 재개할 때도 이 샘물이 큰 문제가 되었다. 일제 때 묻었던 연관은 이제 다 삭아버려 튼튼한 동(銅)파이프를 묻어 석굴 밖으로 빼내었다.

일제시대건 3공화국시절이건 석굴의 습기에 결정적 영향을 주는 주요 원인의 하나가 이 샘물에 있다고 생각했던 것이다. 그도 그럴 것이 이 샘물은 10초 동안에 1리터를 뿜어내는 힘찬 용수였다.

1961년 석굴 보수를 위한 외국인 전문가 초빙으로 내한한 유네스코 문화유산연구소장 플랜덜라이스(H. Planderleith) 박사가 석굴 봉토를 걷어내고 조사한 제1차 보고서에서도 이 지하수의 배수문제를 언급하고 있다.

이에 대하여 무엇인가 그렇지 않을 것이라는 이견을 갖고 있던 분은 이태녕(李泰寧, 전 서울대 교수. 화학) 박사였다. 그분의 회고담이다.

　플랜덜라이스 박사가 샘물이 나오는 것을 보고 2미터 정도의 배수구를 만들어 샘물을 처리해야겠다는 것이었습니다. 그래서 제가 질문 겸 제안을 했습니다. 물이 올라가서 적셔진다고들 하는데 그러면 왜 (신라인들이) 샘 위에다 석굴을 지었을까요? 이 문제를 어떻게 생각합니까? (…) 샘 위에 지어놓은 석굴이 천몇백년 동안 이 정도로 보존되어 있다는 사실을 검토해야 할 필요가 있지 않겠는가? 내가 가설로 실험방법을 제안하겠다. 내 가설은 적절치 않아도 앞으로 원형에 대한 귀중한 자료가 될 것이다. 그 샘물의 침입수가 0퍼센트라고는 단정할 수 없지만 거의 다 응축되어 있는 것으로 보인다. (…) 여기서 중

| 석굴 암반 밑의 샘물 배수관 | 석굴 암반에는 두개의 샘이 솟아오르고 있는데, 20세기 두 차례 보수공사 때마다 배수관으로 빼내는 작업을 했을 뿐, 그 오묘한 자연원리의 응용은 알아채지 못했다.

요한 것은 표면온도와 공간온도를 측정하여 공기의 흐름이 오전과 오후, 여름과 겨울에 어떻게 차이가 나는지를 조사하는 (…) 상대습도와 상대온도를 강조해서 제안을 했습니다. 플랜덜라이스 박사는 이것을 받아들여 그전의 1차 보고서를 교정한 2차 보고서를 만들었습니다. (『석굴암의 과학적 보전을 위한 국내전문가회의 회의록』, 문화재관리국 1991)

그러나 플랜덜라이스 박사의 제2차 보고서는 시행자들이 받아들이지 않았다.

이 과정에서 나는 참으로 재미있고 중요하고 무서운 사실을 하나 알게 되었다. 이태녕 박사나 남천우 박사 같은 이학박사, 즉 과학자들은 신라인들의 과학성을 믿고 있었고 그들의 과학성이란 20세기의 기계장치를 연상케 하는 과학이 아니라 자연의 순리를 응용하는 또다른 고도의 과학임을 염두에 두고 있었다. 그래서 과학자들은 석굴보존과 관련한 여러 문제점을 해결하기 위해서는 석굴을 신라시대의 원형으로 돌려놓아야 한다는 주장을 하고 있는 것이다.

그러나 과학을 제대로 모르는 미술사가, 고고학자, 행정가 들은 그저 무슨 과학적인 방법으로, 과학이 낳은 유식한 기계에 의하여 보존할 궁리를 하였다는 사실이다.

김대성이 석굴을 왜 샘물이 솟는 암반 위에 세웠는가? 동해를 바라보는 자리는 토함산에 얼마든지 있건만 왜 바로 이 자리였는가? 이 문제는 결국 이태녕 박사가 그 신비를 풀어냈다. 이태녕 박사는 1973년 2월에 열린 역사학회 월례발표회에서 「석굴암의 구조와 습기문제」라는 논문을 발표하였는데 그 요지가 『법시』 통권 67호(1973년 4월호)에 다음과 같이 실려 있다.

석굴암 석면(石面)의 결로현상은 석면의 온도조절이 균형을 잃은 데서 일어난다. 일제 때 보수하기 이전(즉 원형)에는 석굴 밑에 있는 두개의 샘물 때문에 석굴 바닥의 온도가 조각이 있는 벽면보다 낮아 바닥돌에서만 결로현상이 나타나고 풍화작용도 이곳에서만 심했다. 그러나 일제 때 두 차례에 걸친 보수공사에서 바닥을 강회로 보강하고 샘물을 연관으로 돌리고 요석 뒷면에 콘크리트를 다져넣었기 때문에 온도가 낮아야 할 바닥돌의 온도가 높아지고 반대로 요석 부분의 온도가 낮아져 정교한 조각이 있는 벽면에 물기가 돌고 있는 것이다.

바로 그것이었다. 실내에 스며든 수분은 섭씨 0.1도의 온도차이만 있어도 차가운 쪽에서는 물분자 이동이 저하되어 결로(結露)현상이 일어난다는 사실을 신라사람들은 알고 있었다. 그래서 밑으로 샘물이 흐르는 암반은 섭씨 4~10도를 유지하므로 결로현상은 바닥에서만 생기고 석굴 자체는 조금도 손상시키지 않는다는 슬기를 갖고 있었다.

그러니까 석굴의 습기문제는 일제시대의 콘크리트벽, 3공화국시절의 목조전실과 유리장, 샘물의 배수관 등을 모두 제거하면 자연스런 상태에서 원활히 보존된다는 결론에 다다르게도 되는 것이다.

진짜 과학자란 모름지기 자연현상을 거스르지 않으며, 거기에 순응하는 과학적 사고를 하는 분임을 나는 여기서 알았다.

해는 동쪽에서 떠오른다

토함산 동쪽 산자락 해발 565미터상에 세워진 석불사의 석굴이 향하고 있는 방향은 동동남 30°이다. 멀리 동해바다의 수평선이 바라다보이는 자리다. 왜 정동(正東)이 아니고 30°를 남쪽으로 이동하였는가? 이것은 오랫동안의 의문이었다. 일본인들은 다만 지리적 편의로만 생각했다.

1960년대 석굴의 보수공사 총감독을 맡았던 황수영 박사가 이것은 문무대왕의 대왕암이 있는 동해구(東海口)를 바라보고 있는 것이라는 설을 1964년에 발표한 이래 지금도 많은 일반인들은 이 학설을 정설로 믿고 싶어한다. 이 논증을 위하여 황수영 박사는 1967년에 대왕암은 곧 수중릉이라는 주장을 폈고, 석굴의 본존불은 아미타여래라는 학설까지 내놓았다.

황수영 박사는 석불사 석굴의 방향이 감은사가 있는 동해구 대왕암을 바라보는 시점과 비슷함에 주목하면서 신라에서는 왕릉 앞에 석불을 배치했던 예에 따라 조영된 것으로 해석하고 있다. 그것이 대왕암과 석불사 석굴을 호국불교, 왜(倭)의 침략에 대한 수호, 진골 김씨왕조의 안녕을 비는 기복신앙, 김대성이 전세의 부모를 위해 지었다는 설화 등으로

동해구 대왕암 정면(동남30°)

| **석굴의 방향** | 석굴이 바라보는 방향은 대왕암이 아니라 동짓날 해뜨는 동남 30°임을 증명한 남천우 박사의 사진.

연계시킨 내용이다.

그러나 이 해석에는 많은 무리가 따르고 있다. 석불사 창건은 문무대왕 사후 신문·효소·성덕·효성 왕을 거쳐 경덕왕에 이르는 71년 뒤의 일이다. 게다가 대왕암의 위치는 석굴에서 정확하게 바라보는 시점에서는 왼쪽(동쪽)으로 밀려 있는 곳이다. 혹자는 대충 그 방향이면 그럴 수 있는 것 아니겠느냐고 말할지도 모른다. 그러나 어림도 없는 얘기다. 신라 사람들은 이미 석굴구조에서 보았듯이 '무서울 정도'로 과학적이고 치밀했다. 더욱이 석불사 석굴과 토함산 정상 부근에는 대왕암을 훤히 조망할 수 있는 자리가 얼마든지 있다.

석불사 석굴의 대왕암 조망설은 김대성의 창건설화와 문무대왕을 연결시킬 수 있는 합당한 이유를 설명하는 데도 충분한 논거를 제시하지 못했다. 또 신라가 통일을 이루는 데 호국불교의 힘이 컸음은 내남이 모

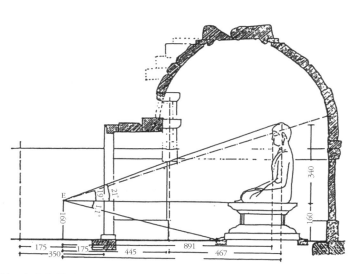

| 김익수 교수가 제시한 예배자의 정위치 | 전실 중앙에 서면 본존불 크기의 3배 되는 거리, 앙각 20°를 유지하게 된다.

두 알고 있지만 통일 후 100년이 지난 통일신라 전성기에 그런 '군사문화'를 위해 이런 대역사를 벌였다는 것도 이해하기 힘들다.

김원용 박사도 석굴의 위치선정은 '호국용(護國用)'이 아니라 어떤 정신적 성격일 것이라며 이 설을 받아들이지 않았다. 1969년도 석굴암논쟁 때 남천우 박사도 그런 '사소한 문제'가 아니었을 것이라고 했다.

남천우 박사는 석굴의 방향은 대왕암(28.5°)과 일치하는 것이 아니라 동짓날 해뜨는 방향(29.4°)과 일치한다는 사실을 「석굴암에서 망각된 고도의 신라과학」(『진단학보』 제32호, 1969)에서 발표하였다.

석불사의 석굴이 지금처럼 목조전실로 세워진 것이 아니라 개방구조가 원형이라고 생각할 때 동짓날 일출이 지니는 의미는 자못 큰 것이다. 동지는 일년의 끝이 아니라 시작을 의미한다. 석굴구조의 수리적 관계를 생각할 때 동짓날 일출의 방향은 설득력을 더하게 된다.

'해는 동쪽에서 떠오른다'는 평범한 사실, 그것을 우리는 너무도 오랫동안 모르고 살 정도로 자연을 멀리하고 살아왔다. 한 해의 시작을 자연변화에서 아무런 징후를 나타내는 것도 상징하는 바도 없는 양력 1월 1일이 아니라, 음(陰)이 쇠하고 양(陽)이 비로소 일어나기 시작하는 바로 그 순간인 동짓날로 잡고 살았던 옛사람들의 생활형태가 훨씬 과학적이고 철학적이었던 것이다.

김대성의 키는 170센티?

석불사의 석굴에 관하여 이제까지 씌어진 저서와 논문은 350편에 달한다. 가히 '석굴학(石窟學)'이라 일컬을 만하다. 글쓴이의 전공을 보면 미술사, 고고학, 역사학, 불교학, 건축학, 과학사, 자연과학, 보존과학 등 관련있는 전분야의 연구인력이 모두 동원되고 있다. 그런 중 조각가로서 석굴을 관찰한 아주 재미있고 유익한 논문이 영남대 김익수 교수에 의해 발표된 바 있다(「석굴암 원형에 관한 견해」,『영남대학교논문집』제14집, 1980).

김익수 교수는 석굴의 원형은 남천우 박사가 주장하는 개방설과 전실은 전개가 아니라 굴절이라는 주장에 동조하면서 김대성의 키는 170센티미터라고 추정하는 신기한 주장을 편다.

김교수는 조각가(창작자) 입장에서 본존불의 크기가 결정되었을 때 좌대의 높이는 어떻게 설정할 것이며, 얼마만한 거리에서 볼 때 그것이 가장 잘 보이는가를 따지지 않을 수 없다는 사실에서 접근하였다.

이를 위하여 실측하는 과정에서 김교수는 석굴 본당 뒷벽에 붙어 있는 광배가 원형이 아니라 타원이라는 사실을 밝혔다. 이 연화광배의 지름이 좌우는 224.2센티미터임에 반하여 상하는 228.2센티미터로 아래위가 약 4센티미터 긴 타원형이다. 그 이유는 아래에서 위로 올려다보았을 때(仰

角), 사각(斜角)의 시각 협착으로 실제보다 짧아 보이는 현상을 감안한 것으로, 일정한 지점에서 보면 이 타원형이 오히려 정원으로 보인다는 것이다.

그러면 일정 지점은 어디인가? 그는 물체를 바라볼 때 가장 알맞은 거리는 물체의 최대 높이(또는 최대 길이)의 3배, 회화의 경우는 대각선 길이의 3배라는 조형원리를 상기시키면서 이 3배의 거리는 물체의 양끝을 바라보는 시각이 20°가 된다는 사실에서 석굴의 본상을 관찰하였다.

그 결과 창조자가 요구하는 관점은 전실의 정중앙에 해당하는 자리가 되는데, 이때 사람의 키에 따라 부처의 얼굴이 두광(頭光)의 정중앙에 놓이기도 하고 약간 위쪽 또는 아래쪽이 된다는 것이다. 이를 더욱 치밀하게 측량한 결과 보는 사람의 눈높이가 160센티미터일 때 불두는 두광의 정가운데 놓이는데, 더욱 신기한 것은 이 길이는 곧 좌대의 높이와 일치한다는 사실이다. 따라서 160센티미터의 눈높이를 가지려면 키가 172센티미터로 되어야 하는데 이때 가죽신 또는 짚신의 높이 2센티미터를 빼야 하므로 김대성(설계자)의 키는 170센티미터가 된다는 계산이다.

본존불은 과연 누구인가

석불사 석굴사원의 본존불을 우리는 그냥 본존불이라고 부르는 데 익숙해 있다. 그 이유는 이 불상이 석가모니라는 설, 아미타여래라는 설, 비로자나불이라는 설 등이 팽팽히 맞서 있기 때문이다. 본존불의 인상(印相)은 분명 항마촉지인을 하고 있다. 석가모니가 성도(成道)할 때 마귀를 항복시키고서 손가락으로 땅을 가리키는 순간의 모습을 묘사한 것이다. 그래서 오른손 검지손가락이 살짝 들려 있다. 이 점에서는 석가여래로 보는 설이 우세하다. 그런 중에도 민영규 선생은 불국사의 다보탑과 석가탑은 법화경의 「견보탑품」에서 유래하는 것으로 미루어 석불사 본존을 영취산 정토에서 설법하는 석가모니로 보았고, 문명대 교수는 「관불삼매경」에 근거를 둔 석가상으로 주장하며, 남천우 박사는 12지연기보살과 연계된 석가여래라는 설을 내놓았다.

황수영 박사는 아미타여래설을 주장하고 있다. 통일신라시대에는 군위삼존불에서도 보이듯 아미타여래도 항마촉지인을 하고 있는 예가 있고 8세기 중엽에는 미타신앙이 팽배해 있었던 점, 본존불 뒤에 11면관음보살상이 있는 점, 석불사에 '수광전(壽光殿)'이라는 현판이 19세기에 걸려 있었다는 주장 등에 근거한 것이다.

이에 반하여 이 본존불을 불법 그 자체를 의미하는 법신불(法身佛)로서 비로자나불이라고 이해하는 견해가 있다. 김리나 교수는 화엄경의 세주묘엄품(世主妙嚴品)에서 적멸도량의 깨달은 부처는 설법장소가 바뀌어도 촉지의 자세로 다른 곳에 화신(化身)으로 나타나고 있으므로, 비로자나불이면서 석가의 권속들을 이끌고 있다고 해석하고 있다.

이와 같이 설이 오가는 중에 강우방 선생은 움직일 수 없는 중요한 사실 하나를 발견하였다. 강우방 선생은 측량기사 요네다의 논문을 주목하고 있었다. 석굴의 연구는 여기에서 시작해야 한다는 생각까지 갖고 있다고 한다. 그런데 요네다는 건축적 구조만 설명했을 뿐 어쩌면 가장 중요한 본존불의 크기가 왜 높이가 11.5자, 무릎과 무릎 사이가 8.8자, 어깨너비가 6.6자로 되었는지에 대하여는 밝히지 못하였다.

강우방 선생은 이 수치의 근거를 찾아내기 위하여 각종 문헌자료를 조사하던 중 현장법사의 『대당서역기』를 읽다보니 신기하게도 똑같은 수치가 나오는 것이었다. 당나라 현장법사는 인도에 가서 부다가야의 마하보리사에 석가모니 성도상(成道像)이 세워질 때의 이야기를 다음과 같이 기록해놓았다.

정사(精舍) 안을 들여다보니 불상이 엄연한 자태로 결가부좌하고 오른발을 위에다 얹고 왼손을 샅 위에 두었으며 오른손을 늘어뜨려 (항마인을 하고) 동쪽을 향하여 앉아 있었다. 그 근엄한 모습은 참으로 그곳에 부처가 있는 것과 같았다.

대좌의 높이가 4.2자이고 너비는 12.5자이며, 불상의 높이는 11.5자, 양무릎 사이가 8.8자, 양어깨 사이가 6.2자였다. 얼굴 모습은 원만구족하여 그 자비로운 얼굴은 산 사람과 같았다. (…) 사람들은 모두 진심으로 그것을 만든 이가 어떤 사람인가 알고 싶어했다.

어깨너비의 4치 차이만 제외한다면 바로 그 숫자와 방향과 모습이 일치하는 것이다. 그렇다면 석불사 석굴의 본존상은 부다가야 마하보리사의 석가 성도상을 모델로 하여 조영된 것이 분명하다.

석불사 석상들의 도상체계를 밝히려는 불교학자·미술사가들은 줄곧 불경의 어느 경전에 근거한 것인가를 찾아내어 교리관계에서 밝히려고 노력해왔다. 그러나 불상의 조영이란 교리사(敎理史) 내지 불교사상사의 직접적 반영이라기보다는 신앙사, 즉 그 당시 신앙의 형태와 더 밀접하다. 그러니까 석불사 석굴의 40존상이란 부처를 중심으로 하여 그분을 보필하고 수호하는 모든 거룩한 존재의 배치라는 아주 간명한 원리에 근거한 것인지도 모른다. 그러니까 부처 주위에는 당시 신라인들이 알고 있고 좋아하는 보살, 천, 나한 등을 총동원하여 배치한 것으로 생각된다.

반보 선생의 유래

1986년 초여름, 동주 이용희 선생이 대우재단 이사장으로 계실 때 '미술사학연구회'의 결성을 준비하면서 실험적인 연구방식으로 신라왕릉 형식의 변천을 공동답사하는 기회를 가졌다. 당시 경주박물관장이던 정양모 선생의 인솔과 해설로 진행된 그 답사는 다 함께 석불사 석굴에 올라 한시간 남짓 관람하고 저녁 회식자리를 갖는 푸짐한 '보너스'가 있었다.

그 자리에서 미국유학을 마치고 갓 귀국한 강우방 선생은 석불사 석굴의 연구동향을 간략하게 보고하면서 자신이 『대당서역기』에서 그 수치를 찾아냈다는 얘기를 처음 하였다. 그러자 동주 선생은 크게 놀라고 기뻐하며 이렇게 치하했다.

"그거 큰 거 발견했습니다. 축하만스럽습니다."

"크기야 할까요. 다 요네다가 통일신라 자를 복원해서 실측해 제시해놓은 수치가 있었으니까 가능했죠. 저는 이제 요네다의 석굴연구에서 한 발짝도 못되는 반보(半步) 정도 나아갔죠."

"반보라! 강선생, 앞으로 아호를 반보로 하시오. 그거 멋있네. 더 나이들어 사람들이 반보 선생이라고 부르면 더 멋있겠네."

반보 선생의 노력과 성과 역시 '소중현대(小中現大)'를 구현한 것이었다. 나는 그날 반보 선생이 마냥 부러웠다.

1994. 7.

무생물도 수명이 있건마는

1963년 보수공사 / 전실문제 / 광창문제 / 보존문제 /
신라역사과학관 / 유치환 시 / 서정주 시

또다시 작동되는 보일러

8·15해방 이듬해인 1946년 11월, 석불사의 석굴은 이끼 제거를 위하여 일제가 남겨둔 흉기, 보일러를 작동하여 증기세척 작업을 시행하였다. 원인제거가 되지 않는 한 그 방법밖에 없었는지도 모른다. 6·25동란이 끝난 1953년 보일러는 또 한차례 가동되었다. 그러나 이때의 증기세척 작업은 경주박물관 직원에 의한 조심스러운 작업이었다고 한다.

문제는 1957년, 해방 후 제3차 세척작업이었는데 이것은 경주교육청이 청부업자에게 지시하여 긴급하게 실시한 것이었다. 당시 관광차 내한한 외국인 관광객의 도착 전에 세척한다고 사용준칙인 열도(熱度)의 조절, 1자 이상 거리에서의 분무 등을 무시하고 쏘아댔다. 이것이 신문에 "펄펄 끓는 수증기의 세례에 다박솔로 문질러댄 석굴암"이라고 보도되

자 정부는 문교부차관을 파견하여 진상규명을 하기에 이르렀다. 이를 계기로 문교부 산하 문화재관리국에는 1958년 1월에 '석굴암 보수공사 조사심의위원회'가 결성되어 이승만정권하에서 3차에 걸쳐 조사단을 파견했다.

1960년 4·19혁명이 일어나고 장면정권이 들어서면서 '석굴암 보수공사'는 급진전되어 1960년 5월 21일 건축가 배기형씨에게 설계를 의뢰하였고, 1961년 3월 16일에는 문화재위원회에서 이중돔 설치를 설계한 배기형씨 설계안이 검토되었다.

그러나 1961년 5·16군사쿠데타가 일어난 다음 열린 5월 24일 문화재위원회 제1분과회의는 배기형씨 설계안을 돌연 폐기하고, 6월 7일에는 건축가 김중업씨에게 새로 설계를 위촉하게 되었다. 이 갑작스런 설계자 변경과 심의회 사업이 원점으로 돌아간 것에 대해서『석굴암수리공사보고서』에서는 "이러한 변경은 5·16군사혁명 직후에 있어서의 하나의 풍조를 반영하는 (…) 조치였다"고만 적혀 있다. '군사혁명 직후에 있어서의 하나의 풍조'가 무엇인가는 당대를 산 분들은 대개 짐작하겠지만 지금의 젊은 독자들이 과연 이해할 수 있을지 모르겠다. 궁금한 분은 나이 드신 분께 여쭈어보기 바란다.

박정희의 등장과 공사 진척

설계담당자 변경으로 보수공사가 답보상태에 들어가 있는 상황에서 장면정권 시절에 초청한 유네스코 문화재연구소장 플랜덜라이스 박사

| **11면관세음보살상** | 다른 부조에 비해 강하게 돌출시키고 6.5등신의 현세적 미인관을 반영하여 이상적인 미인관, 즉 '미스 통일신라'상에 접근하고 있다.

가 1961년 7월 17일 내한하였다. 그는 21일에는 현지로 내려가 조사하면서 "석굴의 누수상태와 지하수 문제의 검토를 위하여는 석굴을 덮고 있는 봉토층의 제거가 필요하다"는 보고서를 내었다. 문교부는 긴급회의를 소집하여 이를 승인함으로써 7월 31일부터 봉토 제거작업이 시작되었다. 이것이 1964년부터 시행되는 본격적인 보수공사에 대한 예비공사의 시작이었다.

3년을 끌며 답보상태에 있으면서, 공사설계안도 마련되지 않은 상태에서 외국인 박사 한 사람이 와서 봉토를 파봐야 한다니까 문교부는 긴급회의까지 열면서 승인했다는 사실이 마냥 서글프기만 하다.

그러나 석굴 보수공사가 이처럼 급진전을 보게 된 데에는 또 하나의 힘, 5·16 직후 혁명정부의 단안이 있었다고 『석굴암수리공사보고서』는 밝히고 있다. 3선개헌과 유신헌법을 동원한 박정희 대통령은 살아있는 국민만이 아니라 말없는 문화재에도 독재의 힘을 휘둘렀다. 그것도 국가재건최고회의 의장 박정희 소장 시절부터였다.

불국사 복원, 아산 현충사 건립, 천마총 발굴, 한국미술 5천년전, 해인사 경판고 이전 구상…… 그 모두가 '각하'의 지시하에 이루어졌다. 그는 이러한 문화재 발굴과 보수 사업에도 일일이 의견을 내면서 지시하고 감독하였다. 우리가 문화재 현장에서 보는 콘크리트 한옥에 미색 수성페인트를 칠한 천편일률적인 집들은 모두 박정희의 안목으로 결재된 것이다. 석불사 석굴의 60년대 보수공사가 또다른 오욕의 이력이 되고 만 것은 박정희의 지나친 관심과 간섭의 결과였다. 그것은 지금이니까 회한의 역사로 그렇게 말하는 것이고 당시 석굴 보수공사는 막강한 독재자의 의지대로 착착 진행되었다.

플랜덜라이스의 2차 보고서

석굴 보수공사는 조사, 예비공사, 본공사로 나뉘어 진행되었다. 공사의 원활한 진행을 위하여 2인의 중앙감독관을 두기로 하여 문화재위원인 황수영 박사와 건축가 김중업씨가 임명되었다.

수리공사의 기본방침은 석굴의 습기와 이끼를 원인부터 제거하기 위하여 ① 빗물이 스며들지 못하도록 이중돔을 세운다, ② 지하수가 스며들지 못하도록 석굴 밑 암반에서 나오는 샘물의 배수구를 강화한다, ③ 습한 공기의 유입을 막기 위하여 전실에 목조건축을 세운다, ④ 석굴 내부의 환기를 위하여 지하에 공기통로를 만들어 이중돔 공간으로 빠지게 한다는 것이었다.

이것은 석굴의 습기문제가 '습한 공기의 유입'에 있다는 판단에 근거한 것이었다. 그러나 석굴에 대하여 누구보다도 열정적으로 연구해온 남천우 박사의 견해에 따르면 석굴의 습기는 물이 스며드는 누수현상이 아니라 '결로현상'에 있다는 것이다. 즉 외부와 내부의 공기 온도차가 심하여 이슬점(露點)에 다다르면 자연히 이슬방울이 생긴다는 것이다. 따라서, 공사방침은 공기의 유입을 막는다는 것이지만 이는 반대로 공기가 원활하게 유동할 수 있도록 개방해야 하며, 그것이 석굴의 원형이라고 주장하였다. 그러나 남천우 박사는 당시 문화재위원에 위촉되어 있지 않았고 그의 주장은 받아들여지지 않았다.

더군다나 유네스코 플랜덜라이스 소장은 7월 21일 경주에 내려가 하루 동안 조사한 다음 23일에 의견서를 제출하면서 공사단의 방침이 옳다는 판단을 내리고 이 의견서로써 자신의 건의는 종결한다고 하였던 것이다. 그리하여 7월 31일부터 예비공사를 위한 석굴 봉토 제거작업이 시작되었다.

문화재 보존과학에서 세계적인 권위를 갖고 있던 플랜덜라이스는 의견서 제출 이후에도 현지에서 조사를 하며 이태녕 박사 같은 자연과학자들과 의견을 교환하면서 뒤늦게 한국의 자연조건이 사계절의 온도차가 한여름 섭씨 35도에서 한겨울 영하 15도에 이르는 큰 차이가 있음과, 상대온도·상대습도에 의해 결로가 생긴다는 자연원리를 인지하고서는 지난번에 제출한 의견서를 정정하는 2차 의견서를 내게 되었다. 그 제출날짜가 8월 18일이었으니 25일간의 연구결과이기도 하였다.

내가 측정한 결과로서 8월중의 낮온도는 섭씨 35도, 습도 95퍼센트에 달하는 덥고도 습한 것이므로 기온이 30도로 내려가는 밤에는 저온의 표면에 이슬이 맺히게 될 것이다. 따라서 젖는 것을 막을 수 있는 주요한 방법은 통풍이므로 석굴암을 밀폐하려는 시도는 중대한 과오를 저지르는 것이 될 것이다. 그러므로 나의 지난번 의견은 정정되지 않을 수 없게 되었으며 심사숙고를 거듭한 결과로서의 나의 의견은 석굴암 전면부에 지붕을 얹거나 또 문을 해 다는 것에 대하여는 '전적으로 반대'(all against)한다.

그러나 플랜덜라이스의 2차 의견서는 묵살되었다. 공사단의 방침은 이미 대통령에게 보고된 방향으로 굳어져 있었다.

나는 여기에서 플랜덜라이스의 두 얼굴을 보게 된다. 하나는 오만스럽게도, 아니면 경박하게도 불과 하루 만의 조사에 의견서를 내면서 그것으로 자신의 보고서를 끝낸다고 한 지나친 권위의 과시이며, 또 하나는 자신의 소임을 다했으면서도 25일 뒤에 요구하지 않은 2차 의견서를 제출하는 학자적 양심 두 측면이다.

목굴암이 되는 석굴

석굴 보수공사에서 전실에 목조건축을 얹는 것은 '습한 공기의 유입'을 막기 위한 조처로만 구상된 것이 아니었다. 공사단은 석굴의 원형이 그렇다는 주장을 갖고 있었던 것이다. 석굴 주위를 조사 발굴하는 과정에서 8세기 후반, 창건 당시 것으로 추정되는 기왓장에 "석불사"라는 명문이 새겨져 있는 것을 수습한 것이다. 그러나 그 기와는 목조건축의 기와인지, 봉토 위의 깨진 천장덮개돌로 물이 유입되는 것을 막기 위한 일부인지는 알 수 없는 것이었다.

황수영 박사와 공사단 측에서는 또 간송미술관이 소장하고 있는 겸재 정선의 『교남명승첩(嶠南名勝帖)』에 들어 있는 「골굴석굴(骨窟石窟)」 그림에 목조건축으로 되어 있는 것을 제시했다. 그러나 겸재가 1733년(58세)에 그렸다는 이 그림은 겸재가 60대에 보여준 화풍과 매우 달라서 진경(眞景)을 진경답게 그린 것이 아니다. 그래서 일부 학자 중에는 그의 손자 정황의 그림으로 보는 견해도 있을 정도로 겸재로서는 불명예스러운 작품이다. 뿐만 아니라 「골굴석굴」은 말 그대로 기림사 쪽의 '골굴암'을 그린 것으로 보는 것이 더 타당하다.

석굴의 전실에 목조지붕을 얹는다는 일은 원형을 위해서도, 보존을 위해서도 맞지 않는 일이었다. 그러나 공사는 그렇게 진행되었고 '석굴암'은 '목굴암(木窟庵)'으로 되고 만 것이다. 석굴 전실에 목조건축을 세운다는 것은 황수영 박사의 일관된 주장이었으며 한편으로는 박정희의 생각이기도 했다.

전실 석상의 전개 문제

1961년 7월 31일, 봉토 제거작업이 시행되면서 본격화된 석굴 수리공

| **목조건물로 막힌 석굴의 전실** | 석굴의 전실을 목조건물로 막음으로써 외견상 '석굴암'은 '목굴암'이 되고 말았다.

사는 1961년 9월 13일에 공사 현장사무소가 설치되었다. 예비공사는 1963년 6월 30일까지 약 2년에 걸쳐 실시된 것이었다.

예비공사가 진행되는 동안 본공사의 설계안이 계속 심의되었는데 1962년 10월 18일 회의에서는 목조암자 문제로 황수영·김중업 2인의 중앙감독관 사이에 의견대립이 생긴다. 결국 12일 뒤 김중업씨는 중앙감독관에서 해임되고 며칠 후 김중업씨와 맺은 설계계약도 해약절차를 밟는다.

11월 13일, 김중업씨 후임에 김원용 박사가 임명되었다. 황수영과 김중업의 의견차이는 전실에 목조건축을 얹기 위하여 벽면을 현재의 절곡(折曲)에서 전개(展開)로 바꾸는 문제였다. 당시 전실은 양측면의 팔부중상이 한 분씩 등을 돌리고 꺾여 금강역사와 마주보는 형상으로 되어 있었다. 이것을 네 분씩 나란히 편다는 주장이 나온 것이다. 이것을 편다는 것은 곧 원형의 파괴를 의미하는데 황수영 박사는 그것이 일제 때 잘못한 것이라는 주장을 갖고 있었다. 그러나 팔부중상을 전개하게 되면 요네다가 측량했던 '무서우리만큼 치밀한' 기하학적 수리관계는 다 무너지고 만다.

1963년 2월 16일, 새 감독관에 임명된 김원용 박사는 현지의 석재를 조사하고는 굴곡부분은 원형(原形)이므로 이를 변경해서는 안된다는 결론을 내린다. 또 11일 뒤 10인의 관계자가 현지에 가서 같은 결론을 내린다.

그러는 사이 본공사가 시작되는 1963년 7월 1일이 되었다. 그리고 7월 2일 김원용 박사는 중앙감독관에서 해임되고 황수영 중앙감독관이 혼자 주관하게 되었다.

석굴 전실의 절곡을 편다는 것은 문화재위원회의 승인이 있어야만 가능한 것이었다. 문화재위원회는 이를 승인하지 않았고 8월 14일 황수영 감독관은 사의를 표한다. 그러나 황수영 감독관은 해임되지 않으며 더 조사한다는 명분으로 굴곡부를 해체하기 시작했다.

10월 12일, 문화재위원회에서는 굴곡면의 전개를 둘러싼 논란 끝에 표결 제의를 물리치고 굴곡부를 전개하되 그 대신 상반된 논의내용은 모두 보고서에 기록하기로 결정했다.

나는 이 과정에서 법정이나 국회에서 속기록에 기록해둔다는 증언의 의미를 비로소 실감했다. 후세의 올바른 판단을 위한, 그리고 자신의 양심과 명예를 위한 증거보존의 뜻이 얼마나 중요한가를.

이상의 진행과정은 『석굴암수리공사보고서』에 실린 회의록에 자세한데 나는 왜 이 문제가 이처럼 무리하게 강행되었는가를 잘 몰랐다. 그것을 남천우 박사는 『석불사』(일조각 1990)에서 다음과 같이 증언하고 있다.

당시는 아직도 군사회의에 의한 통치시대였다. 그러므로 사실 문화재위원회가 정부로부터의 압력을 이 정도라도 버티기는 매우 어려운

| **팔부중상** | 전실 양쪽으로 늘어선 팔부중상은 바깥쪽 한 분의 키가 세 분과 다르다. 이는 전실이 전개가 아니라 절곡이었음을 말해주는 것이다.

처지였다. 그러나 이 이후에는 문화재위원회는 더욱 무력화되며 자문 기관으로 격하된다.

이와 같이 하여 문화재위원회의 승인을 강제로 얻고 나서 불과 5일 이 경과된 10월 17일에는 최고회의 의장인 박정희씨 일행이 석굴 수 리공사 현장을 직접 시찰하고 격려한다.

서울에 있으면서 혁명과업에 바쁜 통치자가 굴곡부 전개 결정의 소식을 듣고 5일 후에 경주 토함산의 석굴 현지에 왔다면 그것은 곧 바로 달려왔다고 표현될 수 있다. 자신의 지침에 대하여 완강하게 반 대하던 문화재위원회가 스스로의 결정을 번복한 이상 박정희씨로서 는 하루속히 석굴 현지에 가보고 싶었던 것이다.

| **석굴 전실의 절곡** | 석굴암이 원래 절곡되어 있다는 것을 증명하는 일제시대 사진.

수굴암, 암굴암, 전굴암

그렇게 강행된 석굴암 수리 본공사는 1964년 7월 1일, 만 1년 만에 준공식을 갖게 된다. 1961년 7월 31일, 봉토 제거작업이 시작된 이래 만 3년에 걸친 대역사였다.

준공식에는 당연히 박정희 대통령이 참석하였다. 그러나 석굴 벽면에서는 눈에 띄게 물이 흘러내렸다. 누수는 물론이고 습한 공기의 유입까지 막는 3년간의 공사가 결국 석굴을 물바다로 만들고 만 것이다. 여론이 비등하였다. "석굴암인가 수(水)굴암인가" "석굴암은 암(暗)굴암." 그리고 그해 여름 석굴의 본존불은 물방울로 샤워를 하기에 이르렀다.

수리공사 이후 석굴에 이처럼 물이 스미는 주요 원인은 철저한 밀폐공사의 잘못을 말해주는 것이었다. 전실의 목조건축보다도 이중 콘크리트 돔이 더 큰 문제였다. 석굴에 생기는 물은 남천우 박사의 진단대로 누수가 아닌 결로현상인바 이중 콘크리트 돔 사이에 들어 있는 더운 공기가 미처 빠져나가지 못함으로써 여름이면 굴 내부의 상대온도·상대습도가 급격히 낮아지면서 생기는 자연현상이었다. 전실의 목조건축도 굴 밖의 더운 공기의 유입은 막아주지만 공기중의 습기를 막는 데는 아무 도움이 되지 않는다. 남천우 박사는 이 원리를 다음과 같이 설명하였다.

> 장마철에 방안의 공기가 밖의 공기보다 훨씬 더 건조하게 느껴지는 것은 방안 공기에 들어 있는 습기의 분량이 실제로 적어서 그런 것이 아니고 방안의 온도가 밖의 온도보다 더 높으므로 방안의 상대습도가 낮기 때문에 그렇게 느껴질 따름인 것이다.
>
> 가령 옷장에도 문이 있고 광에도 문이 달려 있다고 하여 여름철에 옷장을 광 속에 넣어두고 안심할 사람은 아무도 없을 것이다. 그것은 여름철에 광 속이 언제나 습하다는 것을 누구나 잘 알고 있기 때문이며, 광 속이 습한 것을 다소라도 건조하게 해주기 위해서는 대낮에 광문을 열어두는 것이 가장 효과적이라는 것은 주부들도 알고 있는 상식인 것이다. (「석굴암 원형보존의 위기」에서)

그러나 석굴의 습기문제를 근본적으로 검토하는 작업은 이루어지지 않았다. 현상태에서 기계설비에 의한 습기제거를 강구하게 되었고 준공 2년 뒤에는 서울공대 기계과 김효경 박사에게 이 작업이 위촉되었다. 그리하여 석굴에는 급기야 공기냉각장치(에어컨)를 설치하여 기계작동에 의한 강제방식을 취하게 되었다. 그리하여 석굴은 '전(電)굴암'이라는 또 하나의 별명을 얻게 되었다. 근본적인 보존대책이 강구된 것이 아니라 '목굴암' '암굴암'은 그대로 둔 채로 '수굴암'을 면하기 위한 '전굴암'으로 고착된 것이다. 그로부터 30년이 다 된 오늘날까지도 석굴 바로 옆에 붙은 기계는 진동소리를 내며 하루 24시간, 1년 365일 돌아가고 있다.

광창의 문제

박정희 대통령이 석굴을 비롯한 문화재에 관심을 갖고 있는 것은 개인적 취미와 성향일 수 있다. 그러나 독재자들이 문화재와 토목사업에 두는 관심은 자기 능력의 과시와 대국민 선전효과에 있어왔다. 테라우찌 총독이 콘크리트벽으로 '멋있게' 석굴을 보수한 것이나 박정희 대통령이 석굴의 전실에 번듯한 목조건축이 세워지도록 유도한 것이나 같은 맥락에 있는 것이었다.

석불사 석굴이 보수공사 뒤에도 습기문제가 떠나지 않자 남천우 박사는 1969년 『신동아』 5월호에 「석굴암 원형보존의 위기」라는 장문의 글을 기고하였다. 이것이 유명한 '석굴암논쟁'의 발단이 되어 현지공사 책임자였던 신영훈씨의 「석굴암 보수는 개악이 아니다」(『신동아』69년 7월호), 문명대 교수의 「석굴암 위기설에 이의 있다―남박사의 위기설에 관한 반론」(『월간중앙』69년 8월호) 등이 발표되고, 남천우 박사는 다시 「속 석굴암 원형보존의 위기」(『신동아』69년 8월호)를 발표하였다.

이 과정에서 남천우 박사는 석굴의 온전한 보존문제는 온전한 원형을 찾아내는 일이 된다며 석굴의 원형은 대담한 개방구조였고 석굴에는 광창(光窓)이 있었다는 사실을 논증하였다. 또 석굴 본당의 10개 감실은 외벽과 맞붙어 있는 것이 아니라 뒤로 더 물러나 아래쪽에서 공기가 숨쉬도록 되어 있었다는 주장을 폈다.

남천우 박사는 일제시대의 석굴 보수공사 때 어디에 쓴 것인지 몰라 석굴 한쪽에 버려둔 원석재(原石材)들을 검사하면서 호(弧)형을 이룬 긴 석재들이 바로 광창의 부재였다는 것을 제시하였다. 지금 우리는 석굴암을 관람하고 내려오는 길 돌계단 중턱에서 이 석재들을 만날 수 있다. 대부분의 관람객들은 그것이 무슨 돌인지 모르는 채 지나치고 어린이들은

| **석굴의 광창 상상 모형** | 남천우 교수는 석굴 전면에 이와 같은 광창이 있었을 것으로 추정하고 있다. 신라역사과학관이 제작한 모형.

| **버려진 석굴 원석재 중 광창 부분** | 석굴에서 내려오는 돌계단 한쪽에 있는 원석재 중에는 광창에 사용됐으나 빼어버린 호형의 돌이 있다. 따로 떨어져 있는 돌을 목도로 옮겨 붙여놓고 찍은 김익수 교수의 사진.

그 위에 오르기도 하고 올라앉기도 한다.

1991년 전문가 회의록

기계설비에 의한 강제로 석굴의 온·습도를 조절하는 데에는 여러가지 문제가 따른다. 전적으로 기계에 의존하다가 그 기계가 잠시라도 고장나는 일이 생기면 그 피해는 더욱 커진다. 평생 에어컨 없이는 여름을 나지 못하는 습성에 어느날 그것이 고장날 때 흘릴 땀을 상상하기 어렵지 않다.

기계가 작동하면서 일으키는 소음을 관람자들은 인내로 참아준다고 하더라도 그 미세한 진동이 석굴에 끼치는 영향이 없을 리 없는 것이다. 낙숫물이 바위를 뚫는 것을 생각해볼 일이다. 현재로서 무리없다는 것과 자손만대로 보존한다는 것은 다른 것이다.

기계작동에 의한 습기제거가 일단은 성공하였다. 그러나 습기문제가 완전히 해결된 것은 아니었다. 1970년 다시 내한한 플랜덜라이스 박사는 석굴의 수리상태를 보고 나서 ①전실 목조건축을 철거할 것, ②이중돔 공간에 단열시공을 하고 또 그곳을 가온할 것 등을 건의했다. 그러나 역시 받아들여지지 않았다.

정부의 문화재관리국은 한국과학기술원에 석굴연구를 위한 용역을 주었다. 그것은 양재현 박사가 맡은 프로젝트였는데 거기에 "석굴보존에 관람객 출입이 해롭다"고 되어 있다. 그리하여 1971년에는 유리장 안으로 일반인은 들어갈 수 없게 되었다. 이리하여 우리는 석굴의 본존불을 교도소에서 죄수 면회하는 것보다도 더 먼 거리에서 볼 수 있을 뿐이며, 그분의 권속은 그림자도 볼 수 없게 되었다.

1991년 문화재관리국 문화재연구소에서는 '석굴암의 과학적 보존을 위한 국내 전문가회의'를 12월 11일부터 13일까지 3일간 현지에서 열었다. 여기에 참석한 전문가는 김원용(고고학) 황수영(미술사) 장경호(건축사) 신영훈(건축사), 보존과학 및 자연과학에서는 이태녕(화학) 김효경(기계설비) 김종희(재료공학) 전상운(과학사) 민경희(생물학) 이상헌(지질학) 등 10명이었고 회의진행은 김동현 실장이 맡았다. 명실공히 각계 권위의 모임이었다.

회의 결과는 회의록 끝에 다음과 같이 요약되어 있다.

현재 석굴암의 보존상태는 전반적으로 양호한 편이므로 근본적인 개선은 요구되지 않으나 화강암 시편을 석굴암 내부에 설치하여 장기적인 풍화요인을 규명토록 하고, 전실 밀폐와 조명 문제에 있어서는 조도를 현재보다 낮추고 조명방식은 하부에서 상부로 비추도록 한다. 석굴 내 항온·항습을 위한 제습기의 소음·진동은 큰 문제가 없다고 판단되나 장기적인 면에서는 석굴암에 영향을 줄 수 있으므로 소음·진동이 작은 기기로 교체하거나 기계실을 다른 장소로 이전하는 것이 바람직하다. 또한 석굴암의 원형과 현상 변경에 대해서는 석굴암보존위원회를 창설하거나 전문학회에 학술용역으로 의뢰해서 연구토록 한다. 관람객의 교육적 편의 제공을 위하여 모형전시관의 건립을 추진한다. 석굴암의 과학적 보존을 위한 국제씸포지엄의 개최보다는 국내 전문가를 외국에 파견, 훈련시키는 것이 바람직하다는 의견에 합의를 보게 되었다. (『석굴암 전문가 회의록』에서)

무생물도 수명이 있건마는

나는 이 회의록을 읽으면서 많은 새로운 지식을 얻을 수 있었고 '석굴학'의 방향에 대해서도 많은 시사점을 얻을 수 있었다. 매우 유익한 자료였다.

그러나 이 회의에는 보수공사 당사자와 기계설비 담당자가 증인의 입장에서 나온 것이 아니었다. 때문에 남천우 박사처럼 일생을 거기에 걸고 뜻있는 반론을 편 분은 초대되지 않았던 모양이다. 더욱이 어느 전문가는 생전 처음으로 석굴암에 와보았다고 스스로 고백했다.

나는 이 회의록을 보면서 모든 석굴보존 관계자들에게 묻고 싶은 말이 하나 있었다. "무생물도 수명이 있다고 생각하는가, 없다고 생각하는가?" 무생물도 수명이 있다. 바위가 가루가 되어 부서지면 바위의 수명은 끝나는 것이 아닌가? 석굴의 조각상들이 토함산 곳곳에 자연상태로 노출된 바위보다 석질이 약해졌다는 것은 무엇을 의미하는가? 돌의 건강상태를 말하는 것이다. 지금 눈앞에서 본존불 오른쪽 팔꿈치가 피부암에 걸린 양 박락해버리고 말 것 같은 양상을 보았는가 못 보았는가? 어떻게 현상태로 큰 문제가 없다는 결론에 다다랐는가? 나는 이 회의록에서 보이는 김원용 교수의 회한어린 주장 속에서 석굴보존대책의 방향을 잡아 보고 싶다.

전세계적인 보물인 석굴암을 생각할 때마다 뭔가 가슴속에 꺼림칙한 생각이 듭니다. 이것은 석굴암을 보수할 때 정말 잘해놓은 것인가라는 의심이 아직도 있고, 언젠가는 내가 한번 나서서 해결해야겠다는 그런 생각도 가져보고 (…) 전실 자체가 반드시 목조건물을 가지고 있었다는 것은, 그런 생각은 현대적인 생각이지 신라 당시로 돌아가면 그것은 문제가 있지 않나 그런 생각입니다. (…)

저는 학자로서 집념이 강해야 한다고 생각합니다. 그런 점에서 황수영 선생님을 존경합니다. 그러나 (…) 지금 석굴암은 개인 것이 아닙니다. 이것은 석굴암이 되어야지 황(黃)굴암이 되어서는 안됩니다. 이것은 결국 세계 석굴암이 되어야 합니다.

결론적으로 말해서 모든 석굴암에 관련된 사람은 앞으로 다 빼고 우리나라에 우수한 젊은 학자들이 많으니 새로운 사람들로 위원회를 만들어서 석굴암에 관하여 다시 한번 검토를 하고, 만약에 그때 관여한 사람이 방해를 한다면 전부 다 죽고 난 다음에 정말 마음을 터놓고 가능성을 따져서 그런 방향으로 밀고 나가야지 지금처럼 해서는 말이 많아 안됩니다. (『석굴암 전문가 회의록』에서)

나의 석불사 석굴 이야기는 여기서 끝날 수도 있다. 그러나 이 영광과 오욕의 이력서가 아무런 희망도 비치지 못하고 끝난다는 것은 너무도 슬프고 잔인한 얘기가 될 것 같다. 나는 이제부터 석굴에 자신의 일생을 바친 두분의 아름다운 인생을 소개하고, 아름다운 시 두 편을 옮기면서 아름다운 이야기를 다시 시작하련다.

김효경 박사의 전보

1966년, 석굴의 습기와 이끼 문제를 기계설비라는 강제작용에 의해서라도 해결한 것은 서울공대 기계공학과의 김효경 박사였다.

나는 김효경 박사를 뵌 적이 없다. 또 기계설비를 지금처럼 석굴 가까이에 설치한 것이 비록 어쩔 수 없는 일이었다 하더라도 장기적으로는 명백히 잘못된 일이라는 소견을 갖고 있다.

그러나 나는 김효경 박사가 이후에 보여준 모습에서 눈물나는 감동을 받았고 저런 분이 있기 때문에 우리나라는 살아있고 희망이 있다는 믿음을 다시 새기게 되었다.

기계작동에 의한 석굴의 보존문제는 1966년 6월 25일로 김효경 박사의 책임은 끝났다. 그러나 김박사는 그날부터 오늘에 이르기까지 근 30년간 이 작업의 사후관리를 감독해오고 있다. 누가 시켜서 한 일도 아니고 문화재관리국이나 석굴암 측에서 출장비 1원도 준 일이 없다. 그러나 김효경 박사는 이미 정년퇴직한 노령임에도 때가 되면 경주로 가서 석굴에 오른다.

기계설비 작동 이후 석굴의 온·습도는 6, 10, 14, 18, 22시 하루 5번을 측정하여 기록하고 있다. 그 측정기록은 경주시와 문화재연구소에 한 부씩 보내고 있는데 김효경 박사도 매일 받아보며 검토·확인하고 있다. 48세 때 시작해서 76세의 고령이신 지금까지 하고 있는 것이다.

여태까지 기록으로 보면 5월부터 9월까지가 문제가 됩니다. 그래서 매년 4월이면 나는 석굴암 기계실에 전화로 확인합니다. (…) 저는 언제 기술감독관에서 해임됐는지 모릅니다. 그러나 1년에 두번 이상은 석굴암에 꼭 왔습니다. 왜냐하면 4, 5월이나 8, 9월이 되면 누군가가 머리를 두드리고 이끄는 것 같은 느낌을 받곤 해서 현장에 와서 보고, 담당자에게 운전하는 방법은 이런 거요, 운전 관리지침은 이런 거요, 공기청정기의 필터는 정기적으로 교체해야 하는 거요. (…) 등등의 여러 지침을 내려주고 갑니다. 늘 똑같은 일을 하는 사람은 누군가가 돌보아주어야 좋은 효과를 내며 자극도 된다는 생각에서입니다.

제가 어떤 때는 석굴암 기사한테 월권행위를 했을지도 모릅니다. 김아무개가 뭔데 전화를 하고 이따금 왔다 가는가, 문화재관리국에서는 연락도 없는데 왜 그러느냐고 할지 모르지만 1966년에 이 공사를 내가 했다는 사실에서 내가 할 수 있는 동안은 내가 해야 한다는 생각에서 이렇게 해왔습니다.

나는 내가 잘했다고 주장하고 싶지 않습니다. 그러나 과거부터 지금까지 계속되는 자료를 갖고 있다는 사실은 더 좋은 방안을 강구할 토대가 된다는 것만은 확실하다는 것이죠.(『석굴암 전문가 회의록』에서)

나는 항시 관(官)이 하는 일보다도 민(民)이 하는 일이 빛날 때 그 문화는 성숙한다고 믿고 있다. 세상사람들이 알아주는 일에 매달리는 '스테이지 체질'들이 제풀에 사그라들고, 남들은 뭐라고 하든 곰바위처럼 자기가 생각한 일에 일생을 거는 쇠귀신 같은 분들이야말로 우리 시대의 소중한 사람이라고 믿고 있다. 4천만이 들떠서 레게춤을 흔든다 해도 단 한명만이라도 그러지 않는 인생이 있다면 우리 문화는 죽지 않고 영원하리라고 믿고 있는 것이다. 그것은 지난 1세기 한국역사가 나에게 가르쳐준 값진 교훈이었다.

김효경 박사는 석굴에 기계장치를 설비할 때의 개인적인 한 에피소드를 이렇게 회고하였다.

1966년 6월 25일, 기계를 돌려서 석굴을 완전히 건조시켰습니다. 그 날 밤 12시가 되어도 잠이 오지 않더군요. 이후 걱정이 되어서 약 1년 간은 수시로 석굴암에 왔다갔다했습니다. 그때 아이들이 매일 어디를 가느냐고 묻더군요. 나는 나중에 얘기하라고 해놓고는 6월 26일 일 단은 경주에 내려와서 전보를 쳤습니다. "석굴암 제습문제 해결 축하", 보내는 사람은 누구냐? "경주시민" 하고 전보를 쳤어요. 나중에 일을 마치고 집에 갔더니 아이들이 경주시민이 친 전보가 와 있다고 하더 군요. 그때 나는 아이들한테는 말하지 않고 집사람한테만 그건 내가 친 거요라고 말했습니다. (『석굴암 전문가 회의록』에서)

신라역사과학관의 석우일 사장

경주시 하동 201번지, 경주민속공예촌 안쪽 깊숙한 곳에는 5년 전에 개관한 '신라역사과학관'이 있다. 개관 당시의 이름은 '동악(東岳)미술 관'이다.

이 과학관은 한 경주시민, 진짜 경주사람의 땀과 의지로 세워진 경주 최고의 교육관이다. 1991년 '석굴암 전문가 회의' 때 모든 전문가들이 이 전시장을 견학하고는 큰 감동을 받고 그 회의 결과에 이러한 교육관이 있어야 한다는 의견을 내놓았던 것이다.

신라역사과학관은 서울공예사라는 목조각을 수출하는 업체의 석우일 (昔宇一) 사장이 운영하는 사설 미술관이다. 석사장은 경주중·고등학교 를 졸업하고 성균관대 동양철학과를 졸업한 뒤 줄곧 석재상을 해온 분이 다. 그 이상의 특별한 이력이 없다. 있다면 누구보다 경주를 사랑했고 신 라인의 슬기에 감복하여 그 위대한 유산을 우리 시대의 살아있는 교육장 으로 만들어보는 꿈을 갖고 있었다는 것이다.

1985년부터 석사장은 석재상으로 번 돈을 여기에 투자하기 시작했다. 그리하여 신라역사과학관에서는 석불사 석굴의 신비를 밝히는 석굴 모형도와 해부도를 제작하고, 첨성대를 통하여 관측한 신라인의 천체인식을 복원한 천문도를 제작하고, 18만 호를 자랑하는 서라벌의 옛 모습을 재현하는「왕경도(王京圖)」를 제작하고, 지금은 '신의 소리' 에밀레종의 신비를 밝히는 성덕대왕신종의 제작과정을 재구성하는 모형도 제작에 들어갔다. 그 모형과 도해와 사진자료를 통해 고대인의 과학과 과학정신을 밝히는 역사교육장을 만들고 있는 것이다.

신라역사과학관의 석불사 석굴 모형도는 5분의 1 축척으로 1개, 10분의 1 축척으로 7개를 제작하여 석굴의 내부와 외부 구조, 그리고 현재의 상태와 원형의 추정, 학계에서 논란의 대상이 되고 있는 전실의 전개와 꺾임 문제, 광창의 유무 문제 등을 모두 수용하여 그것을 모형으로 제시하고 있다. 내가 복잡하게 설명할 수밖에 없었던 석굴구조의 과학성과 치밀함은 이 8개의 모형으로 완벽하게 설명된다. 석불사 석굴을 답사하기 전에, 또는 답사한 후에 반드시 여기를 거쳐가야만 그 신비에 접근해 갈 수 있다.

석불사 석굴의 교육전시장을 만들어낸 것도 관이 아니고 민이었다. 하루에도 천만원의 입장료를 징수하여 우리나라에서 아니 세계에서 현찰 수입이 가장 많은 석불사의 석굴을 관리하는 석굴암과 문화재관리국이 관람객을 위하여 한 일은 결국 유리장으로 막은 것 이외에 아무것도 없었다.

당신께 바친 두 편의 시

석불사의 석굴에 바친 시는 이상스러울 만큼 적다. 하찮은 미물을 바라보고도 거기에 온갖 의미와 사랑을 곧잘 부여하는 것이 시인이건만 이 거룩한 존상 앞에서는 차라리 침묵의 찬미라는 겸손으로 피해갔던 모양이다.

내가 알고 있는 석불사의 시는 모두 네 편이다. 그중 유치환의 「석굴암 대불」과 서정주의 「석굴암 관세음의 노래」는 이미 잘 알려진 명시다. 그러고 보면 두분 모두 현대시의 대가였을 뿐만 아니라 누구보다도 경주를 사랑했던 분이기에 감히 석불사를 노래했다는 생각이 든다.

청마(靑馬) 유치환(柳致環, 1908~67)은 경주고와 경주여고 교장을 10년간 지냈고 말년엔 경주에 와서 살고자 했으나 뜻밖의 교통사고로 세상을 떠났다.

목 놓아 터뜨리고 싶은 통곡을 견디고
내 여기 한 개 돌로 눈 감고 앉았노니
천년을 차거운 살결 아래 더욱
아련한 핏줄, 흐르는 숨결을 보라.

(…)

먼 솔바람
부풀으는 동해 연잎
소요로운 까막까치의 우짖음과
뜻 없이 지새는 흰 달도 이마에 느끼노니.

뉘라 알랴!
하마도 터지려는 통곡을 못내 견디고

| **본존불의 얼굴** | 신성(神性)과 인성(人性)의 조화로운 만남으로 석굴의 본존불은 이상적인 인간상, 신의 인간화를 동시에 보여준다.

내 여기 한개 돌로
적적(寂寂)히 눈감고 가부좌하였노니.

    청마의 시는 우렁차서 좋다. 어려울 것도 없고. 그래서 나는 고등학생
때 청마의 유명한 「깃발」을 곧잘 외우면서 마치 산마루에 올라 지르는 호
쾌함 같은 것을 느끼곤 했다. 그런데 대학입시 국어시험 문제에 운좋게
도 이 「깃발」의 첫행 "이것은 소리없는 아우성"을 빈칸으로 해놓고 쓰라
는 주관식 문제가 나왔다. 나는 너무도 기분좋은 나머지 덤벙대다가, 아
니면 내 특유의 이미지 기억법으로 잘못 쓰고 말았다. "이것은 소리치는
아우성." 그러나 내가 아슬아슬하게 합격한 것을 보면 채점관이 맞게 해
준 것 같다. 하기야 나는 들리지 않는 소리까지 읽어냈으니까.
    아무튼 청마의 시는 당당함과 통쾌함으로 답답한 심사가 일어날 때 읽
으면 오장육부의 후련함도 느끼곤 한다. 그러나 청마의 시는 그 첫구절
의 강렬함 때문에 여운이 바스러지는 경우도 있다. 그래서였을까. 불국
사에서 석굴로 오르는 길가에는 청마의 시비가 있어 나의 눈길이 항시
그쪽으로 닿는데, 거기에는 오직 첫구절 "목놓아 터트리고 싶은 통곡을
건디고/내 여기 한개 돌로 눈감고 앉았노니"만 새겨져 있다.
    여운이 짙은 시라면 미당 서정주의 몫이다. 사물에 대한 잔잔한 관조
와 거기에서 읽어내는 생에 대한 은은한 인식은 곧잘 선적(禪的) 요해(了
解)의 경지에 다다르는 미당이다. 그러나 그러한 미당도 감탄사 없이는
시를 쓸 수 없었던 것이 석불이었다.

그리움으로 여기 섰노라.
호수와 같은 그리움으로,

(…)

오— 생겨났으면, 생겨났으면,
나보다도 더 나를 사랑하는 이
천년을, 천년을, 사랑하는 이
새로 햇볕에 생겨났으면.

(…)

허나 나는 여기 섰노라.

(…)

이 싸늘한 바윗속에서
날이 날마닥 드리쉬고 내쉬이는
푸른 숨결은
아, 아직도 내것이로다.

종을 치는 자는 모름지기

지금부터 15년 전인 1980년부터 오늘까지 나는 해마다 석불사 석굴에 올랐다. 그때마다 무슨 수를 쓰든지 석굴 안에서 혼자 몇시간을 지내곤 했다.

그러나 80년대를 보내면서 나는 석불사의 석굴을 좋아하지 않았다. 차라리 화순 운주사의 무개성한 돌부처들이 집단적 개성을 보여주는 모습이나 지리산변 마을의 돌장승 입가에 도는 파격미에 박수를 보냈다. 그에 비할 때 석불사의 석굴은 너무도 권위적이었고 강압적이었으며 보편적이었다.

그러다 내 나이 마흔이 되는 80년대 말 어느날 나는 석불사 석굴에서 전에 볼 수 없던 그 무엇을 보고 있었다. 지난 10년간 해마다 찾아뵌 그분이었는데 그때 나는 처음으로 조화적 이상미라는 것을 보았다.

그날 내게 다가오는 석불사 석굴의 조각은 맹목적 보편성을 드러내는 아카데미즘이 아니었다. 신이라고 부르기엔 너무도 인간적이고, 인간적이라고 말하기엔 절대자의 기품이 강하였다. 엄숙하다고 말하기엔 온화하고, 인자하다고 말하기엔 너무 엄했다. 젊다고 생각하려니 너무 의젓하고 노숙하다고 말하기엔 너무도 탄력있었다. 남성으로 보려 하니 풍염하고 여성이라고 말하기엔 너무 건장하였다. 그리하여 혹자의 "아버지라고 보려 하니 너무 자비롭고, 어머니로 보려 하니 너무 엄격했다"는 말도 생각났고, 이 세상의 질서와 평화가 저 한몸에 있다는 말도 생각났다.

본존불은 고전주의적 기품을 보여줌에 반해 10대제자상은 강렬한 리얼리즘으로 포진하고 있고, 팔등신의 늘씬한 몸매의 문수·보현, 제석천·범천이 얇은 돋을새김으로 환상적·이상주의적 자태를 보여준다. 11면관음보살은 여지없는 '미스 통일신라'로 돌에서 뛰쳐나올 듯하다. 고개를 들어 감실의 제상(諸像)을 둘러보니 지장보살은 의젓하고 유마거사는 열변을 토하는데 유희좌(遊戲坐)로 몸을 비틀고서 무릎에 턱을 괸 어여쁜 보살은 상기도 조는 듯 눈을 내리고 있다. 그 아련한 분위기에 나는 오랫동안 넋을 잃고 있었다. 아름다운 것은 아름다운 것이다.

나는 무어라 표현할 말이 없었다. 그저 종교와 예술과 과학이 어우러진 지고의 최미라는 딱딱하고 의례적인 정의 이상 내릴 수 없었다. 내가 "보지 않은 자는 보지 않아서 말할 수 없고, 본 자는 보아서 말할 수 없다"

| **유희좌 보살상** | 10개의 감실에 모셔 있는 존상 중에서, 나는 이 아름다운 유희좌 보살상에서 가장 큰 감동을 받았다.

고 한 것은 그때의 경험이었다. 내가 의도적으로 거부했던 어떤 이상주의, 고전주의 미학에 휘어잡히고 마는 순간을 느꼈다. 나는 그것을 거부하지 않았다. 그것이 내게 아무런 가식 없이 다가오는 미적 체험이라면 굳이 아니라고 우길 이유가 없는 것이었다. 그렇다면 나는 그 고전의 심

연으로 내려가 더 깊은 미의 철리를 배워야 할 것이다. 무엇을 어떻게 배울 것인가. 그때 내게 생각나는 한 구절의 경구가 있었다. 고유섭 선생이 「고대미술연구에서 우리는 무엇을 얻을 것인가」(1975)에서 던진 미술사적 화두였다.

종소리는 때리는 자의 힘만큼만(에 응분하여) 울려지나니……

1994. 7.

한탄강의 비가

한탄강 / 고석정 / 승일교 / 도피안사 / 궁예궁터

임자 없는 강, 한탄강

강(江)!

강은 대자연의 동맥이자 인간 삶의 젖줄이다. 인류의 문명은 강과 더불어 시작되었고 거기에서 꽃피었다.

산골짜기마다 흘러내린 물은 내를 이루며 들판을 휘감고 돌아 대지의 실핏줄인 양 메마른 황토에 생명을 부여하고, 거기에 둥지를 틀고 살아가는 낱낱 인생들의 기쁨과 슬픔, 희망과 좌절, 분노와 환희를 삼키면서 오늘도 어제처럼 묵묵히 흘러가고 있으니, 강! 거기에는 천고의 역사 속에 묻힌 모든 영욕의 침묵하는 증언이 들어 있다.

그러나 침묵의 강은 단 한번도 증언하는 일 없이 먼데 바다를 마주하고 유유히 흘러 무한 속에 잠적해버릴 뿐이다. 그리하여 예부터 시인, 문사, 가객, 묵객 들은 강물의 도도한 흐름을 빌려 인생을 노래하고 역사를 이야기하였다. 이기영의 『두만강』, 한설야의 『대동강』, 조명희의 『낙동강』, 이미륵의 『압록강은 흐른다』.

한강은 남북으로 갈라 신경림은 『남한강』, 정태춘은 「북한강에서」를 노래했고, 섬진강의 상류는 김용택이 즐겨 시로 읊었는데, 하류는 박경리의 『토지』가 휘감고 돌아갔다. 별로 길지도 않은 금강은 사연이 길어 신동엽의 『금강』에서 채만식의 『탁류』까지 나왔는데, 영산강은 문순태의 『타오르는 강』이 받아갔고, 하근찬의 소설에서 싱싱하던 금호강은 어엿한 임자를 못 만난 채 폐수로 썩어간단다.

「청천강」은 이용악의 시에서 해맑은 빛을 발하였건만 황강은 천금성이 『황강에서 북악까지』로 엮어가는 바람에 전라도말로 "배려버렸고", 「백마강」은 흘러간 옛노래가 뽕짝으로 흘러버렸으니 임자를 잘 만나고 못 만남에 팔자가 바뀐 것은 강도 마찬가지였다.

『임진강』을 쓴 김낙중은 반공사범이 되어 영어의 몸이 되었건만, 「예성강」은 반공 다큐멘터리 드라마의 제목이 되었으니 강에 얽힌 분단의 상처는 그렇게 남아 있다.

이리하여 삼천리강산의 모든 강에는 임자가 생기게 되었고, 후대작가의 몫으로 남겨진 만경강, 동진강, 보성강, 섬강 들마저 어느새 신진작가들이 다투듯 침을 발라버렸다. 그리하여 서정인은 벌써부터 그저 『강』을 말하고 이정환은 『샛강』까지 얘기해버렸으니 임자 없는 강이 또 있을까 싶게 되었다.

그런 중 이상하게도, 정말로 이상하게도 가장 먼저 임자가 나설 법도 한 강 하나가 아직도 남아 있으니 그것은 한탄강이다.

한탄강은 금강산 아래쪽 추가령에서 발원하여 평강, 철원, 연천을 지나 임진강으로 합류하는 총길이 136킬로미터의 제법 긴 강이다. 본래 이름은 '한여울', 즉 큰 여울이라는 뜻을 지녔는데 이것을 한자어로 바꾸면서 은하수처럼 길고 넓다고 하여 은하수 한(漢)자와 절벽을 휘감고 돈다고 하여 여울 탄(灘)자를 붙여 한탄강이라 부르게 됐다.

이 한탄강은 궁예가 철원땅에 후고구려의 도읍을 삼으면서 제 빛을 발하는가 싶더니 후삼국의 다툼 속에서 국토의 3분의 2를 장악하던 그가 부하 왕건에게 쫓기어 이 강을 건너면서 눈물어린 한탄을 했다고 한탄(恨嘆)강이라는 별명을 얻게 되었다.

그리고 세월이 흘러 남북분단의 상처와 아픔이 철원땅 한탄강에 상징적으로 서리게 되니 그 어감과 함께 한탄강은 역사소설의, 다큐멘터리의 제목이 될 만도 한데 그런 임자는 아직 나오지 않았다. 오영수의 단편 「한탄강」이 있고 또 어느 시인의 노래도 있으련만 아직 딱히 임자라 할 그런 분은 잡히지 않는다. 정작 그 임자는 다른 곳에 있었던 것이다.

한탄 바이러스

나는 1971년 3월에 졸병으로 입대하여 1974년 1월까지 34개월간 파주의 전방부대에서 근무했다. 나의 보직은 연대 인사과 안전계원이었다. 우리 연대 중 1개 대대는 민통선 안쪽의 지오피(GOP)부대였고, 수색중대는 비무장지대의 지피(GP)를 맡고 있었다.

안전계원의 일이란 연대 내 제반 사고를 상급부대에 보고하는 것인데, 전투상황이나 지뢰사고 같은 것은 거의 없었고 어쩌다 탈영과 휴가 미귀 사고가 있었으며, 대부분은 폭력·구타 사고였다. 그런 군대생활 속에서 나는 정말로 아무것도 몰라서 보고하지 않은 죄를 크게 문책받게 되었다.

그것은 유행성출혈열 환자의 발생이었다. 나는 이 병이 무엇이고 얼마나 무서운 것인가를 모르고 있었다. 또 그 병이 왜 전방부대에만 있고 환자의 발생이 준비상사태로 되는가를 몰랐다. 그러니 급한 환자가 생겨 후송된 것 이상으로 생각지 않았던 것이다.

유행성출혈열은 심한 고열로 환자를 혼수상태로 몰고 가 끝내는 사망케 하는 흉악한 병이다. 처음에는 감기증세 비슷해서 알아채기 힘든데 고열이 되면 어깻죽지 같은 곳에 반점이 드러난다. 유행성출혈열에 걸렸다 하면 곧장 57후송병원으로 직행하며 환자는 죽거나, 치유된다 하더라도 심신허약의 불구가 되고 만다.

안전계원으로서 내가 알아야 했던 사실은 이 병이 '유행성'으로 옮겨 다닌다는 점, 그리고 병원체의 숙주는 들쥐 중 등에 줄이 나 있는 등줄쥐라는 사실, 그래서 전방에서는 풀밭에 앉거나 누우면 안된다는 사실이었으며, 환자의 발생은 '즉각 보고해야만 되는 사항'이었던 것이다.

유행성출혈열은 우리나라, 그중에서도 비무장지대와 전방부대에서만 발생하던 특이한 병이다. 모든 병에는 '히스토리'가 있는 법인데 이 몹쓸 병의 히스토리는 1952년부터 시작된다. 유행성출혈열은 6·25동란중 피아간의 공방이 치열했던 중부전선, 밴플리트 사령관이 "적군이 전선의 생명선으로 사수하려고 하는 철원·평강·김화의 철의 삼각(Iron Triangle)을 무너뜨려야 한다"고 말했던 철의 삼각지 전투가 벌어질 때 생겼다고 한다.

지금 철원군 동송읍 이평리에 세워진 '백마고지전투 전적비'에 새겨진 글을 읽으면 1952년 10월 6일부터 10월 15일까지 열흘간 벌어진 이 싸움은 그 사투의 상황이 상상을 뛰어넘는 처절함으로 기록되어 있다.

포탄가루와 시체가 쌓여 무릎을 채웠고, 높이 395미터의 이 산봉우리는 열흘 동안 임자가 24번이나 바뀌면서 밤낮으로 공격과 방어를 반복했다. 이때 사상자는 1만 4천명이었다.

이러한 중부전선의 교착상태와 치열한 전투의 와중에 썩은 시체에서 유행성출혈열이 발생했다는 것이다. 그리고 한편으로는 6·25동란중 생화학전, 세균전이 있었다는 주장이 있다. 그런 끔찍스런 상황에서 생긴 끔찍스런 병이 유행성출혈열이었다.

내가 군대를 제대하고 몇해 지난 1976년 어느날, 나는 고려대학교 의과대학 미생물연구실의 이호왕(李鎬汪) 박사가 한탄강에서 유행성출혈열의 병원체를 발견했다는 사실을 신문에서 보았다. 그것은 한국의학사상 기념비적 발견이었고 세계 의학계에서도 드문 일로 기록될 쾌거였다.

이박사는 당연히 이 병원체에 이름을 붙일 명명권을 갖고 있었다. 서양의 의학자들은 대개 이런 경우 개인사적 기념으로 작명하곤 한다. 그러나 이호왕 박사는 조용한 한국인이었으며 한탄강의 도도한 흐름 속에 실린 역사의 의미를 알고 있는 분이었다. 그는 이 병원체에 민족의 한, 분단의 한을 실어, 그 발견된 장소의 이름을 따서 '한탄(Hantaan) 바이러스'라고 명명하였다.

세월이 흘러 유행성출혈열은 남하하기 시작하였다. 전국토 농지로 번져갔고 이것은 농부들에게 위협적인 유행병이 되었다. 그러나 '한탄 바이러스'의 발견으로 이박사팀은 예방백신을 개발하여 세상에 내놓으니 그것이 요즈음 신문지상 광고에서 자주 보게 되는 '한타박스'이다.

이리하여 한탄강의 임자는 '한탄 바이러스'가 차지하게 된 것이다.

비운의 옛도시, 철원의 명승고적

한탄강은 금강산에서 발원하여 철원평야를 휘감아돌다 연천군 전곡리에서 임진강과 합수된다. 철원은 한탄강과 함께 비운의 역사를 갖고 있다. 해방되고 38선이 그어질 때 북한땅이었지만 6·25동란 이후 휴전선은 철원군을 남북으로 두 동강 내버렸다. 그나마도 반쪽은 비무장지대와 민통선(민간인 출입 통제선)으로 우리의 발이 닿지 않는다.

그래서 철원에 가보지 않은 사람들은 철원이라면 휴전선이 있는 곳, 철의 삼각지의 현장, 제2땅굴 견학장소 정도로만 생각한다. 거기에 무슨 빼어난 절경이 있고, 거기에 뛰어난 국보급 유적이 있다는 얘기를 들어보지도 못한 채, 그저 군부대로 가득한 산악지대쯤으로 생각한다.

그러나 철원은 그런 곳만은 아니다. 비록 철원땅이 4분의 1밖에 남아 있지 않지만 강원도 쌀생산의 6분의 1을 차지하는 드넓은 평야지대다. 그 들판으로 인하여 청동기시대부터 사람들이 모여살기 시작하여 토성리, 지포리, 와수리 각 마을마다 고인돌이 줄줄이 널려 있다. 그중 토성리 안마을에는 20명이 올라서도 끄떡없는 잘생긴 북방식 고인돌이 지금도 답사객을 기다리고 있다.

철원(鐵原)은 이름 그대로 철이 많이 나오는 들판이었다. 신철원고등학교 교가는 "쇠둘레 기름진 벌 유서깊은 터전에……"로 시작된다. 그리하여 궁예는 여기에 도읍지를 정했고 한때는 도호부 시절도 있었다.

철원에는 예로부터 명승지로 꼽히던 곳이 많다. 신라 진평왕부터 임격정까지 와서 놀았던 고석정(孤石亭)이 있고, 옛날 여행객들이 금강산 가는 길에 곧잘 들렀던 삼부연(三釜淵)폭포가 있고, 아랫동네 운천에는 근래에 명소가 된 산정호수가 있다.

옛 궁예궁터는 비무장지대 속에 갇혀버렸지만 동송읍 관우리에는 9세기 하대신라에 창건된 소담한 절 도피안사(到彼岸寺)가 있어 거기에는 국보 제63호로 지정된 철조 비로자나불상과 보물 제223호로 지정된 신라시대 대표적인 이형탑(異型塔)이 있다. 그 모두가 예사로운 볼거리가 아니다.

쓸쓸한 옛도시 철원과 비극의 강 한탄강으로 떠나는 답삿길은 낭만의 여로는 될 수 없지만, 우리에게 국토의 상처와 아픔과 저력과 희망을 알려주는 뜻깊은 답삿길이 된다. 서울과 위성도시 사람이라면 한나절 당일 답사가 될 것이고, 일찍 서두른다면 철원지역을 휘돌아본 다음 전곡리 한탄강 유원지에 있는 구석기시대 유적지까지 둘러보고 동두천으로 해서 돌아오는 드라이브도 겸할 수 있다.

철원은 정녕 쓸쓸한 곳이다. 그러나 그 스산한 정취로 인하여 남쪽의 어느 답사처와도 다른 강한 인상을 담아올 수 있을 것이며, 돌아온 뒤에는 철원이 언제나 그렇게 쓸쓸하게 남겨두어서는 안될 우리의 향심처(向心處)라는 생각을 갖게 될 것이다.

삼팔휴게소를 지나서

철원으로 들어가는 43번 국도는 군사도로로 일찍부터 잘 닦이었다. 포천을 지날 때까지만 해도 산세는 그리 험할 것도 가파를 것도 없지만 운천을 지나 철원 쪽으로 다가서면 산비탈의 경사가 속도감 있는 선으로 변한다. 그래서 강원도땅인 줄 알게 된다.

철원으로 들어가기 전에 대개는 삼팔교를 앞에 두고 삼팔휴게소에서 쉬게 된다. 한많은 삼팔선에 서린 사연이야 내가 굳이 늘어놓을 것도 없지만 여기 와서 들은 에피소드 한둘쯤은 얘기할 수 있겠다.

어느 역술가 얘기로 삼팔선의 팔자는 판문점(板門店)에서 나왔다는 것이다. 주장인즉, 판문점 석 자의 한자획이 모두 8획이어서 삼팔선의 상징이 거기에 있다는 것이다.

또 하나는 우리나라 국군의 날이 10월 1일인 것은 이 삼팔교에서 유래한다는 것이다. 국군 창설일은 10월 1일이 아니라 해방된 직후인 45년 8월 이십몇일이었단다. 그러다 6·25동란 후 국군의 날 행사로 제병지휘부의 시가지 행렬을 거창하게 실시하게 되자 비가 오지 않는 날을 찾으니 국립관상대 설치 이후의 기록으로는 10월 1일이 바로 그런 날인지라 이 날로 정했다는 것이다. 이 얘기는 얼마 전 신문에도 난 적이 있다. 그러나 재미있는 것은 아무리 행사 위주의 임의로운 선택이지만 국군과 10월 1일이 어떤 관련이 있다는 명분이 있어야 할 것이 아닌가. 그래서 찾아본 결과 9·28 서울수복 후 3일 만인 10월 1일에 삼팔선을 다시 찾았다고 해서 삼팔선 통과기념일로 삼게 된 것이란다. 역술가는 역술가대로 국방부는 국방부대로 꽤나 계산 잘했다는 얘기이다.

울음산과 삼부연

철원의 구읍은 폐허로 된 채 민통선 안에 갇히고 6·25동란 후 다시 형성된 신철원은 지포리이다. 삼팔교에서 지포리 쪽으로 향하면 우람한 산이 앞을 막는다. 그 산은 명성산(鳴聲山, 923미터), 속칭 울음산이다. 궁예의 한맺힌 울음에서 얻은 이름이란다.

이제 와서 내가 궁예의 편이 되어 울음산 앞에서 울먹일 이유는 없다. 그러나 철원땅이 한탄강이나 울음산이나 어쩌면 이렇게도 오늘의 아픔까지 상징하고 있는 것인지 그것이 '삼팔선 판문점'만큼이나 묘하게 맞아떨어져 저 침묵의 산이 사라질 때까지 눈을 놓지 않게 된다.

신철원읍 지포리에서는 울음산 한쪽 자락에 있는 삼부연폭포까지 차로 10분이면 갈 수 있다. 여기는 조선후기 노론세력의 종갓집이던 안동 김씨 가문에서 숙종 때 대들보 역할을 했던 삼연(三淵) 김창흡(金昌翕, 1653~1722)의 은거지로도 이름높다.

| **삼부연폭포** | 삼부연폭포는 물줄기가 세 굽이를 휘돌아 내리는 기세가 볼 만한데 여름보다도 폭포가 꽁꽁 얼어붙은 겨울이 장관이다.

한겨울 삼부연폭포와 연못이 꽝꽝 얼어붙을 때면 내 발을 오래도록 여기에 묶어놓는 장관이 펼쳐진다. 삼부연폭포가 내게 흥미로운 것은 삼연의 비호와 후원 속에 화가로 성장했던 겸재 정선이 금강산 가는 길에 들러 그린 바 있는 진경산수의 한 현장이기 때문이다.

겸재가 폭포를 그릴 때면 곧잘 폭포 위쪽을 세 굽이 돌려 그리곤 하였는데 혹시 그 유래가 여기에 있는 것이 아닌가 생각되기도 하고, 또 그가 폭포를 그릴 때면 마치 여자의 음부를 연상케 하는 붓질을 가하곤 했던 것도 그렇고 그런 내력이 있었겠다는 것을 나는 여기 와서 알게 되었다.

고석정의 물고기 꺽지의 내력

한탄강이 내세우고 철원땅이 자랑하는 최고 가는 명승지는 고석정이다. 철원평야를 가로지르는 한탄강 물줄기가 고석정에 이르러 펼쳐놓는 풍광은 우리나라 어느 지역에서도 볼 수 없는 호쾌한 정경이다.

우리가 흔히 볼 수 있는 강변의 정경은 백사장과 함께 어우러지는 들판 아래쪽의 강이다. 그러나 고석정은 이른바 협곡으로, 넓은 들판이 푹 꺼진 양 절벽 아래쪽으로 시퍼런 강물이 S자로 맴돌아 흘러가고 그 강 한가운데 우뚝 선 바위섬이 고석정이니 절벽 위에서 강물을 내려다보는 경관은 마치 부감법으로 조망하는 듯한 시원스런 눈맛을 갖게 한다.

이런 자연현상은 화산활동 때 일으킨 지각변동이 연출한 것이다. 철원땅 곳곳에 화산 용암이 파편으로 되어 숭숭이돌로 뒹구는 것이니, 궁예가 후고구려의 도읍을 여기로 삼았는데 눈에 보이는 돌마다 구멍이 나 있는 것을 보고 불길한 예감이 들었다는 것도 이 화산암들을 말하는 것이었다.

몇년 전에 단장한 고석정유원지의 넓은 주차장에서 입장권을 끊고 계

| **한탄강의 고석정** | 한탄강에서 가장 아름다운 풍광의 명소로, 협곡을 타고 내려오는 이 강줄기 한가운데의 바위섬이 고석정이다.

곡으로 내려가는 돌계단을 따라 강가로 다가서면 세찬 물줄기가 갈 지(之)자로 휘돌아가면서 일으키는 청신한 강바람에 찌들었던 도회의 잡사를 씻고 텅 빈 마음으로 가슴을 여는 탄성을 절로 지르게 된다.

내친김에 고석정 아래로 내려가 널찍한 바위와 한쪽에 소복이 모여 있는 모래밭을 오가며 서늘한 강바람을 쏘이다가, 어릴 때 장난기가 발동하여 우뚝 솟은 고석정 바위로 기어올라가보면 여남은 명이 앉을 만한 굴에 다다른다. 『신증동국여지승람』에 보면 이 굴은 신라시대에 진평왕이 여기서 유람을 하고 그 기념비를 세워놓은 것이 있었다고 하고, 고려시대 충숙왕도 여기서 노닐었다고 하는데 철원사람들은 언제부터인지 그 전설을 임꺽정의 은신처가 여기였다는 것으로 바꾸어버렸다.

고석정 아래쪽에는 유람선이 한 척 있어서 관광객을 모아 태우고는 뱃길이 짧으니까 이리저리 빙빙 돌면서 사공은 옛날얘기를 하나 해준다. 의적 임꺽정은 고석정을 은신처로 삼고 바위 틈에 자란 소나무 밑둥치에 밧줄을 매고 한탄강의 드센 물줄기를 오르내리며 농민봉기를 계획했다는 것이다. 그래서 저기는 임꺽정이 앉아 호방한 기상을 길렀던 곳이고, 저기 있는 고석바위는 임꺽정이 신었던 장군화의 형상이란다. 그리고 임꺽정은 관군에 잡혀 처형되었으나 그 혼은 죽지 않아 꺽지라는 물고기가 되어 한탄강 물줄기를 타고 오르며 살아 있다는 것이다.

나는 철원땅 고석정의 뱃사공이 말하는 이 임꺽정의 전설이 사실무근이라고 생각하고 있다. 왜냐하면 벽초 홍명희의 『임꺽정』에는 고석정 얘기가 단 한줄도 나오지 않으며, 벽초는 이 소설을 쓸 때 철저한 고증과 설화 채집을 바탕으로 했다는 사실도 잘 알고 있기 때문이다.

그래도 나는 고석정의 임꺽정 전설을 귀하게 생각한다. 양주 백정 출신의 의적 꺽정이를 고석정에 끌어다붙인 그 사람이 누구인지 알 수 없으나 그 이야기에 공감하여 새로운 꺽정이신화를 만들어간 것은 철원땅의 민중이었을 것이며, 그네들의 정서적 공감대에서 설화로 굳어진 것이라면 그것은 당연히 의미를 지닐 수 있다고 생각하는 것이다.

고석정 강가를 거닐면서 저기에서 진평왕이 놀았다고 하는 말을 듣는 것, 고려시대 무외(無畏)라는 자못 건방진 이름을 갖고 있던 중이 "바위에 긴 거친 이끼는 돗자리 같고, 푸른 솔이 둘러쳐진 것은 일산 같고, 벼랑에 부딪치며 돌 구르는 소리는 여러 악기가 일제히 연주하는 것 같다"고 읊었다는 한가한 소리를 듣는 것보다도 꺽정이는 죽었어도 혼은 살아남아 꺽지가 됐다는 전설을 듣는 것이 얼마나 통쾌한가.

고석정 관광단지에 즐비한 식당 겸 춤방 중에서 내 맘에 쏙 드는 집은 바로 '임꺽정식당'이다. 나라에서는 꺽지의 전설을 알아주지 않아 고석정의 내력에 임꺽정 석 자가 나오지 않지만 고석정을 다녀온 답사객의 머릿속에 오래도록 남을 얘기는 임꺽정이고, 그것의 시각적·활자매체적 기억은 바로 저 '임꺽정식당'에 있기 때문이다.

승일교의 내력과 공식명칭

우리는 탁월한 예술가의 천재성 못지않게 별 볼일 없는 백성들의 집단적 창의력에서도 감동을 받을 때가 많다. 화순 운주사의 돌부처나 남원 운봉면 서천리의 마을 돌장승에서 큰 감명을 받을 때면 더욱 익명성의 가치를 생각게 된다. 어쩌다 고스톱을 치게 되면 정통 화투놀이에서 쭉정이로 홀대받던 껍질을 점수로 쳐주고 그것의 의무를 이행치 못한 자에게 피바가지를 씌우는 그 절묘한 게임의 룰을 발견하고 두루 사용케 한 것은 역시 이름모를 민초였다는 사실에서도 그렇게 믿게끔 된다.

철원땅은 삼팔선이 갈라질 때는 북한땅이다가 6·25동란 후 대부분이 남쪽으로 들어오게 되면서 땅의 경제적·생태적 가치에 변화를 일으키게 되었다. 철원읍 자리는 휴전선 가까이 붙어 있게 되어 민통선 안쪽의 폐허가 되었고 운천 위쪽의 별 볼일 없던 작은 마을 지포리는 신철원의 읍사무소 소재지로 되었다.

이 신철원에서 구철원으로 가자면 한탄강의 협곡을 건너야 한다. 철원 사람들의 숙원사업 중 하나였던 이 가교작업은 양쪽 절벽을 연결하는 난공사 중의 난공사였다. 마치 영화 「콰이강의 다리」 공사 같은 것이었다. 이 다리는 해방 후 북한땅일 때 공사가 시작되었다. 그리고 동란중 공사가 중단되었다가 휴전 후 남한땅이 되면서 다시 착수되어 드디어 완공되었다. 총길이 130미터 되는 이 다리의 공식명칭이 무엇인지 나는 알지 못한다. 다만 철원사람들이 이 다리를 승일교(承日橋)라고 부른다는 사실, 그리하여 중앙지도사에서 나온 『한국도로지도』에도 승일교라고 표기되

| 승일교 | 김일성이 놓기 시작하여 이승만이 완공했다고 승일교라고 부르는 이름 속에는 분단의 아픔과 통일의 염원이 함께 서려 있다.

어 있다는 사실만 알고 있다. 내력인즉, 김일성(金日成)시절에 만들기 시작해서 이승만(李承晩)시절에 완공됐다고 두 이름 중 가운뎃자 하나씩 따서 붙인 이름이다.

고석정을 가자면 지포리 신철원에서 승일교를 건너가게 된다. 고석정을 갈 때마다 승일교를 지나면서 나는 이 멋진 다리, 이름뿐만 아니라 생김새도 튼실하고 고전적 기품이 있는 이 아치형 다리를 촬영하고 싶어했다. 그러나 예의 군대초소에 군인이 있어서 그저 눈으로만 촬영했을 따름이다.

1990년 가을 어느날, 나는 민족미술협의회 주최 '조국의 산하전'을 기획하면서 주제를 '민통선 부근'으로 내걸고 화가 40명과 민통선 언저리를 답사하면서 또다시 이 승일교를 건너게 되었다. 버스 안에서 나는 마이크로 승일교의 내력을 얘기했고 화가들은 이 절묘한 소재를 놓칠세라 창 쪽으로 몰려들었으며 버스는 최대한 느린 속도로 승일교를 지나가도록 했다.

아, 그런데 이게 웬 떡인가. 초소엔 군인이 보이지 않았다. 나는 얼른 버스문을 열고 모두 내리게 했다. 화가들은 순식간에 죄다 촬영하고 초소 아래쪽도 내려가보고 5분 만에 게릴라식 촬영과 스케치를 마쳤다. 능청스레 버스를 타고 다리를 건너려니, 그제야 초소 근무자들이 이쪽으로 오고 있었다. 이상한 낌새를 차린 근무자들이 버스 안 나를 뚫어지게 쳐다본다. 나는 내숭떨며 선수를 쳤다.

"이 다리가 승일교입니까?"
"맞아요. 김일성을 이기자는 승일교(勝日橋)입니다."

이렇게 뜻이 다르게 변할 수 있을까. 나는 오랫동안 이 다리의 공식명칭이 무엇인가를 궁금하게 생각해왔다. 그러던 어느날 한국문화유산답사회 총무를 맡고 있던 시인 이형권이 고석정 답삿길에 자세히 알아보고 나서 알려주는 얘기는 전혀 다른 것이었다. "승일교의 공식명칭은 '승일(昇日)교'가 맞습니다. 다리 입구로 가서 그 내력이 씌어 있는 비석을 읽어보니까, 1958년 제5군단장이 이 다리를 완공하면서 고(故) 박승일 연대장을 추모하며 승일교라고 명명했다고 합니다."

박승일 연대장은 육사 1기생으로 6·25동란중인 1950년 11월 26일 평남 덕천지구에서 생사불명이 된 비운의 장교이며, 당시 계급은 대령, 나이는 31세였다고 한다. 이런 엄연한 사실, 추모의 염(念)까지 담은 승일교이건만, 건립비문 있는 곳에 사람의 발길이 닿지 못하게 하는 바람에 저마다 그럴듯한 해석으로 풀이됐던 것이다. 그런 가운데에도 민족의 염

| 폐노동당사 | 옛 철원 시가지에 있던 옛 철원군 노동당사가 뼈대만 남은 채 그 옛날을 말해준다.

원으로 그 뜻을 돌려놓는 민간설화의 저력이 엿보인다.

땅굴 견학과 구철원

철원의 철원다운 모습을 보는 것은 아무래도 민통선 안으로 들어가야 한다. 폐허가 된 철원 구시가지에는 마을 한쪽에 다 허물어져 뼈대만 남은 철원군 노동당 당사와 감리교 교회터가 있단다. 내 답사를 다니면서 폐사지, 폐왕궁지, 폐군대지는 보았어도 폐교회지와 폐정당지는 본 일이 없었으니 꼭 한번은 가보고 싶은 곳이다. 거기에 가게 되면 이 땅이 낳은 20세기 최대의 문사인 이태준(李泰俊)이 어릴 때 놀던 곳도 눈여겨 보아두고 싶다.

| 폐노동당사 내부 | 전쟁의 상흔이 그대로 남아 있는 내부모습은 그 자체로 전쟁기념관이 되고 있다.

그러나 내게는 불행히도 그 흔한 제2땅굴을 견학할 기회가 한번도 오지 않았다. 그렇다고 고석정 철의 삼각지 전적기념관에서 개인적으로 신청해놓고 남의 팀에 섞여들어갈 용기는 없었다. 듣자하니 요새는 신청하면 교육영화 하나 보고 들어가면 된다고는 한다.

피안의 절집에 이르는 길

철원이 내세울 미술사적 유물의 진수는 뭐니뭐니 해도 도피안사이다. 최근에는 민통선이 구철원 쪽으로 쑥 들어가 도피안사에 이르는 길이 무사통과로 되었지만 나는 항시 복잡한 절차에다 불교신도라고 거짓말하고 다녔다. 도피안사, 피안의 세계에 이르는 절집이라는 이 아름다운 고

| **도피안사** | 민통선 안에 있는 조촐한 절집이지만 통일신라의 대표적인 철불이 모셔 있고, 법당 앞 삼층석탑이 좌대 위에 올라앉아 있어 미술사적으로 큰 주목을 받는 절이다.

찰은, 그러나 피안에 있는 것이 아니라 민통선 안쪽 군부대 속에 처량히 남아 있었다.

신철원에서 승일교를 건너 곧장 달리면 왼쪽으로는 고석정이 나오고 조금 더 가면 오른쪽으로 직탕폭포 가는 길이 나온다. 좌우를 개의치 않고 반듯한 길을 따라가다보면 길이 끊어지면서 엄청스런 설치물이 앞을 막는다. 거기가 제5검문소이다─이것도 최근에 위쪽으로 올라왔다.

여기에서 초소의 위병들로부터 검문을 받고 도피안사 주지스님에게 전화로 확인을 받으면 주민등록증을 맡겨놓고 위병의 안내로 들어가게 된다. 그것이 피안의 세계로 가는 수속이라면 얼마나 좋으랴마는……

도피안사로 가는 길 양옆은 대전차방어물이 어찌 보면 고인돌 떼무덤 같기도 하고 어찌 보면 올림픽공원에 납품한 어느 현대조각가의 설치작업처럼 엄청스러운데 그 안쪽 철조망에는 빨간 삼각판에 흰 글씨로 '지뢰'라고 쓴 푯말들이 빨랫줄에 양말, 팬티 걸리듯 널려 있다.

1킬로미터쯤 비포장길을 서서히 가다보면 오른쪽으로 꺾어 다리를 건너게 되는데, 차창 밖으로 빠끔히 내다보니 언젯적 글씨인지 알 수 없지만 '피안교'라고 또렷이 적혀 있다. 마주 보이는 야트막한 동산을 끼고 돌면서 비탈길을 곧장 차고 오르면 갑자기 초소가 나타나고 총 든 군인이 있어 절로 소스라치게 놀라게 되는데, 함께 탄 위병이 손짓하면서 버스가 다시 달리어 고갯마루턱에 닿으면 거기가 도피안사 절집 안마당이 된다.

철조 비로자나불상의 파격미

몇해 전까지만 해도 도피안사에는 허름한 요사채에 스님 한분, 허름한 법당에 철불 한 분, 쓸쓸한 앞마당에 석탑 하나, 그리고 절집 양옆에 죽은 느티나무 하나 산 느티나무 하나밖에 없었다. 그러나 몇해 전엔가 새 주지가 오면서 군부대의 지원을 받아 번듯한 대적광전을 지어 철불을 모셔놓으니 이제는 고찰 맛이 없고 새 절에 온 기분이 되었다.

피안과도 인연이 없고, 찾아오는 과정이 결코 즐거울 리 없으면서도 도피안사를 여러 차례 찾아간 까닭은 저 유명한 철조 비로자나불상(국보 제63호)이 나를 부르기 때문이었다.

도피안사의 철불은 하대신라, 즉 9세기를 대표하는 두 불상 중 하나이다. 도피안사 철불의 뒷면에는 100여 자에 이르는 긴 명문(銘文)이 있는데, 요지인즉 1,500명의 향도(香徒)들이 결연하여 조성하였다는 것이며, 그 제작연대는 경문왕 5년(865)이라는 것이다. 이처럼 절대연대와 조성 동기를 뚜렷이 해두었기 때문에 이 철불은 858년에 제작된 전남 장흥 보림사의 철조 비로자나불상과 함께 하대신라 불상의 대표작이자 기준작으로 되었다. 바로 그 점 때문에 일찍이 국보로 지정되었다.

부처님의 상호를 보면 원만한 것도 근엄한 것도 인자한 것도 아닌, 도전적이고 씩씩하며 개성적이다. 그것이 이 불상의 큰 매력이며, 신앙사적·사회사적 의의를 헤아려볼 수 있게 한다.

부처님의 이미지

별 생각 없이 불상을 보아온 사람이라면 그 부처가 그 부처라고 생각하고 있을 것이다. 그러나 분명히 말하건대 당신이 본 그 불상의 모습은 오직 그 불상만의 모습일 뿐이다. 천이면 천, 만이면 만의 불상이 제각기 다른 모습이다.

부처의 모습이란 곧 절대자의 모습이다. 그 절대자는 한가지 모습을 지니고 있는 것이 아니며, 우리가 머릿속에 그리는 절대자의 이미지도 한가지가 아니다. 모든 불상은 그것을 제작했던 시기와 발원했던 사람들이 지니고 있던 절대자의 모습을 반영하고 있는 것이다.

경주 삼화령의 아기부처에는 절대자의 친절성이 극명하게 나타나 있다. 절대자는 그런 친절성으로 우리를 구원해준다는 신앙의 형태가 그런 천진스러운 미소를 짓게 했다. 7세기 전반 신라의 불상이다.

석굴암의 본존불은 이상적인 인간상이자, 신의 인간화라는 불성(佛性)과 인성(人性)의 조화를 보여준다. 거기에서는 모든 질서가 완벽하게 구현되어 빈틈도 없고 흔들림도 없는 원만함으로 가득하다. 8세기 후반의 통일신라 불상이다.

이에 반하여 논산 관촉사의 관세음보살상, 속칭 은진미륵에 이르면 무엇인가 괴력을 소유하고 있는 샤먼적 형상으로 나타난다. 은진미륵을 만든 사람들이 절대자에게 기대하는 그 무엇은 질서와 안정이 아니라 변화와 파괴까지 가져올 수 있는 신통력이었다. 10세기 고려시대 지방에서 제작된 불상이다.

백제시대 최고의 명작으로 알려진 금동 미륵반가사유상의 저 편안한 미소는 칼 야스퍼스가 일본 코오류우지(廣隆寺)에 있는 백제계의 목조 반가사유상에 보낸 찬사를 원용해보면 모든 실존적 고뇌로부터 해탈한 절대자의 마음의 평정을 의미한다.

그러면 지금 우리가 도피안사에서 보고 있는 이 도전적이고 씩씩하고 개성적인 불상의 이미지란 무엇인가? 그것은 9세기 철원지방의 호족이 지닌 자화상적 이미지이다. 왕권과 중앙귀족이 원하는 세계는 석굴암 본존불 같은 원만한 질서이다. 꽉 짜인 틀 속에 모든 것이 종속하기를 바라는 보편성의 추구이다. 그러나 지방의 호족은 달랐다. 그 보편적 틀 때문에 자신의 인간적·사회적 능력을 제약받고 있었던 것이다. 그들은 그 틀을 깨어버려야 했다. 능력있는 자가 부처라는 이미지로 몰고 갔던 것이다. 궁예는 그런 호족의 하나로 드디어 왕을 자처하기에 이르렀던 것이다. 이 점은 하대신라의 여러 불상에도 그대로 적용된다.

그리하여 고유섭 선생은 일찍이 7세기 백제 불상의 추상적 성격은 상징주의, 8세기 중대신라(통일신라 전기) 불상의 이상적 성격은 고전주의, 10세기 고려 불상의 과장적 성격은 낭만주의로 규정한 바 있는데, 나는 여기에 덧붙여 9세기 하대신라(통일신라 후기) 불상의 도전적 성격은 리얼리즘을 지향했다고 주장하고 싶다.

도피안사 철조 비로자나불상의 이러한 해석은 내가 답사기 제1권의 「하늘 아래 끝동네」에서 도의선사 이야기를 하면서 선종이 갖는 사상사적·사회사적 의의를 얘기했던 것의 연장선상에 있는 것이다.

8세기는 아미타여래신앙이 지배했다. 그러나 9세기 지방에서는 선종과 함께 밀교적(密敎的) 성격을 지닌 대일여래(大日如來), 즉 비로자나신

| **개금한 철불** | 번쩍거리는 도금으로 옛 철불의 기상은 사라지고 천박한 자태만 드러나고 말았다. 2006년부터 철불의 금칠을 벗겨내고 보존처리작업을 하여 지금은 옛 모습을 되찾았다.

앙이 유행한다. 지방의 호족들은 농기구와 무기를 만들기 위해 보유하고 있던 제철시설과 기술을 이용해 불상을 만들었다. 그러므로 철원 도피안사의 철조 비로자나불상은 아미타신앙에서 비로자나신앙으로, 석불에서 철불로, 경주에서 지방으로, 중앙귀족문화에서 지방호족문화로 이행하고 있음을 그 한몸에 지니고 있는 것이다. 도피안사 철불은 당당한 자세로 앉아 오는 이 누구에게나 그때의 그 처지를 그렇게 말해주고 있다.

개금된 불상 앞에서

나는 도피안사 비로자나철불 앞에 여러번 섰다. 아무것도 아닐 수 있는 저 쇳덩이가 나에게 침묵의 언어로 내려주는 낱낱 사항들을 남김없이

| **도피안사의 철조 비로자나불상** | 865년, 철원지방의 향도 1,500명이 뜻을 모아 조성했다는 이 철불에서는 개성적이고 도전적인 호족의 자화상이 느껴진다.

받아내기 위하여. 그러면서 한편으로 우리 시대의 불상은 무엇을, 어떤 이미지를 담고 있는가를 생각해보았다. 20세기의 대불(大佛)들, 낙산사의 해수관음은 화려한 의상이 빛난다. 법주사의 청동 미륵상은 혹시 육사 출신이 아닌가 싶으며, 동화사의 통일 약사여래상은 턱과 목이 돈깨나 벌게 생겼다. 불가에 계신 분들이 나를 방자한 놈이라고 노한다 해도 할 수 없다.

도피안사 철불은 원래는 검은 빛이 감도는 철불이었고 처음 개금할 때는 조개껍데기를 태워서 만든 회분가루를 입혀 차분히 가라앉은 금색을 띠고 있었다. 그러던 이 분이 몇해 전에 번쩍번쩍한 금빛으로 찬란하게 개금되었다. 그 짙고 천박한 화장은 세속에서도 보기 힘든 모습이다.

군인들의 도움으로 중창된 대적광전의 수미단으로 인하여 나는 이 귀한 불상의 철불좌대를 다시는 볼 수 없게 되었다. 수미단 위로 간신히 올라앉은 연화좌대의 만개한 겹꽃의 힘찬 선을 보라. 그것을 철로 주조했다는 공력도 공력이지만 불상은 그 좌대와 함께 비로소 완결체를 이루는 것인데 그것이 무엇인지, 어떤 심오한 뜻이 있는지도 모르고 수미단 속에 파묻어두다니. 만약에 수미단을 걷어내면 좌대의 아랫단에는 복판의 연잎이 귀꽃을 호기있게 세운 것을 볼 수 있을 것이다.

월하리 너머 궁예궁터까지

도피안사 앞마당의 삼층석탑(보물 제223호) 또한 예사로운 것이 아니다. 감은사탑, 석가탑 이후 통일신라의 석탑은 모두 이성기단에 삼층석탑을 하나의 전형으로 삼았는데, 여기서는 기단부를 팔각받침에 연화대좌로 대신하여 마치 불상의 좌대 위에 석탑이 얹힌 것처럼 세웠다. 여기서는 석탑이라는 조형의 아름다움이 문제되는 것이 아니라 무엇이든 정형을 파괴하려고 했던 그 조형의지가 주목되는 것이다. 도전과 파괴의 힘! 그것도 도피안사 철불과 석탑의 조형목표였던 것이다.

도피안사를 답사할 때면 나는 스님 몰래 뒷산으로 올라가본다. 처음에는 혹시 어딘가에 승탑이 있을 것만 같아 찾아다녔다. 분명 있었으련만 스님의 말씀으로도 보이지 않는단다. 그러다가 나는 뒷산마루에서 북쪽을 바라보면 저 아래쪽에 월하리(月下里)마을이 보인다는 사실을 알고 답사 때마다 거기에 오른다. 그럴 리 없겠건만 고적한 마을이 평화스러워 보이고 움직이는 사람들의 걸음걸이가 안온하게 느껴진다.

민통선 안에서 농사짓는 일로 세상을 살아가는 저 농부들의 모습이 차라리 수도승 같고 보살행처럼 거룩해 보인다. 월하리, 거기는 시인 민영 선생의 고향이고 그의 명작 「엉겅퀴꽃」의 현장이다. 나는 거기에 곡을 붙여 낮은 소리로 불러본다.

엉겅퀴야 엉겅퀴야
철원평야 엉겅퀴야
난리통에 서방잃고
홀로사는 엉겅퀴야

(…)

엉겅퀴야 엉겅퀴야
한탄강변 엉겅퀴야
나를두고 어디갔소
쑥국소리 목이메네

| **궁예궁터의 석등** | 지금은 비무장지대 한가운데 있는 궁예궁터에는 일제시대까
지만 해도 이처럼 어엿한 석등과 건축부재들이 남아 있었다.

　월하리, 달아랫마을 너머 철책선 쪽으로 눈을 돌리면 재송평 들판의
삽술봉이 보인다. 철의 삼각지 전투 때 폭격을 하도 많이 맞아 산봉우리
가 날아가 녹아버렸다는 속칭 '아이스크림 고지'다.

　아이스크림 고지 너머 철책선 가까이 또 하나의 마을이 있는데 거기
는 월정리(月井里), 달우물마을이다. 어떻게 동네마다 이런 어여쁜 이름
을 가졌던가. 월정리는 경원선 철도의 간이역이 있는 곳으로 6·25 때 폭
격 맞은 인민군 화물열차와 함께 '철마는 달리고 싶다'는 선전탑이 서 있
는 곳이다.

　월정리에서 다시 북쪽 비무장지대로 눈을 올리면 거기가 곧 궁예궁터
이다. 궁예궁터는『신증동국여지승람』에 바깥 성이 1만 4,421척이라고
했는데 그것이 하필이면 비무장지대 정가운데에서 남방한계선과 북방
한계선을 그은 그 자리에 놓이게 되었단 말인가! 이것도 운명이라고 해
야 할까, 예언이라고 해야 할까? 예언이라면 통일의 수도는 철원으로 하
고, 중앙청은 궁예궁터로 하고, 통일국가 이름은 고려연방제니 한국이니

우기지 말고 태봉으로 하라는 소리인가.

나는 답사를 다니면서 큰 소원의 하나가 궁예궁터를 가보는 것이었다. 궁예궁터는 비무장지대에 폭 갇히는 바람에 남한의 문화재도록에도 북한의 문화재도록에도 실리지 않은 잊혀진 문화유산이 되고 말았다. 유일하게 전하는 일제시대 때 낡은 사진에는 거기에 주춧돌이 거꾸로 박힌 것과 의젓하게 생긴 석등이 하나 있던데 지금도 그런가 궁금하기도 하다.

내 시선을 한껏 뻗어 북쪽으로 올라갈 데까지 올라간 미답(未踏)의 답사처는 이 궁예궁터가 끝이다.

도피안사를 나와 지는 해를 저쪽으로 두고 거칠 것 없이 철원평야를 치달리며 귀갓길을 서두르니 무엇인가가 나의 차 뒷자락을 붙잡고 늘어지는 것만 같았다. 내 귓전에는 한탄강의 비가(悲歌)가 맴돌고 있었다. 나는 그런 환상에 젖어 있었고 그 환상으로부터 벗어나고 싶었다. 나는 민요연구회 사람들이 부른 「엉겅퀴야」 테이프를 틀었다. 그리고 볼륨을 한껏 높이 올렸다.

1994. 7.

---

* 민통선 부근 철원 도피안사부터 노동당사까지 답사는 내가 책을 쓸 때와는 달리 별도의 허가 없이 자유롭게 오갈 수 있어 언제든 관람이 가능하다.
* 이 책의 초판에서 나는 승일교의 내력에 관한 추적에서 공병대장 박승일(朴承日)이 자기 이름을 따서 붙인 것으로 알고 이를 비판조로 썼었다. 그러나 고(故) 박승일 대령의 유족으로부터 잘못을 지적받고 고쳐쓰게 되었다. 고인과 유족에게 사과드린다.

저 푸른 소나무에 박힌 상처는
동곡의 선암서원 / 대천리 수몰마을 / 운문사 입구 솔밭

소설가 이문구의 평생 소원

나는 개인적으로는 소설가 이문구 선생을 잘 모른다. 그러나 그분의 『관촌수필』(문학과지성사 1977)에 보이는 질박한 뚝심은 늘 선망의 대상으로 되어왔다. 하루는 민예총에서 신경림 선생을 만나 바둑을 세 판 두고 나서 내가 진 댓가로 술 한잔을 대접해올리며 이런저런 얘기를 하던 중 화제가 이문구 선생으로 돌았다.

"자네는 이문구 잘 모르지?"

"인사만 드린 적 있죠. 겉도 속도 황소 같은 분이더군요."

"황소 같구말구. 그래두 문구는 허허로운 데가 있어요. 자네 그 사람 평생 소원이 뭔지 아나? 못 들어봤어? 그 사람 고향이 충남 대천이

잖아. 대천에 가서 농사일이나 하면서 사는 거래."

"그게 뭐가 허허로워요."

"그 다음이 중요하지. 여름에 농사짓다가 대청에 드러누워 늘어지게 낮잠 자는데 황석영이나 송기원이 같은 문단 후배들이 찾아오면 반갑게 맞이해서 참외 하나씩 깎아주면서 '그래, 너희들 어떻게 지내니? 석영아 너 아직도 소설이라는 거 쓰냐? 기원아 너 아직도 문학이라는 거 하냐?' 이 소리 한번 해보는 게 평생 소원이래, 어때?"

나는 그때 그렇게 멋있는 평생 소원을 갖고 산다는 사실 자체가 부러웠다. 그래서 나도 그런 소원을 하나 갖고 싶었다. 이루어지든 않든 내가 그렇게 마음먹고 그런 삶에 마음 한쪽을 두고 산다는 것은 좋은 일이라고 생각했다. 그리하여 드디어 나도 소원을 하나 갖게 되었다. 늙어서 정년퇴직하고 나면 청도 운문사 앞 감나뭇집을 사서 여관이나 하면서 사는 것이다. 그리하여 답사객이 찾아오면 얘기나 해주고, 남들이 "요새 그 사람 뭐해?"라면 그 누가 있어 "어디 절집 아래서 여관 한다지"라고 대답해준다면, 그런 말년을 갖는다면 괜찮겠다 싶었다.

운문사의 아름다움 다섯

그것이 벌써 10년 다 돼가는 얘기가 됐다. 내가 그때 왜 운문사 근처를 생각하게 되었는지를 곰곰이 따져보니 금방 다섯가지가 꼽힌다.

첫째는 거기에 비구니 승가대학이 있어서 사미니계를 받은 250여명의 비구니 학인스님이 항시 있다는 사실이다. 나는 앳된 비구니를 바라볼 때면 왠지 모르게 눈도 마음도 어질게 됨을 느낀다. 세상사람들이 나를 비웃어 여색을 탐하는 사람이라고 비방해도 나는 이것이 내 진심임을 속일 수 없다. 대학선생을 하면서 나는 학생들이 가장 예쁘게 보일 때는 1학년 2학기 첫 강의에서 보이는 얼굴이라는 사실을 알았다. 1학년 1학기 때 모습은 졸망졸망한 눈빛이 어질지만 어딘지 어리둥절하는 불안이 보이고, 2학년이 되면 슬슬 꾀가 나서 어진 빛이 가시기 시작하고, 3학년이 되면 이제 알 것 다 알아서 사람이 질기게 되어가고, 4학년 2학기가 되면 아쉬움과 후회로움의 애잔한 눈빛으로 변하는 리듬이 느껴진다. 그래서 1학년 2학기 때, 아직은 선량하고 앳되면서도 뭔가 해볼 의욕으로 빛나는 눈빛이 가장 아름답게 느껴지는 것이다.

운문사 승가대학 비구니 학인스님들은 사미니계를 받고 2년 남짓 되어 입학하였으니 스님으로 살아가는 일생에서 1학년 2학기에 해당되는 바 나는 그들을 마주하고, 멀리서 바라보는 것만으로도 마음의 눈을 닦는다.

둘째는 장엄한 새벽예불이 있기 때문이다. 어느 절인들 새벽예불이 없겠는가마는 250여 명의 낭랑한 목소리가 무반주 여성합창으로 금당 안에 가득할 때 우리는 장엄하고 숭고한 음악이 무엇인가를 실수없이 배울 수 있다. 그것을 아침저녁으로 그것도 생음악으로 들을 수 있다는 것은 여간 큰 기쁨이 아닐 수 없다.

셋째는 운문사 입구의 솔밭이다. 운문사로 들어가는 진입로 1킬로미터 남짓한 길 양옆의 늠름하면서도 아리따운 조선소나무의 자태는 그것을 보며 걷고 있다는 것만으로도 행복을 느끼게 해준다. 운문사 소나무는 연륜도 높고 줄기가 시원스럽게 뻗어올라갔을 뿐만 아니라 냇가의 습기를 머금은 때문인지 항시 붉은 빛을 발하고 있다.

넷째는 운문사의 평온한 자리매김이다. 운문산, 가지산 연맥으로 이어진 태백산맥의 끝자락, 이곳 사람들이 영남 알프스라고 부르는 높고 깊은 산속에 자리잡았음에도 운문사는 넓은 평지사찰로 되어 있으니 그 안

| 운문사 전경 | 열두 판 연꽃 속의 화심에 자리잡은 운문사는 주위의 높은 봉우리들이 감싸안은 아늑함으로 더없는 평온감을 느끼게 한다.

온한 분위기는 다른 예를 찾아볼 수 없다. 문경 봉암사가 열두 판 화판으로 둘러쳐 있다고 하나 그것은 꽃이 다 피어 늘어질 때의 모습이고, 운문사는 연꽃이 소담하게 피어오르면서 꽃봉오리 화판이 아직 안으로 감싸인 자태이며 바로 그 화심에 해당하는 자리에 절집이 있는 것이다. 그래서 비구보다 비구니 사찰이 적격인지도 모른다. 한겨울 눈이 쌓였을 때 저 위쪽 암자, 사리암이나 내원암에서 내려다보면 운문사가 가장 운문사답게 보인다.

　다섯째는 내 존경에 존경을 더해 마지않는 일연스님, 답사기를 쓸 때면 가장 먼저 찾아보는 그분의 『삼국유사』가 여기서 씌어졌다는 사실이다. 『삼국유사』가 발간된 곳은 인각사(麟角寺)였지만 그분이 집필한 것은 이곳 운문사 주지 시절이었다고 생각되니 내가 죽기 전에 꼭 증언하고 싶은 『20세기 한국유사』의 집필의지를 다지는 신표로 나는 운문사를 생각했던 것이다. 그 점에서 나의 소원은 허허로운 경지가 아니었다.

그런데 이것도 향심(向心)의 덕이었을까, 아니면 말이 씨가 되었을까. 내가 영남대 교수가 되어 학교 근처에 숙소를 마련한 곳은 뜻밖에 경산오거리에서 운문사 쪽 방향을 가리키는 임대아파트로 되었으니 내 소원에 반은 다가갔다는 생각이다. 나의 숙소에서 운문사까지는 차로 45분, 이제는 운문사에 지기(知己)를 얻어 절집 객실에서 묵어간 것도 서너번, 학인 스님 상대로 특강을 한 것도 두 차례 되었으니 어느 답사처보다도 내가 자신있게 안내할 수 있는 곳으로 되었다.

양노의 자운영 강의

청도 운문사는 겨울이 가장 아름답다. 그러나 운문사로 가는 길은 여름날이 더욱 아름답다. 어디에서 들어오든 길가 여름꽃들이 마치도 환영객들이 도열하여 축하의 손짓을 보내는 듯한 축복의 여정이 되기 때문이다. 나는 이 꽃들의 환영을 받으면서 시골길을 달릴 때가 가장 행복한 여로라고 생각하고 있다.

답사를 가든, 수학여행을 가든 우리의 마음과 눈을 가장 즐겁게 해주는 것은 자연 그 자체다. 장엄한 산, 시원한 바다, 유장한 강줄기, 그 사이를 비집고 뻗은 길…… 그것이 국보급 문화재를 보는 것보다 더욱 감동을 준다. 그중에서도 철따라 바뀌는 꽃과 나무는 우리의 정서를 더없이 맑게 표백시켜준다. 그 꽃을 보고도 아름다움을 감지하지 못하는 서정의 여백이 없다면 국보도 보물도 그저 돌덩이, 나뭇조각으로만 보일 것이다.

몇해 전 여름답사가 충청도 청양으로 잡혔을 때 내 친구 안양노가 자기 고향으로 간다고 두 아들을 데리고 따라왔다. 양노는 전공이 정치학인지라 문화재와는 거리가 먼 친구였는데, 1박2일 답사중 회원들이 병아리처럼 안양노 뒤만 따라다니는 괴이한 일이 벌어졌다. 그는 뛰어난 들꽃선생이었던 것이다. 버스에서 내려 길을 걸으면서 길가의 풀과 나무 이름을 알려달라는 회원들의 주문이 쇄도하는 바람에 나중에 그는 아예 미리부터 요건 박달나무, 요건 갯버들, 요건 모르겠고, 요건 은사시나무…… 하면서 그 나무의 생리까지 설명하면서 다녔다.

그러다 정산삼거리 한쪽 논 가운데 있는 보물 제18호 구층석탑을 보러 가는데 보랏빛 작은 꽃이 줄지어 있는 아리따운 정경이 나타났다. 여지없이 한 열성회원이 양노에게 달려와 이게 뭐냐고 묻는다. 그러자 양노는 꽃 앞에 주저앉아 꽃송이를 매만지면서 느려터지게 설명한다.

"이게 자운영이여. 이쁘지이. 근데 이게 그냥 자라난 들풀이 아니이여. 역부러 씨를 뿌려 이렇게 심어놓은 것이지이. 초가을에 논에다 자운영씨를 줄줄 뿌리면 초여름에 이렇게 꽃이 피거든. 그때는 한창 모내기할 때가 된단 말이여. 그 무렵에 이걸 뒤집어버리는 것이여. 풀이니까 잠깐이면 썩거든. 농부들은 이렇게 해서 땅을 기름지게 하는 것이여. 이런 건 시굴서 자란 애들은 다 아는 것이여."

그러나 서울애들이 그걸 어떻게 알 것인가. 옛날에는 낫 놓고 기역자도 모른다고 했지만 지금은 기역자 쓰면서 낫을 모르는 세상이 되었는걸. 양노의 자운영 강의 때문에 보물 제18호 답사는 차질이 생기고 말았지만 탑이야 책을 찾아보면 나오지만 자운영 얘기를 어디 가서 들어볼 것이겠는가. 이후 답사객 중에는 김태정의 『우리꽃 백가지』(현암사 1990)를 필수책으로 들고 다니는 회원도 생겼다. 이 얼마나 아름다운 정경이고 또 안타까운 현실인가.

| **정산 구층석탑 입구 자운영** | 청양군 정산면 소재지 논두렁에 외로이 서 있는 구층석탑 주변엔 자운영꽃이 떼판으로 피어난다.

1993년 8월 1일, 나는 작곡가 이건용 교수와 함께 청도 운문사로 가면서 길가에 피어 있는 여름꽃을 보며 나의 답사회원들을 머릿속에 떠올리고는 혼잣말로 양노처럼 주워섬겼다. 이건 달맞이꽃, 이건 접시꽃, 저건 해당화.

길가엔 땡볕에서 싱싱하게 자라난 호박이 야산을 타고 낮은 포복을 하면서 넉넉한 잎새로 탐스런 노란 꽃을 내밀고서는 호박벌을 부른다. 멀리 밭둑으로는 보랏빛 메꽃이 덩굴을 뻗으면서 밝은 햇살에 반짝거리는 모습이 아른거린다. 논두렁 밭두렁에 잘 피는 메꽃은 언뜻 나팔꽃 같지만 나팔꽃이 메꽃과에 속한다니 그 원조인 셈이다. 민요「길쌈노래」중에 나오는 그 메꽃이다.

메꽃같이 예쁜 이내 딸년
시집살이 삼년 만에
미나리꽃이 다 되었네.
미나리꽃이 다 되었네.

나는 메꽃보다도 호박꽃을 좋아한다. 좁은 집 마당에 호박을 심어놓고 그 꽃이 보고 싶어 여름을 기다린다. 그런 탐스러운 호박꽃을 왜 못생긴 여자에 빗대어 순호박이라고 하며 멸시했는지 아직껏 이해하지 못한다. 그래서 나는 호박꽃을 능멸하는 자를 능멸하며 강요배가 그린 그림 「호박꽃」을 좋아하여 그 그림 사진을 책꽂이에 붙여놓고 보고 있다. 그러나 호박꽃의 순정, 그 질박함과 건강함과 순진함과 풍요로움의 감정을 다 담아낸 호박꽃 찬가는 아직 보지 못했다. 그것은 이문구 같은 시인이 없기 때문일 것이다.

동곡의 선암서원

운문사로 들어가는 길은 여러 갈래다. 태백산맥의 끝자락이 마지막으로 요동을 치면서 이룬 영남 알프스의 저 육중한 산덩이가 운문산 북쪽 기슭에 자리잡고 있으니 운문사 너머 남쪽은 밀양이고, 동쪽은 울산 석남사, 서쪽은 청도읍내, 북쪽은 경산시 압량벌로 연결된다.

고속도로가 생기기 전에는 청도에서 곰티재를 넘어 동곡(東谷)에서 꺾어들어오는 것이 정코스라고 하겠지만, 지금은 경부고속도로 경산인터체인지에서 자인을 거쳐 동곡으로 들어오는 길이 제일 빠르다. 대구에서 운문사로 간다면 청도로 갈 것 없이 경산시내로 들어와 영남대학교를 왼쪽에 두고 남산면을 거쳐 동곡으로 빠지는 길을 취하면 된다. 그러니

| **선암서원** | 선암서원 한쪽 켠으로는 보리밭, 호박밭, 콩밭 등이 맞닿아 있어 옛 서원의 풍취가 은은히 살아난다.

까 합천 해인사가 사실상은 고령 해인사로 되듯, 청도 운문사는 경산 운 문사인 셈이다.

어느 길을 택하든 동곡은 운문사 초입이 된다. 동곡은 청도군 금천(錦 川)면의 다운타운으로 운문산에서 흘러내린 운문천과 단석산에서 발원 한 동곡천이 합류하여 동창천(東倉川)을 이루며 제법 큰 내가 되어 들판 을 휘감고 돌아가면서 만든 강마을이다. 그래서 비단 같은 냇물이라는 마을이름을 얻었다.

금천면 동곡의 동창천가에는 아름다운 경관을 갖춘 선암서원(仙巖書 院)이 옛 모습 그대로 남아 있다. 선암서원은 삼족당(三足堂) 김대유(金大 有)와 소요당(逍遙堂) 박하담(朴河淡)을 모신 서원으로 선조 원년(1568) 에 매전면 동산동 운수정(雲樹亭)에 세운 것을 선조 10년(1577)에 이곳으 로 옮겼다고 한다.

| 선암서원 소요대 | 동창천이 맴돌아 나아가는 한쪽에 자리잡은 선암서원 주위는 보기에도 시원한 강변 풍경이 전개되고 있다.

임진왜란 때는 이곳 동곡에서 의병이 크게 일어나 천성만호(天城萬戶) 박경선(朴慶宣)이 선암서원 맞은편에 있는 어성산(御城山)전투에서 봉황애 절벽으로 왜장을 안고 떨어져 순국한 추모비가 서 있다. 게다가 정조 때 서학(西學)으로 이름높은 이가환(李家煥)이 찬한 "임란 창의 청도 14의사 합전(壬亂倡義淸道十四義士合傳)"이 비석으로 세워져 있어 이 예사롭지 않은 구국의 뜻을 선비의 지조와 함께 새겨보게 된다.

선암서원 아래로는 소요대 높은 바위 아래로 동창천이 유유히 맴돌아 간다. 한여름이면 누구든 미역이라도 감고 싶은 충동이 일어나는데 강가로 내려가는 길목에 청도군수의 '위험'경고판에 "작년 익사자 12명"이라는 고지사항이 굵은 글씨로 씌어 있다. 물이 맴돌아가는 소용돌이 현상에 수심이 4~8미터나 되는데다 수심 2미터로 내려가면 수온이 섭씨 4도로 내려가는 바람에 익사자가 많이 생긴다는 것이다.

나는 어차피 헤엄을 못 치기 때문에 굳게 닫힌 서원을 한바퀴 도는 소요로 소요대의 정취를 만끽한다. 준수한 소나무가 강변을 따라 오솔길을 안내하고 서원 뒤쪽으로는 각이 지듯 꺾인 운문산 줄기가 마냥 듬직하고 시원스러운데, 밭에는 초여름이면 보리가 누렇게 익고, 한여름이면 호박꽃이 장관으로 피어나는 싱그러움을 보여준다. 오가는 길손의 손을 타서 남은 것이 있을까보냐마는 산딸기 덩굴이 발목에 와닿으며 양지바른 곳으로는 엉겅퀴, 메꽃이 제철에 피어난다.

서원에 들어앉아 남쪽을 내다보면 낮고 부드러운 능선 너머로 각이 지고 검푸른 영남 알프스가 그림처럼 펼쳐진다. 뜰에는 해묵은 배롱나무 한쌍이 한여름이면 붉은 꽃을 탐스럽게 피워내는데, 뒤뜰엔 오죽이 싱싱하게 자라고 있다.

선암서원은 이처럼 조용한 강변의 정취가 아늑하여 간혹 대학원생을 데리고 여기에 와서 야외수업을 하는 나의 서원이기도 하다. 영남대 내 연구실에서 여기까지는 자동차로 30분 거리다. 그러던 선암서원이 작년부터는 담장 보수공사를 하더니 문을 굳게 잠그는 바람에 서서히 귀신 나올 집으로 변해간다.

우리나라의 옛 마을에는 서원이 있고, 산속엔 절집이 있다. 절집은 아무리 허름해도 온정이 느껴지는데 서원은 아무리 번듯해도 황량감과 황폐감만 감돈다. 그 이유는 단 한가지 사실, 사람이 살고 안 살고의 차이이다. 선암서원 대문이 열려 있을 때 촌로들이 거기에 와서 나무토막을 베고 누워 정담을 나눌 때는 지나가다가도 들러보고 싶은 집이었다. 그러나 이제는 문 열고 들어가라고 해도 무서운 집이 되고 말았다.

동곡에서 점심을 먹을 때면 가정식 백반을 경상도치고는 제법 정성스레 차리는 '육동댁 금동식당'에 가거나 '강남반점'의 자장면을 먹는다. 강남반점은 운문사 비구니 학인스님들의 단골집으로 고기를 넣지 않은 스

| 운문면 대천리 수몰지구의 옛 모습 | 평온한 강마을 너머 멀리 산허리에 운문사로 가는 새 길이 보인다.

님용 자장면을 시켜야 더 맛있다.

운문댐 앞에 서서

동곡에서 경주 방향으로 고개 하나를 넘으면 방지마을이 나오고 곧게 뻗은 길이 작은 고개를 넘으면 갑자기 깔끔한 시골 속의 도회가 나타난다. 여기가 신대천(新大川)마을로 운문면사무소 소재지이다.

속 모르는 외지인은 신대천에 와서 집들이 한결같이 깔끔하고 도로 폭이 널찍한 것을 보고 근대화된 마을이라고 좋아할지 모른다. 그러나 여기는 슬픔의 마을이고, 집집마다 피어오른 한숨으로 가득 찬 아픔의 현장이다. 보아라, 넓은 길에 인기척 드문 이 영화 촬영쎄트 같은 마을에 어

| **운문댐의 너른 호수 |** 면사무소가 있던 마을 전체가 물에 잠기면서 호수를 이루고 있지만 호수의 심연에 서린 아픔은 지워지질 않는다.

디 생기라는 것이 있는가.

신대천에서 마주보이는 육중한 운문댐이 생기는 바람에 댐 너머에 있던 면사무소 소재지인 대천리사람들을 집단으로 이주시켜놓은 마을이다. 그래서 신대천이다.

신대천에서 오른쪽으로 산고개 한 굽이를 돌아오르면 고갯마루에서 장대한 운문댐을 조망할 수 있다. 금년(1994)부터 담수를 시작하여 날이면 날마다 물이 불어나는데 3년 뒤 담수가 끝나는 날이면 산 하나가 섬으로 둥둥 뜨게 되어 있다. 운문댐은 대구사람들의 식수원이 된다. 나는 운문댐이 세워지기 전, 저 호수 한가운데 옴팍하게 자리잡고 있던 아름다운 시골마을 대천리를 잊지 못한다. 대천리마을로 들어서 긴 다리를 건널 때 나는 운문사가 멀지 않음을 알곤 했다. 댐이 만들어지고 마을사람들이 떠나기 시작하고 집들이 철거되는 전과정과 시시각각의 변화를 보아왔다.

우리는 수몰지구 사람들이 겪는 아픔을 다는 모른다. 나라의 큰살림과 산업화를 위하여 댐 건설이 불가피하다는 것을 모르는 바 아니며, 조상 대대로 물려받은 농토를 잃고 정든 고향땅이 물에 잠긴다는 감상 때문에 댐 건설을 반대하는 것도 아니다. 댐을 만들되, 수몰지구 사람들이 이전처럼 평온히 살 수 있는 최대의 보상을 해주어야 하고, 그럴 수 있을 때 댐을 만들어야 한다는 것이다.

정부는 토지보상을 다 해주었다고 주장할 것이다. 만약 그런 말을 쉽게 하는 자가 있다면 저 철거민이 당신의 부모라고 해도 그렇게 말하겠냐고 되묻고 싶다. 그들이 받은 토지보상금으로 그들은 전과 같은 농지를 살 수 없다. 토지의 정부고시가와 실거래가의 차이 같은 것이다.

고향을 쫓겨난 이들이 할 수 있는 일이란, 연고도 없는 낯선 동네를 찾아가서 다시 농사짓는 일, 도회로 나아가 막노동 품을 파는 일, 신대천으로 이주하여 가겟방 하나 내보는 일, 그 이상의 선택은 없다.

오직 한가지 이유, 운문면 대천리에서 태어났고 거기서 살았다는 이유 하나로 이들은 졸지에 캄캄한 바다에 던져진 조각배이고, 사막에 떨어진 씨앗 같은 미물이 되고 말았다는 데 아픔과 슬픔이 있는 것이다.

대천리사람들의 집단 강제이주는 1991년 가을부터 시작되었다. 그리하여 그해 가을 운문초등학교에서 열린 최후의 운동회는 생이별의 마지막 잔치로 치러졌다. 그러나 이들은 눈물잔치를 벌인 것이 아니었다. 법 없이도 살 수 있는 이 진국이들은 운동회날 원없이 뜀뛰고 원없이 춤추면서 서러운 인생은 팔자소관으로 돌리고 웃음을 잃지 않은 생의 달관자들이었다. 그들을 보고 있는 내 눈시울만이 공연히 붉어졌을 뿐이다. 이제 와 생각하니 그분들은 어쩌면 울고 싶어도 울 눈물마저 말랐던 것인

| 대천리 상가의 철거 모습 | 철거라는 붉은 스프레이 글씨와 철거 날짜가 적혀 있다.

지도 모른다.

1992년 봄부터 잔인한 불도저는 대천리마을 건물과 집 들을 허물기 시작했다. 모든 담벽에는 붉은 스프레이로 철거, 철거, 철거…… 철거가 휘날리는 초서체로 씌어졌다. 그 철거 글씨가 미처 닿지 않은 벽에는 철자법 하나 맞지 않는 대천리사람의 흐느끼는 호소와 분노의 외침도 적혀 있었다.

  "운문댐 만들지 마시오."
  "흐물면 붕알 까분다."

철거작업이 한창 진행되던 1992년 봄, 나는 나의 학생들을 데리고 여기에 왔다. 야외수업을 위해서가 아니라 현실학습을 위해서였다. 그리고 여기서 보고 느낀 것을 눈물로 그려 제출하라는 과제를 내주고, 눈물이 나오지 않은 자는 아예 과제물을 내지 말라고 했다.

학생들과 철거된 마을을 휘돌아보니 그 모든 정경이 괴팍한 것을 좋아하는 전위예술가들의 난폭한 작품 같았다. 어쩌면 크리스토(Christo)나 씨걸(George Segal) 같은 금세기 최고의 아방가르드 작가도 상상치 못할 설치예술이라는 생각도 들었다. 하기야 현실을 뛰어넘은 예술은 없다. 그 모두가 현실의 모방일 뿐이며 현실은 항상 예술가, 정치가, 학자를 앞질러 지나갔다.

달걀귀신이라도 나올 것 같은 을씨년스런 운문초등학교 교실 한쪽 깨진 유리창 너머로는 활이 부러진 이순신 장군의 동상이 보였다. 마을 위쪽 언덕에 자리잡았던 교회당에는 구멍난 천장에서 떨어지는 물이 바닥의 비닐장판을 때리면서 처절한 음악을 연주한다. 제법 큰 집 뒤켠에는 죽은 고양이를 파먹는 구더기 수천 마리가 악머구리 끓듯 득시글거리고 있다. 초가는 허물어지고 뼈대만 앙상히 남은 어느 가난했던 집 장독에는 터진 소금독을 철사로 동여매어 쓰던 손잡이 깨진 오지독 하나만 남아 있고 알뜰하게 이사했다. 그 아랫집은 다시는 농사를 짓지 않을 작정이었던지 낫, 호미, 쇠스랑 등의 농기구를 그대로 놓아두고 떠났다.

대천리 장터 네거리로 나오니 미처 철수하지 못한 아주머니와 신대천으로 이주한 아주머니가 손을 맞잡고 얘기를 나누고 있다. 검게 탄 얼굴에 근심이 가득하건만 억지로 웃음지으며 "복 많이 받으래이" 하며 손 흔들고 헤어지던 그 아낙의 모습이 선하게 떠오른다.

수몰지답사는 미술사답사가 아니라 인류학·사회학 답사처라 할 수 있다. 나는 우리 학교 문화인류학과의 박현수 교수와 함께 폐가의 모습을 사진으로 마음으로 담으며 돌아다녔다.

미술사를 전공하는 내 눈에는 함석물받이 오리의 모습, 버리고 간 둥근 경상도 장독, 부서진 액자 속의 밀레의「만종」모사화, 운문초등학교 2학년 1반의 옛날 책상과 걸상…… 그런 것이었다. 인류학자 박현수 교수에게는 새마을회관의 옛날 외상장부, 교회당에서 주운 특별연봇돈 내역서, 어느 집 건넌방의 도배지 무늬와 메모 낙서, 운문초등학교 1963년도 졸업앨범…… 그런 것이었다.

우리는 수거한 폐품들을 무슨 전리품처럼 모아두고 저마다의 감회 속에 담배를 꼬나물었다. 그때 저쪽 문명중학교 교정에서는 스승의 날 행사를 연습하는 브라스밴드의 음악이 텅 빈 대천리마을 하늘에 장송곡 가락처럼 길게 퍼졌다. 말수 적은 현수형(나는 그렇게 부른다)이 입을 열었다.

"야―, 저 소리를 어떻게 사진으로 담아가는 방법은 없나."

그리고 해가 바뀐 지난 여름 이건용 교수와 이곳을 지날 때 대천리에는 아무도 살지 않았다. 운문천을 가로지르던 긴 돌다리 하나만 보일 뿐 쑥대만이 무성하게 자라 어디가 집터였고 어디가 학교였고 어디가 교회였는지 눈에 잡히지 않는다. 운문댐은 완성되어 거대한 장벽으로 둘러쳐 있고, 저수지 관제탑도 높게 올라서 있다. 대천리 옛 마을에는 적막만이 가득하고 담수를 알지 못하는 감나무, 복숭아나무 들은 여전히 탐스런 실과를 주렁주렁 맺고 있었다. 천지공사를 알 턱이 없는 호박꽃, 메꽃들이 미치고 서럽도록 아름답게 피어 있었다.

무너진 여관집 주인의 꿈

대천리 수몰지구 너른 호수를 저 아래로 내려다보며 새로 닦은 포장길을 따라 운문사를 향하여 계곡을 타고 오르면 이내 냇가 쪽으로 집들이 길게 늘어선 제법 큰 마을이 나온다. 여기가 문명리(文明里), 그 윗마을이 신원리(新院里)이다. 운문댐 수몰에서 간신히 목숨을 건진 마을이니 언젠가 담수가 끝나고 나면 여기는 필시 매운탕집 동네가 될 것만 같다.

문명리, 신원리에 사는 어린이들은 문명초등학교에 다닌다. 문명초등학교는 역사가 깊다. 본래 이곳은 가마솥공장으로 유명했다. 캄캄한 시골이지만 일제시대에 마을사람들의 교육열이 높아 이 학교를 세웠다고 하니 그것 자체가 뿌듯한 역사의 자랑이다.

개인적으로 나의 은사이신 김윤수 선생이 이 문명초등학교 출신이어서 운문사로 올 때마다 고개를 그쪽으로 돌리고 시선을 놓지 않는다. 김윤수 선생은 본래 청하가 고향인데 교편을 잡고 있던 선친께서 문명초등학교로 전보되는 바람에 아우들과 이 학교를 다녔고 운문사 앞에서 어린 시절을 보내다 해방을 맞았다고 한다.

운문사 입구 신원리에는 아직 이렇다 할 여관이 없다. 오직 삼보여인숙(구 부산여인숙)이 있어 답사 때마다 여기에 묵어가는데 이 여인숙의 운치는 여느 관광지 여관과 비길 바가 아니다. ㄷ자 낡은 기와집으로 툇마루에 걸터앉으면 마당을 중심으로 좋은 회식장소가 된다. 여인숙 앞뒤 좌우가 죄다 논밭으로 둘려 있는데, 찻길에서 여관 대문으로 이르는 길 좌우도 논이다. 어느 가을날 벼이삭이 고개 숙일 때 한 답사객이 여관으로 들어서면서 그 벼이삭을 매만지며 꽃밭의 고운 화초 같다는 말을 자신도 모르게 내뱉는 소리를 들었다. 그래서 나는 간접화법으로 욕을 했다. "농사꾼 할아버지가 그 소리를 들었으면 다리몽둥이 분질러놓았을 거요."

그런데 주인아주머니는 이제 허물고 좋게 새로 지을 것이란다. 당신네들처럼 이상한 사람들이나 와서 여관 운치가 좋다고 하지, 다른 관광객들은 목욕탕이 떨어져 있다느니, 방음이 안된다느니 하면서 딴 데를 찾는다는 것이다. 그러면 운치도 살리고 방음시설, 목욕시설을 갖추는 것은 불가능할까. 그런 시범을 보일 수 있는 건축이 이 땅엔 정녕 불가능한 것인가.

내가 그리는 여관집은 그런 것이다. 그러나 나의 운문사 앞 여관 계획은 실현이 불가능해졌다. 운문댐으로 이곳 땅값이 하늘높이 솟아버린 것이다. 어딘가 고즈넉한 절집 가까이로 마음을 돌려야 할 모양이다.

저 푸른 소나무에 박힌 상처는

운문사에 당도하는 그 시각이 몇시든 여장을 풀고 곧장 운문사로 들어가는 것이 나의 운문사행 답사의 정코스다. 해묵은 노송들이 시원스레 뻗어올라 소나무 터널이 높이 치켜든 우산처럼 드리워진 솔밭 사이를 여유롭게 걷는다. 저 청정한 솔바람소리에 실려오는 낮은 소리를 들으며 무작정 걷는 순간 나는 법열(法悅)에 든 스님보다도 더 큰 행복을 느낀다. 냇물이 흐르는 소리든, 풀벌레 우는 소리든, 바람에 스치는 마른 갈대 몸 뒤척이는 소리든, 눈보라 속에 산죽이 춤추는 소리든, 아니면 운문사 비구니의 염불소리든 굵은 줄기마다 붉은 빛을 머금은 소나무들은 하늘로 치솟고 소리는 낮게 가라앉는다.

운문사 솔밭은 우리나라에서 첫째는 아닐지 몰라도 둘째는 갈 장관 중의 장관이다. 서산 안면도의 해송밭, 경주 남산 삼릉계의 송림, 풍기 소수서원의 진입로 솔밭, 봉화군 춘양의 춘양목…… 내 아직 백두산의 홍송을 보지 못하여 그 상좌를 남겨놓았지만 남한땅에 이만한 솔밭은 드물 것 같다.

운문(雲門)이라! 그 내력은 운문선사에서 따온 것이지만, 문자 그대로 운문사는 구름 대문을 젖히고 들어오듯 안개가 짙게 내려앉는다. 그리하

여 소나무 줄기가 습기를 머금어 더욱 불그스레 피어오를 때 운문사 소나무들은 환상적인 아름다움을 연출한다. 마치 늘씬한 각선미의 여인들이 물구나무서기를 하고 있는 듯하다. 나는 운문사 소나무의 각선미가 하도 인상깊이 박이어 이화여대 앞 어느 란제리가게 진열장에 도전적으로 배치된 스타킹 마네킹 다리를 보면서 운문사 소나무를 연상한 적도 있다.

아리따운 자태로 말하든, 늘씬한 각선미로 말하든, 늠름한 기상으로 말하든, 연륜의 근수로 말하든, 운문사 소나무는 가장 아름다운 조선의 소나무이며 조선의 힘과 자랑을 가장 극명하게 상징한다. 뿐만 아니라 운문사 소나무는 조선의 아픔과 저력, 끈질긴 생명력까지 유감없이 보여주고 있다.

운문사의 노송들은 그 밑동이 마치 대검에 찍히고 도끼로 파인 듯한 큰 흠집을 갖고 있다. 이것은 일제말기 '대동아전쟁' 때 송진을 공출하기 위해 송진 받아낸 자국이다. 그들은 석유 대용을 위해 이 송진으로 송탄유(松炭油)를 만들어 자동차를 운전할 정도로 발악하였다. 우리 어머니가 시집오기 전에 매일 한 일이라곤 온갖 공출에 시달리며 칡뿌리, 송진 캐러 다닌 것이었단다.

그러나 보라! 조선의 소나무는 그래도 죽지 않고 여기 이렇게 사철 푸르게 살아있지 않은가. 웬만한 소나무는 그 칼부림, 도끼날에 생명을 다했을 것이런만 조선의 소나무는 그 아픔의 상처를 드러내놓고도 아리따운 자태로 늠름히 살아있지 않은가. 저 푸른 소나무에 박힌 상처는 우리가 극복해낸 역사적 시련의 상처일 뿐이다. 아무리 모진 시련도 우리는

| **운문사 입구의 솔밭** | 아리따운 노송이 늘어선 운문사 솔밭의 소나무들은 일제 때 송진을 공출한다고 밑동이 파이고 마는 모진 상처를 입고도 이처럼 늠름한 모습을 잃지 않았다.

그렇게 꿋꿋이 이겨왔다.

나는 운문사 소나무 숲길을 걸으면서 우리 민족의 끈질긴 생명력을 그렇게 읽는다. 운문면 대천리 검붉은 피부의 아낙들이 캄캄한 현실 속에서도 웃음지으며 서로를 축수하는 그 아픔의 아름다움까지도 여기서 읽는다.

1994. 7.

운문사 사적기와 운문적의 내력

가슬갑사 / 이목소 / 운문적 / 일연스님 / 비구니 승가대학

하나의 유적을 답사할 때면 그곳의 내력을 알고 모름에 따라 유물의 성격뿐만 아니라 그 의의를 느끼는 데 엄청난 차이가 난다. 특히 운문사처럼 현재 남아 있는 유물이 중요하거나 주목되는 것이 아니라 거기에 서린 분위기를 잡아내야 하는 경우 싫든 좋든 자초지종을 일별할 필요가 있다. 그러나 어디에도 답사객에게 그런 편의를 제공하는 안내서는 보이지 않는다. 그리하여 나는 나의 답사기로서는 아주 예외적인 글을 하나 쓰게 되었다. 이 딱딱한 내용의 「운문사 사적기와 운문적의 내력」은 독자를 위해서가 아니라 답사객을 위한 예비정보의 글이니 독자는 건너뛰고, 답사객은 운문사에 갈 때 한번 읽어주기를 바란다.

| 운문사의 겨울 | 눈덮인 운문사의 전경은 그 자체가 성속을 떠난 평온이라는 인상을 갖고 있다.

대작갑사와 가슬갑사

운문사의 내력은 무엇보다도 운문사 주지였던 일연스님이 쓴『삼국유사』의 「원광서학(圓光西學)」과 「보양이목(寶壤梨木)」에 자세히 나와 있다. 또 숙종 44년(1718) 채헌(彩軒)이라는 스님이 쓴『호거산운문사사적기』가 있어 그 자초지종을 알 수 있는데, 간혹 앞뒤의 말이 맞지 않는 것이 있고 또 정치사적 변고는 감추어버렸기 때문에 불가불 나의 재해석과 재구성이 따르지 않을 수 없다.

사적기에 의하면 신라 진흥왕 18년(557)에 한 도승이 지금 운문사 5리 못 미처 있는 금수동(金水洞) 계곡에 들어와 작은 암자를 짓고 3년 동안 수도하더니 홀연히 득도하여 도우(道友) 10여명과 산세의 혈맥을 검색하고 다섯개의 갑사(五岬寺)를 짓기 시작하여 7년 만에 완성하였다고 한다.

오갑사는 현재의 운문사인 대작갑사(大鵲岬寺)를 중심으로 하여 동쪽 9천보(步) 지점에 가슬갑사(嘉瑟岬寺), 남쪽 7리에 천문갑사(天門岬寺), 서쪽 10리에 대비갑사(大悲岬寺), 북쪽 8리에 소보갑사(所寶岬寺)였다 (사방의 갑사들은 오늘날 모두 폐사되고 서쪽 대비갑사만 대비사로 개 명하여 남아 있는데, 동곡 선암서원 맞은편 산중턱에 있다).

오갑사의 첫번째 중창자는 원광(圓光)법사였다. 일연스님은『삼국유 사』의 제5권 「의해(義解)」편에서 첫머리에 원광법사를 논하면서 「원광서 학」에 대하여 이례적으로 상세히 기록하였는데, 이는 아마도 자신이 글 을 쓰고 있던 바로 그 자리의 일인지라 이처럼 세심한 배려를 가했던 모 양이다.

일연스님에 의하건대 원광법사는 진평왕 22년(600)에 귀국하여 경주 황룡사에 있다가 대작갑사에 와서 3년간 머문 뒤 가슬갑사로 옮겨갔다. 원광법사는 바로 이 가슬갑사에서 화랑 귀산과 추항에게 저 유명한 「세 속오계」를 내려주었다.

운문사 입구 신원리에서 가지산 석남사로 넘어가는 험악한 고개가 한 창 포장공사중이어서 지금쯤은(1994. 6.) 거의 완공됐을 법도 한데 그 고 개를 운문령이라고 하고 「대동여지도」에서는 가슬치(加瑟峙)라고 한바, 가슬갑사는 계곡을 따라 5킬로미터쯤 들어가면 나오는 신계리마을 동쪽 문복산(文福山) 기슭의 속칭 '절티낌'으로 추정되며 지금도 주춧돌 10여 개가 밭고랑에 머리를 내밀고 있다. 신계리에서 가슬갑사 폐사지를 오르 는 길은 왕복 두시간의 산행길이다.

보양국사의 중창

가슬갑사 이후 통일신라 250년간은 오갑사의 사정이 전혀 알려지지

| 운문사 경내 | 운문사 경내는 삼층석탑 쌍탑이 절마당의 중심으로 되어 천년고찰의 분위기를 잃지 않고 있다.

않은 채 어느 때인가 이름도 방대한 오갑사는 폐사가 되고 후삼국 전란 중에 운문사는 다시 역사 속에 부상한다.

　운문사의 두번째 중창자는 보양국사였다. 보양이 당나라에 유학하고 돌아와 주석한 곳은 밀양(密陽, 당시 推火)의 봉성사(奉聖寺)였다. 왕건이 동정(東征)을 하여 청도의 경계까지 쳐들어갔는데 산적무리들이 견성(犬城, 伊西山城)에 들어가 거만을 부리며 항복하지 않았다. 왕건은 산 아래로 내려와 보양스님에게 방책을 물으니 스님은 이렇게 묘책을 가르쳐 주었다.

　　"대저 개라는 짐승은 밤을 지키지 낮을 지키지 않으며, 앞을 지키지 뒤를 지키지 않습니다. 그러니 낮에 그 뒤쪽(북쪽)을 치시오."

바로 그 보양스님이 전설적으로 운문사를 중창한다. 보양이 당나라에서 귀국할 때 바다를 건너는 중 해룡이 그를 용궁에 청하여 금라가사(金羅袈裟) 한 벌을 주고 그의 아들 이목(璃目)에게 스님을 모시고 가 작갑(鵲岬)에 절을 창건하라고 했다.

보양이 폐사를 일으키려고 산 북쪽에 올라가 살펴보니 뜰에 오층황탑(黃塔)이 보였다. 그래서 뜰로 내려왔는데 황탑은 자취없이 사라진다. 보양이 다시 산으로 올라가 탑이 있던 자리를 내려다보니 까치들이 땅을 쪼고 있었다. 이때 보양은 '작갑'이 곧 '까치곶'이라는 사실이 생각났다. 다시 내려와 까치가 있던 곳을 파보니 무수한 전돌이 나오는데 그것으로 탑을 쌓으니 한 장도 남음이 없었다. 이리하여 보양은 여기에 절을 짓고 작갑사라 하였으며, 얼마 후 왕건은 후삼국을 통일하였는데 보양스님이 작갑사를 세웠다는 말을 듣고 오갑의 밭 500결을 절에 부치게 하고 태조 20년(937) 운문선사(雲門禪寺)라고 사액하였다.

이목소의 전설

왕건이 운문이라고 이름지어 내린 것은 당나라 때의 고승 운문문언(雲門文偃, ?~949)을 가리키는 것이다. 유명한 「운문어록」의 운문스님을 기리는 뜻이다. 운문스님은 대단한 호승(豪僧)이었다. "만약에 석가모니가 내 앞에서 다시 한번 천상천하유아독존이라는 오만을 부린다면 다리몽둥이를 분질러놓겠다"고 호언할 정도였다.

지금 운문사에는 보양이 다시 쌓았다는 전탑은 남아 있지 않다. 그러나 운문사 작갑전에는 사천왕상이 네개의 돌기둥에 정교하게 조각된 석주가 남아 있어 이것이 보물 제318호로 지정되어 있다. 이 사천왕 석주는 추측건대 전탑의 일층 탑신부에 설치되었던 것으로 믿어 의심치 않는다.

지금 안동지방에 많이 남아 있는 전탑 중 특히 조탑동의 오층전탑 구조에서 사천왕의 위치와 비교하면 바로 알 수 있는 것으로 보양이 '오층황탑'이라고 한 것은 전탑의 상륜부가 금색으로 단청되었던 것을 말하는 것이 된다.

이처럼 신비한 전설의 소유자인 보양의 이적(異跡)은 여기에 머물지 않고 이목소의 전설로 이어진다. 그것이 『삼국유사』에는 다음과 같이 전해진다.

이목(璃目)은 절 곁의 작은 못에 살면서 법화(法化)에 게으르지 않았는데 어느 해에 날이 몹시 가물어 채소들이 모두 말라죽으므로 보양은 이목에게 부탁하여 비를 내리게 하니 흡족히 해갈되었다. 그런데 천제께서 하늘의 일을 무단으로 가로챈 이목을 죽이라고 천사를 내려보냈다. 이목은 보양에게 달려와 구원을 요청하였다. 보양은 이목을 마루 아래 숨겨두었는데 이내 천사가 물에 내려와 이목을 내놓으라고 하였다. 보양은 손가락으로 뜰 앞의 배나무를 가리키며 이목(梨木)이라고 하였다. 이에 천사는 배나무에 벼락을 내리치고 다시 하늘로 올라갔다. 이 때문에 배나무는 거의 죽어가게 되었는데 이목이 어루만지매 다시 청정해졌다. 그 나무가 근년에 다시 넘어졌다. 어떤 사람이 그 나무로 빗장을 만들어 선법당과 식당에 설치했다. 그 자루에는 명(銘)이 새겨져 있다.

혹자는 이런 전설을 유치한 문학성이라고 비웃을지 모른다. 그러나 큰스님 보양과 샤머니즘 속의 영물(靈物)이 이렇게 행복하게 만나고, 서로를 도와가며 이목이라는 동음이어를 재미있게 풀어가면서 생명이 있을 리 없는 한 계곡의 움푹 파인 못에 이목소(璃目沼)라는 이름을 부여케 한 것이다. 비록 작은 정서이지만 인간의 마음을 촉촉이 적셔주는 것을 가볍게 생각할 일이 아닌 것이다. 지금 운문사 극락교 아래에 있는 이목소는 냇돌이 구르고 굴러 소의 자취를 잃어간다. 10년 전만 하여도 짙은 초록색을 발하는 깊은 못이었다. 운문사 학인스님들은 밤낮으로 이목소 앞에서 세수를 한다. 한겨울에도 새벽 3시면 어김없이 이목소 개울로 나와 얼음을 깨고 낯을 씻는다. 조석으로 몸을 같이하는 이 개울에 그런 전설이 있고 없음에는 정서적 차이가 크게 나는 것이다. 그냥 세수터라 했을 그 자리가 이목소로 된 것이다.

원응국사의 3차 중창

고려왕조의 창립과정에서 군사적으로 한몫을 한 운문사는 왕건의 입장에서는 은혜의 사찰이며 치국에서 본다면 지방을 다스리는 한 거점으로서의 중요성 때문에 밭 5백결을 내려주었으니 운문사의 사세(寺勢)는 그것만으로도 알 만한 일이다. 5백결이라는 수치가 얼마나 큰가는 『세종실록』지리지에서 청도군의 간전(墾田)이 모두 3,932결이라고 했으니 그것의 8분의 1에 해당한다는 사실만으로도 어림짐작할 수 있을 것이다.

이러한 청도 운문사를 세번째로 중창한 것은 원응(圓應)국사 이학일(李學一, 1052~1144)이었다. 학일스님은 전북 부안군 보안면 출신으로 승과에 합격한 후 송나라에 유학하고 돌아와 선사, 대선사의 승계를 밟아 인종 즉위년(1122)에 왕사(王師)로 책봉되었다. 그의 법맥은 가지산파였으니 오늘날까지도 운문사는 그 법통을 그렇게 이어받는 것이다. 왕사가 된 지 3년 후 학일스님은 운문사로 가고자 했으나 왕의 윤허를 얻지 못하다가 4년 후인 인종 7년(1129)에 결국 운문사로 돌아오게 되었으니 운문사는 이제 왕사가 주석하는 절집으로 부상하게 되었다. 이때 나라에서는

| **사천왕 돌기둥(부분)** | 작갑전에 모셔져 있는 사천왕 석주는 원래 벽돌탑의 돌기둥으로 사용된 것이 아닌가 생각되며, 하대신라 릴리프 조각의 대표적 유물이다.

"신수리, 신원리, 이원리의 2백결과 국노비(國奴婢) 5백명을 운문사에 획급(劃給)하여 만세토록 향화(香火)를 받들게 하였다"고 한다. 운문사의 사세는 여기서 절정을 이루게 된다.

지금 운문사에는 원응국사비(보물 제316호)가 남아 있어 그 내력이 소상한데, 비문은 윤관 장군의 넷째아들로 당대의 문사였던 윤언이(尹彦頤)가 짓고, 글씨는 고려왕조 최고의 명필이었던 탄연(坦然)이 썼으니 그 금석적 가치는 막중한 것이다.

이리하여 운문사의 새벽예불에서 마지막에 이 절집을 세워주신 큰스님께 '지심귀명례(至心歸命禮)'로 절을 올릴 때 이 절을 창건한 세 스님의 존명을 부른다.

"차사창건(此寺創建) 삼대법사(三大法師) 원광법사, 보양국사, 원응국사 지심귀명례"

『운문사사적기』에 의하면 원응국사가 운문사에 주석하면서 가람의 위용을 갖추어 사찰 경내 사방에 장생표주(長生標柱)를 설치하고 전결노비비(田結奴婢碑)까지 세우니 "나라의 5백선찰(禪刹) 중 제2의 선찰"이 되었다고 한다. 때는 고려 인종 7년, 1129년이었으니 바로 이 시절이 운문사의 전성기였으며, 고려왕조가 개국 이래 끊임없이 추구해온 중앙 문신 귀족의 문화가 활짝 꽃피는 문화적 전성기이기도 하였다.

그러나 운문사의 영광은 여기에서 끝을 맺는다. 원응국사 이후 반세기가 지나자 무신정권하에서 민란과 노비반란이 전국에서 일어날 때 청도와 경주 지역에서도 신라부흥운동과 김사미란(金沙彌亂)이 크게 일어났다. 여기에서 운문사는 역사 속에 다시 부상하게 되는데 이때는 운문사가 아니라 운문적(雲門賊)으로 등장한다.

운문의 김사미와 초전의 효심

12세기 말, 무신정권하에서 일어난 농민과 천민의 항쟁은 고려역사에서 별도의 장을 만들어 설명할 정도로 대대적인 것이었다. 1176년 공주 명학소의 망이·망소이의 천민항쟁으로 시작된 일련의 항쟁 가운데 1193년 명종 23년에 경상도에서 일어난 농민항쟁은 전에 없던 대규모였다. 그것이 『고려사』 명종 23년 7월조에 다음과 같이 기록되어 있다.

남적(南賊)이 봉기하였다. 그중 극심한 자는 운문에 거점을 둔 김사미와 초전(草田, 현 밀양)에 거점을 둔 효심(孝心)이다. 이들은 떠돌아다니는 자(流亡民)들을 불러모아 주현(州縣)을 공격하였다.

여기에서 운문은 당시 지명이 아니었으니 운문산이나 운문사를 지칭하는 것이 분명한데 김사미라는 지칭이 과연 개인의 이름인가에 대하여는 의문이 제기될 만하여 최근에는 운문사에 있던 김씨 성의 사미승으로 보는 견해가 유력하게 대두되었다.

운문의 김사미와 초전의 효심이 연합전선을 편 이 농민항쟁은 지방관, 토호, 사원의 수탈에 대한 반발을 넘어서 경상도 일대를 장악하면서 중앙정부와 대결하고 나섰다는 점에서 그 역사적 의의를 더하는 것이었다. 더욱이 이 농민군들은 무신정권의 내부알력을 교묘히 이용하여 관군의 대대적인 토벌을 피하면서 세력을 확장하여 한때는 강릉의 농민군까지 합세하여 예천까지 밀고 올라갔다.

그러나 정부의 대공세에 승산이 없다고 판단한 김사미는 이듬해 2월, 개경에 사람을 보내어 편안히 살 수만 있게 해준다면 항복하겠다는 뜻을 비치었다. 이에 왕은 죄를 묻지 않겠다며 심부름꾼을 돌려보내고 병마사에게 위무토록 지시하였다. 이리하여 김사미는 안심하고 항복하였으나 병마사는 김사미를 즉시 죽여버리고 잔여 농민군의 소탕에 나섰다. 정부의 기만책에 분노한 농민군들은 운문산으로 숨어들었으며, 험악한 산세를 배경으로 하여 다시 완강하게 버티었다.

나라에서는 이들을 운문적이라고 하였다.

신라부흥운동과 운문적의 최후

나는 겨울날의 운문사를 좋아하였다. 눈 덮인 운문사의 전경은 그 자체가 성속을 떠난 평온이라는 인상을 갖고 있다. 그래서 나는 입버릇처럼 겨울날의 운문사를 말하곤 하였는데 나의 지기에게 운문사에 살면서 언제가 제일 좋더냐고 물으니 지체없이 봄을 말한다.

"사리암 오르는 길을 따라 운문산 학소대 쪽으로 가면 산비탈마다 낙엽송이 즐비하거든요. 이른봄 낙엽송에 연둣빛 새순이 아련하게 피어오르면 얼마나 곱고 예쁜지 몰라요. 새 생명에 대한 예찬이 절로 나와요."

운문산의 그런 봄과 겨울이 열 번이나 바뀌도록 운문적이 된 농민들은 세상 밖으로 나오지 못했다. 운문산을 떠나는 자가 생기기는커녕 오히려 산으로 들어오는 유망민이 더욱 불어났다. 그것은 『고려사』 신종 3년(1200) 4월조에 나오는 다음과 같은 기사가 말해준다.

밀성(密城, 밀양)의 관노(官奴) 50여 명이 관의 은그릇을 훔쳐 운문적에 투항하였다.

고려가요 「청산별곡」의 '청산에 살어리랏다'라는 처연한 가사가 이 시절 유망민들의 처지를 읊은 것으로 알려져 있다.

그렇게 불어난 운문군을 조직한 사람은 패좌(孛佐)였다. 패좌가 이끄는 운문산 농민군은 1203년 경주에서 신라부흥운동이 일어났을 때 반정부연합군의 일원으로 산에서 내려왔다. 그러나 신라부흥군의 대장 이비(利備)가 정부군 사령관의 꼬임으로 생포되고, 패좌는 측근 부장에게 살

해되면서 운문산 농민군은 제대로 싸워보지도 못하고 허망하게 무너지고 말았다.

그러나 지난 10여년간 정부의 기만적 회유책에 속아왔던 농민들인지라 투항하지 않고 끝까지 운문산으로 들어와 버틴 농민군도 있었다. 이들은 최소한 이듬해 봄까지 운문산 속에서 정부토벌군을 피해 몸을 숨겼던 것만은 분명하다.

그것은 무신정권이 수립되자 여기에 적극 동조하여 토벌군에 자원, 종군하면서 병마녹사(兵馬錄事)를 지내던 이규보(李奎報)가 친구에게 보낸 다음과 같은 편지 구절에 잘 나타나 있다.

관군은 이달 모일(某日) 동경(東京, 경주)을 떠나 운문산에 들어가 주둔하였는데 초적(草賊)이 또한 조용하여 군중(軍中)에는 별일이 없습니다. 다만 소나무 아래 새로 돋아난 버섯을 따서 불에 구워먹는 맛이 매우 좋습니다.

죽이고 죽어가는 판에 버섯이 맛있었단다. 운문사 본채를 감싸안은 남쪽 담장 너머에는 울창한 솔밭이 있다. 운문사 학인스님들이 울력으로 재배하고 있는 표고버섯밭이다. 솔밭을 걸으면서 그 옛날 일들을 생각하며 스스로 야릇한 심사에 젖어 죄 없는 잔돌멩이를 걷어차고 있는데 나의 지기가 점심공양이 준비되었다고 사람을 보냈다. 점심식탁에는 표고버섯이 싱싱하게 무쳐져 있었다. 그러나 나는 그 표고를 먹지 않았다.

일연스님의 『삼국유사』 집필처

김사미와 패좌와 운문산 농민군의 봉기 때 운문사가 누구의 손에 장악되었는지, 그 피해가 어떠했는지에 대하여는 아무 기록도 남아 있지 않다.

다만 농민항쟁이 끝나고 몽골의 침입을 받아 간섭기로 들어가는 1277년 72세의 일연스님이 운문사 주지로 임명된 것만은 알 수 있다. 이미 대선사의 승계를 제수받은 일연스님은 강화도 선월사, 영일 오어사, 비슬산 인홍사의 주지를 거쳐 충렬왕의 명으로 운문사에 주석하게 되었다. 5년 간의 운문사 주지 시절 일연스님은 민족의 위대한 문화유산『삼국유사』를 집필하셨다.

1282년, 일연스님은 다시 충렬왕의 부름으로 개경 광명사로 올라가 국존(國尊)에 책봉되고 잠시 고향 경산(慶山, 당시 章山)에 내려와 90 노령의 모친을 봉양하다 노모가 타계한 후 군위 인각사에서 84세의 일기로 세상을 떠나셨다. 지금 인각사에는 스님의 사리탑과 깨진 비가 남아 있는데 일연스님의 행적비는 스님의 문인으로 당시 운문사 주지였던 법진(法珍)스님이 찬하여 운문사 동쪽에 세웠다.

채헌이 지은『운문사사적기』는 원응국사 이후의 역사는 기록하지 않고 다만 "4비(碑) 5갑(岬) 5탑(塔) 4굴(窟)이 있었는데 파괴되었다"고만 하였다. 5갑은 5갑사를 말하고, 4비는 신도비(神道碑)·사액비(賜額碑)·행적비(行跡碑)·위답노비비(位畓奴婢碑)이다. 그중 노비비는 절집의 노비들이 신분해방을 부르짖으며 일어날 때 그 봉기의 상징으로 때려부순 것일지니 그것이 콩가루가 되도록 박살난 사정을 이해 못할 바 아니다. 또 사액비도 왕건이 운문사라는 이름을 내리면서 절의 토지와 노비를 획급한 내용까지 적혀 있었을 것이니 그 운명을 노비비와 함께했을 것도 같다. 그런데 원응국사의 신도비는 오늘날까지 건재하건만, 행적비는 틀림없이 일연선사 행적비이겠건만 어찌하여 그것이 파괴되었는지 안타깝기 짝이 없다. 전하는 말로는 임진왜란 때 파괴되었다고 하니 그 전란의 피해가 더욱 원망스럽다.

운문사의 희생과 비구니 승가대학

임진왜란으로 병화를 입은 운문사를 다시 일으켜세운 이는 설송(雪松)
대사(1676~1750)였다. 지금 원응국사비 곁에 있는 설송대사비를 보면 영
조 30년(1754)에 세워진 것인데 글은 영의정 이천보(李天輔)가 짓고, 글씨
는 형조판서 이정보(李鼎輔)가 쓰고, 전액(篆額)은 승정원 도승지 이익보
(李益輔) 삼형제가 써서 이채로운데 이들은 월사 이정구의 현손들이었다.

설송대사 이후 운문사의 내력을 기록한 사적기로는 1913년에 운문사
의 서기 문성희(文性熙)가 지은 것이 있다. 이 1913년의 사적기는 아주 묘
한 것이어서 글의 내용과 형식이 종래에 우리가 보아온 그런 것이 아니
다. 글을 지은 사람이 대덕화상(大德和尙)도 아니고 문명(文名)을 얻은
사람도 아니고 한낱 절집 서기의 글이며, 글씨와 글의 구성이 여지없는
'면서기체'로 되어 있다.

일제는 1905년 을사조약 이후 식민지통치를 위해 대대적이고 체계적
이며 치밀한 토지조사사업을 벌인다. 요컨대 식민지 재산파악이었다. 그
때 절집의 역사와 재산 보고서를 각 사찰마다 제출케 한바 그때의 문서
인 것이 틀림없다. 그래서 서기가 쓴 공문서 형식으로 된 것인데 일제는
교활하게도, 아니면 원대하게도, 목적은 재산파악이면서도 그 역사까지
기술케 했던 것이다.

이 면서기 아닌 절집 서기의 기록을 통해 우리는 운문사의 재산상태와
함께 몇가지 역사의 단편도 확인할 수 있다. 절 산의 면적이 622만여 평
으로 기록되어 있을 정도로 운문사는 건재해 있었다.

8·15해방이 되고 6·25동란을 지나 비구·대처가 대립하여 불교정화운

| 학인스님들의 감자 캐기 | 운문사에는 비구니 승가대학이 있어서 항시 사미니계를 받은 250여명의 비구니 학인스님이 있다. 스님들은 노동과 예불로 하루 일과를 보낸다.

동이 일어난 직후인 1958년 운문사에는 비구니 전문강원이 개설되었다. 그리고 1977년 명성(明星)스님이 10대 주지로 취임하면서 운문사의 면모를 일신시키면서 승가대학으로 4년제 정규과정을 갖추고 학인스님 250여명이 항시 공부하고 수도하는 현대판 승과 도량으로 되었다.

학인스님은 사미니계를 받은 분으로 시험에 응시하여 들어오게 된다. 학제는 대학과 마찬가지로 4학년까지 되어 있지만 승가대학 내에서는 학년으로 부르지 않고 1학년은 치문(緇門)반, 2학년은 사집(四集)반, 3학년은 사교(四敎)반, 4학년은 대교(大敎)반이라고 부른다. 그리고 학인스님들은 졸업할 무렵 비구니계를 받아 나가게 된다.

나의 지기, 그분은 승가대학의 교수스님이다.

1994. 7.

연꽃이 피거든 남매지로 오시소

새벽예불 / 벗나무 돌담길 / 운문사의 보물들 / 목우정 / 남매지

음악이 있는 기행

청도 운문사가 보존하고 있는 최고의 문화유산은 새벽예불이다. 사람들은 기행이나 답사라고 하면 아름다운 경승지나 이름높은 유물을 찾아가는 것으로 생각하며 시각적 이미지의 유형문화재만을 염두에 두곤 한다. 그러나 운문사의 답사는 반드시 새벽예불을 관람하거나 참배하는 음악이 있는 기행으로 엮어져야 제 빛을 발하게 된다. 그것이 힘들다면 저녁예불이라도 보았을 때 운문사를 답사했다고 말할 수 있다. 그런 의미에서 운문사답사는 미술사답사가 아니라 음악이 있는 기행이다.

운문사의 새벽예불은 불교방송국에서 비디오테이프로 제작 보급하고 있는 것이 있고, 통도사 스님들의 예불을 카세트테이프에 담은 「천년의 소리」도 나왔고, 김영동이 송광사 스님들의 예불에 대금소리를 곁들여

만든 「명상음악 선」도 벌써 전부터 보급되었으니 오늘날에는 그 가치를 인식하고 있는 분들이 많으리라 믿는다.

그러나 10년 전만 하여도 나는 새벽예불의 음악성을 알지 못했고, 그처럼 장중한 것이라고는 상상조차 못했다. 김성공 스님의 염불 「부모은 중경」이나 월봉스님의 「회심곡」 정도를 불교음악으로서 감상하고 즐겼을 따름이었다. 그리고 염불에 얽힌 에피소드 하나를 곧잘 재담으로 늘어놓곤 했다.

염불도 못하는 음치 얘기

내가 다닌 서울대 문리대 60년대 후반 학번의 학우들 중에는 유난히 음치가 많았다. 70학번 이후에는 오히려 명창이 많아서 60년대 음치의 진면목을 볼 수 없게 되었는데 나는 그 이유를 기독교신자의 급속한 증가와 무관치 않다고 생각하고 있다. 어려서부터 예배당에서 노래부른 아이들은 음치가 되지 않는다.

아무튼 내 친구들은 모두가 무종교였으며 음치 중에서도 상음치들이어서 유인태, 서중석, 김형관, 김경두, 안병욱, 안양노 등은 서로가 음치협회회장이라고 자부하고 나중에는 창작가협회로 개칭하였다. 그 음치 중 가장 세련된 음치는 안양노였다. 그는 음치의 특징과 미덕을 끝까지 지켜오고 있다.

그 특징과 미덕이란 첫째로 노래를 시키면 결코 사양하지 않는 점, 둘째로 곡목을 항시 길고 어렵고 멋있는 것만 부르는 점, 셋째는 가사만은 정확하게 전달하는 점, 넷째는 좋은 노래를 만나면 부단히 연습하여 새 곡을 준비하는 점 등이다.

1973년 10월 2일의 일이다. 유신헌법이 시행되어 독재의 칼날이 서슬

338

푸른 잔인하고 캄캄한 시절에 양노는 나병식, 정문화 등 후배들과 유신헌법 철폐를 외치는 기습시위를 벌였다. 그것은 유신헌법 공포 이후 처음 일어난 시위였다. 그들의 용기에 재야와 야당이 모두 놀랐고, 더욱 놀란 것은 정보부와 경찰들이어서 전국에 지명수배령을 내렸다. 그것이 사찰당국의 '설악산 작전'이었다. 양노는 용케도 삼엄한 경계를 뚫고 빠져나가 전라도 광주시내에 있던 향림선원에 행자로 들어갔다.

절집생활이 시작되면서 양노는 아침과 저녁 예불에 참례하고, 목탁을 두드리며 열심히 염불을 외면서 충실한 행자로 몸을 숨겼는데 그때 가장 큰 고통이 목탁 치면서 박자를 못 맞춘다고 주지스님께 꾸지람 들은 것이었다고 한다. 그런데 매일 예불을 드리다보니 그것이 기막히게 멋있는 음악인 것을 뒤늦게 알게 되어 때마다 큰소리로 따라하였다는 것이다. 그러던 어느날 주지스님이 양노를 조용히 불러 이렇게 말하더라는 것이다.

"자네 우리끼리 예불드릴 때는 큰소리로 해도 되지만, 칠석날이나 사십구재 지낼 때 대중들이 모이면 자네는 염불하지 말고 절만 열심히 하게. 박자가 틀려 염불에 김이 빠지고 우리 절의 권위와 품위가 살아나질 않아요."

그래서 양노는 훗날 염불도 못하는 경지의 음치로 창작가협회의 상좌를 누리게 되었다. 결국 양노는 몇달 뒤 긴급조치 1호가 발동하게 되자 다시 반대투쟁을 벌이려고 속세로 나왔다가 긴급조치 4호, 민청학련사건의 주모자로 무기징역을 선고받고 스님으로서가 아니라 죄수로서 머리를 깎고 영등포교도소에서 수번 1번을 달고서 불교신도방에서 복역하였다.

전통음악의 원형질

10년 전 어느 가을날, 내가 청승맞게 혼자서 곧잘 답사 다닐 때, 해인사 앞 깊숙한 곳의 지금 여관촌과는 사뭇 다른 한 허름한 여인숙 툇마루에 앉아 도망간 잠을 다시 붙잡으려고 하릴없이 별이나 세고 있는데 옆방에서 노부부가 벌써 행장을 꾸리고 나서기에 새벽부터 어디를 가시냐고 물었더니 예불 간다는 것이었다. 부끄러운 얘기지만 그때 나는 새벽예불이라는 말을 처음 들었다. 그리고 노부부를 따라 난생처음 새벽예불을 구경할 수 있었다. 그리고 그 장중한 음악에 취하여 나에게 찾아온 감동의 의미를 묻고 또 물으며 되새겨보았다. 나는 새벽예불이 장엄하다는 송광사·통도사·운문사를 답사하면서 그 감동을 키워왔고, 그것의 미학적 의미를 끌어안고 지내게 되었다. 그중에서도 가장 뛰어난 새벽예불은 운문사의 그것이라는 내 나름의 소견도 갖게 되었다.

그때나 지금이나 절집의 새벽예불이 보여주는 장엄함은 가톨릭의 「그레고리안 찬트」와 비견되는 것이다. 결코 다성음이 아니라 단성음으로 최소한의 변화를 구사할 따름이지만 바로 그로 인하여 웅장함을 지닐 수 있고, 변화의 가능성을 안으로 끌어넣을 수 있는 것이었다. 제인 해리슨(Jane Harrison)이 『고대예술과 제의』(*Ancient Art and Ritual*)에서 누누이 강조한바 제의적 성격에 나타나는 단순성의 의미인 것이다.

치장이 많고 변화가 다채로우면 예술적으로 더욱 성공할 것 같지만, 그런 예술은 수천만 가지의 치장과 변화의 하나일 뿐이며, 단순성을 제고하면 오히려 수많은 치장과 변화를 내포할 수 있다는 역설적 논증이 이렇게 가능한 것이다.

그렇다면 알 만한 일이다. 서양미술사학의 할아버지 격인 빙켈만이 『고대예술사』(*Geschichte der Kunst des Altertums*)에서 그리스의 예술

정신을 단 한마디로 요약하여 "고귀한 단순과 조용한 위대"라고 말한 것은, 단순하다는 것이야말로 고귀한 감정을 일으키며 위대함은 조용히 드러난다는 사실을 설파한 것이다. 더욱이 빙켈만은 치장과 변화가 요란한 로꼬꼬시대의 말기에 살았으니 동시대의 경박한 문화풍토에 대한 경종의 의미로 "고귀한 단순과 조용한 위대"를 더욱 강조했으리라.

새벽예불을 들으면서 나는—불가에 계신 분들은 섭섭하게 생각할지 모르지만—그것의 신앙적 성격보다도 단순한 것의 멋과 힘을 더욱더 확고히 믿게 되었다. 나만이 그런 것도 아니고 한국인이기 때문에 그런 것도 아니다. 미국의 미술평론가인 엘리너 하트니(Eleanor Heartney)가 한국을 방문했을 때 해인사의 새벽예불을 듣더니 그녀는 자신도 모르게 '오, 마이 갓'이라는 감탄을 발했다. 남의 나라 신전에 와서 자기 나라 신을 부를 정도로 감동적인 음악이다.

나는 새벽예불은 곧 우리네 전통음악의 원형질이라는 생각도 갖게 되었다. 위대한 우리의 음악인 종묘제례악은 하나의 음악적 형식을 갖춘 완벽한 작품이다. 산조와 가곡의 멋스러움, 육자배기나 정선아리랑의 흐드러진 아름다움 역시 원형질에서 뽑아낸 위대한 창작이다. 새벽예불 이외에 또다른 전통음악의 원형질이 있다면 진도씻김굿에서 박병천 할아버지의 「구음」과 이완순 아주머니의 「진혼곡」 정도가 있다는 생각을 해보게 된다. 새벽예불과 씻김굿은 비슷한 성격이면서도 완연히 다른 줄기를 갖고 있으니 모름지기 우리 시대의 음악이 여기에 젖줄을 대고 나아갈 때 우리는 완벽한 우리 시대의 한 작품을 기대해도 좋을 것이라는 생각을 갖고 있다. 칼 오르프가 「그레고리안 찬트」를 모티프로 하여 「카르미나 부라나」 같은 명곡을 만들어내듯이 새벽예불에 기초한 김영동의 「명상음악 선」, 박범훈 작곡의 「아제아제」 같은 우리 시대 음악이 있음을 모르는 바 아니지만 아직도 우리가 새벽예불에 의지할 바는 무한한 크기로 남아 있다는 생각이다.

장중한 종교음악, 새벽예불

나는 음악에 대하여 무엇을 논할 수 있을 정도의 음악미학을 공부하거나 연구한 바가 없다. 새벽예불에 대한 나의 감상과 인상 내지는 소견도 한 관객 입장 이상의 것이 못된다.

그러나 이 답사기를 쓰면서 나는 이처럼 영역 밖의 얘기도 서슴없이 말하게 되었다. 왜냐하면 지금 내가 쓰고 있는 것은 남의 답사기가 아니라 '나의' 답사기이기 때문이며, 음악을 꼭 음악인만이 말하라는 법은 없다고 생각하기 때문이다. 그래도 불안한 구석이 있어서 나는 내 소견을 검증받기 위하여 내가 좋아하는 작곡가 이건용 교수를 모시고 '음악이 있는 기행'의 해설자로 1993년 9월 6일 청도 운문사에 갔다.

마침 이건용 교수는 운문사의 새벽예불을 직접 들은 적이 없었고, 이튿날 저녁에는 대구문화회관 음악당에서 자신의 작곡이 연주될 것이기에 겸사겸사 맞아떨어졌다.

운문사의 나의 지기에게 새벽예불에 참례하지만 뒤에 앉아서 절하지 않고 음악으로 음미함을 용서받고 우리는 저 장중한 운문사의 새벽예불을 열심인 관객으로 감상하였다.

새벽예불은 도량석으로부터 시작된다. 예불 30분 전에 요사채와 법당 주위를 돌면서 목탁을 두드리며 독송하는 도량석은 새벽예불의 서주, 판소리로 치면 다스름에 해당한다. 그리고 250여명의 비구니들이 법당 안에 정연히 늘어서서 의식과 함께 행하는 새벽예불은 곧 무반주 여성합창이다. 도량석을 독송한 스님은 새벽예불에서 도창(導唱)이 되어, 합창이 일어나면 감추어지고 합창이 가라앉으면 다시 일어나는 변주의 핵심이 된다.

| **운문사 스님들의 하루** | 운문사 학승들의 여러 장면들이다. 새벽예불, 경전수업, 이목소 냇물에서 세수, 운력(벼베기) 모습이다.

　나는 새벽예불 때 올리는 염불의 내용을 잘 모르며 또 성심껏 알려고 노력하지도 않았다. 마치 「그레고리안 찬트」의 가사를 모르면서도 그 음악은 즐겨 듣듯이.

　오직 한가지

　지심귀명례(至心歸命禮), 지극한 마음으로 귀의한다는 '가사'가 일곱번 '후렴'처럼 반복되면서 새벽예불은 가사와 곡조에 일정한 규율을 지닌다는 것만은 알고 있다. 합장과 절의 자세가 반복되기 때문에 엎드려 고개 숙여 '지심귀명례'를 들을 때 소리는 낮게 내려앉고 다시 합장의 자세로 들어서면 고음(高音)이 된다.

새벽예불은 합창단과 예불의식이 분리된 것이 아니라 일체가 되어 있다는 점에서 의식과 음악의 미분리라는 원형질적 성격이 더 간직되어 있다. 신중단을 향하여 마하반야바라밀다심경을 암송하는 것으로 예불은 끝나고 스님들은 5분간 참선의 묵상에 잠긴다.

이교수와 나는 스님들에 앞서 법당 밖으로 먼저 나왔다.

"어때요, 장엄하죠? 다른 절집 예불과 다르죠."

"그래요. 처연한 분위기가 서린 비장미가 있는 것 같네요. 남성합창이 아무래도 더 장중하겠지만 이런 비장미는 적지요."

이건용 교수의 음악사 강의

나의 지기가 각별히 배려하여 따뜻한 차대접을 받고, 냇가 손님방에서 개평 잠을 두시간 자고, 아침공양을 대접받은 다음, 사찰 경내를 두루 답사하여 일반인 출입금지의 강의실, 학생회관, 극락교 너머 죽림헌, 목우정까지 다녀온 후 우리는 대구로 향하였다. 배기통이 녹슬어 떨어져나가는 바람에 오토바이 엔진소리만큼 시끄러운 나의 달구지 안에서 나는 나의 목적, 새벽예불과 음악에 관한 그의 코멘트를 유도했다.

"새벽예불은 우리가 물려받은 전통음악의 원형질이라고 해도 되겠죠?"

"그렇죠. 언제부터 내려온 것인지 확인할 수 없지만 대중적 동의와 검증 속에 저런 모습으로 고착되었겠죠. 내 생각엔 그대로 악보로 옮기는 작업을 하면 좋을 것 같네요."

"혹시, 새벽예불을 원형질로 하여 우리 음악을 만들어낼 수 있다고 주장하면 기독교인이나 현대음악가들의 빈축을 사지 않을까요?"

"그게 무슨 상관 있어요. 엄연한 우리의 역사고 우리의 유산인데. 나야말로 목사의 아들이고 현대음악 전공자인데 나조차도 그런 식으로는 생각하지 않아요. 「그레고리안 찬트」 이후 종교음악이 변화하는 양상이 곧 서양음악사입니다. 그 과정은 이강숙 선생의 『음악의 이해』(민음사 1985)에 명쾌하게 설명되어 있어요. 꼭 읽어봐요."

이렇게 대답하고, 이렇게 생각의 폭이 넓기 때문에 나는 이건용 교수를 좋아한다. 그리고 그는 상당히 정확하고 친절한 분이기에 내친김에 서양음악사의 큰 줄거리를 음악 전문용어 없이 설명해줄 것을 요구했다. 그랬더니 역시 내가 알아들을 수 있는 비유와 상징으로 이렇게 엮어갔다.

"375년 게르만민족의 대이동 이후 유럽사회가 재편되면서 기독교는 백성을 보호하고 나서서 그 위치가 아주 커지죠. 그래서 각 지역마다 교회의식과 음악이 생깁니다. 800년 전후하여 그레고리 교황은 이것을 통일시킬 필요를 느껴 모든 지역이 받아갈 수 있는 찬트를 만들어내죠. 그것이 「그레고리안 찬트」입니다. 이렇게 만들어진 형식은 변화없이 몇백년 사용됩니다.

그러다 1100년 무렵 아르스 안띠끄시대, 미술에서 로마네스끄시대에 오면 「그레고리안 찬트」의 음을 '펴는 작업'을 해요. 음을 안정시키는 작업이었죠. 음이 안정되어야 종적 횡적으로 펼쳐질 수 있는 것이니까요. 그리고 여기에 이런저런 장치를 '쌓기 시작'합니다. 그 쌓기작업이 완성되는 것은 1300년경, 아르스 노바, 미술에서 고딕시대입니다. 그리고 1450년경 르네쌍스시대가 되면 그 작업이 절정에 도달합니다. 안정된 형식을 갖추었다는 것이죠. 형식이 안정되니까 이제는 거기에 공감을 일으키는, 즉 감정을 흔드는 작업이 들어갑니다. 그것이 곧 17세기 바흐의 바로끄시대입니다. 감정을 흔들려고 하니까 강조와 과장이 일어나게 되죠. 그러고는 독일 교회음악의 한 줄기와 독일지방의 세속음악이 모짜르트에 와서 행복하게 만나게 됩니다."

이건용 교수의 강의를 들으면서 나는 그의 이야기를 우리 문화의 창조에 대입해보고 번안해보려고 애썼다. 그렇지 그렇고말고. 역사의 흐름이 말해주듯이 원형질을 다지고 펴야지. 그래야 단단한 기초 위에 쌓을 수 있는 것이지. 민족적 형식이라는 폼(form)이 형성되어야 그것을 기초로 한 강조와 변주가 가능한 것이지. 그런데 지금 우리 시대는 다지는 작업이나 다듬는 작업은 외면하고 죄다 쌓으려고 하거나 변주하려고 하니까 뒤죽박죽이 되고 있는 것이지. 그렇다면 알겠다. 지금 우리시대 사람들이 문화유산의 전통을 계승하는 방향이 무엇인지를.

운문사 벚나무 돌담길

운문사에는 미술사적 의의를 지닌 큰 볼거리가 없다. 오직 분위기 그것뿐이다. 그러나 운문사 솔밭의 행렬이 끝나고 낮은 기와돌담이 한쪽으로 길게 뻗은 벚꽃나무 가로수길로 접어들면 그것만으로도 운문사에 온 것을 후회하지 않는다. 벚꽃이 피고 꽃잎이 날릴 때를 맞추어 온다는 것은 나처럼 '운문사 동네'에 사는 사람이나 가능할 일이다. 그러나 사계절의 어느 때이고 이 길은 당신을 황홀하게 맞아줄 것이며 특히나 눈 쌓인 겨울날이라면 아예 이곳에 머물며 살고 싶어질 것이다.

나는 낮은 기와돌담길이 갖고 있는 위력을 곳곳에서 보았다. 담양 소쇄원에서, 부안 내소사에서, 순천 선암사에서, 그중에서도 운문사 돌담길

| **운문사의 돌기와 담장과 벚꽃** | 길 가는 사람이 뒤꿈치만 들어도 훤히 들여다보이는 낮은 돌담이 절집의 분위기를 아늑하게 감싸주고 있다. 돌담 양쪽의 벚꽃이 필 때 이 길은 분홍빛으로 물든다.

은 담장 안쪽으로 노목의 벚나무가 들어차 있어서 벚나무 줄기의 굽은 곡선이 직선 기와지붕과 어울리는 조화의 묘를 한껏 드러내어 더욱 가슴 치는 감동의 산책길로 됐다.

경내의 삼층석탑, 석등, 사천왕 석주들은 모두가 보물로 지정된 당당한 유물들이지만 어쩌면 일반인은 이 분위기에 압도되어 모두가 시시해 보일 것이다.

운문사 스케치 리포트

나는 학생들이 답사 다니는 습관을 갖게 하기 위하여 미술대학생이건 미학·미술사학과 학생이건 운문사를 다녀오게 한다. 때로는 과제물로 스케치나 답사기를 제출케도 한다. 작년엔 회화과 4학년 회화특강을 맡

| 운문사 쌍탑 중 서탑 | 전형적인 9세기, 하대신라의 삼층석탑으로 기단부에
팔부중상이 돋을새김되어 있다.

으면서 역시 과제를 주었더니 학생들의 눈은 아주 정직하고 정확하였다.

압도적으로 많은 것은 운문사 입구의 솔숲이었고, 그 다음은 벚나무 돌담길이었다.

한 학생은 대웅보전 분합문짝 정가운데 있는 꽃무늬창살을 화폭에 오버랩했고, 한 학생은 수미단 한쪽 편에 있는 도깨비 얼굴 암수 한쌍을 대비시켜 작품을 만들었다. 그리고 한 학생은 무슨 수를 내어 들어갔는지 일반인 출입금지구역인 금당 앞에 있는 석등(보물 제193호)을 사실적으로 그려왔다. 이들은 모두 모범적이고 충실한 나의 생도들이었다.

작갑전에 모셔져 있는 사천왕 석주(보물 제318호)를 정확하게 스케치한 학생에게 석조여래좌상(보물 제317호)은 왜 안 그렸냐고 했더니 별 느낌이 없었단다. 실제로 이 석불은 석고로 화장이 심하게 되어 그 원상이 지금은 잘 나타나 있지 않다. 또 한 학생은 한쌍의 삼층석탑(보물 제678호) 기단부의 팔부중상만 스케치하고 탑 자체는 그리지 않아 그 이유를 물으니 탑에서 어떤 이미지를 못 느꼈다고 한다. 나

| 금당 앞 석등 | 통일신라 전성기 양식을 충실히 반영한 엄정한 기품이 살아있는 명품이다.

역시 이 쌍탑은 크기에 비해 너무 둔중하여 날렵한 것도 장중한 것도 아닌 일종의 매너리즘 양식이라고 생각해왔다. 이처럼 나의 학생들은 '보물'이라는 위압적인 팻말로부터 자유로웠다니 얼마나 반가운가.

사람들은 운문사의 명물로 400년 수령의 장대한 처진소나무, 일명 반송(盤松, 천연기념물 제180호)을 꼽는데 그것을 그린 학생도 없었다. 그래서 수업시간에 물어보았더니 한 괴짜 학생이 "신기하긴 합니다마는 좋은 줄은 모르겠던데예"라고 대답했다. 그래서 내가 그 처진소나무는 봄 가을로 막걸리 열두 말을 받아 마신다고 했더니 그 괴짜는 "여승이 소나무에 술 주는 것은 그릴 만하겠네예"라고 맞받아넘겨 함께 웃었다.

금당 앞 석등을 그린 학생은 내게 손을 들고 질문을 했다.

"샌님예! 대웅보전 앞 석등은 영 이상하데예. 한쌍으로 되었는데 헌 것하고 새것하고 섞어서 헌 받침에 새 몸체, 새 받침에 헌 몸체를 붙

| 운문사 처진 소나무 | 천연기념물로 지정된 희귀종으로 스님들의 보살핌 속에 건강이 잘 유지되고 있다.

여서 두개 다 짝짝이가 됐어예. 영 파이데예. 와 그리 됐능교?”

"이 녀석아, 그걸 운문사 스님한테 묻지 왜 내게 묻냐."

아마도 쌍탑의 배치와 맞춘다고 새것을 하나 더 세우면서 새것이 어색하지 않게 보이려고 했던 것 같다. 그러나 그것은 운문사의 큰 실수였다. 본래 석등은 하나만 모시는 것이 불가의 불문율이다. 아무리 절마당이 커도 석등은 하나만 모시도록 되어 있다. 그것은 불문율이 아니라『시등공덕경(施燈功德經)』에 "가난한 자가 참된 마음으로 바친 하나의 등은 부자가 바친 만개의 등보다도 존대한 공덕이 있다"는 구절에 근거를 둔 것이다.

같은 답사라도 이론을 공부하는 학생은 실기생과 보는 것도 다르고 묻는 것도 달랐다. 한 미술사학과 학생은 큰 발견이나 한 양으로 이렇게 물어왔다.

"샌님여, 운문사 대웅보전에 모셔진 불상은 비로자나불 맞지예?"

"그렇지. 지권인(智拳印)을 하고 있으니 비로자나불이지."

"그란데 와 대웅보전이라 캅니까? 대웅보전은 석가모니 모셔진다고 안했습니까?"

"그러니까 우습지. 조선후기 들어서면 중들이 계율보다 참선을 중시한다고 불가의 율법을 등한시했어요. 그 바람에 저렇게 잘못된 것이 많아요. 굳이 해석하자면 본래는 석가모니 집인데 비로자나불이 전세 살고 있는 것이라고나 해야 될까보다."

앳된 비구니의 청순성

학생들이 비록 과제물로 그려내지는 않았지만 글로 쓴 보고서에는 새벽예불, 저녁예불이 가장 감동적이었고 그 때문에 또 가보고 싶다는 내용이 상당히 많았고, 한 학생은 대비로 마당 쓸다가 자판기에서 커피 빼어 마시는 비구니 모습이 아주 인상깊었다고 했다. 그러면서 보고서 끝에 "선생님, 비구니 스님들과 미팅 한번 주선해주세요. 실례"라고 적었다.

그런 마음은 나도 마찬가지다. 나는 미팅이 아니라 비구니 250여 명을 앞에 두고 강의하면 얼마나 황홀할까 혼자 생각해왔는데 작년 봄 진짜로 특강을 하게 되었다. 내가 요청받은 강연 제목은 조선후기 회화였다. 그러나 나는 굳이 고려불화를 고집했다. 그 이유는 스님들에게 불화를 가르쳐주고 싶은 마음이 하나이고, 또 하나는 한번 더 가고 싶어서 기왕 요청한 것은 '굳은자'로 남겨둘 속셈이었다.

파르라니 깎은 머리에 검고 맑은 눈동자가 일제히 나를 향하고 목탁소

| 커피자판기에 모인 학인스님들 | 수도자의 길을 걸으면서도 어쩌다 속인과 똑같은 모습을 보여줄 때 비구니의 모습이 더욱 아름답게 느껴진다.

리에 맞추어 인사를 올릴 때 나는 그 형식에 압도되어 얼마간은 떨었다. 그러나 슬라이드를 돌리면서 슬슬 유머를 넣어 강의를 풀어가니 비구니들의 모습도 마치 학교의 수업시간처럼 한눈에 들어온다.

진지한 비구니, 새침한 비구니, 장난기가 덕지덕지한 비구니, 속눈썹이 유난히 긴 비구니, 조는 비구니, 자세가 불안한 비구니, 느긋한 표정으로 선생 채점하고 있는 비구니, 그런가 하면 바라보는 것만으로도 마음이 편안해지는 밝은 인상의 비구니…… 우피 골드버그가 영화 「씨스터 액트」에서 수녀원의 틀에 얽매인 개성을 찾아내는 애기들이 저절로 떠올랐다.

사람들은 아직도 비구니라면 '사연있는 여자'가 머리를 깎은 것으로 생각하는 편견을 많이 갖고 있다. 그러나 현대여성으로서 비구니는 그렇지 않다는 것이 나의 생각이다. 구도의 길을 걷기 위해 스스로 선택한 비구니의 삶은 차라리 강인한 것이며, 소녀시절 처녀적 청순함을 그대로 간직한 채 새벽 3시에 일어나 꽉 짜인 일과를 보내는 모습은 외경스러운 것으로 비친다. 그러나 앳된 비구니는 역시 순정이 넘쳐흐른다. 운문사 안채의 한쪽 외벽에는 학인스님들의 세면도구가 꽂혀 있는데 그 컵의 색깔과 생김새가 역시 속일 수 없는 여자의 모습이다.

운문사에서 내가 항시 궁금하게 생각한 것은 250여명이 일제히 들어

| 학인스님들의 양치도구함 | 저마다 색다른 물컵을 준비하여 놓은 것에 비구니의 여성스러움이 숨김없이 드러난다.

간 법당 밖 댓돌에는 하얀 남자고무신 250여켤레가 가지런히 벗어져 있는데 예불이 끝나면 귀신같이 자기 신발을 찾아 신는 것이었다. 무슨 비결이 있는가 살펴보니 신발마다 비표(秘標)가 새겨져 있는데 그것이 또 볼 만하였다. ○ ? △ ∴ 禪 思 A ℒ ∞…… 그리고 꽃 한송이를 그린 것도 있어 즐거운 마음으로 샅샅이 살펴보았다. 혹 하트를 그린 것이 있을까 유심히 찾아보았지만 그건 없었다.

운문사 계곡에는 야생 달맞이꽃이 흐드러지게 핀다. 그런 어느 여름날 밤 비구니 몇이서 손전등을 달맞이꽃에 비추고 있었다. 나는 처음에는 그것이 무얼 하는 것인지 몰랐다. 나의 지기에게 물으니 흐린 날 달이 뜨지 않을 때 꽃봉오리에 전등을 비추면 달이 뜬 줄 알고 꽃봉오리가 벌어지면서 '톡' 소리를 낸다는 것이다.

겨울에 운문사를 가면 만세루에 가득 널린 메주와 무말랭이가 장관이다. 어쩌면 그것을 말리고 메주를 빚는 비구니의 모습이 더욱 가슴 저미는 그 어떤 감정을 촉발했을 것 같다. 시인 이동순은 바로 그런 때 운문사를 답사했던 모양이다.

운문사 비구니들이
모두 한 자리에 둘러앉아
메주를 빚고 있다
입동 무렵
콩더미에선 더운 김이 피어오르고
비구니들은 그저
묵묵히 메주덩이만 빚는다
살아온 날들의 덧없었던 내용처럼
모두 똑같은 메주를
툇마루에 가즈런히 널어 말리는
어린 비구니
초겨울 운문사 햇살은
그녀의 두 볼을 발그레 물들이고
서산 낙조로 저물었다

―「운문사」 전문

연꽃이 피거든 남매지로 오시소

이목소가 내려다보이는 극락교를 건너면 새로 지은 죽림헌(竹林軒)과 목우정(牧牛亭)이 나온다. 거기에서 운문산을 바라보면 그 산세가 그렇게 듬직스러울 수가 없다.

| **고무신의 비표** | 고무신 코에 자신만의 비표를 해놓은 데에도 수도의 어려움과 즐거움이 동시에 읽힌다.

운문사 주지이고 승가대학 학장이신 명성스님은 김천 직지사 조실인 관응(觀應)스님의 따님인데, 관응스님이 따님의 절에 와 여기에 오르니 마치 어미소가 웅크리고 앉은 채로 고개를 돌려 송아지를 보고 있는 형상을 하고 있는지라 집자리를 잡아주신 거란다. 부녀의 정은 그렇게 죽림헌에 남아 있고 유식학(唯識學)의 법통은 그런 돌봄 속에 권위를 물려주고 있다.

나는 50명이 둘러앉아 야외수업도 할 수 있는 목우정 난간에 기대어 운문사 답사를 마무리하였다. 정자 아래 수련이 아주 곱게 피어 있다. 흰색, 분홍색, 빨강색, 노랑색. 그러나 수련의 건강상태가 좋아 보이지 않는다. 그것을 안쓰러워하는 내 표정을 읽었는지 나의 지기가 하소연을 한다.

"영남대 가정대 앞에 있는 거울못에서 옮겨왔는데 거기처럼 장하게 피질 못해요. 물이 차가워서 그런가요?"

"아닐 겁니다. 수렁이 너무 맑아서 그래요. 물이 더 깊이 고여야 하는데 흐르는 물살이 너무 빨라요."

"선생님은 어떻게 연꽃도 아세요?"

"남매지 영감님께 배웠죠."

나의 경산 숙소는 남매지 옆에 있다. 창밖으로 보이는 남매지가 아름답고, 여기는 일연스님이 태어난 곳이며, 학교 너머는 원효대사가 태어난 곳이고, 남매지는 요석공주와 원효대사가 데이트하던 곳이라는—비록 조작된 것이지만—전설이 있기에 행복한 마음으로 정한 자리다.

하루는 저녁에 남매지로 산보를 갔더니 연밥을 따는 할아버지가 일을 끝내고 옷을 털고 계셨다. 멀리서 볼 때의 남매지와는 달리 지저분하기 짝이 없는 그야말로 수렁이었다.

"할아버지, 물이 이렇게 더러운데도 꽃이 피네요."

"뭔 말을. 연꽃은 진흙창 썩은 물이 아니면 자라딜 않아. 그 찌꺼기가 썩어야 양분을 빨아먹고 쑥쑥 안 크낭가."

"더러워야 더 잘 큰다고요?"

"하믄, 하지만 물이 썩는다고 꽃이 자라는 게 아니어. 저쪽 좀 봐. 물이 졸졸 흐르지. 저렇게 맑은 물이 살살 흘러야 그게 생명수가 되어 꽃이 자라는 거야. 수렁은 찌꺼기가 푹 썩고 한쪽에선 맑은 물이 살살 흘러야제."

나는 할아버지의 연꽃 강의를 듣고 이 오묘한 자연의 생리가 내 인생에, 우리 역사에 시사해주는 바를 새기고 또 새겨보았다. 그리하여 나는

| 삼천지 연꽃 | 수렁에서 피는 연꽃의 생리에서 나는 우리시대에 피어날 문화의 가능성을 읽어본다.

한국미술사 강의의 맨 마지막 슬라이드를 항시 남매지의 연꽃으로 삼고
있다.

나는 이 수렁보다 더 지저분한 20세기 우리 문화도 꽃이 필 수 있다는
희망을 갖게 된 것이다. 지금 우리네 삶 속에는 온갖 찌꺼기가 다 있다.
봉건 잔재, 식민지 잔재, 군사문화 잔재, 만신창이가 된 동서문제, 남북문
제, 제국주의 소비문화 찌꺼기, 온갖 쓰레기의 집하장 같은 곳이다. 그래
서 때로는 20세기 한국의 문화도 꽃이 필 수 있을지 의문스럽기만 했다.
그러나 나는 이제 당당히 말한다. 연꽃을 보라고. 우리에게는 갑오농민
전쟁에서 3·1운동, 독립군항쟁, 4·19혁명, 6월혁명으로 이어지는 생명
수가 흐르고 있지 않은가. 그러면 기어이 피어날 것이라고.

나는 목우정에서 일어서며 승가대학 교수스님으로 격에 맞지 않게 지
객(知客) 스님이 되어 나를 맞이해준 지기에게 그간의 호의에 감사했다.

"스님, 우리나라에서 연꽃이 가장 장하게 피는 곳이 어딘지 아세요?"

"전주의 덕진공원은 정말 크고 멋있던데요."

"나는 장엄하게 피는 곳을 물었는데."

"어디가 장엄해요?"

"경산의 삼천지(三千池)입니다. 7월 말 8월 초가 되면 3천평 크기 연못이 연잎과 연꽃으로 꽉 메워집니다. 영남대 공대 옆에 있어서 학생들이 공대못이라고 부르죠. 바로 남매지에서 길 하나 건너 있어요."

나의 얘기를 들으며 스님은 머릿속으로 그 연꽃 핀 광경을 상상하는 것 같았다.

"스님, 연꽃이 피거든 남매지로 오시이소."

나의 지기, 그분의 법명은 진광(眞光)이다.

1994. 7.

* 이 글이 씌어진 직후 남매지는 경산시청 부지로 확정되어 이미 그 반 이상이 매립되는 바람에 더이상 옛날의 연꽃을 볼 수 없게 되었다. 나는 마땅히 글제목과 내용을 정정해야 할 필요를 느꼈지만 지난날의 향수로 남겨두기로 하였다. 그 대신 남매지 가까이에는 까치못, 갑제못, 진못 등 연꽃이 장하게 피어나는 연못들이 즐비함을 알려드리는 것으로 미진함을 대신한다.

끝끝내 지켜온 소중한 아름다움들

부안 장승 / 구암리 고인돌 / 수성당 / 내소사 / 반계 선생 유허지 /
유천리 도요지 / 개암사

강진 · 부안 비교론

이제 와서 이런 얘기를 한다는 것이 부질없는 일인지도 모르지만 『나
의 문화유산답사기』를 쓰면서 나는 그 일번지를 놓고 강진과 부안을 여
러번 저울질하였다. 조용하고 조촐한 가운데 우리에게 무한한 마음의 평
온을 안겨다주는 저 소중한 아름다움을 끝끝내 지켜준 그 고마움의 뜻을
담은 일번지의 영광을 그럴 수만 있다면 강진과 부안 모두에게 부여하고
싶었다.

실제로 강진과 부안의 자연과 인문은 신기할 정도로 비슷하며, 어디가
더 우위를 점하는지 가늠하기 힘든 깊이와 무게를 지니고 있다. 강진에
월출산이 있듯이 부안에 변산이 있다. 강진에 강진만 구강포가 있듯이
부안에는 줄포만 곰소바다가 있다. 강진에 다산 정약용이 유배 와서 『목

민심서』를 지었듯이 부안에는 반계 유형원이 낙향하여 『반계수록』을 남겼다. 강진이 김영랑을 낳았다고 말하면 부안은 신석정을 말할 수 있다. 강진에 무위사와 백련사가 있음을 자랑한다면 부안은 내소사와 개암사로 답할 수 있다. 강진이 사당리의 고려청자를 말한다면 부안은 유천리의 상감청자를 말할 것이고, 강진이 칠량의 옹기가마를 말한다면 부안은 우동리의 분청사기를 말할 수 있다. 강진이 동백꽃과 남도의 봄을 내세운다면 부안 역시 동백꽃과 겨울날의 호랑가시나무, 꽝꽝나무의 푸르름을 자랑할 것이다. 강진이 해남 대흥사와 가까이 있음을 말한다면 부안은 고창 선운사와 연계됨을 말할 수 있고, 강진이 반남의 고분군을 내세우면 부안은 고인돌까지 말할 것이며, 강진이 귀여운 석인상을 말한다면 부안은 의젓한 돌장승으로 응수할 것이다.

강진이 아름다운 곳이면 부안 역시 아름다운 곳이며, 강진이 일번지라면 부안 또한 일번지인 것이다.

월간 『사회평론』에 연재를 시작하면서 내가 제일 먼저 쓴 글은 고창 선운사였다. 그 글은 곧장 부안 변산으로 이어질 예정이었다. 그러나 당시 편집자가 여러 지역을 고루 써달라는 주문을 해오는 바람에 내포땅, 경주 등을 두루 답사하고 강진·해남편에 와서는 편집자 요구를 무시하고 '남도답사 일번지'라는 제목으로 내 맘껏 쓰게 되었다. 그것이 책으로 엮어지면서 제1장 제1절을 차지하게 되었고 고창 선운사는 '미완의 여로'를 남겨둔 채 뒤쪽에 실리게 되었다. 그리하여 나는 그때 쓰지 못했던 부안 변산으로 가는 길을 '미완의 여로'라는 제목을 달고 이제야 쓰게 된 것이다.

| **부안 서문안 당산** | 돌솟대와 돌장승으로 이루어진 이 당산은 조선후기 향촌사회의 새로운 활력을 상징하는 기념비적 유물이다.

솟대의 꿈

부안의 답사는 부안읍내에서 시작된다. 부안의 동문안 당산과 서문안 당산은 모두 한쌍의 돌솟대와 돌장승으로 구성되어 있는데 이는 우리나라 향촌사회에 뿌리깊게 내려오는 마을축제와 민간신앙이 함께 어우러지는, 이른바 동제복합문화(洞祭複合文化)의 한 이정표가 되는 기념비적 유물이다. 그것은 땅과 더불어 살아온 사람들만이 간직하고 있는 문화적 징표이다.

장승과 솟대의 기원은 손진태(孫晋泰) 선생의 「장승고(考)」 이래로 모든 민속학자들이 동의하듯이 청동기시대의 원시신앙적 조형물로 등장하였다. 장승은 마을의 수호신으로 이정표와 경계표시 몫까지 갖고 있었으며 솟대는 성역의 상징이었다. 마한시대에 소도(蘇塗, 솟대)가 있어 죄지은 자가 있어도 이곳에 들어가면 잡지 못했다는 기록과 대전 괴정동에서 출토된 솟대그림의 청동제기가 이 사실을 뒷받침해준다. 그러니까 부안의 돌장승과 돌솟대는 자그마치 2천년 이상의 전통을 갖고 있는 것이다.

민속이란 이처럼 무서운 전승력을 갖고 있다. 민속은 끊임없이 계승된다는 점에 그 힘과 뜻이 있는 것이다. 그러나 민속의 또다른 특징은 변한다는 데 있다. 전승되지만 그대로 전승되는 것이 아니라 변하면서 계승된다는 것이다.

전통적인 토템의 형식으로서 장승과 솟대는 고대국가의 등장과 함께 그것의 이데올로기적 성격은 불교에, 나중에는 유교에 자리를 양보하고 한낱 민속으로서 명맥을 유지하게 되었다. 때로는 불교의 뛰어난 흡입력에 빨려들어 미륵사탑의 네 모서리 수호신상으로 변질되어가기도 하였다.

그러한 장승과 솟대가 다시 부활하게 된 것은 임진·병자 양란 이후 향촌사회가 개편되고 전후(戰後) 국가재건이 촉진되면서부터였다. 생산력의 증가, 생산에 참여하는 민의 의식 향상, 두레에 의한 협동의 필요 그리고 마을 공동체문화의 형성과정 속에서 마을굿이라는 동제복합문화가 다시 일어났다. 여기에서 솟대는 소도, 짐대, 진똘배기라는 이름으로 퍼졌고 장승은 장생, 벅수, 할머니, 하르방 등의 이름으로 지방마다 세워지며 마을 공동체문화의 상징적 조형물로 발전하게 되었다. 그 시기를 역

| **부안 내요리 돌모산 돌솟대** | 대보름날 줄다리기를 하며 인화를 도
모한 상징의 새끼줄을 돌솟대에 감으며 한해의 풍요를 기원하곤 하였다.

사민속학자들은 17세기 후반으로 생각하고 있는데, 부안 서문안 당산의
부러진 솟대에는 1689년에 세웠다는 건립연도가 새겨져 있으니 그 역사
적·민속적 의의는 여간 큰 것이 아니다.

　부안의 장승은 할머니, 할아버지로 불리는바 그 형상이 실제로 두 볼
이 처진 할아버지와 앞니가 빠진 할머니 상을 하고 있다. 할아버지 몸체
에 상원당장군(上元唐將軍), 할머니 몸체에 하원주장군(下元周將軍)이라
씌어진 것은 『삼국지』의 제갈량과 주유를 지칭하는 것으로서 이는 조선
초부터 액막이 그림으로 정초에 대문에 붙이는 금갑(金甲)장군이 민중

| **부안 장승** | 서문안의 어리숙한 할아버지(왼쪽), 동문안의 앙칼진 할머니(오른쪽) 장승을 보면 농민들이 그리는 인간상의 한 측면을 엿볼 수 있다.

사회에 그렇게 퍼지게 되었던 것이다.

　마을사람들은 정월대보름이면 당산제(堂山祭)를 지낸다. 겨울 한철 농한기에 쉬었던 이완된 생활을 걷어젖히고 이제 입춘이 머지않았으니 한해의 농사를 시작한다는 결심의 뜻으로 마을굿을 지내고 줄다리기를 하며 두레의 결속과 공동체의 인화와 생산의 풍요를 기원하였다. 줄다리기가 끝난 다음 그 새끼줄을 솟대에 감아올려 그날의 축제와 기원을 일년 내내 기억하곤 하였다. 그 대보름 당산제가 지금도 행해지고 있으니 민속의 저력과 함께 끝끝내 지켜오는 소중한 아름다움의 한 징표가 여기에 있는 것이다.

　10년 전 나는 나의 학문적 도반(道伴)이자 동지이며 남들로부터 쌍생

아, 동업자라는 말을 들어오는 이태호 교수와 서문안 당산의 명문(銘文)을 탁본하였다. 바스러진 글씨를 한 자라도 더 찾아보려는 마음이었다. 우리는 뜻밖에도 거기에서 화주(化主)의 이름들과 함께 석공(石工) 김은인(金恩仁)과 조갑신(曺甲申)의 이름을 읽어낼 수 있게 되었다. 그날 밤 우리는 얼마나 좋아했는지 모른다.

17세기의 민중조각가가 만든 부안의 당산은 할머니, 할아버지의 이미지를 담아내려고 노력하였다. 불거진 두 볼에 납작한 코, 퉁방울 같은 두 눈에 앵돌아진 얼굴, 여기에는 분명 하나의 추(醜)의 미학이 구현되고 있다. 그 추의 미학이 지향하는 미적 목표는 무엇인가? 나는 이태호와 공동 연구로 「미술사의 시각에서 본 장승」(『장승』, 열화당 1987)을 쓰면서 이렇게 결론내렸다. "생명의 힘, 파격의 미." 그것은 장승의 아름다움이자 곧 솟대의 꿈인 것이다.

고인돌 찻집의 희망

부안에서 변산해수욕장 쪽으로 뻗은 길은 반듯한 들판을 가로지른다. 바다가 가깝기에 들판은 더욱 넓어 보이고 드문드문 등을 올린 둔덕은 묏자리로 덮여 있다. 산이 없으니 산소를 쓸 곳이라고는 언덕보다도 낮은 둔덕이 되었던 모양이다.

찻길 한쪽으로는 주황색 비닐판을 깔아 수렁을 만든 미꾸라지 양식장이 보인다. 추어탕집에 납품하는 미꾸라지들임에 틀림없는데 양식장 아저씨는 내게 기막힌 자연의 원리를 말해준다.

"본시 미꾸리 천적은 메기인디, 양식장에 메기가 있어야 미꾸리가 잘된당께."

"어째서 그래요? 메기가 잡아먹으면 미꾸라지가 줄 것 아닌가요?"

"그럴 것 같지만 그렇질 않아. 메기가 없으면 미꾸리가 빈둥빈둥 놀기만 해서 살도 힘이 없구 차지질 않아. 메기가 있어야 놀다가도 잽싸게 진흙 속에 몸을 처박아 튼튼해지고 잘 자라는 법이거들랑."

그런 걸 두고 생태계의 섭리, 삶의 긴장이라고 해도 좋을 것 같다. 나역시 답사기를 쓰면서 잡지의 마감날짜가 있어서 썼지 놀면서 써둔 것은 없지 않았는가.

들판을 달리던 찻길이 마을을 앞에 두고 왼쪽 내변산으로 들어가는 지방도로 736번의 표지를 만나면 저쪽으로 오붓하게 들어앉은 평온한 마을, 구암리가 한눈에 들어온다. 봄철이면 마을 안쪽 해묵은 벚나무들이 흐드러지게 꽃을 피워 멀리서 보기에도 아름다웠는데 이듬해 봄에 가보니 공사판 다니는 트럭에 부닥친다고 묵은 가지들을 몽땅 쳐버리는 바람에 고목이 된 줄기만 장승처럼 늘어서는 형상이 되고 말았다. 향촌은 그런 식으로 상처를 받고 있었다.

구암리(龜岩里) 마을은 내 장담컨대 앞으로 부안의 명소, 대한의 명소로 크게 부상하는 날이 반드시 있을 것이다. 기와흙담이 소담하게 둘러쳐진 300평 남짓한 한 집(백영기씨 댁)에는 신기하게도 크고 작은 고인돌 10여 기가 옹기종기 모여 있다. 큰 고인돌은 덮개돌이 6.4×4.5×0.8미터로 남한에서 가장 큰 것이고, 받침돌이 여덟개로 되어 있어 양식상으로도 주목받고 있는 것이다.

1956년, 이홍직 선생이 처음 발견했을 때는 12기라고 했고 사적 제103호로 지정되었는데 지금은 10기만 확인되고 있다. 구암리 고인돌집은 그 분위기가 생긴 그대로 청동기시대 유물관이라 할 만하다. 키 큰 은행나무 몇그루와 한쪽 담장으로 늘어선 호랑가시나무들, 마당에 즐비한 국화

| **구암리 돌담집의 고인돌** | 구암리의 한 돌담집 안에는 신기하게도 10기의 고인돌이 정답게 모여 있다. 지금은 민가를 없애고 잔디밭을 깔아 고인돌 공원으로 조성해놓았다.

와 한쪽에 비켜선 매화, 만약에 마당 한가운데를 차지한 허름한 슬라브집 두 채를 헐어내고 기와흙담을 고인돌의 유적경계로 삼는다면 구암리 고인돌집은 답사의 쉼터로서 더할 나위 없는 명소가 될 것만 같다.

그러나 나라에서 이 고인돌을 보호한다고 고인돌마다 철책을 삥 둘러놓았다. 기와흙담 자체가 보호벽이 된 마당에 뭐 때문에 고인돌마다 철창에 가두어야 했단 말인가.

15년 전, 나는 처음 구암리 고인돌집에 와본 다음 해마다 답삿길에 여기에 들렀다. 봄꽃이 피어날 때면 매화와 벚꽃이 아름다웠고, 여름엔 녹음 속에 피어난 채송화, 봉숭아가 순정을 다하고, 가을엔 떨어진 은행잎이 고인돌을 뒤덮으며 장관을 연출한다. 특히 겨울날 눈에 덮인 고인돌이 호랑가시나무의 윤기나는 이파리와 빨간 열매와 어울리는 것이 어찌나 곱고 예뻤는지 모른다.

나는 이 고인돌집을 살 작정이었다. 사서 저 폐가를 헐고 거기에 붓꽃과 조롱박을 심고 무너진 담장가로는 대밭을 만들어 환상적인 고인돌집을 만들고, 먼 훗날 여기에 고인돌 찻집을 내어 변산에 이르는 초입의 명소를 만들고 싶었다. 수소문하여 서울로 올라간 집주인 연락처도 알아두었다.

그러나 연락도 제대로 안되고, 당장 목돈도 없고 바쁘기도 하여 10년을 넘기고 말았다. 5년 전에는 이 폐가에 교회가 들어와 차지해버렸다. 그 이름이 소망교회인지 희망교회인지 기억이 가물댄다. 그리고 작년에 갔더니 교회가 나가게 되고 이제는 다시 폐가로 남아 있다. 고인돌 찻집의 희망은 아직도 살아있는 셈이다. 나는 그 꿈을 모든 분들과 나누어갖고 싶었지만 또 잊은 채 여러 해가 지났고 지금은 꿈도 사라지고 어찌 되었는지도 모르고 있다.

구암리 저쪽 바닷가에는 새만금 간척사업, 서해안 개발사업이 한창이다. 개발에 개발을 더해갈수록 고인돌이 지닌 문화적 가치와 생명력은 더해갈 것이니, 나는 나의 지지자들에게 호소한다. 생각있는 분이여, 그 누구든 저 고인돌집을 사서 고인돌 찻집으로 살려내주시오. 나라의 문화재 보호능력과 소견이란 그 모양이니 민(民)이 아니고서는 소생이 불가능하다오. 구암리에 와본 사람이라면 내가 제시하는 환상적인 고인돌 찻집에의 꿈은 결코 꿈이 아님을 알게 될 것입니다.

변산의 낙조와 수성당

구암리에서 다시 변산으로 길을 잡으면 차는 이내 해안선을 따라 서해 바다를 내다보면서 고갯길을 오르내린다. 변산해수욕장은 일찍부터 알려진 천연의 모래사장인데 해수욕장으로는 너무 작고 주변시설도 낙후되어 있다. 이 점은 훗날 개발된 고사포해수욕장, 격포해수욕장도 마찬

| **모항 어촌풍경** | 곰소만을 타고 들면 차창 밖으로 조용한 어촌마을들이 점점이 이어간다.

가지다. 서해안의 명소로 부안은 격포의 채석강과 적벽강을 내세운다.
그러나 오늘날처럼 산간오지의 명소를 다 경험하고 해외마저 다녀온 사
람에겐 그것이 신기로울 리 없다. 여름날 바글거리는 사람들의 모습이
짜증스럽기만 할 것이다.

그러나 해변의 정취란 어떤 조건에서도 가녀린 낭만의 서정을 불러일
으킨다. 해수욕장으로서 변산은 궁색하지만, 늠름한 해송과 모래밭이 둥
근 선을 그리며 망망대해를 껴안은 자태는 앤디 윌리엄스의 「해변의 길
손」이라도 목놓아 부르고 싶게 한다.

날이 좋아 서해의 낙조와 노을을 볼 수 있다면 그 여행은 변산의 석양
이 가장 강렬한 인상으로 남게 되어 여타의 유적답사가 시시해진다. 자
연이 주는 감동의 크기와 무게를 인공미는 감히 대항하지 못한다.

나의 미완의 여로가 1박2일 일정이면 반드시 변산이나 모항의 바닷가에서 하룻밤을 묵고, 2박3일이면 또 하룻밤을 선운사에서 묵는다. 그것이 정석이다. 답사회에는 남자보다 여자가 많이 참석한다. 그 여자들과 10년간 답사를 다니다보니 바다에 임하는 여인의 정서가 나이마다 다른 것을 알 수 있었다. 노처녀는 노을진 석양의 바다를 더 좋아하고, 숫처녀는 밤바다를 더 좋아하는데, 유부녀는 아침바다를 더 좋아한다. 그 이유는 나도 알 수 없는데 현상만은 그렇게 나타난다.

몇해 전 일이다. 변산의 낙조를 꼭 보고 싶다고 답사에 따라온 한 노처녀가 있었는데 그날따라 비가 오는 바람에 지는 해는커녕 떠 있는 해도 보지 못했다. 이튿날 비가 갠 새벽바다에 그 노처녀가 일찍부터 서성이고 있었다. 어찌 이른 새벽에 나왔냐고 물으니 대답이 걸작이었다.

"어제 저녁에 일몰을 보지 못해서 그 대신 일출이라도 보려고 일찍 일어났어요."

너무도 거기에 성심이 있은 나머지 해는 동쪽에서 뜬다는 사실도 잊었노라며 스스로 잠시나마 아둔했음을 실토하며 웃는 것이었다.

수성당 개양할미의 뜻

변산을 답사할 때면 나는 남들이 곧잘 놓치는 수성당(水城堂)에 꼭 오른다. 거기에서 위도를 바라보는 전망이 상큼하기 때문이다. 본래 전망이 좋은 곳이란 정자의 위치로도 좋지만 군부대 초소로도 그만이다. 그래서 70년대와 80년대를 보내면서는 해안경비를 맡은 군부대의 감읍스런 허락을 얻고서야 오를 수 있었다. 그 해안초소가 이제 철수하여 수성

| **수성당 사당** | 철거된 군부대 초소와 함께 자리하고 있는 수성당은 폐허의 상처로 남아 있었지만, 1996년에 비로소 새 사당을 지어 복원하였다.

당 사당은 우람한 시멘트벙커들과 등을 맞대고 있다.

격포사람들은 해마다 정월 초사흗날이면 수성당 할머니에게 제사를 지낸다. 언제부터 그랬는지는 알 수 없으나 수성당 들보에 1804년에 건립했다고 했으니 역시 동제복합문화의 한 소산 같다. 그 기원을 더 거슬러 올라가면, 1992년 전주박물관이 주관한 이곳 죽막동(竹幕洞) 1차 발굴 때 삼국시대 이래의 제사터인 것을 확인했으니 그 발굴의 진행에 따라 수성당의 역사는 더 오를 수도 있게 된다.

수성당 할머니는 '개양할미'라고 해서 서해바다의 수호신이다. 딸이 아홉 있는데 여덟을 팔도에 시집보냈다고도 하고 칠산바다 각 섬에 파견보냈다고도 하며 막내딸만 데리고 수성당을 지킨단다. 그 수성당 할머니는 키가 몹시 커서 나막신을 신고 서해안 수심을 재어 어부에게 알려주며 풍랑을 막아주는 고맙고도 소중한 분이다.

그런 할머니가 있는데, 1993년엔 서해페리호가 격포를 떠나 위도에 갔다 오는 길에 근 300명의 목숨을 앗아가는 대형 참변이 생겼다. 사고원인은 정원초과에 있다고 한다. 그러나 무시 못할 사항 하나는 이 수성당 할머니를 잘못 모신 데도 있다고 나는 생각하고 있다.

서해의 수심을 재어주는 할머니를 우습게 알아 올바른 사당 하나 지어주지 못하고 시멘트 벽돌집에 폐군대지의 벙커가 둘러싼 것에 대한 할머니의 분노였다는 주장이 아니다. 지금 서해안 간척사업으로 인해 가뜩이나 낮은 서해안 수심이 더욱 낮아지고 옛날 수성당 할머니가 재어준 치수는 다 바뀌게 되었는데 그 수심의 변화가 지금도 시시각각으로 달라지니 그것을 가늠치 못하는 항해사와 어부는 물살의 방향과 속도를 모르게 되는 것이다.

수성당 할머니는 자연과 함께 살아가면서 생긴 수호신이다. 옛날에는 그 신을 믿는 겸손이 있었는데, 오늘날에는 과학과 개발만 믿는 만용으로 그런 참사를 당했던 것이다.

후박나무, 꽝꽝나무, 호랑가시나무

수성당으로 오르는 길에는 해양배양장 담장과 마주한 개울 건너편에 후박나무 군락지(천연기념물 제123호)가 있다. 제주도와 남해안 섬에 많은 후박나무의 자생지는 여기가 북방한계선이란다. 10여 그루의 후박나무가 무리지어 있는 모습은 그것 자체가 장관인데 안타깝게도 예의 철망 때문에 가까이 가지 못한다. 이 토종 후박나무는 오동나무 비슷한 일본산 후박나무와 다르다. 이파리는 가죽처럼 두꺼운데 광택이 있고 야무지며 키는 작지만 늠름하다. 아마도 그 옛날엔 이 복스러운 나무들이 이 마을의 방풍림이었을 것이다.

| 1.후박나무 2.꽝꽝나무 3.호랑가시나무 | 부안지방이 아니면 한꺼번에 만나기 힘든 늘푸른나무들로 윤기나는 잎에 아름다운 열매들이 달린다.

　부안에는 천연기념물이 많다. 변산면 중계리 쪽에는 이름도 재미있는 꽝꽝나무 군락지(제124호)가 있다. 꽝꽝나무는 얼핏 보기에 회양목 비슷하지만 그 기품이 다르다. 이파리를 난로 위에 올려놓으면 꽝꽝 소리가 난다고 해서 얻은 이름인데 우리나라 동식물 이름에는 이렇게 순수한 우리말이 살아있어서 여간 고마운 것이 아니다.

　또 변산면 도청리에는 호랑가시나무 군락지(제122호)가 있다. 호랑가시나무는 잎 가장자리의 각점 끝에 딱딱한 가시바늘이 있어서 찔리면 제법 아픈데, 호랑이가 등이 가려우면 이 나뭇잎으로 긁었다는 데서 그 이름이 나왔으며 호랑이등긁이나무라고도 한다. 서양에선 크리스마스트리에 잘 쓰이는 나무로, 가을이면 작은 포도송이처럼 엉킨 열매가 빨갛게 익어 두껍고 윤기나는 이파리 속에 숨어 부끄러움을 감춘다. 그 모습 또한 여간 복스럽고 사랑스러운 것이 아니다.

　후박나무, 꽝꽝나무, 호랑가시나무는 모두 난대성 늘푸른나무다. 키가 크지 않고 잎은 모두 가죽질의 광택이 있다. 그래서 눈 내린 겨울에 이 나무들이 무리지어 있는 것을 보면 남쪽 땅의 아름다움과 마음까지 읽어보게 된다. 부안 변산의 자연은 이렇게 아름답고 복스럽다. 동백나무는 애기조차 하지 않았는데도 말이다.

정농회의 젊은 농사꾼들

격포에서 모항을 지나 내소사를 거쳐 곰소로 가는 길은 줄포만을 어귀부터 타고 들어가는 환상의 해안 드라이브 코스다. 5년 전까지 비포장도로 시절에는 험한 산마을길을 차가 들까불러 엉덩이를 의자에 제대로 붙이지도 못하고 족히 한시간을 가야 하는 길이었건만 지금은 아스팔트 포장으로 15분이면 내소사 입구에 당도한다. 비라도 홑뿌리는 날이면 아예 다시 부안으로 나가 돌아들어가는 80킬로미터가 비포장 15킬로미터보다 빨랐으니 문명이 좋기는 좋은 것인가보다.

격포에서 모항을 지날 때면 사람들은 모두 해변의 아늑한 정경에 취한다. 그 수려하고 조용한 풍광이 좋아서 나는 변산보다도 모항에 있는 콘도미니엄식 농원(일신농원)에서 여러번 묵어갔다.

남들이 모두 해안 쪽으로 눈을 돌릴 때 나는 잠시 도청리 쪽으로 고개를 돌린다. 호랑가시나무의 추억 때문이 아니다. 도청리에는 일찍이 농사꾼이 되어 거기에서 우리 땅을 지키며 말없이 살다가 지금은 고인이 된 나와 동갑내기였던 오건의 집과 농토가 있었기 때문이다. 나는 오건과 생전에 교분이 없었다. 그러나 그의 형인 화가 고(故) 오윤, 누님인 화가 오숙희와 가까이 지냈고, 지내고 있기에 그의 의연한 삶을 들어서 알고 있다. 그는 5년 전에 고인이 되었지만 그가 이곳 부안농민회에 뿌린 씨앗은 지금 정농회원들이 그 정신과 삶을 이어가고 있다. 나는 그 정농회원 중 한분인 정경식씨가 '한 유기농업 실천 농민의 수기'라는 부제로 쓴 「한(恨)에서 희망으로」라는 글을 『녹색평론』(제7호, 1993년 5·6월)에서 읽고 큰 감명을 받았다. 그분의 삶을 보면서 풍광 수려한 곳을 찾아 답사나 다니는 나 자신이 부끄럽고 미안하기 그지없었다. 그분들이 지금도 있기에 부안 변산은 더더욱 끝끝내 지켜온 소중한 아름다움의 답삿길이 된다.

오건이 대학을 마치고 군대에 다녀온 뒤 곧장 부안으로 농사지으러 떠나는 모습은 그의 아버지인 오영수가 쓴 소설 「어린 상록수」에 너무도 생생히 그려져 있다. 이 희대의 농군이 어려서부터 짧은 일생을 다할 때까지 보여준 성실하고 정직한 천진성은 약삭빠른 도회적 감성으로는 그 모두가 '사산도깨비'로만 보일 행동이었다. 오영수가 아비로서 자식을 키우며 본 대로 써나간 그의 대표작 중 하나이다.

이 소설의 마지막은 부안 산내면 도청리에 신접살림을 차린 자식이 급히 필요하다는 자금을 마련해와서 아들 내외가 흙과 뒹굴며 꿋꿋이 농사짓는 고단하면서도 대견한 모습을 보고 부안 시외버스정류장에서 전송받는 것으로 끝난다. 그는 아들과 며느리에게 자장면이라도 먹여주고 싶었지만 차시간이 임박하여 라면 한 박스를 사주고 차에 올라탔다.

그리고 마지막 장면을 이렇게 마무리하였다.

비가 또 오기 시작한다. 아이놈 내외는 길옆 가게 처마 밑으로 비를 피하면서 나란히 서서 바라보고 있다.

그는 손수건으로 유리를 훔치고 손짓으로 돌아가라는 시늉을 해보인다. 아이들도 뭐라고 하는 모양인데 차 발동소리 때문에 알아들을 수가 없었다.

—저러고도 제들의 뜻을 이루지 못한다면, 이룰 수가 없다면, 이 세상에서는 믿을 것이란 아무것도 없다. 종교도 신도 있을 수 없다—이런 생각을 하면서 몸을 돌려 눈을 감고 차에 흔들렸다. 왠지 눈시울이 뜨뜻해왔다.

박형진의 시 「사랑」

오건의 형, 오윤이 살아있을 때의 얘기다.

"윤이형, 아버지가 쓴 「어린 상록수」는 동생 건이의 실화지?"

"실화긴 실화지."

"실화 아닌 데도 있나?"

"있지 않구, 그놈아가 첫 휴가 나왔다고 고깃국에다 물오징어를 사다가 데치고 초고추장 찍어먹는 얘기 있잖아. 그건 생판 딴 얘기라구. 당신이 소설 쓰다가 잡숫고 싶은 것을 죄다 밥상에 올려놓은 거지……"

격포를 떠난 우리의 차는 아름다운 어촌 모항을 돌아 해변을 따라 달린다. 작년 이맘때, 나의 책 출간을 기념하여 창비식구들과 이곳을 답사했을 때 나는 모항에 사는 정농회원 박형진을 만났다. 작은 체구에 검게 탄 얼굴, 그러나 맑고 힘있는 그의 눈빛을 보면서 나는 오건과 오영수의 「어린 상록수」 마지막 구절을 다시 한번 상기하게 되었다. 그가 얼마 전에 시집을 내어 보내왔는데 그중 「사랑」이라는 시는 혼자만 읽기에 너무 아까웠다.

풀여치 한 마리 길을 가는데
내 옷에 앉아 함께 간다.
(…)
풀여치 앉은 나는 한 포기 풀잎
내가 풀잎이라고 생각할 때

| **내소사 일주문** | 내소사 일주문은 진입로를 약간 감춘 방향으로 세워 그 안쪽을 신비롭게 감싸안는다.

그도 온전한 한 마리 풀여치
하늘은 맑고
들은 햇살로 물결치는 속 바람 속
나는 나를 잊고 한없이 걸었다.
(…)

내소사의 일주문과 전나무 숲길

내소사 입구까지 길이 포장된 것은 몇해 되지 않는다. 내소사 입구 주
차장이 마련된 것도 얼마 되지 않는다. 그러니까 내소사가 관광지로 알
려진 것도 근래의 일이다. 절 입구에 여관 한 채 없고, 허름한 가게 몇채
와 민박집 식당이 두엇 있을 따름이니 우리 같은 도회인으로는 그런 한

적함이 여간 맘에 드는 일이 아닐 수 없다. 주차장에 내려 가겟집 너머로 내소사 쪽을 향하면 화려한 원색으로 단청한 일주문이 우리를 반갑게 맞아주는데 그 안쪽은 한치도 시선에 들어오지 않는다. 그것을 대수롭지 않게 보고 지나칠 수도 있지만 공간 내부를 신비롭게 또는 호기심이 나게 유도하는 건축적 사고의 한 반영이었음은 일주문을 들어서는 순간에는 알게 된다. 도대체 그 안이 어떻게 생겼기에 대문의 각도를 비틀었는가?

매표소를 지나 일주문을 들어서는 순간 답사객은 저마다 가벼운 탄성을 지르지 않을 수 없다. 하늘을 찌를 듯 치솟은 전나무 숲길이 반듯하게 뻗어 멀리 앞서가는 사람이 꼬마의 키가 된다. 늘씬하게 뻗어오른 전나무 옆으로는 산죽과 잡목 들이 뒤엉키어 숲길은 더욱 호젓하고 한걸음 내딛고는 심호흡 한번, 한번 고개 들어 하늘을 올려보고 또 한걸음 내딛고…… 전나무가 터널을 이룬 내소사 입구는 내소사 자체보다도 답사객의 마음을 감동시킨다.

나는 이 전나무숲이 꽤나 오랜 연륜을 지닌 줄로만 알았다. 숲길이 장대해서 그렇게 생각했고 그 조림의 발상이 현대인의 아이디어라고 상상키 어려웠던 탓이다. 그러나 이 전나무 숲길은 불과 50년 전, 해방 직후에 조림된 것이란다. 그때만 해도 이런 안목이 있었다니 고맙다. 50년만 내다보아도 이런 장관을 만들어낼 수 있는데, 우리 시대에 50년 뒤 후손을 위해 조림해놓은 것이 과연 어디에 무엇이 있을까 궁금해진다.

600미터에 이르는 전나무 숲길이 끝나면 능가산의 아리따운 바위들이 고개를 내밀고 길은 다시 벚나무 가로수를 양옆에 끼고 천왕문까지 뻗으며 우리를 그쪽으로 안내한다. 천왕문 양쪽으로 낮은 기와담이 길게 뻗

| 내소사의 전나무 숲길 | 600미터에 달하는 내소사의 전나무 숲길은 답사객마다 절로 심호흡을 하게끔 하는 장관을 보여준다.

| 내소사 대웅전 | 높은 축대 위에서 팔작지붕이 한껏 나래를 편 모습인지라 능가산의 호기있는 봉우리에 결코 지지 않는 기세로 버티고 있다는 호쾌한 인상까지 자아낸다.

어 있는 것이 조금도 부담스럽지 않다. 내소사는 근래에 들어와 손을 많이 본 절집이다. 그러나 손을 대면서도 여느 절집처럼 화려함이나 요사스러움을 드러내지 않고 내소사의 원형을 다치지 않게끔 단정한 가운데

소탈한 분위기를 살려내고 있다. 그것 또한 끝끝내 지켜오는 소중한 아름다움의 실천인 것이다.

천왕문으로 들어서서 내소사 대웅보전에 이르기까지는 서너 단의 낮은 돌축대로 경사면이 다듬어져 있다. 근래의 보수로 이 돌축대의 포치에 다소 변경이 생겼지만 한 단을 오르면 수령 950년을 자랑하는 느티나무가 중심을 잡고, 또 한 단을 오르면 단풍나무, 매화나무, 배롱나무, 벚나무 들이 곳곳에 포치되어 절집 앞마당으로 이르는 길을 적당히 열어주고 적당히 막아준다.

또 한 단을 올라서면 오른쪽으로는 축대 위에 요사채 대문과 사랑채 툇마루가 한눈에 들어오는데 대웅보전 앞마당에 이르는 면은 봉래루(蓬萊樓) 이층누각이 앞을 막은 채 그 옆으로 빠끔히 공간을 열어 우리를 그쪽으로 유도한다.

그리고 요사채 앞을 지나 봉래루 옆으로 돌아서면 그제야 돌축대 위에 석탑을 모신 앞마당과 학이 날개를 편 듯한 시원스런 모습의 대웅보전이 능가산의 연봉들을 뒤로하고 우리를 맞아준다.

일주문에서 대웅보전에 이르기까지 우리는 숲과 나무와 건물과 돌계단을 거닐면서 어느덧 세속의 잡사를 홀연히 떨쳐버리게 되니 이 공간배치의 오묘함과 슬기로움에서 잊혀져가는 공간적 사고를 다시금 새겨보게 된다. 자연을 이용하고 자연을 경영하는 그 깊고 높은 안목을.

대웅보전의 꽃창살무늬

능가산(楞伽山)이란 '그곳에 이르기 어렵다'는 범어에서 나온 이름이다. 그리고 내소사(來蘇寺)의 원래 이름은 소래사였다. '다시 태어나 찾아온다'는 뜻이다. 백제 무왕 34년(633)에 혜구(惠丘)스님이 창건한 이래 고

| 내소사 대웅보전의 꽃창살무늬 | 화려하면서도 소탈한 멋을 동시에 풍기는 이 꽃창살 사방연속무늬는 조선적 멋의 최고봉을 보여준다.

려시대를 거쳐 조선 성종 때 간행된 『신증동국여지승람』에 기록되기까지도 소래사였다. 그러던 것이 조선 인조 11년(1633)에 청민선사가 중건할 때쯤에 내소사로 바뀐 것 같은데 그 이유는 확실치 않다. 속전에 나당

연합군 합동작전 때 당나라 소정방이 와서 시주하면서 '소정방이 왔다'는 뜻으로 이름이 바뀌었다는 얘기가 있으나 근거가 없다. 이는 개암사의 울금바위가 우금암(遇金岩)이라고 해서 소정방과 김유신이 만났다는 속전이 있는 것과 함께 당시 백제의 마지막 상황이 어떠했는가를 말해주는 아픔의 이야기로만 의미있을 뿐이다.

내소사의 전설이라면 변산에서 두번째로 높은 쌍선봉 기슭에 자리잡고 있는 월명암(月明庵)에 얽힌 부설(浮雪)선사의 일화가 재미있다. 또 내소사의 참맛은 월명암까지 등반을 할 때라고 다녀온 사람마다 찬사가 자자하지만 나의 발길은 아직껏 거기에 닿지 못했다.

나의 내소사답사는 항시 멀찍이서 대웅보전의 시원스런 자태를 엿보다가 돌계단에 올라 아름다운 꽃창살의 묘미를 읽는 것으로 끝난다. 그러고도 나는 내소사답사에서 한 오라기 부족함을 느낀 때가 없다. 어쩌다 긴 바람에 풍경소리가 자지러질 듯 딸랑거리면 그곳을 차마 떠나지 못했다.

강진의 무위사는 한적하고 소담한 만큼 스산하고 처연한 분위기가 서려 있다. 거기에 부슬비라도 내리면 음울한 심사를 주체하기 힘들어진다. 그러나 부안의 내소사에는 그런 처량기가 조금도 없다. 능가산의 준수한 연봉들이 병풍처럼 받쳐주어 그 의지하는 바가 미덥고, 높직한 돌축대 위에 추녀를 바짝 치켜올린 다포집의 다복한 생김새로 차라리 평화로운 복됨을 느끼게 된다. 게다가 꽃창살의 사방연속무늬는 우리나라 장식문양 중에서 최고 수준을 보여주는 한국적인 아름다움의 극치이다. 그 모든 것이 오색단청이 아니라 나뭇빛깔과 나뭇결[木理]을 그대로 드러내는 소지(素地)단청인지라 살아난 것이다.

| 내소사 경내 | 내소사는 근래에 들어 손을 많이 본 절집이나 여느 절집처럼 화려함이나 요사스러움을 드러내지 않고 원형을 다치지 않게끔 단정한 가운데 소탈한 분위기를 살려내고 있다.

승탑밭 해안스님의 비

떠나기 싫은 발걸음을 억지로 옮기면서 가다가 뒤돌아보고, 가다가는 맴돌아 서성이다 이윽고 천왕문을 나서게 되면 나는 내소사 답사의 여운을 위하여 단풍나무 가로수길 오른쪽으로 나 있는 승탑밭에 오른다. 가파른 비탈 양지바른 곳에 안치한 승탑밭으로 오르려면 배수로로 낸 실개천에 걸쳐놓은 돌다리를 밟아야 한다. 그 돌다리 생김새는 자연석 두 짝을 궁둥이처럼 맞대놓았는데 그 천연스런 조형미가 예사롭지 않다. 그것도 내 눈에는 요새 사람 솜씨 같지가 않다.

한쌍의 배롱나무가 자태조차 요염하게 서 있는 승탑밭의 여러 비 중에서 내 눈에 들어오는 것은 맨 왼쪽 탄허스님의 호쾌한 흘림체로 새겨진 '해안범부지비(海眼凡夫之碑)'이다.

해안스님은 1974년에 74세로 입적한 내소사의 조실 스님이었다. 생전에 인간애가 넘쳐 제자와 신도들에게 더없이 자상했고 편지도 잘 썼다고 한다. 해안은 이곳 격포 출생으로 어려서 내소사에 와서 한학을 공부하던 중 목탁소리와 종소리가 좋아서 머리 깎고 중이 되었다고 한다. 한창 공부하던 시절 백양사의 조실 학명(鶴鳴)스님에게서 "은산철벽(銀山鐵壁)을 뚫어라"라는 화두를 받고 용맹정진한 끝에 "철벽은 뚫을 수 없으니 날아서 넘는다"는 깨달음을 얻었다고 한다. 그 해안스님의 비를 쓰면서 선사, 대사라는 호칭을 버리고 범부라고 한 탄허의 안목이 돋보이는데 뒷면을 보니 그 오묘한 반어법이 역시 대선사들의 차지였다.

생사가 여기에 있는데 여기엔 생사가 없다.
生死於是 是無生死

우동리의 반계마을

 내소사에서 곰소 쪽으로 조금 가다보면 길가에 "유형원 선생 유적지"라는 안내판을 실수없이 볼 수 있다. 표지판에 따라 시멘트 농로를 따라 가다보면 두 갈래, 여기서 오른쪽으로 들어가면 큰 당산나무 너머 우동리 마을이 보이고 왼쪽으로 꺾어들면 반계마을로 이어진다.

 반계마을로 들어서면 앞산 중턱에 머리만 내민 기와집이 보인다. 거기가 유형원(柳馨遠, 1622~73) 선생이 만년에 칩거하면서 글쓰고 공부하는 틈틈이 아이들 글 가르치던 서당 자리다. 저 멀리 우반동에 있던 반계(磻溪) 선생의 고택은 밭이 되어 흔적도 없고 반계 선생이 파놓은 우물은 시멘트로 발라진 채 사용도 못하니 우리는 선생을 기리기 위해 서당까지 올라야 한다.

 외딴집 앞에 차를 세우고 오솔길을 걸으면 길가엔 고추밭, 고추밭 지나 감나무 대추나무 그리고 솔밭이 나오면 그 길을 따라 사뭇 오르면 된다. 한여름 이 길을 걸으면 비탈을 따라 그물을 쳐놓은 것이 보인다. 그것은 뱀그물로, 뱀은 타고 오르는 습성이 있어서 그물에 부닥치면 위로 오르다가 구덩이로 빠지게끔 되어 있다. 작년 여름엔 길가에 초롱꽃 같은 야생초가 즐비하게 피어난 것이 하도 예뻐서 내려오는 길에 한 송이 꺾어 촌로에게 여쭈었더니 "못써, 이건 아무짝에도 쓰잘데없는 풀이여, 풀, 잡초랑 거 몰라"라고 자세하게 알려주셨다.

 서당에 당도하면 낮은 돌담이 안채를 꼭 껴안듯 정답고 솟을대문도 거드름이 없다. 조촐한 문을 열고 집 안을 둘러보니 방 두 칸에 부엌, 그리고 넓은 툇마루가 제법 짜임새있게 잘생겼다.

 주인 없는 집인지라 주인 행세하고 툇마루에 올라앉아 앞을 내다보니 돌담 너머로 우동리 안마을이 한눈에 들어오고, 시선을 멀리 뻗으니 고부 쪽이 훤하게 내려다보인다. 그 시원스런 조망감이란 곧 이 서당이 자

| 반계 선생 유허지 | 반계 유형원 선생이 『반계수록』을 저술한 곳이다. 조선후기 실학의 토대를 쌓은 유적이라 생각하니 역사적 감회가 일어난다.

리잡은 뜻이 된다. 툇마루 한쪽을 불쑥 높여 난간까지 둘러놓은 뜻은 거기를 아늑한 누마루로 설정한 뜻이다. 그런 뜻을 읽고 새길 때 한옥의 공간배치와 구조의 참 멋이 들어온다.

반계 유형원 선생은 조선후기 실학의 선구이다. 당신이 이룩한 실학의 전통은 성호 이익에서 다산 정약용으로 이어진다. 서울에서 태어난 반계는 나이 30세까지 벼슬에 드는 일 없이 곳곳을 전전하다가 32세에 이곳 우반동에 은거하여 20여 년간 학문에 힘쓰다 숱한 저술을 남기고 세상을 떠났다. 지금 우리는 『반계수록(磻溪隨錄)』 26권만 알고 있을 뿐 목록으로만 전하는 경학, 지리학, 역사학, 음운학의 저서들은 그 행방조차 모르고 있다.

그러나 그가 농촌생활의 체험을 바탕으로 경세제민(經世濟民)의 정책론을 제시한 『반계수록』은 한국사상사의 한 이정표가 되고 있다. 반계 선생이 세상을 떠난 지 100년이 되도록 그의 인물됨과 학문이 세상에 별로 알려지지 않았는데 영조가 『반계수록』의 초고를 읽어보고 크게 감동하여 이를 발간토록 지시함으로써 1770년에 세상에 반포되었으니, 문예중흥기의 지도자란 어떠한 모습인가도 아울러 느낄 만한 일이다. 선생이 부민부국(富民富國)을 위해서는 경자유전(耕者有田)의 원칙과 균전제의 시행에 그 길이 있다고 한 주장은 그의 학문이 곧 민(民)에 대한 사랑과 현실에 뿌리둠을 아무런 해설 없이도 알 수 있는 것이다.

성호 이익이 지은 「반계선생전」을 보면 평소 선생은 이런 말씀을 하셨다고 한다.

> 천하의 이치도 사물이 아니면 들어붙지 아니하고, 성인의 도라도 섬기지 않으면 행해지지 않는다.
> 天下之理 非物不着 聖人之道 非事不行

반계 선생의 이러한 실천적 사고와 민에 대한 사랑, 투철한 현실인식은 실학이라는 이름의 전통이 되어 공재 윤두서, 성호 이익, 다산 정약용, 연암 박지원, 환재 박규수로 이어진다. 그리고 단재 신채호, 위당 정인보로 이어지고 내 이루 이름을 열거할 수 없는 재야(在野)의 학인들이 그 정신적 뿌리를 여기서 찾고 있다. 20세기 한국지성사에서 흔들릴 수 없는 재야학자들의 종갓집이 바로 여기이다. 바로 그 자리 그분의 서재 툇마루에 우리는 걸터앉아 있는 것이다.

우동리의 당산나무와 유천리 도요지

반계 선생 서당 툇마루에서는 돌담 너머로 저 건넛마을 우동리의 의젓한 당산나무가 한눈에 들어온다. 우동리 당산은 이 느티나무에 입석(立

| 우동리 대보름축제 | 대보름이면 이렇게 한판 줄다리기를 벌이며 공동체 두레의식을 다지던 이 마을축제도 이제는 볼 수 없는 옛 풍물로 사라져가고 있다.

石)과 솟대를 세워 더욱 신령스럽게 장식되어 있다. 우리나라 마을 곳곳에는 잘생긴 당산나무가 자리잡고 있어서 어느 것이 제일이라는 말조차 꺼내기 힘들다. 그런 중에도 강진과 부안에는 자랑스런 당산나무가 있다. 강진의 청자 도요지가 있는 사당리의 당산나무는 해묵은 가지의 뻗침에 귀기(鬼氣)까지 서려 있는데, 부안 우동리의 저 당산나무는 한 마을의 모든 희망을 끌어안기에 족할 만큼 넉넉한 기품이 서려 있다.

정월대보름이면 우동리 마을 전체가 잔치굿으로 벌이는 줄다리기와 솟대세우기가 행해진다. 이제는 떠난 사람이 많아 격년으로 올려지는데 우리 답사회가 갔던 그해는 줄을 꼬아놓고도 줄을 잡을 사람이 없어 40명의 회원들이 우동리사람들과 한바탕 어울리고 돌아오는 행복하고도 씁쓸한 대보름 답사를 보낸 일도 있었다.

우동리 안마을 저수지 너머로는 조선시대 분청자 가마터가 있다. 세계도자사상 유례가 없는 질박한 아름다움, 서민적 체취의 건강미, 무심(無心)과 무기교(無技巧)의 경지를 보여준 분청자의 한 원산지가 거기다. 15세기 박지분청·조화분청의 듬직한 기형, 튼실한 질감, 대담한 디자인의 물고기그림 들은 여기 우동리에서 제작, 생산된 것이다.

우동리를 나와 개암사로 향할 때 우리는 유천리(柳川里) 황토언덕을 지나게 된다. 그 언덕마루 솔밭에는 작은 기념비, 고려청자 도요지 비석이 세워져 있다. 고려시대의 난숙한 문화를 상징하는 고려청자의 원산지는 강진의 용운리, 사당리와 이곳 부안의 유천리뿐이었다. 그런 중에도 상감청자에 이르러서는 강진보다도 부안이 한 수 위였다는 것이 도자사를 전공하는 이들의 평가다.

개암사의 진입로

우동리에서 유천리로 가는 길에 곰소마을을 지날 때 우리는 차창 밖으로 염전을 볼 수 있다. 값싼 중국 소금이 밀려들어오고 있어 이 염전의 생명이 얼마만큼 더할 것인지 마냥 안타까워지지만 신토불이의 정신이 살아있는 한 지켜지리라는 희망의 안간힘으로 수차를 힘껏 밟는 염전의 아저씨에게 손을 흔들어본다.

곰소마을의 갯가 정취는 안온한 어촌풍경으로 일찍부터 알려졌다. 우리나라 풍경사생화의 아카데미즘을 형성한 목우회(木友會) 회원들이 해마다 사생대회를 갖는 곳이 이곳 곰소마을이다.

곰소를 지나 유천리 언덕을 넘으면 보안면 면사무소가 나오는데 여기서 오른쪽으로 꺾어 남쪽으로 내려가면 줄포와 흥덕을 거쳐 선운사로 들어가게 되고, 왼쪽으로 꺾어 부안 쪽으로 오르는 북쪽길을 잡으면 이내 개암사 입구에 당도하게 된다. 요즈음 개암죽염으로 더 유명해진 곳이다.

| **개암사 입구 돌길** |　개암사로 들어가는 돌길과 단풍나무 터널은 눈앞의 성벽을 따라 오르는 길이라 더욱 상쾌한 느낌을 갖게 된다.

　개암사(開岩寺)로 들어가는 길에는 개암저수지 가장자리를 맴돌아가야 하는데 들판을 눈앞에 둔 산속의 호수란 사람의 마음을 더없이 안온하게 다독여준다. 개암사는 아직도 찾는 사람이 적어 주차장이 매우 비좁다. 관광버스는 뒤로 돌릴 자리를 찾기 어려울 정도로 좁은 길 한쪽이다. 그 덕에 개암사는 아직 사람의 손때를 덜 탄 절이다. 몇해 전부터 새로 터닦기를 시작하면서 예의 20세기 흉물스런 사자석등이 놓이고 요새는 중창불사 기와시주를 받고 있는데 그때 가서는 어찌될지 모르나 아직은 개암사의 저력이 살아있다.

　개암사의 매력은 내소사와 마찬가지로 절 입구의 치경(治景)과 대웅보전(보물 제292호)의 늠름한 자태에 있다. 개암사 진입로는 내소사의 일직선상 전나무숲과는 정반대로 느티나무, 단풍나무가 자연스럽게 포치된 가운데 넓적한 냇돌이 박혀 있는 비탈길이다. 눈앞에는 높직한 돌축대가 시야를 가로막고 우리는 축대 저쪽으로 돌아 대웅보전으로 오르게끔 되어 있다. 돌축대 아래쪽으로는 억새풀과 텃밭이 자리잡고 한쪽 켠은 대밭이 그 속의 깊이를 감춘다.

돌길을 걸으며 개암사로 오르자면 시선이 머무르는 순간순간이 그림이고 사진작품 같다. 실제로 개암사는 사진작가들이 즐겨 찾던 곳이다. 우리나라는 지금도 사(士)와 가(家)를 구분해 쓰고 있다. 사(士)는 기사(技士)로 기술자이고, 가(家)는 예술가의 준말쯤 된다. 건축사와 건축가가 그 대표적 예이며, 사진도 사진사와 사진가—이 경우는 사진작가—로 나뉜다. 같은 사라도 이발사·미용사는 사(師)며, 조각사(彫刻士)·화사(畵士)라는 말은 안 쓴다. 그러나 어디부터가 사이고 어디까지가 가인지는 분명치 않으며 그것의 개념차가 더욱 희미했던 시절이 있었다. 국전(國展)의 사진부문은 항시 사와 가의 혼합각축장으로, 수적으로는 단연코 사가 많았다. 그래도 사는 가라고 주장했다. 그것이 우리 사진예술계의 난맥상을 이룬다.

그래서 우리가 사진작품으로 흔히 보아왔던 것이 바다나 산속에 이유없이 벌거벗은 여자를 세워놓고 찍은 작품들이다. 그리고 작품제목으로 '해심(海心)' '여름의 마음'쯤 붙이면 입선·특선이 되었다.

개암사의 돌축대와 억새풀, 대밭, 새빨간 단풍나무는 그런 사진사에게도 좋은 쎄트가 됐다. 돌담 저쪽에 벌거벗은 여자 하나 세워놓고 찍은 다음 '성벽과 여인' '추정(秋情)'이라고 제목붙이면 될 바로 그런 사진작품의 구도 속으로 우리는 걸어들어가고 있는 것이다.

개암사의 넉넉함

돌길을 걸어 돌축대에 오르면 저 위쪽 돌축대 위로 대웅보전이 울금바

| 개암사 대웅보전 | 울금바위를 배경으로 의연한 자태를 보여주는 대웅전 때문에 개암사의 분위기는 더욱 밝고 힘차게 느껴진다.

위의 준수한 봉우리를 병풍으로 삼아 늘씬하게 날개를 편 모습과 마주하게 된다. 대웅보전의 추녀에는 긴 받침목, 활주(活柱)가 바지랑대처럼 받쳐 있어 그 비상하는 자태가 더욱 시원스럽다. 사방을 둘러보면 하늘이 동그랗게 원을 그리며 주변의 산세는 개암사를 멀리서 호위한다. 그 아늑함과 넉넉함이란!

나는 한 회원에게 물었다. "개암사가 더 좋으니, 내소사가 더 좋으니?" 회원은 대답이 없다. 마치 엄마가 더 좋으냐 아빠가 더 좋으냐는 짓궂은 질문이라는 표정이다. "둘 중 한군데서 살라고 하면 개암사에서 살래, 내소사에서 살래?" 나의 회원은 잠깐 생각하더니 이렇게 대답했다.

"나는 개암사에 살면서 내소사에 놀러 다닐래요."

『개암사지』에 의하면 개암사는 변한(弁韓)의 왕궁터였다고 한다. 그러다 백제 때 묘련(妙蓮) 왕사가 궁전을 고쳐 개암사를 지었다는 것이다. 작은 나라의 궁터가 절터로 바뀌었다는 얘기다.

이것이 또 뒤바뀌어 절터가 궁터로 바뀐다. 백제가 멸망한 뒤 백제 부흥운동이 일어날 때 일본에 가 있던 부여풍(扶餘豊)을 받들어 최후의 항쟁을 벌였다는 주류성(周留城)이 어디인가에 대하여는 충남 한산(韓山)설과 이곳 부안설로 나뉜다. 울금산성을 놓고 위금(位金), 우금(遇金), 우금(禹金), 우진(禹陳) 등 표기가 다양하고, 울금바위의 큰 굴이 백제 부흥운동의 스님 복신의 굴이라고도 하고 원효방이라고도 한다. 어느 말을 믿어야 할지 나도 모른다. 다만 폐망하는 나라의 어지러운 모습만은 역력하다.

내가 확실하게 알고 있는 것은 개암사의 저 아늑함과 넉넉함뿐이다. 그것은 끝끝내 지켜온 소중한 아름다움의 한 현장이라는 사실. 아직도 '미완의 여로' 답삿길은 멀고도 먼데 떠나려야 떠날 수 없는 마음으로 돌축대 한쪽 계단에 주저앉아 왜 내가 답사일정을 이렇게 짧게 잡았던가만 원망하고 있을 뿐이다. 그것은 과거와 현재를 결코 분리시키지 않는 역사의 접력이 아니라 아름다운 자연을 아름답게 경영한 위대한 미학의 강력한 흡입력 때문이다. 그래서 진짜로 아름다운 것은 사람의 혼을 바꾸어놓는다는 말까지도 가능해진다. 지극한 아름다움은 숭고한 이념보다도 더 위대하다고.

1994. 7.

* 나는 사(士)와 가(家)의 차이를 논하면서 건축사, 조각가, 사진사 등을 예시했는데 이발사를 사(士)로 알고 쓴 것에 대해 한 의사선생님이 이발사는 스승 사(師)자를 쓴다는 것을 일깨워주셨다. 이유는 옛날엔 외과의사가 이발사를 겸했기 때문이라는 것이다. 고마운 마음 그지없는데 그 의사선생님 이름을 그만 잊어버렸다. 죄송하고 고맙다는 말씀을 올린다.

미완의 혁명, 미완의 역사

고부향교 / 백산 / 만석보터 / 말목장터 / 녹두장군집 / 황토현

과자의 사회사

답사를 다닐 때면 내 가방에는 으레 캐러멜 한 갑이 들어 있다. 버스가 고속도로로 들어서서 신나게 달릴 쯤이면 나는 이 캐러멜을 꺼내 먹으며 나의 답사를 시작한다. 항시 옆에서 이 모습을 보아온 회원들은 내가 아직도 어린애 티를 못 벗어났다고 놀려대기도 하고, 여행중에는 피로를 풀기 위한 당분섭취가 중요하다며 나름대로 이해하기도 한다. 그러나 그들은 내가 반드시 '오리온 밀크캬라멜'만 사먹는다는 사실은 잘 모른다.

6·25동란 때 세살배기였던 나는 어렸을 때 눈깔사탕과 별사탕을 사먹으며 자랐다. 그것은 일제 식민지시대가 남긴 유산이었다. 전쟁 뒤 구호물자로 가루우유가 쏟아져 들어오면서 우유와 물엿을 섞어 만든 '비가'가 나오자 그것은 나의 어린시절 군것질을 지배했다. 바야흐로 일본의

영향에서 미국의 영향권으로 넘어가는 과정이었다. 그리고 이 비가를 더욱 서구화시킨 것이 오리온 밀크캬라멜이었다. 오리온 밀크캬라멜은 맛과 포장, 즉 내용과 형식 모두에서 모더니즘적 성취를 이룬, 당시로서는 최고급 과자였다. 한국현대미술사에서 추상표현주의운동, 이른바 '앵포르멜운동'이 밀어닥친 것이 1957년이었는데 바로 그 무렵 우리의 문화는 이렇게 바뀌고 있었다.

그러나 내가 항시 오리온 밀크캬라멜을 사먹을 수 있었던 것은 아니었다. 평소에는 눈깔사탕과 비가를 먹고 소풍 갈 때는 이것을 먹을 수 있었다. 엄마는 소풍가방에 도시락과 수통을 넣어주고 바깥쪽 작은 주머니에 꼭 이것을 두 갑 넣어주셨다. 갈 때 한 갑, 올 때 한 갑 먹으라는 말씀과 함께. 그러나 돌아올 때면 항시 그것이 빈 갑으로 남아 있곤 했다. 그때의 향수 때문에 어른 소풍이나 다름없는 답삿길에 나는 오리온 밀크캬라멜을 곧잘 사먹는 것이다.

나의 어린시절에는 여름이면 '아이스께끼' 장수가 하루에도 몇십번씩 동네를 돌아다니면서 "아이스께끼, 얼음과자"를 외치며 아이들을 불러냈다. 가내수공업으로 제조된 이 얼음과자는 아주 여러 종류가 있었는데 그중 부산 석빙고 앙꼬아이스께끼─이것은 지금도 부산 서면로터리에서 사먹을 수 있다─와 대구 보천당 아이스께끼가 최고의 인기품목이었다.

그러나 1960년이 되면 삼강 하드가 나오면서 아이스께끼 시장에도 모더니즘을 불러일으키고 나중엔 전통 얼음과자 시장을 석권하게 된다. 삼강 하드는 아이스께끼를 종래의 얼음식에서 크림식으로 바꾼 값비싼 얼음과자였다. 결국 삼강 하드와 오리온 밀크캬라멜은 대기업이 구멍가게를 점령하는 첫 포격이었다. 이제 과자의 세계는 모더니즘을 구가하며 치열한 상품경쟁의 장이 된다. 1970년대로 들어서는 문턱에서는 라면문화의 탄생과 함께 뽀빠이, 라면땅, 자야, 새우깡이 등장하게 된다. 그러나 이것은 고급 과자는 아니었다. 예를 들어 라면땅—정식명칭은 '땅'인데 흔히는 그렇게 불렀다—은 한 봉지 10원으로 처음엔 23g이었는데 나중엔 10g으로 양을 줄이고 값은 올리지 않았다.

본격적으로 고급 과자가 등장하는 것은 70년대 중반부터이다. 우리 경제의 산업화와 고도성장에 의한 소비문화의 질적 변화가 이때 일어났다. 신흥중산층이 사회적으로 부각되면서 맨션아파트가 우후죽순으로 세워지고 미술계에는 단군갑자 이래 최대의 미술붐이 일어나 화랑계를 형성하게 된다. 모든 소비자가 고급화되어가는 추세에서 과자의 세계는 버터를 많이 넣은 해태 사브레가 등장하면서 아이들의 입맛을 사로잡았다. 사브레는 종래의 깨물어먹는 과자를 침으로 부드럽게 녹이는 방식을 취하면서 인기를 얻었던 것이다.

냉장시설의 보급이 대중화되면서 얼음과자 시장은 치열한 경쟁을 벌였다. 크림식 아이스께끼인 누가바와 쵸코바, 얼음식인 캔디바와 쭈쭈바에서 최근의 혼합식인 메로나에 이르기까지 해마다 신상품이 선을 보였다. 과자의 시장은 유례없이 다양해졌고 아이들 군것질의 선택폭이 넓어졌다. 컬러텔레비전의 대중보급과 함께 상품광고는 무자비하게 공격을 해대고 있다. 결국 아이들의 입맛을 일정한 상태로 놓아두질 않는 것이다. 과자맛의 변화는 이 시대의 부박한 세태를 증언하듯 급속하게 일어났다 급속하게 사라진다. 복식에서도 캐주얼이 큰 인기를 얻고 있지만 이상스러울 정도로 백명이면 백명이 제각기 다른 옷을 입고 있는 세상이 되었다. 이것을 문학과 예술, 인문·사회과학에서는 포스트모던 현상이라고 말한다.

과자 세계의 변화를 보면서 나는 나의 어린시절이 비록 궁핍한 것이기는 했지만 요즘 아이들보다 훨씬 정감있고 안정된 정서가 배어 있었다는 생각을 갖게 된다. 그 이유가 무엇일까? 그것은 아마도 뿌리깊게 내려온

전통사회의 저력이 아직도 건재했던 시절의 건강성일 것이다.

맛의 변화, 길의 변화, 의식의 변화

과자맛의 변화란 곧 생활문화의 변화를 의미하며 나아가서는 취미의 변화, 의식의 변화까지 의미한다. 해방 후 우리 사회가 서구화·근대화라는 모더니즘의 세례를 받고 급기야 포스트모던으로 전환하기에 이르기까지, 즉 나무상자에서 꺼내 팔던 얼음과자를 사먹던 세대에서 메로나세대까지 오는 사이에 가장 큰 의식의 변화를 보여주는 것은 향촌사회에 대한 정서이다. 얼음과자 세대는 그가 비록 도회인이라 해도 시골, 고향, 농촌 등의 개념 속에 내재한 전통사회의 체취를 체감할 수 있는 삶과 교육이 있었다. 그러나 메로나 세대로 들어오면 시골에 살면서도 그것을 가질 수 없게끔 되어가고 있다.

답사에서 돌아오는 길이면 나는 회원들과 마이크를 돌려가며 답사소감과 함께 가장 감명깊었던 것 꼭 하나씩만 말하기로 하며 경험을 공유하는 시간을 갖곤 한다. 그런데 근래에 들어와서는 "보리이삭이 팬 것을 처음 본 것이 가장 감동적이었다"는 식으로 말하는 젊은 세대가 부쩍 늘어났다. 이미 그들의 머리와 가슴속에 간직하고 있는 땅, 길, 곡식, 꽃나무 등의 관념들이 나와는 점점 먼 거리에 있게 된 것이다.

그 변화는 길에서도 마찬가지이다. 같은 길이라도 70년대 이전은 말할 것도 없고 80년대 초와 90년 초는 너무도 다르다.

내가 처음으로 갑오농민전쟁의 현장을 답사한 것은 1981년 초봄이었다. 그 당시 만석보터, 말목장터, 황토재, 녹두장군집으로 이어지는 길들은 비포장 황톳길이었다. 때마침 봄비가 부슬부슬 내리자 황토는 진흙이 되어 자동차 바퀴에 더께째로 들러붙는 바람에 버스는 연신 미끄러지기 바쁘고 좀처럼 구르지를 못했다. 그날 버스기사가 내게 퍼부은 불평과 투정은 내가 평생 받을 양의 두배도 더 되는 것 같다. 하기야 시속 5킬로 미터도 낼 수 없어 차로 10분 거리를 한시간 걸렸으니.

1987년 이후 이 길은 완벽하게 포장되었다. 녹두장군집에서 황토재를 가자면 말목장터를 돌아서 가야만 했다. 거기를 지르는 길은 키 큰 포플러가 양옆에 늘어선 신작로길이 어느만치 뻗어 있었으나 반도 못 가서 끊어지고 겨우 경운기나 다닐 농로였다. 그 길을 지금은 2차선 아스팔트 길로 반듯하게 밀어놓았다. 전에는 40분 잡아야 되는 길이 10분 거리로 된 것이다. 결국 농민전쟁의 현장을 답사하는 일정이 전에는 그것만으로 하루를 잡아야 했지만 이제는 나의 '미완의 여로' 끝에 한나절이면 돌고 도 남는 편리함이 생긴 것이다. 그러나 길의 변화로 인하여 농민전쟁의 현장을 찾아가는 답사는 날이 갈수록 그 체감의 강도와 감동의 폭이 낮아지고 좁아진다. 하물며 메로나 세대가 아스팔트길을 따라 후닥닥 휘둘러보면서 무엇을 어떻게 느낄 수 있겠는가.

5년 전의 얘기다. 꽃샘추위 바람이 모질던 그날 답사객 중 한명은 그 바람이 싫다며 만석보터에서 내리지 않고 차창 밖으로 멀끄러미 바라만 보고 있었다. 나는 그날 그를 답사회에서 제명시켰다. 3년 전 늦가을 눈발조차 날리던 쌀쌀한 날 나의 학생들을 데리고 여기에 왔을 적에도 차 안에서 내리지 않는 자들이 있었다. 화도 나고 신경질도 나고 괘씸하기도 해서 달려와 빨리 내리라고 했더니 "샌님여, 거기 뭐 볼 꺼 있는데예?"라는 것이었다. 나는 그만 '졌다'는 생각이 들었다. "그래, 네들은 여기서 수다나 떨어라" 하고 나는 듯이 비석 쪽으로 달려갔다. 모르는 자, 느낄 의사가 없는 자에게 배들평야의 들바람이란 고역일 수밖에 없을 것이라고 생각했다. 그러나 꼭 그런 것만은 아니었다. 역사적 거리라는 것이 있었다.

나는 작년에 한국현대미술사를 가르치면서 70년대의 정치적 상황을 설명하는데 학생들이 '긴급조치' '동아일보 광고사태' '조선투위·동아투위' 등을 전혀 알아듣지 못함을 보고 얼마간 화가 났었다. 그러나 나중에 생각해보니 나의 수강생들은 1974년 바로 그해에 태어난 아이들이었다. 나로서는 엊그제같이 생각되지만 그들로서는 내가 일제시대의 청결검사 따위를 생각하는 것만큼 멀고 체감할 수 없는 거리에 있었던 것이다. 더욱이 그들은 빈 들판에 서려 있는 향촌의 정취를 알지 못하니 그 들바람이 싫을 수밖에 없었던 것이다.

걷는다는 미덕과 문학의 힘

농민전쟁의 현장에 대한 답사는 역사탐방길이다. 거기에는 문화재가 아무것도 없다. 있을 리도 없다. 산이 있는 것도 아니고 강이 있는 것도 아니다. 수려한 풍광을 찾거나 기대하는 자는 여기에 올 필요가 없다. 오직 드넓은 들판과 바람, 언덕 위의 솔밭과 시뻘건 황토만 있을 뿐이다. 호남의 황토 중에서도 가장 붉은 빛깔을 많이 머금은 황토, 특히나 초봄에 갈아엎은 밭고랑의 뒤집어진 흙들이 아침이슬을 머금어 홍채를 토하고 있을 때 우리는 100년 전 농군의 가슴에 조금은 다가설 수 있게 된다.

농민전쟁의 현장 답사에서 그 역사의 체취, 향토의 체취를 만끽하기 위해서는 걷는다는 미덕을 발휘해야 한다. 걷는 것만큼 인간의 정신을 원시적 건강성으로 되돌려주는 것이 없다. 그 미덕을 살려 나는 곧잘 녹두장군집에서 황토재까지 십릿길을 회원들과 걷는다. 버스는 황토현 전적기념관 주차장에서 만나기로 하고 우리는 황토를 걸으면서 시골서 자란 이가 있으면 보릿대를 꺾어 보리피리를 불어보게도 한다. 납작한 토담집을 지날 때면 지붕 너머로 널려진 세간살이를 넘겨보면서 무엇이 우리와 같고 무엇이 우리와 다른지를 함께 살펴보기도 한다. 가난하게 생긴 꽃밭에 피어난 분꽃과 달리아를 보면서 초등학교 때 가꾸던 학급 화단도 생각해본다. 그것은 동시대 같은 땅에서 다른 삶을 살고 있는 그네들의 궁핍한 양태를 동포애로서 바라보는 계기가 되는 것이다.

그러나 답사의 일정에 그만한 여유가 없을 때면 나는 호소력있는 해진 목소리의 소유자를 골라 김지하의 「황톳길」을 낭독하게 한다. 그럴 때면 문학의 효용성과 위대함을 새삼 모두가 느끼게 된다.

> 황톳길에 선연한
> 핏자국 핏자국 따라
> 나는 간다 애비야
> 네가 죽었고
> 지금은 검고 해만 타는 곳
> 두 손엔 철삿줄
> 뜨거운 해가
> 땀과 눈물과 모밀밭을 태우는
> 총부리 칼날 아래 더위 속으로
> 나는 간다 애비야
> 네가 죽은 곳
> 부줏머리 갯가에 숭어가 뛸 때
> 가마니 속에서 네가 죽은 곳
> (…)

고부향교의 은행나무

1894년, 갑오년 농민전쟁의 진원지인 옛 고부땅(지금 정읍시 고부면·영원면·이평면, 부안군 백산면, 고창군 부안면)의 답사는 농민봉기의 진행과정을 더듬어갈 때 더욱 의미있게 된다. 그러나 길의 맥락이 꼭 그렇게 되지 않으므로 왔던 길을 다시 돌아오지 않으려면 고부관아터→백산→만석보터→말목장터→녹두장군집→황토현 전적기념관 순서로 답사하든지 백산부터 시작해서 고부관아터로 끝맺는 방법이 무난하다.

부안 변산이나 고창 선운사 입구에서 하룻밤을 묵었다면 그 첫번째 답사처는 포악한 군수 조병갑의 고부관아를 찾아가는 일로 시작된다.

고부관아 자리에는 고부초등학교가 들어서 있다. 관아터는 주춧돌조차도 없다. 그 대신 학교 담과 맞붙어 있는 고부향교가 있어서 그 옛날을 회상하는 계기를 부여해준다. 향교 입구에는 홍살문이 어엿하고 명륜당도 복원되어 어느 지방의 향교보다도 대접을 잘 받고 있는 셈이다. 농민전쟁 답사지로 외지인들이 모여드는 바람에 누린 복일지니 농민전쟁 덕이 엉뚱하게도 향교에 떨어진 셈이다.

고부향교의 대성전은 언덕을 바짝 타고 올라앉아 있다. 거기로 오르는 돌계단이 사뭇 가팔라 치마 입은 여자는 오를 생각도 못하게 하는데 그 돌계단 양옆에 서 있는 늠름한 은행나무 한쌍은 그렇게 듬직스러울 수가 없다. 어디에나 향교에는 은행나무가 있다. 그중 서울 성균관의 명륜당 앞에 있는 은행나무, 경기도 광주군 춘궁리에 있는 향교의 은행나무와 함께 이 고부향교 은행나무는 3대 명물로 지칭할 만한 품위가 있다. 수령도 족히 600년은 된다. 특히나 늦가을 은행잎이 향교 마당에 가득 깔릴 때면 이 시골의 옛 학교는 농민전쟁의 상처보다도 차라리 옛사람이 살던 삶의 방식에 향수를 느끼게도 해준다.

고부향교를 나와 고부초등학교 정문 쪽을 기웃거리면 빨간 벽돌의 거대한 창고건물이 한눈에 들어온다. 나는 이 건물이 무엇하는 곳인가를 동네분들에게 여러 차례 물었지만 번번이 "내 알감?"이라는 퉁명스런 대

| **고부향교** | 대성전 양옆에 서 있는 해묵은 은행나무가 이 옛 고을의 위용을 전해준다.

답만 들었다. 내가 꼭 알고 싶은 이유는 그것이 현대판 조병갑의 창고처럼 생겨서가 아니다. 건물 측면에 반듯하고 굵고 크게 '재건'이라는 흰 페인트 글씨가 눈에도 선명하게 씌어 있기 때문이다.

'재건'이라! 5·16군사쿠데타 이후 우리는 얼마나 재건 소리에 시달려왔는가. 재건체조, 재건복, 재건담배, 양아치 재건대, 재건빵…… 어느 시골에는 그 무렵에 문을 연 재건이발소가 지금도 건재하다. 그 재건의 유적이 여기에 이렇게 남아 있는 것이다. 이것은 잊혀져가는 1960년대의 역사를 가장 극명하게 보여주는 유적인지도 모른다. 어쩌면 최소한 지방문화자료로 지정하여 변치 않게 보존해야 할 것인지도 모른다. 메로나 세대는 물론이고 누가바 세대, 라면땅 세대는 이 우렁찬 말뜻을 알지 못하고 암만 설명해야 이해는 할지언정 체감은 못하는 역사유물인 것이다.

1989년 초봄, 나는 한 무리의 미술인·문학인을 인솔하여 이곳을 답사

| **고부초등학교의 벽돌집** | '재건'이라는 구호가 선명하여 60년대의 재건문화를 알려주는 유적이 되고 있다.

한 적이 있다. 신동엽 시인의 부인인 인병선 여사가 '예술마당 금강'을 개관할 때 그 개관기념전은 내가 기획한 '황토현에서 곰나루까지'로 열렸다. 그 전시회를 위한 답사였던 것이다. 그때 나는 함께 온 정희성 시인과 함께 이 붉은 벽돌집 재건 글씨를 음미하러 가까이 갔더니 벽에는 갱지에 구호를 써서 붙인 것이 여러 장 있었다. 그 구호를 나는 아직도 기억하고 있다.

　　못내 못내 절대 못내!
　　부당 징수 물값 못내!

이것은 그해(1989) 여의도 농민집회로 연결된 물값 항쟁의 구호였다. 100년 전이나 지금 이 시절이나 농투성이를 괴롭히는 물값의 원한은 그렇게 살아있었던 것이다.

백산에 올라

고부에서 부안 쪽으로 곧장 올라가면 그 유명한 백산(白山)이 나온다. 이 지역엔 백산과 백산면이 두 곳 있는데 하나는 김제시 백산이고 또 하나가 이 부안군 백산이다. 언덕에 지나지 않는, 높이 47미터의 이 둔덕이 김제만경평야·배들평야에서는 어엿한 산으로 대접받고 있다. 나보다 훨씬 전에, 농민전쟁을 말한다는 것 자체를 불온시하던 시절에 이 전적지를 답사했던 선배들 얘기로는 백산을 찾는 데 무척 힘들었다고 한다. 지도상으로 보거나 멀리서 볼 때는 분명 여기에 산이 있는데 와보면 산이 없어지고 사방을 또 헤매다보면 지평선 위로 볼록한 산이 있어서 와보면 또 이 언덕밖에 없는 신기루 같은 것이었다고 한다.

그러나 백산에 오르면 동서남북 사방으로 백릿길이 한눈에 조망된다. 그제야 사람들은 47미터 언덕도 산일 수 있다는 사실, 경우에 따라서는 절대평가보다 상대평가가 중요하다는 사실을 알게 되며, 부안·고부·신태인·김제 농민들의 집결지가 왜 백산으로 되었던가, 그리고 왜 여기에 농민군이 진을 쳤던가도 알게 된다. 각 고을 사람들이 확실한 표적으로 삼을 수 있는 곳이 백산이며, 여기서는 관군이 쳐들어오는 것을 미리 알아챌 수 있다는 지형상의 이점이 있다는 사실도 곧 알게 된다.

1894년 1월 10일, 고부관아를 때려부순 녹두장군의 농민군들은 이곳으로 와서 전열을 가다듬었다. 그리고 남쪽으로 내려가 무장의 손화중 농민군과 합세한 다음에는 3월 25일 다시 이곳 백산에 모여 보름 뒤 관군과 맞붙을 전쟁채비를 하고 있었다. 그때 농민군들이 쌓은 토성이 백산토성이다. 그러나 백산토성은 백산의 채석장으로 다 갉아먹고 없다. 산이 없어 돌이 귀한 이곳에 채석장이 생겨 몇십년째 백산은 부서지고 바스러져 북쪽 기슭은 낭떠러지로 되고 말았다. 모르긴 해도 백산의 7분의 1은

| **배들평야의 지평선** | 드넓은 배들평야는 멀리 반듯한 지평선을 그으며 아득히 사라지는데 지평선 왼쪽으로 볼록 솟은 것이 백산이다.

이미 산이 아니라 허공에 떴다. 뜻있는 사람들이 이 채석을 금지시키려고 무던히 노력했다. 국회 문공위에서까지 이 문제가 거론되기도 했다. 그러나 채석장의 다이너마이트와 정을 치는 소리는 지금도 사라지지 않는다.

백산은 농민전쟁 이후 "서면 백산(白山) 앉으면 죽산(竹山)"이라는 말이 생겼다. 죽창을 든 농민군이 일어서면 흰 농부복으로 가득하고, 앉으면 대창만 꼿꼿해지므로 생긴 말이라고 한다. 그런데 오지영의 『동학사』를 보면 이 말을 "입즉백산(立則白山) 좌즉죽산(坐則竹山)이라는 비결(秘訣)이 맞았다"라고 하며 "이는 본래 백산과 죽산이 남북에 있음을 말하는 것이다"라는 부기가 적혀 있다.

나는 왜 이 말이 '비결'이었는가를 오랫동안 이해하지 못했다. 그러다 김제 벽골제에서 한 할아버지 얘기를 듣고 알았다. 부안 백산면 위쪽(북쪽)은 김제시 죽산면으로, 죽산면에는 죽산이 있는데 모두 일망무제의 들판에 있는지라 김제에서 논둑에 앉아서 보면 죽산만 보이는데 일어서면 백산이 보인다고 해서 생긴 말이란다. 그런데 결국 백산 자체가 그 말을 받아가게 됐으니 예언이자 비결이었던 셈이다.

동학과 기독교

1986년 초여름이었던 것 같다. 나는 광주의 이태호 교수가 이끄는 답사팀과 백산에서 만나 합세하기로 하고 서울을 떠났다. 그때의 농민군들이 모이는 기분을 낸 그럴듯한 약속이었다. 우리는 그날 하루 배들평야를 함께 돌면서 정말로 뜻있고 즐거운 한때를 보냈다.

이태호의 광주답사팀이 백산에 먼저 당도하여 울긋불긋 오색으로 물들인 것을 보고 백산에 오르면서 우리는 때마침 저 위쪽에서 하얀 치마 저고리를 입은 흰머리의 할머니가 우리 쪽으로 향해 내려오는 것을 만났다. 회원들은 가벼운 탄성과 함께 사진 찍기 바빴다. 백산에 꼭 어울리는 패션이고 백산에 꼭 어울리는 모델이었다. 그 모델의 패션을 보면서 답사객들은 동학농민군을 연상했던 것이다. 나는 기왕이면 본토 사투리의 생생한 음향효과를 낼 요량으로 할머니께 말을 걸었다.

"안녕하세요. 할머니 여기가 백산 맞지요?"
"맞지라우. 근데 으디서 왔당가?"
"서울서요."
"서울서요잉, 뭐땀시 왔능가?"
"옛날 농민군이 모였던 곳이라서요."

"농민군이라구. 잡을 소리 하덜마."

나는 즉시 후회했다. 그때의 상처, 역적으로 몰렸던 농민군 후예들의 아픔을 보는 것도 같았다. 그래서 금방 말을 돌렸다.

"농민군이 아니라 동학군, 아니 동학패들이 여기에 올랐었지요."
"쓰잘데없는 소리 말어. 그나저나 학생들인가?"
"예, 일요일이라 답사온 거예요."
"에구, 안됐구먼. 배웠다는 사람들이 쯧쯧. 주일인디 교회는 앙 가구."

백산에 올라 주위를 살피면 북쪽으로 김제, 서쪽으로 부안, 남쪽으로 고부, 동쪽으로 신태인 마을들이 한눈에 들어온다. 사뭇 먼 거리라 집들은 납작하게 낮은 포복을 하고 있지만 낮은 지붕 위로 우뚝하니 솟은 것은 모두 교회당들이다. 그것도 한두개가 아니다. 나의 미술사적 안목으로는 고딕식, 로마네스끄식, 바질리까식들이 몇개씩 첩첩이 겹쳐 있다. 동학이 그렇게 셌다는 이 마을들을 지배하고 있는 종교이념은 기독교로 완벽하게 바뀐 것이다.

세계에서 인구에 비해 가장 많은 교회를 갖고 있는 도시는 군산시라고 기네스북에 올라 있다. 그리고 기네스북에 항목이 없어서 못 오른 기록으로는 단일건물 안에 교회당이 많기로는 한동안 서울 대치동 은마아파트 상가건물에 14개 있는 것이 최고이다. 그리고 마을단위로 치자면 신태인, 부안, 백산 등은 어디가 1위를 할지 막상막하이다. 동학과 서학(기독교)은 원래 대(對)를 이루는 것이 아니었던가? 서학과 서세(西勢)가 판을 치게 되는 것을 보고 전통사상 유불선(儒佛仙)을 합쳐 동학을 세웠다고 배우고 외워서 사지선다형의 시험이라면 그렇게 쓴 항목에 ○표를 해야만 하지 않는가? 그들이 동학군이었다면, 동학이 서학의 대개념이라면 어떻게 이런 역전이 가능했을까? 나의 오래고 오랜 의문이었다. 나는 이 문제를 동학의 교주 최제우(崔濟愚, 1824~64)가 지은 『동경대전(東經大全)』의 「논학문(論學文)」을 읽고서 감을 잡을 수 있었다.

경신년(1860)에 접어들어 전하여들은 소문에 따르면, 서양사람들은 하느님을 위하는 마음으로 부귀를 추구하지 않고 천하를 정복하여 교당(教堂)을 세우고 그들의 종교를 편다고 한다. 그러므로 나도 과연 그럴까, 어찌 그럴 수 있을까 의심스러웠다. 뜻밖에도 이해 4월 어느 날 나는 마음이 아찔아찔하고 몸이 부들부들 떨렸다. (…) 이 순간에 어떤 선어(仙語)가 문득 들려왔다. 나는 소스라쳐 일어나 캐어물었다.

"무서워 말고 두려워 마라! 세상사람들이 나를 상제(上帝)라고 부르는데, 너는 상제도 알지 못하느냐!"

라고 하느님은 말했다. 나는 하느님이 이렇게 나타나시는 까닭을 물었다.

"(…) 너를 이 세상에 나게 하여 이 법(法)을 사람들에게 가르치려고 한다. 부디 내 이 말을 의심하지 마라!"

라고 하느님이 대답했다.

"그러면 서교(西教)로써 사람들을 가르치려고 하십니까?"

라고 나는 다시 물어보았다.

"그렇지 않다. 나는 영부(靈符)를 가지고 있는데, (…) 이 영부를 받아 사람들을 질병으로부터 구해주고, 나로부터 주문(呪文)을 받아 사람들을 가르쳐서 나를 위하게 하여라!"

라고 하느님이 대답하였다.

한마디로 말하여 동학은 서학을 주체적으로 수용한, 즉 기독교의 동도서기 내지 서도동기식 변형이었다. 한울(天主)님을 내세우는 것, 회당(會堂)을 짓고 거기에 모이는 것, 21자의 주문(主祈禱文)을 외우는 것…… 최제우의 말대로 도(道)는 같고 이(理)만 다른 것이다. 그러니까 서학과 동학은 대개념이라기보다 유사개념이고 그로 인하여 서세의 흡입력 속에 거부감 없이 빨려들 수도 있었던 것이다.

만석보터의 들바람

백산에서 내려와 이제 우리는 만석보터로 향한다. 백산에서 신태인 쪽으로 가다가 이평으로 향하면 뚝방 위로 비석이 보이는데 거기가 만석보터이다. 그 이상의 길잡이 설명은 불가능하다. 왜냐하면 여기는 그저 들판일 뿐 길잡이로 삼을 건물이 없다.

모악산에서 발원한 태인천과 내장산에서 발원한 정읍천이 여기 만석보터에서 만나 동진강을 이루면서 제법 큰 내가 되어 백산 쪽으로 유유히 흘러간다. 강줄기를 따라 시선을 서쪽으로 향하면 아득히 먼 곳에 반듯한 지평선이 가물거리고 거기에 사발을 엎은 듯한 형상으로, 또는 신라의 고분처럼 볼록하니 백산이 얹혀 있다. 우리나라에서 반듯한 지평선을 볼 수 있는 곳은 여기뿐이다. 아, 우리나라에 이렇게 넓은 들판이 있다는 것이 너무도 고맙고 신기하고 자랑스럽다. 여기가 배들평야 한복판이며 만석보는 이 들판에 물 대주는 작은 댐이었다. 그러나 보(洑)는 벌써 오래전에 사라졌고 강물은 점점 말라만 간다.

배들평야는 이평(梨坪)면에 있고 또 요새는 배들보다도 이평이라고 더 많이 부른다. 그래서 사람들은 한자를 풀어서 옛날엔 배밭이 많던 들판이라고 해석하고는 한 터럭 의심을 갖지 않는다. 나 역시 마찬가지였다. 그러나 여기에 어디 배밭이 있게 생겼는가. 한국사의 일대 전환의 계기를 제공한 만석보가 배밭에 물주기가 아니었잖은가? 나는 이 중대한 의문을 1986년 이태호의 답사팀과 함께 이 자리에 왔을 때 그의 해설을 듣고 풀 수 있었다.

"여기는 배들평야, 이평입니다. 배밭이 많아서 이평이 아니고 배가 여기까지 드나들었다고 해서 그냥 배들이라고 불렀는데 일제 때 지적도를 만들면서 면서기가 그 뜻은 모른 채 이평(梨坪)으로 적은 것이 지금껏 그대로 내려온 것입니다. 굳이 한자로 말하자면 선입(船入)이 되는 것이죠."

그때 광주팀들은 나에게도 뭔가 한마디 하라고 요구했다. 나는 할 얘기가 없다니까 우스갯소리라도 해달라고 했다. 그렇다면 내가 할 얘기가 있었다.

"여기 있는 비석은 1973년에 동빈 김상기 선생이 주도한 동학혁명 기념사업회에서 세운 것으로 전주의 서예가인 강암 송성룡 선생의 글씨입니다. 그리고 저 알루미늄판은 나라에서 세운 것이고요. 두 개를 비교하면 확실히 민이 하는 일이 관의 일보다 여유있고 풍성한 맛과 자연스러운 변화가 있습니다. 반면에 관은 주위 경관의 배려라는 예외가 없이 획일적으로, 즉 감사에 걸리지 않게 하는 경향이 있지요. 어디서나 보는 예의 안내판 그대로입니다. 그 대신 관에서 한 것은 정확하고 민에서 만든 것은 세부에서 잘못된 것이 많습니다.
예를 들어 관의 안내판에는 오자가 없는데 민의 비석에는 그 몇자 안되는 비문 가운데도 오자가 많습니다. 여기 보면 '보(洑)를 막고'라고 쌍기역 받침을 했거든요. 아마도 '꺾다' '깎다'가 쌍기역이니까 막다도 부지불식간에 쌍기역 받침을 했나봐요. 아니면 '강력하게 막다'라는 뜻으로 '맊다'가 됐는지도 모르죠. 그것은 애교일 수 있습니다.

　문제는 관의 획일성입니다. 송성룡 선생은 이 유허지 비의 앞면을 '만석보유지비(萬石洑遺址碑)'라고 썼습니다. 이 글자 속에 남길 유자는 없어도 되는 것이지만 그것을 삽입한 데는 심오한 뜻이 있는 것입니다. 폐허에는 본래 지(址)자만 쓰는 것이 보통이어서 백산성터는 성지(城址)이고 변산의 실상사터는 실상사지이듯이 만석보터는 만석보지가 됩니다. 그러나 이렇게 써놓으면 소리내서 발음하기가 매우 힘듭니다. 잘 끊어 읽어야 하는데 가운데를 끊어도 말이 되거든요. 그래서 '유'자를 하나 더 넣은 것입니다. 그러나 관의 일이란 이런 예외가 없거든요.

　그냥 '만석보지'가 되는 것이고 그것도 한글로 꽉 박아버린 것이죠. 이럴 땐 '만석보터'라고 쓰면 되겠건만 그 글자 하나 바꿀 수 없는 것이 관의 생리입니다."

사람이건 자연이건 유물이건 그것의 첫인상이 가장 강하게 남는다. 1981년 초봄, 만석보터 뚝방에 처음 왔을 때 그때의 강렬한 인상을 나는 지금도 잊지 못한다.

　만석보터에는 사시장철 들바람이 세차게 일어난다. 일망무제 만경창파라고 했으니 한번 일어난 회오리바람을 막을 산이나 나무가 없다. 홀연히 일어나는 들바람은 들판을 휘감고 돌면서, 초여름이면 갓 모내기한 논의 어린 벼포기들이 일렁이는 논물에 잠겼다 일어나는 율동을 일으키고, 늦가을이면 누런 벼이삭들이 어깨동무한 채로 긴 곡선을 그어간다. 내가 처음 당도한 그날은 때늦게 놓은 쥐불이 들바람을 타고 빨간 불꽃

| **만석보 유허비** | 내장산에서 발원한 정읍천과 모악산에서 발원한 태인천이 만나 동진강을 이루는 자리에 있던 댐(狀)이 농민전쟁 봉기의 도화선이 되었다.

을 사르며 파란 연기를 봉화처럼 올리고 있었던 것이다. 나는 그 파란 연기가 저 멀리 지평선으로 사라질 때까지 바라보면서 배들평야의 들바람에는 살 속까지 저미는 영기(靈氣)가 있다고 생각했다. 그 배들평야의 들바람을 가장 잘 그린 화가는 임옥상이었다. 그러니까 그의 명작 「들불」은 상징주의 수법으로 비치지만 반 이상이 리얼리즘이었던 것이다.

말목장터 감나무

만석보터에서 이평면사무소 소재지까지는 차로 10분도 채 안 걸린다. 배들평야를 가로질러 예동마을을 지나면 이내 세 갈래 길이 나오는데 여기가 마항(馬項), 말목장터다. 서산의 마방(馬房), 서울의 말죽거리 등과 함께 말의 쉼터 시설을 갖춘 장터였다. 그러니까 꽤 큰 장터였던 것이다.

| **임옥상의 「들불」** | 들바람과 들불을 상징적 수법으로 그린 그의 작품은 사실상 반은 리얼리즘적 성격을 띠고 있음을 여기 오면 알게 된다.

1894년 1월 10일, 고부 농민들이 데모하여 쫓아낸 조병갑이 손을 쓰고 술수를 부려 다시 고부군수로 부임한 그 이튿날 농민들은 녹두장군의 지도하에 바로 이 말목장터 감나무 아래 모여 고부관아로 쳐들어갔다. 그것이 곧 갑오농민전쟁의 첫 봉화였던 것이다.

지금 이평면사무소 맞은편에는 큼직한 정자가 있고 그 뒤로는 늙은 감나무가 한 그루 있으며 문화재 안내판도 세워졌다. 정자와 안내판은 모두 100주년 행사가 열리면서 답사객이 부쩍 늘자 세운 것이고 몇해 전만해도 예비군 중대본부 건물의 뒤뜰이었다.

100주년을 맞아 그 자리를 기리는 뜻이야 백번 잘한 일이겠지만 문제는 이 정자다. 과연 이 자리에 이처럼 거대한 누각을 지어야 했을까? 어쩌자고 농민봉기의 현장에 한가한 양반문화의 상징이 앞을 막는단 말인가? 있어도 부숴버릴 판이 아니었던가. 그러고는 이 정자의 이름을 '삼오

정(三五亭)'이라고 지었다. 삼강오륜에서 따온 것이란다. 농민전쟁 100주년 행사로 누구보다 바쁘고 열성적인 이이화 선생은 이 한심한 이름을 좌시할 수 없어 안된다고 항의하며 '말목정'으로 바꾸게 했단다. 그런 중 다행이지만 정말로 추모와 기념의 뜻이 있었다면 빈터로 놔두었으면 그것으로 만점인 것이었다.

이제는 말목정이 있어서 누구나 말목장터 감나무를 쉽게 찾지만 80년대 초에는 이 숨어 있는 감나무가 눈에 잘 들어오지 않았다. 나에게 여기가 말목장터임을 알려준 것은 오직 삼거리 모퉁이에 있는 말목다방뿐이었다.

'말목다방'이라. 나는 말목다방 주인아주머니의 이 정직한 작명에 같은 민으로서 감사에 감사를 드린다. 우리나라에 다방, 담뱃가게, 약국 셋 중에 어느 것이 많으냐는 질문이 있을 정도로 곳곳에 다방이 있다. 지방에 있는 다방 이름을 보면 재빠른 상업주의가 만연하면서 가장 많은 것이 약속다방이고 그 다음은 88다방이다. 70년대만 해도 서정주의가 살아 있어서 가장 많은 것이 길다방, 그 다음이 정다방, 그 다음이 별다방이었다. 그런 중 '말목다방'이라는 민족적이고 역사적이고 향토적이고 리얼리즘적인 이름이, 그것도 이 아득한 촌구석에 남아 있음에 어찌 감사하지 않을 수 있겠는가.

내가 본 말목장터의 풍경 중 가장 인상깊었던 것은 '기호 3번 김대중' 후보가 결국은 낙선하고 마는 1987년 12월 어느날 대통령 유세전이 한창일 때였다. 그때 갑자기 각 신문마다 정부에서 발표한 희한한 보도를 큼직하게 실었다. 요지인즉, '전봉준장군 유적정화사업'이 마무리단계에 들어갔다는 기사 같지 않은 기사였다. 아마도 전라도 표심을 위하여 정부 여당에서 선심성 발표를 한 것 같은데 무슨 근거가 있어 이런 기사가 나왔을까 궁금하였다. 나는 그 궁금증을 참지 못하여 또 여기를 찾아왔

| 말목장터 감나무 | 1894년 1월 10일 고부봉기의 현장을 증언하는 것은 오직 이 한 그루 감나무뿐이었다. 100주년을 맞아 세운 말목정이 오히려 거추장스러워 보인다.

다―지금 생각하면 나는 어지간히 할 일 없는 사람(실제로 당시 나는 실업자였다)이거나 궁금한 게 있으면 풀어야지 그러지 않으면 큰 병이 날 사람이라는, 한마디로 정상은 아니었던 것 같다. 와보니 말목장터 감나무와 이평면 예비군 중대 건물에 가로 걸쳐 매어단 '기호 3번 김대중' 플래카드가 동학농민군의 현대판 설치미술처럼 장하게 나부끼고 있었고 이 희한한 기사에 대해서는 전두환 대통령과 녹두장군 전봉준이 같은 종씨라 전씨집안 위선(爲先)사업으로 이 사업이 진행되었다는 이야기를 전해 듣게 되었다.

전두환 대통령의 위선사업

박정희 대통령은 19년 재임기간에 무수한 문화재의 복원을 명할 정도로 여기에 관심이 많았다. 그런데 그 관심을 전문가에게 맡긴 것이 아니라 자신의 안목과 생각으로 지시하여 지금도 돌이킬 수 없는 많은 상처를 남겨놓았다. 그러나 전두환 대통령은 그런 일이 없었다. 그래서 나의 문화유산답사기에서 위정자에 대한 비판이 주로 박정희 시절에 가해졌던 것이다.

그 대신 전두환 대통령은 곳곳에 자기 조상을 내세우는 위선사업을 벌였다. 그중 대표작이 경남 창녕 영산(靈山)에 세운 '전제(全霽) 장군 충절사적비'와 '전봉준 장군 유적정화사업'이다. 지금도 창녕 부곡온천 가는 길에 볼 수 있는 23층짜리 충혼탑인 '전제 장군 충절사적비'의 설립과정은 한 편의 소설이 되고도 남는다. 전두환의 13대조인 전제라는 인물은 임진왜란 때 도망가다 죽은 것으로 알려져왔는데 어느날 장군으로 이력이 둔갑되면서 충절비까지 세워지게 된 것이다. 그것은 가문을 위한 극진한 마음에서 나온 일이라고 생각해주며 누가 그 20세기 유적에 큰 신경을 쓸 것 같지도 않다.

그러나 전봉준 장군이 전두환의 본관 전주 전씨의 뿌리가 된 천안 전씨라 종씨 현창사업을 했다는 것은 희대의 아이러니가 아닐 수 없다. 차라리 그 대범성에 놀랄 만한 일이다. 그래서 그의 위선사업이 '위선(爲先)'이었는지 '위선(僞善)'이었는지 얼른 판단하지 못한다.

말목다방에서 이평면 장내리 조소마을의 녹두장군집까지는 차로 10여분 거리다. 80년대 초에는 창동마을에 버스를 세우고 거기서 10분 남짓 농로를 따라 걸어들어가야 했다. 그러나 '전봉준 장군 유적정화사업' 이후 조소마을로 들어가는 길은 2차선 도로가 나 있고, 마을 어귀에 넓은 주차장과 유적지마다 있는 예의 화장실이 세워졌다.

본래 녹두장군집은 방, 부엌, 건넌방이 붙어 있는 초라한 초가삼간과 초가흙담으로 둘러진 마당 한쪽에 헛간이 딸려 있는 옴폭한 옛집이었다. 지금도 이 모습은 그대로 보존되어 있지만 정화사업으로 옆집 앞집을 죄다 헐어 2백평 대지에 잔디를 입히고 녹두장군집 안담을 헐어 이어놓으니, 졸지에 큼직한 정원을 갖추게 되었다. 더욱 가관인 것은 문화재 소방도구라고 드럼통을 반으로 자른 물통과 쇠갈고리 들에 소방서 빛깔, 새빨간 색을 칠해 담장 아래 늘어놓은 것이었다. 이것은 이듬해 가보니 헛간에 넣어두고 헛간문을 자물쇠로 채워놓았다. 소방도구를 쇠로 잠근다는 발상이 또한 대단한 것이다.

1987년에는 녹두장군집 옆에 전에 볼 수 없던 큼직하고 반듯한 초가집이 한 채 들어섰다. 안돼도 녹두장군집 세배는 되고 기둥도 깔끔하게 다듬어서 여간 고급스러운 것이 아니다. 누구 기죽일 일 있나 싶어 뭐하는 집이냐고 물으니, 그것은 녹두장군집 유적관리소란다.

녹두장군집은 한동안 전봉준 생가(生家)라고 표기해왔으나 그가 태어난 곳이 아니므로 고가(古家)로 고쳐야 한다고 10년을 두고 사람마다 주장해왔는데 이것은 1백주년 행사를 맞으며 시정되었다. 그러나 나는 내 식대로 항시 녹두장군집이라고 부른다.

녹두장군집에 들르면 나는 툇마루에 걸터앉아 이 불세출의 농민군 지도자의 의연한 모습을 다시 한번 그려보게 된다. 그의 전기와 그를 주제로 한 모든 소설들이 그의 인간상을 영웅적으로 그려놓았고 "새야 새야 파랑새야"에서 파랑새란 곧 팔왕(八王), 즉 전(全)자의 파자라는 설까지 나오고 실제로 지역에 따라서는 '팔왕장군'을 노래하고 있으니 1백년 전이나 지금이나 그를 기리는 마음엔 변함이 없는 것 같다.

그러나 이러한 또다른 영웅사관은 그의 인간상을 파악하는 데 곧잘 방

| 녹두장군집 | 세 칸짜리 낡은 초가집에 콩떡담장이었으나 요즘은 뒤뜰에 널찍한 잔디정원이 생겼다.

해가 된다. 영웅으로 묘사되면 될수록 보통사람은 범접할 수 없는 의지와 슬기가 부각되고 그의 인간적 고뇌와 사랑 같은 것은 약화되기 십상이기 때문이다. 그래서 나는 그의 인간상을 전해주는 두 편의 시를 먼저 생각해보게 된다. 하나는 불과 13살 때 지은 「백구(白鷗)」라는 칠언율시이고, 또 하나는 절명시(絶命詩)이다. 결국 그의 생애 처음과 끝을 보여주는 것이다. 먼저 「백구」를 옮겨본다.

> 스스로 모래밭에 마음껏 노닐 적에
> 흰 날개 가는 다리로 맑은 가을날 홀로 섰네.
> 부슬부슬 찬비는 꿈결같이 오는데
> 때때로 고기잡이 돌아가면 언덕에 오르네.
> 수많은 수석은 낯설지 아니하고

얼마나 많은 풍상을 겪었는지 머리 희었도다.

마시고 쪼는 것이 비록 번거로우나 분수를 아노니

강호의 고기떼들아 너무 근심치 말지어다.

自在沙鄕得意遊 雪翔瘦脚獨淸秋

蕭蕭寒雨來時夢 往往漁人去後邱

許多水石非生面 閱幾風霜已白頭

飮啄雖煩無過分 江湖漁族莫深愁

사물을 보는 시각이 이처럼 섬세하고 신중했던 그였다. 전쟁에 나서기 이전의 녹두장군 모습을 말해주는 증언은 아주 드문데 그가 어린 자식들을 데리고 병고 끝에 먼저 떠난 아내의 무덤을 자주 찾아갔다는 이야기는 그가 애처가였다는 개인사적 일화라기보다는, 사회적 통념을 넘어서서 망자에 대해 끊임없는 사랑을 보여준 인간애로 다가온다. 부인의 묘소는 이제 우리가 찾아갈 황토재 남쪽 언덕 어느메라고 했으니 그의 집에서 십리 떨어진 곳이었다.

결국 그가 체포되어 국사범으로 처형당하기까지 의연히 대했던 수사기록, 속칭 '녹두장군 공초'는 그의 인간적 크기와 의로움을 남김없이 말해주는데 세상을 떠나면서 남긴 절명시에 이르러서는 더욱 그 기상이 의연하여 절로 고개를 숙이게 된다.

때를 만나서는 천하도 힘을 합하더니

운이 다하니 영웅도 어쩔 수 없구나.

민을 사랑하고 의를 바로 세움에 나는 아무 잘못이 없었건만

나라를 위한 일편단심을 그 누가 알아주리.

時來天地皆同力

運去英雄不自謀
愛民正義我無失
爲國丹心誰有知

황토현의 두 유적비

황토재, 요즘은 한자표기로 황토현이라고 굳어버린 이 솔밭언덕은 1894년 농민전쟁의 일대 전기를 이룬 격전장이었다. 고부에서 봉기한 녹두장군의 농민군이 무장으로 내려가 그곳의 손화중부대와 합세하여 백산으로 올라와 진을 치고 있을 때 정부에서는 군산항으로 장위영부대 8백명을 급파하여 1,300명의 보부상부대의 지원을 받으며 농민군 토벌에 나섰다. 신식무기로 무장한 관군과 죽창과 농기구로 맞서는 농민군의 한판 승부란 대학생과 초등학생의 싸움 아니면 사냥꾼과 토끼떼의 대치 같은 것이었는지도 모른다. 그러나 4월 6일 밤 관군을 이곳 황토재로 유인한 농민군은 이튿날 새벽까지 치열한 전투 끝에 승리를 거둔다. 이것은 농민군에게 전투의 불안을 투쟁의 희망으로 돌리게 하는 결정적 계기가 되었고 그 충천한 사기로 황룡강전투와 전주입성까지 이르게 했던 것이다.

황토재에는 그날의 승전을 기리는 기념비가 1963년에 세워졌다. 이름하여 '갑오동학혁명비'. 화강암 기념탑을 세우고 "제폭구민 보국안민(除暴求民 輔國安民)" 여덟 글자를 전서(篆書)체로 모양을 내어 붙이고 양옆으로 비문과 당시로는 보기 힘든 '민중미술' 부조가 설치되고 농민군의 노래 「가보세」와 「새야 새야」를 깊게 새겨놓았다. 탑의 수수한 생김새와 구성이 그럴듯한데 다만 탑 위의 피뢰침이 너무 가난해 보이고, 여덟 글자의 전서체가 너무 유식해서 농민전쟁과 분위기가 맞지 않는데 그 여덟 자를 쓰면서 보(輔)자를 보(保)자로 잘못 쓰는 오기(誤記)도 있다.

그러나 1963년에 동학농민전쟁 기념비가 세워졌다는 것은 참으로 큰 뜻이 있는 것이었다. 63년이 되면 혁명이라는 단어는 5·16혁명 이외에는 함부로 쓰지 못하게 하여 4·19혁명을 4·19의거로 바꾸는 시기였다. 그러나 이 기념탑은 4·19혁명과 함께 계획되어 추진되다가 63년 대통령 선거 때 제막식을 갖게 됨으로써 박정희 대통령후보까지 이 행사에 참여하는 큰 잔치를 벌이게도 되었다. 그 바람에 탑은 무사히 세워질 수 있었다. 그 제막식 행사에서는 행방을 알 수 없던 녹두장군의 따님이라는 분이 소복을 하고 나와 꽃다발을 받는 행사가 있었다고 한다. 훗날 동학농민전쟁 연구자들이 이 녹두장군 따님을 찾아가보았더니 그 할머니는 녹두장군 사후 3년 되는 1897년생으로 그날 행사를 위해 임시 차출됐던 것이라고 한다. 지금 세상사람들은 이해하기 힘든 일이 그때는 이렇게 버젓이 행해졌다는 것을 이해할 줄 알 때 우리 현대사를 이해했다고 말할 수 있는 것이다.

그런 연유로 해서 황토재의 기념비는 언덕기슭에 세워졌고 찾는 이 드물어도 멀리 황토마루 솔밭 너머로 가물거리는 백산을 바라보며 오늘도 그 옛날을 지키고 있다. 훗날 기념탑으로 오르는 길이 수십개의 돌계단으로 정비되어 거기에 앉아 망연히 먼데 들판을 바라보는 것이 동학농민전쟁답사의 가장 한가로운 시간이 된다. 답사의 충만을 위하여 농민전쟁에 바친 시를 낭송해도 여기가 좋고, 소리 잘하는 사람을 불러내어 농부가를 한 곡 들어도 여기가 제격이다. 어쩌다 들바람이 불어와도 만석보터 배들평야의 그것처럼 사납지 않고, 발 아래 황토밭에는 철마다 소채가 재배되고 거기엔 1백년 전과 똑같이 괭이로 밭을 일구고, 흰 수건을 머리에 동여맨 아낙네의 손길과 발걸음이 있어 우리의 시선이 거기에 사뭇 오래도록 머물게 된다. 그런 황토재 풍광을 가장 뜨겁게 노래한 시인은 김지하이고, 가장 담담하게 그린 화가는 김정헌이다.

| **황토현 기념비** | 1963년에 처음 세운 농민전쟁 기념비는 큰 멋을 부리지 않아 여느 기념탑보다도 품위를 갖추게 되었다.

　이 한적한 황토재가 찬란한 기념관을 갖게 된 것은 1983년 전두환 대통령의 유시로 시작된 '전봉준 장군 유적정화사업'이 5년 만인 1987년에 완공되고부터였다. 그 예산은 대단한 규모였다. 주변도로 확장, 포장공사까지 합치면 수백억의 사업이었다. 이로 인하여 삶의 편의가 생겼으리니 그 사업은 고부사람들에게 고마운 사업이었다. 황토현 전적기념관의 기본 구상은 아산 현충사 같은 것을 축소한 형태로, 낮은 돌기와담으로 반듯하게 구획짓고, 기념관 안쪽에 또 하나의 담을 설정하여 엄숙성을 유도한 것, 그리고 전쟁유물 전시장, 초상화 봉안, 동상 및 기념조각의 설치 등 자못 공들인 흔적이 역력하다.

　그러나 모든 일이라는 것이 누가 그것을 하느냐에 따라 그 결과가 천차만별로 된다. 관이 하는 일이었기에 그것은 기존의 전쟁기념관과 같은 틀을 지녔고, 화가·조각가도 관의 안목으로는 자격요건을 갖춘 원로·중

| **녹두장군 초상** | 유화로 그린 녹두장군 초상은 성난 얼굴에
도포를 입은 형상으로 되어 있어 마치 표독스런 양반지주라는
인상을 준다.

진작가로 국전의 운영위원급, 심사위원급에서 택했다. 바로 거기에 문제
가 있었다. 녹두장군의 정신, 농민전쟁의 역사적 의의를 작가의식으로
간직한 분이 아니라 테크닉에서만―그것 자체도 사실 문제있지만―고
려하다보니 결과는 정말로 눈뜨고 볼 수 없는 것이 되었다.

　녹두장군의 초상화를 유화로 그려놓은 것을 보면 전형적인 조선시대
초상화의 의상으로 녹두장군의 얼굴을 사실적으로 그린 것이다. 흰 도포
를 입은 양반 초상 형식이다. 그러나 우리가 알고 있는 녹두장군 초상화
는 서울로 압송될 때 가마 안에서 고개를 돌리며 매섭고 의연한 눈초리
로 이쪽을 노려보는 모습이다. 이 사진은 당시 일본군이 압송하면서 보

| **황토현 전적기념관의 동상** | 내용으로나 형식으로나 도저히 눈뜨고 볼 수 없는 20세기의 전형적인 상투적 기념조형물이다.

도자료로 제공할 사진을 위하여 어느 집 곳간 앞에서 일본군은 빼놓고 찍은 것으로, 사진 찍히는 그 순간에도 자신의 기개를 굽히지 않은 녹두장군의 당당한 모습이었다. 바로 그 얼굴과 양반 복장을 하고 의자에 앉아 있는 모습이 합성된 초상화가 되고 보니 녹두장군은 성난 양반, 표독스러운 양반이 되고 말았다.

　조각은 더욱 가관이다. 맨상투에 두루마기를 입은 동상의 옷주름이 날렵하게 날이 선 것은 조형적 강조를 위한 변형이라고 하자. 그러나 그 뒤로 둘러 있는 돌부조를 보면 농민군의 행렬이 오동통하게 살진 농부들이 소풍 가는 모습으로 되어 있고, 전쟁장면은 어리숭한 원근법으로 유치하기 그지없다. 이 돌부조는 정으로 쫀 것이 아니라 그라인더로 민 것이어서 그 질감이 더없이 보드랍다. 아무리 미술에 문맹이라도 이처럼 유치한 조각을 보면서 한숨짓지 않을 수 없는 금세기 최고의 '문제작'이다. 이 조각을 맡은 분은 작고한 김경승으로 일제말기에 징용·징병 권장도를 그린 이른바 친일미술가로, 그는 4·19 때 부서진 이승만 동상, 인천 자유공원의 매카서 동상을 조각했는데 그 찬란한 이력으로 녹두장군까지 세우게 되었던 것이다.

전쟁유물기념관에 들어가면 온갖 허구가 다 장식되어 있다. 녹두장군 글씨라는 것도 고증되지 않은 것이며, 효수된 녹두장군 머리란 다른 사람의 사진이며, 농민군의 무기라고 진열된 것에는 관군의 무기가 섞여 있다.

굳이 좋게 해석하자면 관군 것을 빼앗아서 싸웠다는 해석이렷다. 전시관에는 농민전쟁의 전개과정을 효율적으로 설명하기 위한 전광판이 있는데 단추를 누르면 그때그때의 전시상황을 설명해주는 아주 유치한 장치이다. 그러나 나는 해마다 가보았는데 88년 봄에만 불이 들어왔고 그 뒤로 불 들어오는 것을 보지 못했다.

기념관 한쪽에는 1987년 10월 1일자로 세운 '황토현 전적지 정화기념비'가 듬직하니 무게를 잡고 있다. 그 비문 마지막은 "전두환 대통령의 유시(諭示)로……"라고 적혀 있는데 그 이름 석 자는 이미 돌로 짓이겨져 보이지 않는다. 이런 '괘씸한' 행위는 공주 우금티에 세운 '동학혁명군 위령탑'에도 똑같이 나타나 있다. 그것은 1973년 박정희 대통령이 휘호까지 내려준 것인데 유신헌법 1주년을 맞아 세우며 감사문에 대통령의 뜻을 적어놓았건만 역시 돌로 으깨어져 있다.

황토현 전적기념관에는 또 하나의 20세기 '유적 아닌 유적'이 있다. 전시관 바로 앞 잔디밭에 벚나무 한 그루가 서 있는데, 이것은 1987년 10월 17일(나는 그렇게 기억하고 있다) 전두환 대통령이 대통령직을 물러나기 직전에 이 거대한 위선사업의 완공을 축하하러 와서 심은 기념식수이다. 벚나무 2미터 앞쯤에는 땅을 깊이 파고 콘크리트로 기초를 단단히 하고서 거기에 "전두환 대통령각하 기념식수"라는 동판 푯말을 세워두었던 것이다. 그것도 세우자마자 사람들이 돌로 으깨는 대상이 되어 글자가 보이지 않게 되었다. 그리고 이제는 완전히 콘크리트 기초까지 파헤쳐져 동그란 빈터로, 마치 잔디밭의 상처처럼 되었다. 나는 잔디밭의 이 동그란 빈자리야말로 그 나름의 역사를 지닌 의미있는 폐허라고 생각하고 있다. 마치 그분의 머리처럼 벗겨진 이 동그란 자리를 영원토록 후세에 남겨두어야 할 의무 같은 것을 느끼곤 한다. 그러나 잔디라는 놈들이 번식력이 강해서 자꾸만 이 자리로 뿌리를 뻗고 있으니 이 '유적 아닌 유적'이 얼마나 갈지는 나도 모르겠다.

황토현에서 곰나루까지

1894년 농민전쟁의 현장에 대한 답사는 사실상 그 옛날의 답사가 아니라 오늘의 답사가 되지 않을 수 없다. 그것이 '미완의 혁명'이었기에 그때의 과제는 우리에게 그대로 넘어오고, 그 역사적 과제는 아직도 미완의 상태로 오늘을 살아가고 있는 것이다. 그런 뜻에서 1백년의 세월은 그리 먼 것이 아니었다. 1989년 예술마당 금강의 개관기념전 '황토현에서 곰나루까지'에는 정희성 시인이 동참하여 같은 제목의 시를 써서 보내주었다. 기획자로서 나는 이 시를 신영복 선생님께 붓글씨로 받아 전시회에 출품하였다. 그리고 이 희대의 명작을 누구도 사주는 사람이 없었고, 또 한편으로는 남에게 파는 것이 아깝게 생각되어 내가 정당한 가격으로 구입하여 연구실에 한동안 걸어놓았다 .

그러나 아무리 보아도 그것은 내 차지가 될 작품이 아니었다. 모든 미술품은 그 나름으로 제자리가 있는 법이다. 그러던 어느날 내 친구 안병욱이가 새로 창립한 한국역사연구회에서 1894년 농민전쟁 1백주년을

맞는 학술행사의 후원인 교섭문제를 상의하러 내 연구실로 찾아왔다. 그
날 나는 이 작품을 그에게 기증하며 한국역사연구회 회의실에 걸라고 하
였다.

　관이 아니고 민에서 5년 뒤의 행사를 구상하는 그 연구자들의 모임이
면 충분히 가질 자격이 있다고 생각했던 것이다.

　　이 겨울 갑오농민전쟁 전적지를 찾아
　　황토현에서 곰나루까지 더듬으며
　　나는 이 시대의 기묘한 대조법을 본다.
　　우금치 동학혁명군 위령탑은
　　일본군 장교 출신 박정희가 세웠고
　　황토현 녹두장군 기념관은 전두환이 세웠으니
　　광주항쟁 시민군 위령탑은 또
　　어떤 자가 세울 것인가.
　　생각하며 지나는 마을마다
　　텃밭에 버려진 고추는 상기도 붉고
　　조병갑이 물세 받던 만석보는 흔적 없는데
　　고부 부안 홍덕 고창 농투사니들은 지금도
　　물세를 못내겠다고 아우성치고
　　백마강가 신동엽 시비 옆에는
　　반공순국지사 기념비도 세웠구나.
　　아아 기막힌 대조법이여 모진 갈증이여
　　곰나루 바람 부는 모래펄에 서서
　　검불 모아 불을 싸지르고
　　싸늘한 성계육 한점을 씹으며

428

| **전시관 앞의 빛나무** | 전두환 대통령의 기념식수 푯말이 빠진 자리는 지금도 잔디가 나지 않는다.

박불똥이 건네주는 막걸리 한잔을 단숨에 켠다.

미완의 혁명, 미완의 역사

1994년으로 갑오농민전쟁은 1백주년을 맞았고 이에 따른 행사가 각 분야에 걸쳐 곳곳에서 열렸다. 나 또한 범미술인 연합전인 '새야 새야 파랑새야' 전시회를 조직하는 일원이 되어 이 뜻깊은 행사에 동참하게 되었다. 그것은 살아가면서 누리기 힘든 기회의 만남이었다.

2월 27일, 말목장터에서는 '농민봉기 재현굿'이 성대하게 열렸다. 아마도 1백년 전 말목장터 집회 이래의 최대 인파였을 것이다. 각지에서 모여

| 말목장터의 농민봉기 재현굿 | 농민봉기 1백주년을 맞는 역사맞이굿에 축하객들이 운집해 있다.

든 축하객으로 말목장터 삼거리에는 발디딜 틈도 없었다.

　그날 나는 이평국민학교 교정 철봉대 아래서 이 재현굿의 뒤풀이를 보면서 나도 모르게 찾아드는 물음 하나로 하루종일 우울했다. 나로서는 풀 수 없는 아주 어려운 문제였다.

　지금 고부봉기를 기념하는 이 자리가 이처럼 축제의 한마당이 될 수 있게 된 이유가 무엇인가? 농민봉기의 의로움, 장함을 기리는 마음이야 모를 바 없는 일이지만, 그렇다면 2080년의 후손들은 5·18광주민중항쟁을 시민군 봉기라는 축하의 마당으로 펼칠지도 모르는 일 아니겠는가? 그때 우리가 그들에게 뭐라 할 것인가. 땅속의 농민군들이 지금 벌어지고 있는 우리들의 신나는 굿판을 보면서 뭐라고 할 것인가?

　갑오농민전쟁을 우리는 역사적 사건으로서 기억하고 있을 뿐이다. 현실로서 체감한 사건이 아니다. 1백년의 세월 속에 그 관계자들은 모두 세상을 떠났다. 그래서 우리는 얼마든지 축제의 현장으로 말목장터에 올 수 있는 것이다. 그러나 5·18광주는 그렇지 않다. 그래서 우리는 애도의 눈물과 안타까움 없이 금남로로 가지 못한다. 그런 의미에서 역사란, 역사적 거리란 냉혹하고 잔인스러운 데가 있다.

그러나 모든 역사적 사건의 기념이란 시간상의 거리만으로 측정할 수 없는 더 큰 기준이 하나 있는 것 같다. 그것은 행사 당시의 정치적·역사적 상황 여하이다. 농민전쟁 1백주년을 맞으면서 관은 민이 하는 일을 방해하지 않고 지원해주는 척하는 것으로 끝났다. 관이 나서서는 하지 못할 '미완의 역사'가 서려 있음을 그들이 잘 알고 있기 때문이리라.

그래서 나의 '미완의 여로'는 물음에 물음을 더할 뿐 좀처럼 끝을 맺지 못한다.

1994. 7.

답사 일정표와 안내지도

이 책에 실린 글을 길잡이로 직접 답사하실 독자분을 위하여 실제 현장답사를
토대로 작성한 일정표와 안내도를 실었습니다. 시간표는 휴일·평일에 따라
차이가 있을 수 있습니다.

일러두기

1. 서울을 비롯한 다른 지역에서 출발해도 오후 1시경에 1차 목적지나 주요 접근지(고속도로 나들목 등)에 도착
   하는 것으로 일정을 설계했다.
2. 답사일정은 1박2일을 원칙으로 하며 늦어도 3시경에는 출발지로 떠나는 것으로 했다.
3. 숙소나 식당은 따로 소개하지 않았다. 다만 그곳에서만 맛볼 수 있거나 특별한 체험(전통가옥이나 삼림욕장)이
   있으면 코스 말미에 부기했다.
4. 계절에 따른 특별한 풍광이나 체험이 있는 경우는 코스 말미에 부기했다.
5. 답사지간 구간거리의 소요시간은 시속 60킬로미터를 기준으로 삼았다.
6. 이 책에 소개된 유적지를 답사하는 것을 기본으로 하되 상황에 따라 코스를 추가하거나 삭제했으며 일부
   코스는 나누기도 했다.

지리산의 동남쪽 — 함양과 산청

첫째날

13 : 00 통영대전고속도로 서상IC
13 : 10 동호정
13 : 40 출발
13 : 45 거연정
14 : 10 출발
14 : 15 화림동 계곡(농월정터)
14 : 55 출발
15 : 00 안의마을
          (허삼둘 가옥과 박지원 사적비)
16 : 00 출발
16 : 10 정여창 고택
16 : 50 출발
17 : 00 함양상림과 학사루
18 : 00 함양읍내 숙소 도착

둘째날

09 : 00 출발(함양IC → 단성IC)
09 : 50 단성향교
10 : 10 출발
10 : 20 남사마을
11 : 00 출발
11 : 10 단속사터
11 : 45 출발
12 : 00 남명 조식 유적
          (산천재, 덕천서원, 남명 묘소)
          점심식사
14 : 10 출발
14 : 20 대원사
15 : 00 귀가

＊함양과 산청은 남덕유산을 넘어 지리산 둘레를 돌아보는 코스로 답사 내내 자연풍광이 아름다운 곳으로 사철 좋지만, 누정과 고택이 어우러진 풍광을 제대로 즐기려면 여름철에 찾을 것을 권한다. 한편 산청 남사마을과 단속사터 산천재는 산청3매라 불리는 고매가 자라고 있어 그윽한 매화향과 함께하는 답사를 즐기려면 3월 하순경에 찾아가는 것이 좋다. 함양상림은 11월 중순경에 낙엽과 어우러진 가을 단풍이 장관을 이룬다. (산청 남사마을: 경남 산청군 단성면 남사리 / 함양상림: 경남 함양군 함양읍 대덕리)

＊대원사를 끝으로 답사를 마치고 귀가할 경우 되돌아 나가 단성IC를 이용하는 것이 보편적이나 대원사에서 산청으로 계속 이어지는 59번 국도를 따라 산청IC를 통해 귀가하는 것도 권한다. 계속 이어지는 59번 국도를 따라 가다보면 밤머리재라는 높은 고개를 넘는데 이곳에서 내려다보이는 풍광이 장대하다. 그러나 겨울철 큰눈이 내리면 다소 불편을 겪는다는 점도 염두에 두어야 한다. (밤머리재: 경남 산청군 금서면 지막리)

＊주요 누리집
함양군청 함양문화관광 tour.hygn.go.kr
아름지기 함양한옥 www.arumjigihamyang.org

산청군청 산청문화관광 tour.sancheong.ne.kr
대원사 www.daewonsa.net

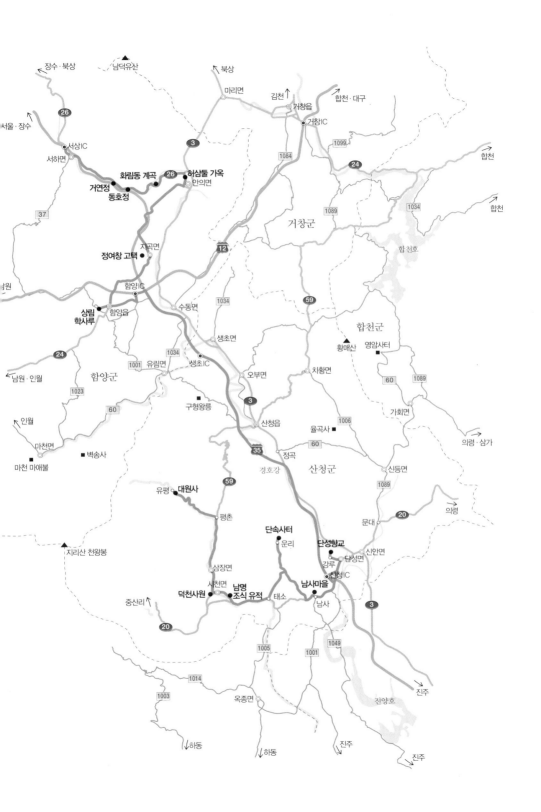

사무치는 마음으로 가고 또 가고
― 영주 부석사와 봉화 닭실마을

첫째날		**둘째날**	
13 : 00	중앙고속도로 풍기IC	09 : 00	출발
13 : 15	순흥 읍내리 벽화고분	09 : 15	물야 오록마을
13 : 30	출발	10 : 15	출발
13 : 35	소수서원과 금성단	10 : 25	북지리 마애불
14 : 30	출발	10 : 50	출발
15 : 00	성혈사	11 : 00	석천정사와 닭실마을
15 : 50	출발		(충재 권벌 유적지)
16 : 10	단산면 갈참나무	12 : 25	출발
	(천연기념물 제285호)	12 : 30	봉화읍내에서 점심식사
16 : 30	출발	13 : 30	출발
16 : 45	부석사	13 : 55	영주 가흥동 마애삼존불과 암각화
18 : 00	부석사 입구 숙소	14 : 10	귀가

---

* 소수서원에서 부석사에 이르기까지는 은행나무가 줄지어 있어 가을 단풍이 곱다. 또 5월 초에는 부석사 주변 북지리 일대가 과수원의 사과꽃으로 하얗다. 이때 부석사를 찾아갈 경우 잠시 시간을 내어 과수원 주변의 산책을 권한다. (소수서원: 경상북도 영주시 순흥면 내죽리 151-2, 054-639-6693)

* 중앙고속도로 풍기IC가 있는 풍기는 강화, 금산과 더불어 우리나라 최대 인삼산지이다. 풍기역 입구 인삼시장을 둘러보면 다양한 인삼제품을 맛보며 싸게 구입할 수 있다.

* 중앙고속도로 개통으로 인하여 더이상 영주는 교통의 오지가 아니라 전국 어디에서나 빠르게 찾아갈 수 있는 곳으로 변해 당일 답사가 가능한 곳이 되었다. 영주지역 당일 답사는 풍기IC→소수서원→부석사→닭실마을 (충재 권벌 유적지)→영주IC로 진행하면 알차다.

* 주요 누리집
  영주시청 영주문화관광 tour.yeongju.go.kr   부석사 www.pusoksa.org

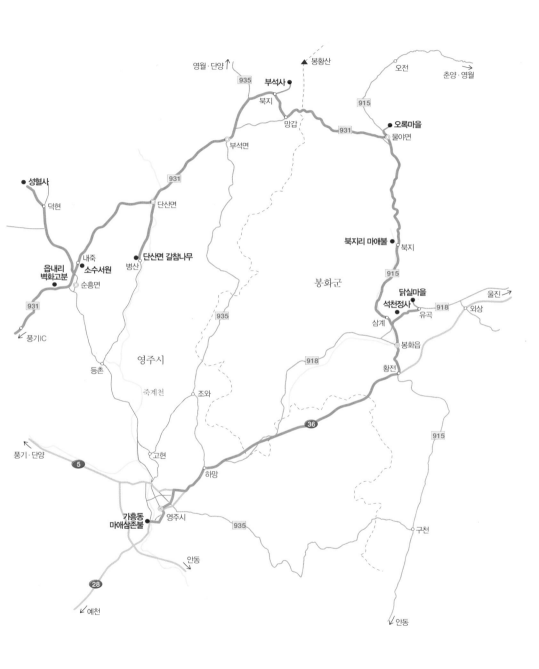

영월·단양↑

935

부석사 ●

북지

망갑

봉황산 ▲

오전

춘양·영월 →

915

931

오록마을 ●

물야면

부석면

931

성혈사 ●

덕현

단산면

읍내리
벽화고분

내죽

소수서원 ●

순흥면

병산

단산면 갈참나무 ●

935

봉화군

북지리 마애불 ●

북지

915

닭실마을 ●
석천정사 ●

유곡

918

울진 →

외상

931

풍기IC ↙

등촌

영주시

죽계천

조와

삼계

봉화읍

황전

918

36

915

풍기·단양 ↗

5

고현

히망

가흥동
마애삼존불 ●

영주시

935

구천

안동

28

↙ 예천

↙ 안동

메밀꽃밭을 지나 아라리를 찾아 — 평창과 정선

첫째날

13:00 영동고속도로 장평IC
13:10 봉평 이효석생가
14:30 출발
14:35 팔석정
14:55 출발
15:00 봉산서재
15:15 출발
16:30 여량 아우라지
18:00 여량 숙소

둘째날

09:00 출발
09:40 병방치 전망대에서 동강 조망
10:10 출발
11:10 정암사
12:00 출발
12:10 점심식사(고한읍)
13:00 출발
14:00 영월 장릉
14:35 출발
14:40 청령포
15:30 귀가

* 봉평은 가산문학관 등 이효석을 기리는 여러 시설들을 만들어 호젓한 답사지보다는 관광지 성격이 강하나, 축제를 위해 일부러 키운 메밀꽃이 피는 9월 초는 일대가 소금을 뿌려놓은 듯 메밀꽃으로 장관을 이룬다. 관광객과 섞여 혼잡하나 이때 찾으면 소설 속의 무대를 그나마 느낄 수 있다.

* 여량은 작은 면소재지로 마땅히 숙식할 곳이 드물다. 옥산장(강원도 정선군 여량면 여량리 149-30, 033-562-0739)에 묵으면 정선아라리를 체험하고 배울 수 있다.

* 동강의 비경이 한눈에 조망되는 병방치전망대까지는 승용차가 다닐 수 있으나 버스는 다닐 수 없다. 버스를 이용한 답사의 경우 정선읍에서 평창으로 가는 42번 국도로 가다 광하교에서 강을 따라 난 길을 이용해 가수리까지 가도 역시 때 묻지 않은 동강의 자연을 만날 수 있다. 특히 이 길은 초봄 동강할미꽃이 자생하는 지역으로 평소에는 호젓하나 여름철에는 휴가객들이 붐벼 혼잡하다. 여름철은 되도록 피하는 것이 좋다. (병방치전망대: 강원 정선군 정선읍 귤암리)

* **주요 누리집**

평창군청 평창문화관광 www.yes-pc.net   옥산장 www.oksanjang.pe.kr
정선군청 정선관광문화 www.ariaritour.com

438

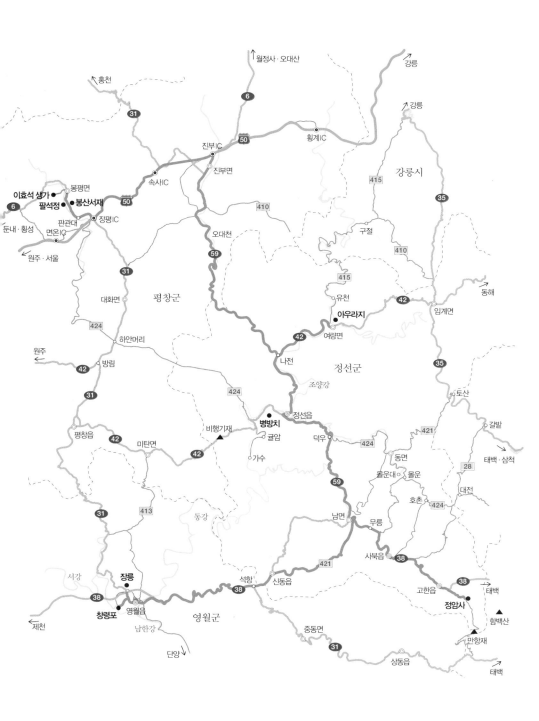

토함산과 불국사

첫째날		둘째날	
13 : 00	경부고속도로 경주IC	08 : 45	출발
13 : 15	낭산 신문왕릉, 사천왕사, 선덕여왕릉	09 : 00	석굴암
14 : 30	출발	10 : 00	출발
14 : 40	괘릉	10 : 15	장항리 절터
15 : 10	출발	11 : 00	출발
15 : 20	영지	11 : 20	감은사터
15 : 50	출발	11 : 55	출발
16 : 15	신라역사과학관	12 : 00	대왕암과 이견대
17 : 00	출발		(점심식사)
17 : 15	불국사	13 : 15	출발
18 : 15	숙소(불국사관광단지)	13 : 30	기림사
		14 : 20	출발
		14 : 50	진평왕릉
		15 : 10	귀가

* 경주는 우리나라 최대의 관광도시답게 항시 관광객이 많지만 4월 초 벚꽃이 필 적이면 불국사로 가는 7번 국도와 보문단지 일대가 상춘객으로 몹시 혼잡하다. 또한 5월은 수학여행철이라 관광버스와 학생들로 붐빈다. 호젓한 답사를 원한다면 이 시기를 피하는 것이 좋다.

* 석굴암은 현재 보존을 위해 석굴 내부로 들어갈 수 없어 정작 석굴암답사 때는 석굴암을 자세히 살펴볼 수 없다. 석굴암의 이해를 위해서는 신라역사과학관 방문이 매우 큰 도움이 된다. (신라역사과학관 : 경북 경주시 하동 201, 054-745-4998)

* 새벽에 석굴암 일출을 보는 답사를 한다면 위에서 제시하는 답사일정에 골굴암을 더할 수 있다. 예) 기림사→ 골굴암→진평왕릉

* 주요 누리집
  불국사 www.bulguksa.or.kr   기림사 www.kirimsa.com
  석굴암 www.sukgulam.org   신라역사과학관 www.sasm.or.kr

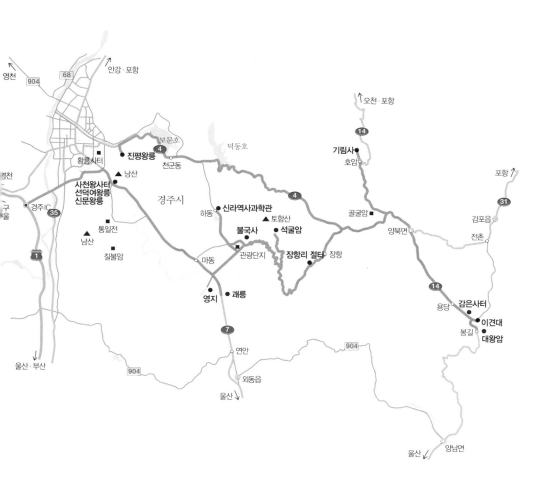

영천

안강·포항

904

68

경천

황룡사터

진평왕릉 4
천군동

보문호

덕동호

오천·포항

14

기림사
호암

포항

31

사천왕사터
선덕여왕릉
신문왕릉

낭산

경주시

경주IC

35

통일전

남산

칠불암

신라역사과학관
하동

불국사

토함산
석굴암

4

골굴암

양북면

감포읍

전촌

마동

관광단지

장항리 절터 장항

울

1

영지 괘릉

14

용당

감은사터
이견대

봉길 대왕암

울산·부산

7

연안

904

외동읍

904

울산

울산

양남면

한탄강의 비가 — 철원

당일 답사

10 : 00   삼팔휴게소(포천시 영중면 국도 43번 노상에 위치)

10 : 30   삼부연 폭포

11 : 00   출발

11 : 15   승일교

11 : 25   출발

11 : 30   고석정

12 : 20   점심식사(고석정 주변)

13 : 30   출발

13 : 35   직탕폭포

14 : 00   출발

14 : 10   도피안사

14 : 40   출발

14 : 50   노동당사

15 : 20   귀가

---

* 출입시간이 제한되어 있으므로 민간인통제선 내에 있는 유적지(제2땅굴, 월정역, 철원 두루미도래지 등)를 돌아
  보려면 철원전적지관광사업소(033-450-5558)에서 신청하고 시간에 맞추어야 관람이 가능하다.

* 주요 누리집
  철원군청 철원관광문화 tour.cwg.go.kr

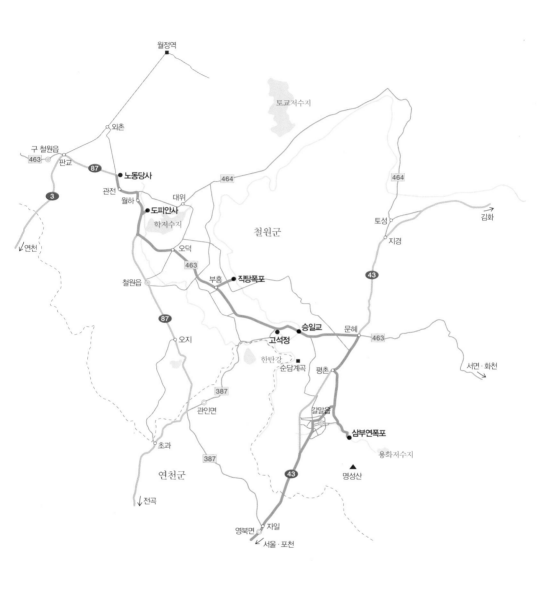

월정역

토교저수지

외촌

구 철원읍
463
판교

87

노동당사

관전
월하

도피안사

학저수지

대위

464

464

철원군

토성

지경

김화

오덕

463

철원읍

부흥

직탕폭포

승일교

문혜

463

43

87

오지

고석정

한탄강
순담계곡

평촌

서면·화천

387

관인면

갈말읍

삼부연폭포

용화저수지

초과

387

명성산

연천군

전곡

영북면
자일

서울·포천

운문사와 그 주변 ─ 청도와 울산

첫째날

13 : 00 중앙고속도로 청도IC
13 : 30 장연사터
13 : 50 출발
14 : 10 선암서원
14 : 30 출발
14 : 35 운강 고택과 만화정
15 : 30 출발
16 : 00 운문사(운문사 입구 주차장에서
        걸어서 운문사까지)
18 : 00 운문사 입구 숙소 도착

둘째날

09 : 00 출발
09 : 30 석남사
10 : 30 출발
11 : 00 반구대 암각화와 암각화박물관
12 : 00 점심식사
13 : 00 출발
13 : 20 천전리 암각화
14 : 00 귀가

＊ 운문사 답사의 하이라이트는 예불이다. 답사일정을 조절해서라도 운문사 예불에 참석하는 것이 좋다. 특히 새
　벽예불은 장엄하기 그지없다. 새벽예불의 경우 여러명이 참석하려면 미리 운문사 종무소(054-372-8800)로
　연락을 주는 것이 예의다. 새벽예불은 새벽 3시 25분에 법고가 울리기 시작하므로 예불에 참석할 경우 늦어도
　3시 30분에는 대웅전에 도착해야 한다.

＊ 운문사 입구에는 숙소가 많지 않다. 답사 당일 숙소가 없을 경우 가까이 있는 운문면 소재지의 숙박업소를 이
　용할 수 있다.

＊ 운문사와 가까이 있는 금천면 소재지인 동곡리 강남반점(054-373-1569)은 고기를 넣지 않은 자장면(일명 스
　님 자장면)으로 유명하다.

＊ **주요 누리집**
　청도군청 청도문화관광 tour.cheongdo.go.kr　　암각화박물관 bangudae.ulsan.go.kr
　운문사 www.unmunsa.or.kr

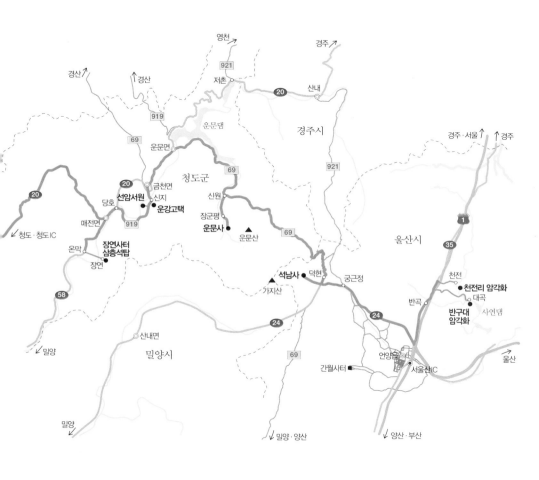

경산↗

경산↑

영천↗

경주↗

921

저촌

산내

20

경주시

운문댐

919

69

운문면

청도군

69

69

신원

경주·서울↑ ↑경주

선암서원

금천면

신지

20

운강고택

장군평

921

1

당호

운문사

울산시

69

청도·청도IC

매전면

919

운문산

35

← 청도·청도IC

온막

장연사터
삼층석탑

천전

천전리 암각화

장연

석남사

덕현

궁근정

대곡

58

가지산

반곡

사연댐

반구대
암각화

24

밀양↙

산내면

24

← 밀양

밀양시

69

울산↗

밀양↙·양산

간월사터

언양읍

서울산IC

밀양

↙밀양·양산

↙양산·부산

농민전쟁의 현장과 변산반도

첫째날

13 : 00	호남고속도로 정읍IC
13 : 15	동학혁명모의탑
13 : 30	출발
13 : 40	고부 관아터(고부초등학교)
14 : 10	출발
14 : 25	전봉준 고택
15 : 00	출발
15 : 15	황토재 전적지
16 : 10	출발
16 : 20	말목장터(이평면사무소 앞)
16 : 35	출발
16 : 40	만석보터
17 : 00	출발
17 : 20	백산
17 : 50	출발
18 : 05	부안동문안 당산
18 : 20	부안 숙소 도착

둘째날

09 : 00	출발
09 : 15	구암리 고인돌
09 : 30	출발
10 : 10	수성당(적벽강)
10 : 40	출발
10 : 55	모항과 호랑가시나무 군락지 (천연기념물 제2호)
11 : 25	출발
11 : 40	내소사(점심식사)
13 : 00	출발
13 : 15	반계 유허지 (우동리 당산과 유천리 도요지 경유)
14 : 00	출발
14 : 20	개암사
15 : 00	귀가

* 주요 누리집

정읍시청 정읍문화관광 culture.jeongeup.go.kr 부안군청 부안문화관광 www.buan.go.kr/02tour
내소사 www.naesosa.org

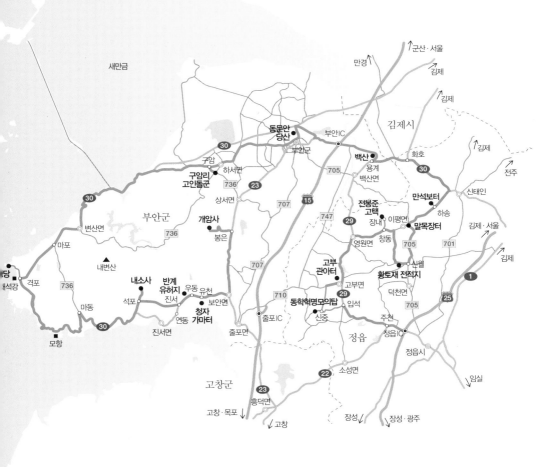

새만금

군산·서울 ↑
만경
↑ 김제

↗ 김제

김제시

동문안
당산
부안IC
부안군

구암
구암리
고인돌군
하서면
상서면
백산
용계
백산면
화호
↗ 김제

↑ 전주

신태인

변산면

부안군

개암사
봉은

전봉준
고택
장내
이평면
창동

만석보터
하송

김제·서울 ↑

마포

내변산
▲

반계
유허지
우동 유천
진서
보안면

내소사

석포

청자
가마터
연동
진서면

마동

모항

고부
관아터
고부면

영원면

말목장터

황토재 전적지
신월

덕천면

705

김제 ↑

줄포IC
줄포면

동학혁명모의탑
신중

710

입석

주천

29

소성면

정읍

정읍IC

정읍시

임실 ↓

고창군

흥덕면

고창·목포 ↓

↓ 고창

장성 ↓

장성·광주 ↓

본문 사진

김대벽   88면(내소사 대웅보전), 380면

김성철   23면, 26면, 28면, 30면, 31면, 37면, 38면, 47면, 52면, 61면, 63면, 77면, 78면, 79면,
         81면, 88면, 91면, 98면, 103면, 129면, 138면, 139면, 147면, 169면, 170면, 171면,
         172면, 213면, 250면, 256면, 279면, 281면, 284면, 286면, 349면, 361면, 364면, 367면,
         369면, 371면, 393면, 403면, 416면

김효형   109면, 188면, 305면

내소사   382면

박상진   373면

승효상   287면

안장헌   183면, 192면, 216면, 218면, 244면, 252면, 265면, 269면

옥산장   154면

운문사   88면, 302면, 318면, 322면, 324면, 335면, 343면, 347면

정선군청 156면

유물 소장처

고려대학교 박물관 19면 / 국립경주박물관 198면 / 도피안사 293면 / 부석사 110면 /
일본 쿄오또 코오잔지 104면 / 쿄오또박물관 106면

나의 문화유산답사기 2

산은 강을 넘지 못하고

초판 1쇄 발행 1994년 7월 11일
초판 60쇄 발행 2010년 12월 20일
개정판 1쇄 발행 2011년 5월 11일
개정판 26쇄 발행 2024년 10월 31일

지은이 / 유홍준
펴낸이 / 염종선
책임편집 / 박영신
디자인 / 디자인 비따 김지선 성지현
펴낸곳 / (주)창비
등록 / 1986년 8월 5일 제85호
주소 / 10881 경기도 파주시 회동길 184
전화 / 031-955-3333
팩시밀리 / 영업 031-955-3399 편집 031-955-3400
홈페이지 / www.changbi.com
전자우편 / nonfic@changbi.com